消失的她，留下真爱永远伴随

秘密关系

何常在 著

SPM 南方传媒 花城出版社

中国·广州

图书在版编目（CIP）数据

秘密关系 / 何常在著. -- 广州 ：花城出版社，
2025. 1. -- ISBN 978-7-5749-0290-9
Ⅰ. I247.5
中国国家版本馆CIP数据核字第2024FQ5122号

出 版 人：张　懿
责任编辑：夏显夫
责任校对：李道学
技术编辑：凌春梅
封面设计：

书　　名	秘密关系
	MIMI GUANXI
出版发行	花城出版社
	（广州市环市东路水荫路11号）
经　　销	全国新华书店
印　　刷	佛山市浩文彩色印刷有限公司
	（广东省佛山市南海区狮山科技工业园A区）
开　　本	880毫米×1230毫米　32开
印　　张	12.375　1插页
字　　数	342,000字
版　　次	2025年1月第1版　2025年1月第1次印刷
定　　价	59.80元

如发现印装质量问题，请直接与印刷厂联系调换。
购书热线：020-37604658　37602954
花城出版社网站：http://www.fcph.com.cn

秘密关系

目/录

1	荒诞的总和	1
2	一个人越是明显的性格特征,越可能是他伪装的部分	7
3	生活的荒诞之处在于	13
4	秘密关系	19
5	社会关系	25
6	最幸运的和最倒霉的,都是少数	31
7	垃圾分类,从我做起	37
8	雇佣关系	43
9	简单关系	49
10	简单,才是快乐之源	54
11	金钱是拉近所有关系最简单的途径	60
12	租赁关系	65

- 13 优秀的人总是千篇一律地优秀，拉垮的人总是形形色色地拉垮……………………… 71
- 14 没遇到，不等于没有…………………… 77
- 15 爱就是一种心甘情愿的付出，从来不是对等的交换……………………………………… 83
- 16 什么都没有做错，却承受了太多………… 89
- 17 别怪生活，生活没有错………………… 95
- 18 生活为我安排了什么剧本，我不想演也得演下去…………………………………… 100
- 19 也许每个人都想成为别人……………… 104
- 20 一旦做出了选择，就永远没有回头的机会… 109
- 21 别纠缠过去，别纠结未来……………… 115
- 22 简单的夫妻关系………………………… 120
- 23 生活想让你荒诞你就得荒诞…………… 126
- 24 人生临界值……………………………… 132
- 25 马上停止你的表演……………………… 138
- 26 做一个向下生根、向上开花的正向男人… 144

27	人际关系 …………………………………………	149
28	人生没有无用功，经历的都是财富 …………	155
29	要看动机 …………………………………………	161
30	说重点，别说丢人现眼的部分 ………………	166
31	果然拉近人和人关系的最快途径就是打钱 …	172
32	别感慨人生，直接说命运 ……………………	178
33	一个人竟然会在没有事业没有爱情的情况下， 还没有时间 ……………………………………	183
34	荒诞的剧情改为励志向上的情节 ……………	189
35	到底要为他写一个什么样的人生剧本 ………	195
36	在可能存在的危险和确定存在的收入之间 …	201
37	离开剂量谈毒性，都是耍流氓 ………………	207
38	一切都很合理，并且顺畅，完全没有可疑之处 ……………………………………………	212
39	真正厉害的骗子在骗人时说的是真话 ………	217
40	公序良知的漏洞、人间美好的阴影 …………	223
41	改变不了世界，就改变自己 …………………	228

42	一个人终将被自己一生所追逐的事情伤害 …	234
43	做聪明人太累,还容易被人讨厌甚至是嫌弃 …	239
44	越是庆的人,越有得理不让人的固执………	244
45	凭本事气走的,再凭花言巧语哄回来………	250
46	一个人的光芒有多耀眼,影子就有多深邃 …	255
47	一个人从小富裕和长大后发达,是不一样的 …	261
48	任何已经发生的意外,都是必然…………	267
49	所有人的人生都处处是意外……………	272
50	相当于虽然做了功,在物理上却叫无用功 …	277
51	千万不要为人性画一个框架,没有人可以过关 ……………………………………… 282	
52	生活中要有光…………………………	288
53	如果两个正确的人相遇在了错误的时间 ……	293
54	世界很大,但并没有几个人是为你而准备 …	298
55	道理可以接受,心情可以理解…………	303
56	愤怒是最无用的情绪,只能伤了自己……	309
57	每个人都是疯子,也都是病人,只不过是病情的轻重不同而已………………… 315	

58 信，你就输了 ………………………………… 321
59 人生中的老师有两个：一个是岁月，另一个
　　叫骗子 …………………………………………… 327
60 放弃启蒙，尊重他人的命运 ………………… 333
61 总要有一些人的牺牲来成就另一些人，这就
　　是人生 …………………………………………… 338
62 每个人都需要自己的秘密关系 ……………… 343
63 对复杂的人提防，对简单的人真心 ………… 349
64 世界上最幸福的真相 ………………………… 355
65 接受现实，接受生活一出又一出的荒诞 …… 361
66 拿道德完人要求别人，本身就是不道德的
　　事情 ……………………………………………… 366
67 不是所有问题都会有答案 …………………… 372
68 曾经的你和现在的你，是截然不同的两个
　　个体 ……………………………………………… 378
69 有心者有所累，无心者无所谓 ……………… 382

5

1 荒诞的总和

3月15日,这一天,简小群经历的荒诞事件超过了前三十年人生所有荒诞的总和。

……也不知道喝了多少杯啤酒,简小群醉倒在了路边,起身朝一个垃圾箱呕吐时,有一个白衣女子飘然而至,冲他凄惨一笑,双眼中流出了血水。他仔细一看,居然是他离婚半年的前妻史笛。

简小群顿时清醒了大半,再低头一看,史笛飘浮在半空,压根儿就没有脚!他大叫一声,一翻身就掉到了床下,摔得生疼。

原来是一个梦,床头柜上的闹钟显示的时间是3月15日凌晨1点钟。

再次醒来时已经7点多了,简小群睁开眼睛就觉得头痛欲裂。

接连收到了几条银行发来的祝贺他生日快乐的短信,简小群才想起每年的消费者权益日是他的生日,对父母双亡、离异无孩、微信好友只有85人的他来说,除非自己记得,没人会提醒他并为他过生日。

打电话向顶头上司毕大邱请假,宿醉加头疼,他决定偷懒一天,也算是给自己过个生日,纪念事事不立、事事不顺的而立之年。

手机响了半天,无人接听。

算了,微信留言请假也行,反正公司已经是半死不活的状态,工资有两个月没发了,请一天假还能不批?毕大邱昨天刚和他大吵了一架,还动了手,他今天不去上班,正好不用相看两厌。

给毕大邱的微信留言完毕,他又在工作群里发了一段话:"各位同事,今天小简生病了,特请假一天。已经给毕总监留言,谁见到他,再帮我说一声,谢了。"

工作群是部门群,包括简小群和毕大邱在内,一共六个人,其中也有昨晚和简小群一起喝酒的同事李宝春、张冬莒。

群里无人回应。

和公司半死不活的状态一样,工作群也总是处于一种不发红包就从来没人冒泡的死寂状态,简小群没放在心上,想做早饭,还是头疼,就一头栽倒在床上又睡着了。

"人海啊,茫茫啊,随波逐流,浮浮沉沉!人生啊,如梦啊,亲爱的你在哪里……"

9点,简小群被手机铃声吵醒。国产手机特有的大嗓门爆发出了声嘶力竭的响声,他一翻身想要起床,用力过猛,又摔到了地上。

头结实地撞在了衣柜上,立刻就起了一个包。

一早上摔了两次,还是同一个地方,邪门了。

简小群嘟囔着骂了一句,见手机上是一个陌生的号码,以为是广告,接通之后就骂:"不贷款,不刷单,不裸聊,不买房,不买车……骗子都去死!"

一个威严加冷漠的声音传来:"你是简小群吧?我是飞跃路派出所的,请你立刻来公司一趟!"

"派、派出所?"简小群瞬间清醒了,脑子迅速转了几转,没想出来自己有什么需要跟派出所打交道的大事,"不迁户口,不落户,不开无犯罪证明,不挂失身份证……有什么事情吗?"

"希望半个小时后可以在公司见到你。"对方没有给出任何解释,直接挂断了电话。

简小群愣了片刻,忙穿好衣服下楼,想扫一个共享单车,又一想,还是拦了一辆出租车，直奔公司而去。

他的单身公寓离公司不远，骑共享单车需半个小时，打车需十分钟。

半路上，又接到一个陌生来电，这次他学聪明了，小心翼翼地说了一句："你好，我是简小群。广告请挂机，有事请说话。"

"简小群，这里是之华路派出所，请你马上来所里一趟，有些事情需要你配合调查！"和上一个威严的声音不同的是，这次是一个温婉动听的女声。

邪门了，又一个派出所找他，他是撞了大运还是倒了大霉？虽然三十年来他的人生从来没有过高光时刻，但也没有过跌入万丈悬崖的至暗时刻，去年的离婚，只是一次颠簸罢了。

"警官，我现在必须先去公司，飞跃路派出所在等我，他们先打来的电话。"简小群注意到司机从后视镜看他的目光充满了警惕与怀疑，忙擦了一把额头的汗，"要不你们也来我的公司？"

"你还犯了什么事？"女警察一愣，话筒中传来了敲击键盘的声音，她停顿了片刻，"我们找你的案子和他们的案子不是一个，你处理完了他们的事情，再来之华路派出所，直接找我就行，我叫程东远。"

"哥们儿，你真行！"司机冲简小群挥舞了一下拳头，"同时两个派出所找你，你是抢银行了还是杀人放火了？要不就是电信诈骗？反正看你的样子，怎么着也不像感情骗子。"

简小群没好气，冷笑道："我要是杀人放火抢银行，你还敢拉我？不怕我连你也一起弄死了？"

"来呀，谁怕谁！不是我瞧不起您，您未必弄得过我。"司机笑得很放肆，"开出租车这么多年，哥们儿什么事情没遇到过？什么样式的人没见过？就连背负了三条人命上车带着大砍刀的歹徒我都拉过，我怕过吗？没有！"

简小群没心思和司机逗闷子，到了公司下车，又被司机叫住了。

"哥们儿，留个电话，我就在附近转悠。现在活儿不多，等下要去之华路派出所,我拉你去。如果你真的犯了了不起的大事,我给你免单。"

"我姓管,叫我老管就行。"

浓眉大眼的司机师傅一脸真诚,让简小群在寒冷一天的早晨感受到了一丝温暖,哪怕是荒诞的温暖,他点了点头。

简小群的公司不大,租在一栋五层小楼的第二层,一共三十多人,是一家互联网公司。前几年互联网浪潮汹涌时,赚了不少钱。近年来退潮,公司的业务锐减,已经到了濒临倒闭的边缘。

上到二楼,一进门就感觉气氛不对,所有同事都列成两队,向简小群行注目礼。

简小群在公司是毫不起眼的小角色,像一棵微不足道的小草,他在运营部,日常负责公司公众号的维护,属于随时可以被替换的螺丝钉,公司有一大半人都不知道他的名字。

第一次享受列队欢迎的待遇,简小群的汗都出来了。他从人群中一眼就看到了昨晚一起喝酒的同事李宝春和张冬营,二人躲避他的目光,小心地用手一指人群的尽头——会议室。

会议室中,公司的老总胡金友和两名警察正坐在一侧,另一侧显然是留给了简小群。

简小群战战兢兢地进来,小心翼翼地坐下,喝了一大口水,看了一眼胡子拉碴的胡金友和两名过于年轻的警察,说道:"我是简小群。"

两名警察对视一眼,其中一个肤色稍黑、面容稍平和一些的警察点了点头:"我是张警官,他是王警官。简小群,我们正在调查一起命案,有几个问题想请你配合回答一下。"

简小群紧张地吞咽了口水,点了点头,又猛然顿住,命案?死人了?谁死了?

"你昨天是不是和毕大邱吵架了?"张警官一边问,一边在本子上记录着什么。

昨天因为工作上的事情，简小群和毕大邱不但吵了一架，还动了手。他以前和毕大邱吵架是常事，三天一小吵，五天一大吵，动手却还是第一次。

毕大邱脾气不好，要求又严厉到变态，不合心意就骂人，动不动就上升到人身攻击，是公司有名的恶人，人称毕大恶。

几乎公司的每一个同事都跟他吵过架，他仗着是老总胡金友的小舅子，为所欲为，横行霸道，公司全体同事对他都敢怒不敢言。

昨天的动手，也是毕大恶对简小群骂个没完，骂就骂吧，简小群也早就习惯了当缩头乌龟，就装聋作哑，反正毕大恶总有骂够骂累的时候。

可是毕大恶也不知道吃错了什么药，骂了十几分钟也没够，问候了简小群的祖先还不算，最后还扯上了简小群的前妻史笛……

"你就是一个窝囊废，活该戴绿帽子！不对，你戴的压根儿就不是绿帽子，是红和绿两色帽子。知道红帽子是什么意思吗？红帽子就是史笛嫁给你时，就有男友，你喝的就是刷锅水。结婚后，人家还有男友，你喝的就是洗脚水了。"

一向被人认为三脚都踢不出一个响屁的简小群发作了，当即一拳砸在了毕大恶的大饼脸上。

二人就打成了一团。

史笛是简小群永远的伤疤，动不得，一动就痛。更揭不得，一揭就流血。

二人扭打在一起足有十分钟无人劝架，原因有二：一是大家都巴不得毕大恶挨揍；二是简小群在公司也没有好友，没人愿意为了帮他而得罪毕大恶。

二人打得如火如荼，周围的同事都假装埋头工作、视而不见的诡异情形结束于简小群将毕大恶踩在了脚下——这辈子唯唯诺诺的简小群总算扬眉吐气了一次，他从小到大打架的次数屈指可数，主要是胆小人又弱，屡战屡败的人生第一次胜利竟是拳打毕大恶！

5

谁也没有想到平常穷凶极恶的毕大恶被打倒在地后，居然低声求饶，犹如一条摇头摆尾的狗！

李宝春和张冬营平常没少挨毕大恶的骂，简小群对他的一顿暴揍，让二人大感解气，同事两年多了，二人第一次主动请简小群吃饭。

破天荒有人请吃饭，简小群人一飘就喝多了……

"我酒品好，喝多了不骂人不打人就犯困，然后我就回家睡觉了，睡得正香，就被你们的电话吵醒了。"简小群老老实实地交代了事情的全部经过，当然，他略过了凌晨的噩梦。

"你是不是有一辆车？"张警官翻了翻手头的资料。

"是有一辆，大众的，速腾。"简小群离婚时，房子归了史笛，车留给了他，"昨晚喝酒，没开车，就停在了公司。"

"毕大邱死了。"王警官冷不防冒出一句，"从五楼跳了下来，死在了你的车顶上！"

"娘耶！"简小群惊得站了起来，一屁股坐在了地上，又弹簧一样跳了起来，"坏了，坏了，坏了！"

"怎么坏了？"张警官和王警官二人异口同声，审视的目光同时望向了简小群，似乎要看破他内心的秘密。

"我的车只上了交强险，没上三责，这下完蛋了，修车都修不起了！"

2 一个人越是明显的性格特征，越可能是他伪装的部分

"你真没有同情心，人都死了你只担心你的破车……"胡金友拍案而起，就要动手，被两名警官严厉的眼神制止了。

张警官轻轻一拍桌子："胡总，当着我们的面儿动手，直接就带您回所里了，值不值得，您自己掂量。"

胡金友凶狠地瞪了简小群一眼，缓缓坐了回去。

简小群吓得一缩脖子，想了一想，又坐直了身子："警察同志，我表个态，首先我对毕大恶的去世表示震惊、遗憾和哀悼，并对他的亲人表示衷心的慰问。其次，本着人道主义的出发点，我的车尽量只修不换，不为死者家属增加额外负担。但是，该修的部分一定得修，希望死者家属体谅一个受害者的心情，主动承担责任，及时赔付车损。"

"你……"胡金友又要拍桌子，再次被警官劝住了。

张警官和颜悦色："你想多了，简小群，我们找你不是为了修车，是想和你确定一件事情——昨晚你在家里睡觉期间，有人能证明吗？"

简小群愣了一会儿，猛然说道："有呀，史笛能证明。"

"谁是史笛？"

"美短。"

"什么美短？"张警官一下没反应过来。

王警官在一旁笑喷了："猫。"

张警官脸色一沉："胡闹！简小群，请你配合我们的调查，不要瞎扯。"

"我没瞎扯……"简小群一拍脑袋，此刻才想明白，"啊，你们是怀疑我杀了毕大恶？哈哈。"

大笑了足有半分钟，见气氛不对，简小群忙又收敛了笑容："不可能，你们怀疑错人了。不对，没人能杀得了毕大恶，他肯定是自杀。"

"为什么是自杀？"张警官的目光复杂了起来，"你就这么肯定？"

"肯定，百分之百。"简小群迫不及待地表达了想法，"毕大恶是公司有名的恶人，人见人烦，狗见狗厌，不夸张地说，他在公司比苍蝇还烦人，像蚊子一样，谁都想打死他。但想归想，没人会动手，因为都清楚打不过他。"

"说正事，别扯远了。"张警官不耐烦地摆了摆手，又一愣，"不对，你说没人打得过他，你不是昨天就打了他一顿？"

"昨天的打架，我胜之不武，打架前，他鞋带开了，被我绑到了一起。然后他想踢我时，就自己绊到了自己……"

"没扯远，凡事的后果都有前因。"简小群滔滔不绝，"从心理学来说，穷凶极恶的人其实是有心理缺陷，他的内心极度不安，时刻处于不安全之中，暴力倾向是他内心问题的外在表现。所以，不出意外的话，他有抑郁症，而且还是重度的。"

张警官和王警官对视一眼，王警官起身出去了。

张警官的态度和善了几分："简小群，你还懂心理学？学过？"

"也不能算懂，没学过，就是自己喜欢瞎琢磨。"简小群忽然叹息一声，神情无比落寞，"小时候听我爸说，每个人生下来就会有用，老天不会做无用的事情。可是从小到大，我从来没有觉得自己哪里有用，就是来世上充数的……

"长相一般,学习一般,智商一般,情商一般,工作一般,人际关系一般,我在人群中就是大海中的一滴水,有我不多没我不少,我这一辈子除了混吃等死,还能有什么用?别说为人类做贡献,连为人类的人口增长做贡献都做不到!

"也许,我活着的最大用处就是为了衬托别人的聪明、伟岸、成功,就是为了被人践踏和嘲弄,是笑柄,是支点,是垫脚石。也是,如果没有我,怎么才能显示出史笛的聪明、林天涯的伟岸,还有胡全友的英明以及毕大恶的穷凶极恶?

"既然世界是二元对立的,有白天有黑夜有男有女,那么具体到个人来说,也是二元对立的。越是聪明的人,内心越有蠢笨的地方;越是凶恶的人,内心越有缺失的地方。"

简小群很认真地笑了笑:"我说得对不对,张警官?"

张警官眼神中闪过一丝迷茫,似乎信了简小群的歪理邪说,却又总觉得哪里不对,似是而非,他愣了愣,随即恢复了清醒:"你现在可以走了,先不要离开公司,我们可能随时需要你再配合调查。"

简小群立刻站了起来,冲出会议室,飞奔到楼下,来到他的车前——车顶上凹陷了一个大坑,依稀可以看出是一个人的形状。没有血,车顶上还有水渍,应该是被冲刷了。

前挡风玻璃破碎,发动机盖上还有无数划痕,简小群的心在滴血,默默算了一下,维修费用少说也得一万元以上。

车现在还在史笛名下,还没有过户过来,估计修车还得请史笛出面,一想到联系不上前妻,简小群不由得更加心烦意乱了。

车肯定是不能要了,修好后得卖掉,公司估计也待不下去了,胡金友铁定会开除他……简小群恨恨地想,不就是和毕大恶打了一架吗?他爱死不死,干吗非死在我的车上?

代价未必太大了!

李宝春从二楼探头出来:"简小群,快回来,警察找你。"

简小群快速上楼，在众人震惊、畏惧、怀疑、嘲笑的目光下，昂首挺胸、大义凛然地走进了会议室。

会议室多了一人，是一个英姿飒爽的女警察，她坐在张警官原来的位置上，张警官和王警察坐到了一边。

张警官轻轻咳嗽一声："我们调查过了，初步认定毕大邱的死因是自杀。也联系上了他的主治医生，他确实患有严重的抑郁症。谢谢你的配合！"

他转头看向了女警："程警官，我们的事情结束了，该你了。"

张警官临走时，回身意味深长地看了简小群一眼："你可真够倒霉的，我办案这么多年，你是第一个让我都觉得好奇的人，要不这样，我们加个微信，你要是没事的话，跟我说一声，我真的挺想知道你以后会发生什么事情。"

"什么叫我要是没事？我能有什么事情？我好得很！"简小群乐呵呵地加了张警官的微信，才知道他叫张备，"只要我还活着，备哥，你想知道什么就问，肯定第一时间回复。"

张备古怪地笑了笑，转身和王警官一起出去了。

"王松，你说简小群这家伙是不是脑子有问题？"张备指了指自己的脑袋，摇头笑了笑，"都这样了，还能笑得出来，没事人似的，这得多没心没肺？"

王松若有所思地笑了笑："不管是傻还是呆，人得活自己，不管什么时候都能看得开，还能笑得出来，难道不是好事吗？"

"简小群真是一个怪人。"

"也可能他只是一个简单的人。"

"也许，他是一个复杂到我们认为他简单的人。"张备望向了远处，远处花团锦簇，他手一指，"那边花坛，你看到的是什么？"

王松眯着眼睛看了一会儿："看到了一大片爬山虎，还有一些树桩月季。"

"看到没有，我们看到的都是突出呈现的部分，都是对方刻意为我们表现出来的假象。实际上，那边的花坛，爬山虎和月季都只是点缀，占比最多的却是冬青！可是为什么一眼望去，我们大部分人都会忽略冬青而只看到爬山虎和月季呢？"

王松挠了挠头，憨厚地笑了："因为爬山虎和月季最显眼？"

"对。"张备用力地点点头，"记住了，一个人越是明显的性格特征，越可能是他伪装的部分。他真实的一面，都隐藏在了背后。"

会议室内，简小群不停地喝水，紧张得满头大汗。

程东远打开笔记本，一边写一边抬头问道："这么紧张，是不是知道我要问你什么？是不是想起了什么？"

"是的，程警官，我想起了您给我打电话时温柔的声音，是我听过的最好听的声音。没想到见到本人，居然这么漂亮，是我见过的最好看的警察。我从小的梦想就是当一名警察，所以见到美女警察就特别紧张。"简小群又喝了一口水，双手交叉在一起，神情惊慌失措。

程东远脸微微一红："严肃点！我找你是请你配合我们的调查。昨晚，你在哪里？都做了什么？有没有人可以证明？"

怎么又来？简小群努力平复情绪，重复了一遍："昨晚和李宝春、张冬营喝酒到晚上9点30分，是张冬营请客。我喝醉了，回到家是10点多，洗漱后，又喂了史笛，上床睡觉时大概是11点。除了史笛，没人证明我一晚上都在家里睡觉。"

"史笛是猫，不是他的前妻史笛。"胡金友咬牙切齿地替简小群解释，他恨不得掐死简小群，一上午的一堆麻烦事情，全是因他而起，"只有变态才会为自己的猫起前妻的名字。"

"这个真不是……"简小群认真地解释，"史笛是因为捡来的时候，脖子上有铭牌，上面写着它叫史笛，并不是我起的名字。"

"打住。"程东远叫停了简小群，"这么说，你没有办法证明昨晚你一直在家里睡觉了？"

"毕大恶不是我杀的，他是自杀。"简小群忙自证清白，"程警官，刚才张警官他们都已经问过了，也调查清楚了。"

"我和他们调查的不是一个案子。"程东远穿了警服，奈何人太漂亮，声音太轻柔，缺少威严的力量，她努力咳嗽几声，"本来是想请你到所里配合调查，正好有事路过你们公司，就直接上来了。"

"问你几个问题，请你如实回答，事关案件调查，很重要，谢谢！"

"第一，你和史笛离婚的原因是什么？"

"不想提我的人生污点。"简小群摇了摇头，紧张的情绪过去了，他搓了搓手，忽然惊呼一声，"啊，不会吧？难道史笛也死了？"

胡金友冷笑一声："你是没杀毕大邱，因为你没有作案时间。你是去害史笛了，简小群，没看出来，你装得比谁都尿，下手却比谁都狠！"

"啊，史笛真死了？"简小群跳了起来，痛心疾首，"我的车还没有过户呢，还在她的名下……这下麻烦大了。"

3 / 生活的荒诞之处在于……

"你就是一个冷血动物!"胡金友对简小群怒目而视,"都死了两个人了,你还是只关心你的破车,你还有良心吗?做个人吧!"

"别站在道德的制高点指责别人,道德是内心的光明,是用来约束自己而不是拿来指责别人的!"简小群气呼呼地坐了回去,才想起什么,"她、她、她怎么死的?"

程东远神情古怪而复杂,愣了少许,摇头:"不好意思,涉及案情,不能告诉你。请你回答我的第一个问题——你和史笛离婚的原因是什么?"

简小群张了张嘴巴:"必须回答吗?"

"配合警察工作是每一个公民应尽的义务。"

"我是犯罪嫌疑人吗?"简小群被张备问话问出经验了。

生活的荒诞之处在于,有时人生按部就班,完全按照常理出牌,出生、上学、恋爱、结婚、生子、生病、衰老、死亡,有时又会心血来潮突然打出一副让你措手不及的怪牌,让你弄不清也猜不透人生到底在下一盘什么样的大棋。

问题是,不管是什么样的大棋,你我皆棋子,没有做主的权力。棋手从来都是冷静地躲在背后，观察我们的反应，嘲笑我们的惊慌失措。

简小群和史笛的结婚，从开始时来看，是人生的常理出牌——经由毕大邱介绍认识，直接是以相亲的名义，一见面，二人就直截了当地提出了自己的要求。

史笛长得很漂亮，温婉得体、落落大方，简小群对她很满意，除了相貌，还有名牌大学的学历、收入不菲的工作和良好的家世，单独拎出来其中任何一样，配他都绰绰有余。

实际上，简小群的各项条件都不符合史笛的择偶标准，他不够一米八二，只有一米七九，月薪只有一万元多点，大学也不是名牌，长得虽不难看，但不能说是很帅，家庭条件更是一般。暗中估算了一下，他对和史笛有进一步发展不抱奢望。

人生的怪牌——后来简小群才知道是错牌——就突然出现了。直到今天，简小群还清楚地记得当时他的心情既惊恐又兴奋，就在和史笛相亲后的第三天，在他认为他和史笛已经完全没有可能时，史笛发来了微信，问他有没有时间一起晚饭。

一瞬间，简小群的整个天空都被点亮了七彩的云朵，他以为他积攒了二十多年的善良和人品终于有了回报，上天恩赐了他一个命运的礼物，盛大而丰厚。

"所有命运馈赠的礼物，早已在暗中标好了价码"，简小群尽管认为他和史笛的恋爱既怪异又荒诞，但他还是压抑不住对她的喜欢，不顾一切地爱上了她，愿意陪她疯，陪她癫，陪她到永远。

只谈了三个月恋爱，简小群就想给史笛一个温暖的家和一辈子的承诺，史笛答应了。只提了一个结婚条件——简小群出房子，她负责装修、家具，并且带一辆车。

简小群自幼父母双亡，也没有亲戚，这些年全靠省吃俭用攒了一些钱，又东拼西凑借了一些，勉强够了首付，买了一套80平方米两室一厅的房子。

房本写了史笛的名字，史笛也没亏待简小群，说要把她的车过户给他。

婚后，二人关系倒也不错，蜜月去了马尔代夫度假。简小群总觉得史笛和他结婚像美梦一样不真实。史笛总有一股忧郁之意，有时会在下雨的时候一个人发愣发呆，有时会听着音乐突然走神，有时会看到日记想起什么情不自禁地会心一笑，有时会看到微信的消息而黯然神伤并独自落泪……

史笛对简小群的所有事情都不上心，甚至记不住他的生日，有时还会喊错他的名字，对此，简小群都没有在意。

时间是一切事情的催化剂，包括爱情、亲情和习惯，简小群有的是耐心。他也能猜到以史笛的优秀，不可能没有过去，不一定有多少人喜欢她动人的容颜和忧伤的心灵！她曾为多少人伤过心流过泪，也都不重要，重要的是，她现在是他的妻子，他必须包容她和爱护她。

只是简小群不知道的是，当人生有了第一次不按常理出牌之后，接下来发生的事情，不管有多荒诞，你都得无条件接受！

结婚半年后，简小群有一次开玩笑问史笛："史笛，你到底喜欢我哪一点？嫁给我，真是委屈你了。"

史笛当时正抱着一只猫斜靠在沙发上出神，忧伤的眼神里充满了失落地望向窗外。窗外，繁花似锦、春意满园，但在她眼中，却丝毫没有春天。

"图你笨，图你傻，图你事事听话，行了吧？"史笛半是玩笑半是认真，"不然还能图你什么？图你帅，图你高，图你有钱，还是图你甜言蜜语？"

简小群是不帅不高又没钱，关键也不会说甜言蜜语，除了心理承受能力强、不管遇到什么荒诞的事情都能自我安慰之外，他自认优点确实不多。

还有一次简小群实在忍不住，问出了心中憋了很久的一句话："史笛,你是不是还没有忘记前男友?我可以允许你保留他的联系方式,心痛地接受你和他有暗中联系,但不希望你和他见面,好吗?"

"如果有人在你身上划了一道口子,过了很长时间,愈合了,不疼了,你说你能忘记划刀子的人吗?"史笛答非所问又反问。

简小群想了半天才冒出一句:"如果能找到他,我会还他一刀。如果找不到,我就忘掉。"

"傻子哟。"史笛笑骂了简小群,却始终没有正面回答简小群的关键性问题。

结婚一年多后,史笛和简小群离婚了。

比史笛嫁他更荒诞的是,简小群撞见了史笛和林天涯的"奸情"——也是怪了,促使他无意中发现真相的人,居然还是毕大邱。

成也毕大邱,败也毕大邱。

没有毕大邱,简小群也不会认识史笛并和她结婚。同样没有毕大邱,他也不会发现史笛的秘密并和她离婚。

去年2月的一天,当时简小群和毕大邱一起出门办事,简小群开车——史笛送他的速滕——毕大邱坐在副驾驶。走到中途,一直闭目养神的毕大邱突然睁开了眼睛,大叫一声:"不好,有情况。"

惊吓得简小群一脚急刹车停在了路边,左顾右盼:"什么情况?撞人了还是撞车了?"

毕大邱用力吸了吸气,鼻子皱了起来:"我记得你平常不用香水?"

"没钱!"

"你车上有香水味,是男士香水,肯定不是史笛的,说明你的车有别的男人经常坐。"毕大邱语气十分笃定。

"史笛有时会开我的车,她有同事坐一下,不也正常?"简小群正要埋怨毕大邱大惊小怪时,却见毕大邱的手中捏着几根头发。

毕大邱啧啧连声:"看到没有,是男人的头发,还是染过的。一共五根，一根是全灰，一根是十分之一灰，一根是五分之一灰，一根是三分之一灰，一根是二分之一灰，说明了什么？"

简小群想不明白："毕总监，你不觉得你很奇怪，很荒诞吗？"

"说明有一个染了奶奶灰的男人在一个月之内，至少有五次是史笛开车而他坐副驾驶，说明他们的关系非同一般。染过的头发，长起来跟树的年轮一样，一圈一圈的，能看出来。"

"你不觉得你很傻很笨蛋吗？"毕大邱打开了行车记录仪，没发现情况，又打开了导航，终于有了发现，"经常去一个叫先久公寓的地方，不是你的据点吧？"

半个小时后，车停在了先久公寓。几栋大楼一眼望去，密密麻麻，不知道是哪一个房间。简小群束手无策时，毕大邱有了计策，上前问保安他们开的车是登记在哪栋楼的哪个房间。

进来的时候，门口的智能识别系统认出了车牌，自动抬杠，并显示是长租车。

跟随毕大邱上楼，敲响了1802的房门，简小群生怕看到荒唐的一幕。门开了，坏消息是，开门的人是史笛。好消息是，她衣服完整，身后还有两个人，是一男一女。

男的一头奶奶灰的染发，女的一头黑长直，她比史笛年轻，还比她漂亮，也比她有气质，一脸的傲慢与盛气凌人。

简小群脚步虚浮，差点被门槛绊倒，生活给他出的荒诞难题，他别说解答了，连题型都没有见过。他想跑，跑了就当一切都没有发生过。他想哭，哭一场也许会梦醒，醒来后发现一切都是假的。

但他还是留了下来，是史笛拉住了他，并轻声安慰他："既然你发现了，我也不再隐瞒了，别担心，我不会伤害你的，我只会伤害自己。"

你一刀洞穿了我的心脏，还说不会伤害我，你当我是傻子吗？简小群心痛到无法呼吸，才想起史笛确实说过他是傻子。

毕大邱一副看热闹不怕事大的嘚瑟，他拉简小群坐下，跷起二郎腿说道："都在了，就别藏着掖着了，把事情说个清楚，也好让我兄弟死也当个明白鬼。"

"戴绿帽子不可怕，可怕的是不知道是什么材质，又是谁给戴上的。"

简小群都不知道毕大邱到底是站哪头的，当初介绍史笛和他相亲时，他口口声声说史笛是他哥们儿的妹妹。结婚时，毕大邱还参加了婚礼，当众警告简小群如果敢对史笛不好，他就替她教训他。

现在这架势，怎么又站在了他一边，要替他出气？简小群觉得他完全看不透毕大邱了。

史笛介绍了奶奶灰男林天涯和黑长直女杨涵凉，他们是恋人关系，不，是夫妻关系，刚刚领证，还没有举办婚礼。

而史笛则是林天涯的前女友。

4 秘密关系

　　史笛和林天涯是校友，她大他三岁。大学时，她很喜欢他，用她的漂亮、温柔和体贴照顾得林天涯无法自拔，沉迷在她的温柔乡中，在最甜蜜的时候他答应要和她结婚。

　　毕业后，史笛等了林天涯三年。林天涯一毕业就在家里的安排下，进入了自家的公司工作，并且在父母的强烈反对下，向史笛提出了分手。

　　再甜蜜的爱情也只是一个过程，只是长短不同。

　　林天涯的理由很荒诞，但很充分——母亲找人算过，林天涯必须得找个小三岁的女孩，大三岁的，不但和他属相不合，运势也不合。

　　史笛不肯分手，林天涯的母亲就以死相威胁，史笛也以死相回应，最终夹在中间的林天涯妥协了，提出了一个折中的办法——让史笛找个老实的好人嫁了，结婚后，他们继续保持往来，由以前的亲密关系变为秘密关系。

　　既可以让母亲安心，不再闹腾，也可以让他们可以长久。

　　史笛也不知是过于相信爱情还是愿意赌一赌人性，这么离奇的提议她居然同意了。

　　于是，就有了后来史笛经毕大邱介绍认识并嫁给了简小群的一出人生错牌。

毕大邱并不认识史笛,和她更没有什么交情,他只是认识林天涯。林天涯和胡金友关系密切,他托胡金友帮史笛找个下家,胡金友第一个念头就想到了简小群。简小群既老实又听话,还无能,是最佳的接盘侠,是他视线范围之内最可靠的老实人。

胡金友就让毕大邱去促成此事。

毕大邱受人之托,忠人之事,完成了中间的牵线工作。

史笛一结婚,林天涯对她的态度就迅速转冷,对她的见面邀请由敷衍到推托再到后来索性不接电话,就让史笛明白过来她上当受骗了,林天涯只是想甩掉她这个包袱,并没有和她继续保持秘密关系的想法。

如果说简小群是傻子,林天涯是骗子,那么她就是疯子!

史笛确实疯了,她不顾一切地找到林天涯,要求林天涯继续和她保持秘密关系,否则她会不断骚扰他,不让他好过,要让他身败名裂,她不惜一死!

林天涯表面上答应着,又和她保持了几个月的秘密关系,直到有一天她突然发现林天涯不但有了新女友,还和对方领了结婚证,婚礼定在下个月。

她彻底疯了!

她下了最后通牒,让林天涯和杨涵凉来先久公寓。三人还没有谈出结果,简小群和毕大邱就如鬼魅一般找上门了。

当着简小群的面儿,史笛做出了一生中最重大的一个决定——她要和简小群离婚,她不忍心再伤害简小群!

"就这样离了?"程东远抬起头来,眼神中满是疑惑、不安和同情,"你没挽留一下?你那么爱她,应该会原谅她对你的伤害。"

回忆被打断,简小群还没有从沮丧的情绪中恢复过来,他点了点头:"我是不同意离婚,只要史笛答应和林天涯断绝往来,我就会原谅她在婚姻中对我的背叛。林天涯也希望我不要离婚,他愿意出钱让我对史笛好一些。"

"你不会答应了吧？你如果要了林天涯的钱，就是对史笛的不尊重！"胡金友听不下去了，对简小群横加指责。

"我当然不会要了。"简小群不无鄙夷之色，"我才不会像某人一样拿女人的钱创业，还假装白手起家，天天对外包装虚假的人设，荒唐加恶心！"

"你内涵谁？"胡金友最忌讳别人说他是靠老婆发家，一拍桌子站了起来，"简小群，信不信我立马开除你？"

"胡总，麻烦你控制一下自己的情绪，不要影响警察办案。"程东远和声细语，却有不容置疑的力量。

胡金友坐回了座位，忙不迭地道歉："对不起，程警官，我一时冲动，下不为例！"

"你真没要林天涯的钱？"程东远加重了语气，眼神闪动几下，"你应当如实回答我们的问题，做伪证或隐瞒事实真相，要负相应的法律责任，听明白了吗？"

"我真没要，如果拿了，愿意负相应的法律责任。"简小群急了，站了起来，一想不对，又坐下了，"为什么非说我拿了林天涯的钱？有证据吗？"

"有证据就不会问你话了，就直接请你到局里配合调查了。"胡金友又插了一句。

"后来呢？"程东远没理胡金友，继续埋头记录，"接着说。"

"我能问下史笛的死因吗？"简小群想起了和史笛相处的过去，忽然悲从中来，放声大哭，"史笛，你为什么非要跟我离婚？你为什么要相信林天涯不相信我？你为什么要拿自己的生命去对赌爱情？你是不是傻呀！"

"抱歉，还不能告诉你。"程东远递上了纸巾，"后来呢？"

简小群的哭来得快也去得快，片刻之后他止住了哭泣，擦了一把眼

21

泪:"我不想离婚,林天涯也劝史笛不要离婚,杨涵凉也不希望我和史笛分开,只有史笛一个人又哭又喊,闹了半天,被我带回家了。"

"毕大邱呢?"程东远咬着笔尖问。

"不知道什么时候走了,没留意。"简小群回忆起当时的情景,确实记不清毕大邱何时不见了人影。挑事的是这家伙,第一时间脚底抹油的也是他,管杀不管埋是他一贯的尿性。

猛然间一个念头闪过,简小群当即问了出来:"毕大邱的自杀和史笛的死,是不是有什么关联?"

程东远怔了一怔,似乎是被简小群的话点亮了思路,她歪头思索了片刻:"别问我,我什么都不知道。继续你和史笛的故事。"

胡金友瞧出了什么,试探一问:"程警官是刚上班不久吧?"

"嗯……"程东远下意识点了一下头,又反应过来,轻轻咳嗽一声,"请不要打断我的问话,胡总。"

"问你话呢,简小群,后来你怎么还是和史笛离婚了,是不是你虐待她了?"胡金友立刻将枪口对准了简小群。

简小群调整了情绪,又陷入了痛苦的回忆之中。

……从先久公寓带回史笛,她两天没吃饭,总是一个人坐着发呆,要么哭,要么笑,要么自言自语。简小群心疼加无奈,每天守在她身边,生怕她出什么意外。

第三天,史笛恢复了正常。她做了一桌子丰盛的饭菜,打扮一新,和简小群认真地吃了一顿饭,并长谈了一次。

史笛向简小群表明了自己的态度:第一,她决定和林天涯断绝关系,但需要时间,长则半年,短则三个月;第二,在此期间,希望简小群对她宽容包容,不要干涉她的自由,她也保证不会再和林天涯有任何出格的接触;第三,她会辞去工作,回老家一趟。

史笛是四川人,父母在老家,从认识到结婚,简小群从未见过她的父母。

简小群一一答应了，他相信史笛这一次没有骗她，之前她对他的欺骗让他痛心，但他还是选择了原谅，并且期待史笛和过去完全切割，从此和他一起走向新生活。

任何事情只要有一个荒诞的开头，就会有更加荒唐的过程以及一个荒废的结尾。如果简小群早一点懂得这个道理，他就不会对史笛抱有希望了。

不对，他就不会放史笛离开了！

史笛第二天就辞职了，她在一家网站从事文字工作。第三天，她就离开了家，离开了北京……然后只留了一句话就消失了。对，是彻底的消失，微信不回，电话不通，一个大活人就如同掉入沙漠中的一粒沙子，茫茫一片，知向谁边？

简小群急疯了，却发现他和史笛作为人之关系中最亲密的夫妻关系，却完全不知道她的社会关系，和她没有一个共同好友！

不对，毕大邱算半个。但毕大邱也对史笛近乎一无所知，不知道她老家的具体地址、父母名字，也不认识她的同事和闺密。

史笛一消失，就是半年。

"史笛失踪了半年，你没报警？"程东远停止了记录。

"看。"简小群递上了手机，微信中，有他和史笛的聊天记录，"她出走的第一天留下了一句话——不要报警找我，该出现的时候，我就出现了。如果报警，我就永远消失。"

程东远点了点头："等下聊天记录转发给我一下。"

在史笛人间蒸发的半年时间里，简小群越想越觉得事情蹊跷，史笛凭空出现在他的生命中，他不知道她的人生轨迹、社会关系，甚至她也从来没有介绍她的同事和他认识，他们的关系既亲密又疏远！

他和她的结婚，不像正常的人间婚姻——宣告两个家庭的结合——像是从石头缝里蹦出来的两个人的私奔。

到底是一出荒诞剧，还是一次有预演的闹剧？

似乎只有他和她在一起时，她才存在。她一旦离开他的视线，她像是可以隐形，毫无痕迹地隐匿在人海之中，就像她不曾存在一样。

她到底是真实来过，还是只是一个荒诞的梦？

在史笛失踪的第一个月，简小群焦虑、不安、失眠。第二个月，他患上了抑郁症。期间，在毕大邱的帮助下，他吃了一些抗抑郁的药。第三个月，抑郁好了，他恢复了没心没肺简简单单的生活，对史笛的担心和思念变成了每天一次。

第四个月，他每三天想一次史笛。

第五个月，每一周想一次。

第六个月，他又回到了焦虑、不安和失眠的状态，因为史笛回归的日期近了。

5 / 社会关系

"史笛如期回来了吗?"程东远被简小群的叙述吸引了,禁不住问了出来,"你真的等了她半年?半年来,从来没有想过她会出事吗?"

"整整半年,一天不多一天不少。"简小群咬了咬嘴唇,神情有几分凄凉,"我对史笛绝对信任,她既聪明又勇敢,肯定不会出事。"

史笛在约定的半年期限的当天,准时回来了。简小群准备了一桌子丰盛的饭菜,还精心布置了房间。

上午11点时,史笛开门进来。她脸色平静,神情如常,气色也不错,不像消失了半年之久,就如同下班回家的温顺的小妻子。

简小群有太多的话想问,却问不出来,只说了一句:"回来了?"

"回来了。"史笛没带行李,双手空空,她洗手后,安静地坐在简小群的对面,轻柔地吃饭。

一顿饭,足足吃了一个小时,两个人没有再说一句话。

饭后,史笛主动收拾了碗筷,然后静默地坐在了沙发上,打开电视,换了几个台,又关上,从包中拿出了一份协议,递给了简小群。

"我们离婚吧。"

简小群接过后,看也未看就签上了自己的名字。

"为什么不问为什么？"史笛很震惊简小群的果断。

简小群苦涩地笑了："如果和你结婚是一场美梦，我怕沉迷太久，会迷失在里面，永远醒不过来。如果是一场噩梦，现在还没有到惊吓的部分，早点醒来会更好。"

史笛笑得很忧伤："只是一场荒诞的梦罢了，没有美好，也没有惊吓。还是要谢谢你，简小群，你让我感受到了人生在荒诞之外，还有一些值得回味的温暖，哪怕很苦，哪怕只有一瞬……"

"我们到底算什么关系？"简小群发出了灵魂一问，"是亲密关系还是陌生关系？"

史笛愣了半天："算是简单的男女关系，或是秘密关系。"

"秘密关系？甚至都不能算是亲密关系？"简小群悲伤中透露出绝望。

"我们亲密吗？"史笛漫不经心地一笑，"虽然我们结婚了，但直到现在我除了知道你叫简小群是个男人之外，对你的家庭、为人、喜好还有社会关系一无所知。"

"我知道你的喜好就足够了。"简小群叹息一声，"在爱情的关系中，更爱的人更在意。你不知道我的所有，我理解。"

"对不起。"史笛忽然哭了，哭得很伤心，"我知道你是个好人，我也一直在努力想爱上你，但我失败了。我不该伤害你，希望你以后能遇到更好的她，你值得拥有世界上最简单也最亲密的爱情。"

"房子归我，车子归你。我们也没有共同存款，就不用分了。"史笛拿过离婚协议书，"你没有意见吧？"

房子是简小群付的首付，也是他一直在还贷款，车子是史笛带来的，问题是，房子他付了50万元的首付，以及还了20万元的贷款，而车子只值十几万块。

简小群却没有丝毫的犹豫："没意见。要是你想，都拿走也可以。我可以净身出户。"

"是我的错，让你净身出户，就太欺负老实人了。老天爷都不会同意。"史笛说完，起身就走，"你有三天时间搬走。"

半年前，史笛离家时，带走了她的所有东西，现在的家里，基本上没有了她的痕迹，到处是简小群的东西。

简小群花了两天半的时间整理好全部东西，同时又找好一个单身公寓，月租2000元。第四天一早，他搬家了。

他以为史笛会来送他，夫妻一场，好合好散。等到中午，也不见人影。打电话不接，发微信不回，简小群只是摇头叹息一声，就当是一个荒诞的美梦结束了，梦醒了，有遗憾，至少没有惊吓。

"就这……"胡金友瞪大了双眼，"没了？"

"没了。"简小群点了点头，"半年前，我和史笛签了离婚协议，三天后，我搬了出来，住进了现在的公寓。半年来，我和她没有再见过一面，也没有通过一次电话或发过一次微信……"

胡金友不信："就是说，你和史笛从开始认识到现在，一共一年半的时间？不对，一年零八个月。认识三个月后，结婚。结婚半年后，她离家出走。出走半年后，她回来。然后你们离婚，到现在离婚刚过了半年，对不对？"

简小群眨了眨眼睛："你算得真准，记忆力真好。"

"你确定说的都是实话？"程东远又下意识咬了咬笔头，"你可以保持沉默，但说过的话都有录音，都要承担相应的法律责任。"

简小群脸红了，不好意思地搓了搓手："准确地讲，离婚后的半年里，我给她打过十几次电话，发过几十次微信，她都没有回过。"

"你就没有回家找过她一次？"胡金友用鄙夷的眼神左右扫了简小群几眼，"没想到你还是一个挺痴情、挺专情的男人，怕是自我吹嘘、自我美化吧？如果你有你说得那么爱她，你肯定会偷偷留了家里的钥匙然后回家找她。"

27

简小群脸又红了一次："被你猜中了，我是偷偷留了一把家里的钥匙。一天后，我就溜了回去，想见见她，发现门和锁都换了。后来我又回去过几次，还躲在楼道里等她，却从来没有遇到过她。问邻居，邻居说自从我搬走后，没人住进来。"

"照你这么说，这一年多来，你只在离婚时在家里见过史笛一次，离婚后，一次也没有见过她，对不对？"程东远盘算着时间线，总觉得哪里有疏漏或是不对的地方。

"对，对。别说见面了，一次有效的双向沟通都没有，房子和车子实际上都在她的名下，车子只是名义上归我，一直还没有过户。"简小群脸再次红了，"离婚时，我特意留了一个伏笔，没提车子过户的事情，就是想让我和她之间还有一个连接，希望还有机会等她回心转意。"

"呵呵，呵呵，真是一个有情有义的好男人，天上少有，地下难寻！"胡金友笑得意味深长，三分讽刺七分挖苦，"是她背叛了你，你无条件同意离婚，还愿意把房子给她，你会有这么大度，这么好心？我猜你是为了伪装成受害者，等时机成熟时再杀了她好报复她给你戴绿帽子的耻辱，对不对？"

"你把自己塑造成深情的人设，是让人们都相信你为了史笛愿意牺牲一切，这样，等她遇害了，就不会有人怀疑你，是不是？"

简小群脸色平静，看不出悲伤还是愤怒："是，是，你说得都对。证据呢？如果你有证据证明你的推测，尽管拿出来，该无期就无期，该枪毙就枪毙。如果没有，老胡，你给我闭嘴，少在这里干扰警方办案，少放屁！"

胡金友气得满脸涨红，正要发作，程东远一拍桌子站了起来。

"好，今天先到这里，谢谢你配合我们的工作。"她拿过手机，"加个微信，你把和史笛的聊天记录发给我。请一定发完整记录，不要删除关键信息。"

"当然，如果涉及了隐私，可以不用发。"

简小群加了程东远的微信："恐怕会让程警官失望的,我和史笛的聊天记录,既没有隐私也没有情话,甚至连家长里短都没有,是比同事对话还公事公办的日常,不是我问她什么时候下班、想吃什么,就是她告诉我晚上不回家吃饭、不用等她……没别的。"

"现在可以告诉我她到底出了什么事情吗?"

程东远犹豫片刻,摇了摇头:"抱歉,案情重大,按照规定不能透露。"

送走程东远,胡金友立刻召开了全体会议。

会上,胡金友先是通报了毕大邱的死讯。

他饱含热泪,哽咽难言:"大邱的死,是公司的重大损失。请各位同事不信谣、不传谣、不造谣,任何事情未经确认不要信,任何消息未经证实不要传。自觉维护公司的形象和利益。毕大邱的死因,一切以警方的结论为最终的定论。"

"鉴于简小群的所作所为对公司造成了不可估量的损失,经研究决定,即日起公司解除和他的劳动合同……"

简小群坐在最后,一拍桌子站了起来:"胡总,毕大邱是自杀,和我没关系。对公司造成了不可估量的损失的人是他,不是我。你想开除我可以,除了按照N+3的补偿之外,我要求公司承担我的车损。"

胡金友气得发抖:"如果不是因为你,毕大邱也不会自杀,他自杀的因素中,你占比最高。还让公司补偿你?你怎么不去死?"

简小群一转身,身后就是窗户,他打开窗户朝下探了探:"二楼,太低了,摔不死摔成残废多悲催。你要是跟我签个协议,如果我摔不死的话你负责养我一辈子,我马上就跳下去。"

"去死吧。"胡金友气得抓起手边的笔记本就扔了过去,"你立马收拾东西滚蛋。"

简小群轻轻一躲就闪了过去,他双手抱肩:"我就不走,除非公司倒闭了，否则工资补偿和车损，公司必须承担！"

"我弄死你……"胡金友暴躁了，跳了起来，直奔简小群而去。

门哐当一声被人推开了，两个人如风卷残云一般冲了进来。

是两个女人，都是三十多岁的年纪，气质高贵、动作优雅，一个丰腴且长发，另一个微瘦且短发。

二人同时拦住了胡金友的去路。

6 最幸运的和最倒霉的，都是少数

胡金友冲天的气焰立刻瞬间消失了，无形之中，不自觉矮了半截，脸上马上挤出了笑容："老婆、莫总，你们怎么一起来了？是过来指导工作吗？"

丰腴且长发的莫宜是房东，公司租用的二层只是她众多房产中的一小部分，据说除了公司所在的五层小楼是她的物业之外，在其他产业园，她至少还拥有五栋小楼。

天知道莫宜如此年轻貌美却拥有如此庞大的资产，到底她是富二代还是嫁了一个了不起的老公，不得而知。公司上下的传闻是，她现在单身。是母胎单身还是离异单身，也没人清楚。

微瘦且短发的毕小路是胡金友的妻子、毕大邱的姐姐。

都知道胡金友创办毕力网络是借助了老婆毕小路的财力和人脉，所以毕大邱在公司虽然只是一个总监，权力却堪比副总，是仅次于胡金友的一人，同时，也代表毕小路起到了监视胡金友的作用。

毕小路双眼通红，显然是刚哭过，她一个耳光打在了胡金友的脸上，咬牙切齿："让你替我培养大邱，结果你把他送走了，胡金友，你真行！"

胡金友捂着右脸，眼泪汪汪："不能怪我，都是简小群的错！他昨天下午才和大邱打了一架，晚上大邱就跳楼了，就是他刺激到了大邱，让大邱一时想不开……"

"他的事情以后再算，先算你的事情……"毕小路回身看了简小群一眼，眼神复杂难言，有怨恨，有愤怒，有悲伤。

"公司解散了吧！"毕小路推开胡金友，和莫宜一起走到正前方，语气坚定而不容置疑，"公司突遭变故，房东提出终止合同，为了处理善后事宜，我宣布，公司即日起停业。相关手续的办理，由李宝春和张冬营负责。"

莫宜一口很浓重的川普，她淡雅地一拢头发："很痛心听到大邱的噩耗，我和他是老朋友了，对他的不幸表示哀悼。"

"作为房东，我对贵公司的遭遇深表同情。但楼上楼下四家公司同时提出抗议，因为大邱的意外给他们的经营带来了负面影响，因此，为了大局，我决定中止和贵公司的租房合同。"

莫宜冲毕小路点了点头："此事，已经征得了小路的同意。小路希望给出宽限的时间，从现在起，三天之内清空办公室。逾期不清理的，会被当成垃圾处理。"

人群"哄"的一声炸开了。

胡金友面如死灰，房东终止合同、毕小路解散公司，他事先没有得到通知，没人把他放在眼里，屈辱、悲愤和尴尬一起涌上心头，他的目光又落在了最后面的简小群身上。

简小群还是双手抱肩的姿态，他靠在窗户前，一副看热闹唯恐事情不大的表情。其实现在的他，心思早就飞到了史笛身上，正在设想史笛死亡的无数种原因。

但在胡金友看来，简小群的做派就是像在嘲笑他的失败和无能。

如果不是简小群昨天和毕大邱吵架，又动手，他还把毕大邱踩在脚下，让毕大邱喊他爷爷求饶……毕大邱也不会心理崩溃跳楼自杀。不管昨天的打架事件是不是直接原因，至少是诱因之一，简小群就是杀人凶手，就是公司关闭的导火索！

越想越气，越气越上头，胡金友失去了理智，他"嗷"地怪叫一声，以一种大义凛然的姿势朝简小群飞扑过去，大喊一声："简小群，你个丧门星，老子弄死你！"

简小群自我认定他的人生是荒诞的人生，是闹剧的人生，他可以用自己荒唐的经历带给别人笑料，但绝不会承认他是丧门星，他不会带给别人灾祸或晦气。他一向对世界充满了热爱，哪怕对社会没什么贡献，至少能为别人带来谈资，也是一种快乐不是？

胡金友的话激怒了他，他还没有从史笛的意外的悲伤情绪中恢复过来，当即朝前冲了过去，挥舞拳头："我是福星、吉星，不是丧门星！除非你跟毕大邱一样跳楼，否则你就是污蔑我！"

胡金友和简小群短兵相接，他一拳打在了简小群的左肩膀上，收势不住，冲到了窗户前面。

窗户大开，因为开会时有人抽烟的原因，后面的几个女员工为了跑烟味儿，特意开得很大，两扇窗户像张开的双臂，迎接着如炮弹一般飞来的胡金友。

"啊！"

众人惊呼。

"快拉住他！"

"别让他掉下去！"

可惜，及时的提醒声没能唤醒沉睡的心灵，离胡金友最近的几个女孩吓得目瞪口呆，双手捂嘴，没有多余的手拉胡金友一把，胡金友就在众目睽睽之下，以毅然决然的姿态一头栽出了窗外。

"啊！"

惊呼声此起彼伏，响彻了整个会议室。

简小群呆立当场，他也捂住了嘴巴，不是吓得说不出话来，而是震惊得不知所以，他一语成谶，究竟是荒诞的巧合，还是他真是一个人见人丧

33

的丧门星？

李宝春和张冬营第一时间冲到窗前，朝窗外探身一望，二人同时兴奋地大喊："没事，胡总没事，掉车上了。"

短暂的震惊和自责过后，简小群立刻又被点燃了情绪："是不是我的车？是不是？"

李宝春用无比同情的眼光看向了简小群："群哥，就当做好人好事了，没有你的车，说不定胡总就……"

一天之内承受了两人次的跳楼冲击，生而为车，也算是经历了99%的汽车不曾经历的荒诞。

"我的车只上了交强险，这下完蛋了，修车都修不起了！"简小群发出了源自内心最真实的哀号。

夜幕降临了，一天即将过去，简小群颓然地坐在了办公桌前，一动不动。还没有收拾好办公用品，他全然没有心思去整理，脑海中不断闪现着今天一天的荒诞经历——绝对超过了前三十年人生中经历的所有荒诞的总和！

昨晚吵架兼打架的顶头上司毕大邱死亡，死于跳楼，自杀，还砸坏了他的车。他深爱的前妻在离婚半年之后，突然死亡，死因不明，自杀还是他杀，未知。

工作了好几年的公司，解散了，许多同事都认为是他凭借一己之力硬生生弄垮了公司，简小群不愿意承认，却也懒得反驳。而公司的老总胡金友因为要和他打架也跳楼了，不，应该是说摔了下去，但结果是一样的，也是因他而起。

别人积攒了几十年的人品和善良，换来的都是幸运和好事，而他却用三十年平淡的人生积累了一天的荒诞与荒唐！简小群一个人呆坐了半天，怎么也想不通他是什么时候拿到了人生的错牌，为什么现在每次出牌都是烂牌？

"哪些东西不要了，都留给我，我不嫌弃，来者不拒，照单全收。"李宝春凑了过来，拉了把椅子坐在了简小群的旁边，"别愣着了，赶紧收拾东西走人，是不是想等老胡回来后收拾你？"

胡金友摔下去后，毕小路和莫宜陪他去了医院。

简小群的车顶又凹陷了几分，可怜地停在原处，一身的伤痕似乎在无声地控诉着命运的不公。

一层和三、四、五层的公司陆续听到了消息，不少人纷纷和简小群的车合影，认为简小群的车是园区第一辆霉运之车，也是园区自成立以来前所未有的网红第一车。

最幸运的和最倒霉的，都是少数，都值得被关注。

估计明天消息传开后，前来打卡的人会更多。整个园区有几百家公司上万名员工。

"记得谢我。"李宝春见简小群面无表情，知道他心情沮丧到了极点，拍了拍他的肩膀，"我把你的微信收款二维码放你车旁边了，上面写着——拍照10元，贴补修车费用，谢谢救济……能弥补一点损失是一点。"

"宝春……"简小群突然抬起头来，眼泪汪汪的，"你说我真是丧门星吗？"

李宝春吓了一跳，简小群饱含热泪的双眼充满了委屈和不甘，他忙安慰他："不是，你别想那么多，都是巧合。如果你真是丧门星，就成国宝了，把你派到美国、日本去祸害他们，不战而屈人之兵。"

"倒也是。"简小群立刻破涕为笑，"就算是丧门星也有大用，你太会安慰人了。走，去喝点，我请客。"

还是昨晚的翅吧，还是简小群、李宝春和张冬营三个人，还是上次靠窗的桌子。

点了烤翅、烤串和啤酒，三人很快就喝多了。

其间，简小群接到了房东的电话，催他交下个季度的房租。他挂了电话，才发现微信上有上百条消息。打开一看，全是收款信息。

数了数，居然收到了二维码转账920块，简小群大喜，照这样下去，几天时间就能凑够修车的费用了。

买了单，简小群告别李宝春和张冬营，才要走时，被李宝春拉住了。

李宝春看了看时间："和昨晚一样，8点30分就结束了。在你今天来公司之前，警察找我和冬营谈话了，他们问了我们吃饭到几点，我说的是8点30分，你没说错吧？"

简小群蒙了："不对呀，我明明记得结束的时候是9点半，回到家10点多。我跟警察就是这么说的。"

"你断片儿了吧？昨晚就是8点30分结束的，你还说你每天都准时10点上床睡觉，一超过10点就睡不着了。"张冬营大着舌头，"我记得可清楚了，我买单的时候，特意看了看店里的石英钟，刚好8点30分。"

说话间，张冬营从口袋里翻出一张收款凭证，指着上面说道："你看你看，20点30分，分秒不差。"

7 / 垃圾分类，从我做起

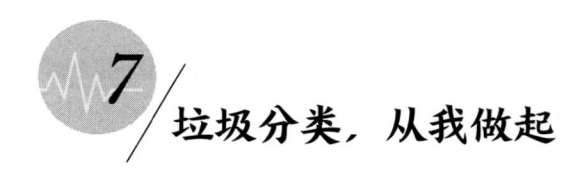

怎么凭空少了一个小时呢？简小群摸着后脑，用力回忆却怎么也想不出来当时的细节了，为什么他明明记得是9点30分结束而到家时是10点多呢？

一转身，简小群注意到马路边上有一个垃圾箱，和他梦中呕吐的垃圾箱一模一样——红色的塑料垃圾箱，上面是白色的大字：垃圾分类，从我做起。

简小群只觉得头皮发麻，后背发冷："昨晚，这里是不是也有垃圾箱？"

李宝春大笑："什么叫也有？这里一直就有垃圾箱。你忘了，昨晚你抱着垃圾箱要吐，还说要抱红色的，不抱绿色的，你不喜欢绿色。"

原来在路边呕吐的梦不是梦，简小群一激灵，感觉头发都要竖起来了："我吐的时候，有什么反常的事情发生吗？"

"不知道。"李宝春和张冬营异口同声，同时摇头。

"因为你吐的时候，我和冬营的车到了，我们就都上车走了。"

"你们还是人吗？"简小群气笑了，"扔我一个人在路边抱着垃圾箱吐，你们也不怕我出事？"

"我们只会怕你弄坏了垃圾箱要赔钱的时候，会冲我们借钱。"李宝春哈哈大笑。

一辆出租车停在了几人面前。

"车到了,我们先走了……又一次。"李宝春和张冬营才不理会简小群的埋怨,上了出租车,扬长而去。

不当人……简小群笑骂,看了看时间是晚上8点40分了。他迟疑了片刻,挪动脚步朝红色的垃圾箱走去。

十几步的距离,他感觉如同走了一个小时一样漫长,似乎隐藏在黑暗之中的红色垃圾箱的背后,有着什么不可告人的秘密,简小群的内心有畏惧和不安,生怕再一次看到飘在半空的白衣史笛。

还好,来到了红色垃圾箱前,一切正常,周围车水马龙依旧,夜晚的城市还在散发着活力与过剩的精力,既没有吓人的场景,也没有怪异的事情……

简小群长长地出了一口气,昨晚的一出还真是一个梦……就在他转身要离开的当下,毕竟一个大男人大晚上站在垃圾箱前流连忘返,肯定会被当成变态——蓦然间,眼睛的余光中出现了一个白衣女子!

娘啊!简小群吓得心脏都快要飞出来了,他想跑,但感觉双脚像被钉在了地上。想喊,嗓子发干,胸中无气,一点声音也发不出来。

中邪了?简小群呼吸急促,心跳如飞,双眼发直,跑不了动不得,像个木头人。他不敢肯定他是怎么了,也许是应激之下的身体过激反应,也许是被不应该存在的东西施加了非物理限制,让他被锁在了物理定律之外。

别过来、别过来……简小群身子动不了,大脑还在飞速运转,他一口气祈祷了几十遍。虽然无法回头,却能清晰地感应到后面的白衣女子正在逼近,他吓得快要哭出来的时候,一只手落在了他的肩膀。

娘啊……简小群终于用尽了全身力气喊了出来:"离我远点!我没害你!你找错人了!"

"小伙子……"是一个颤巍巍的声音,苍老、有气无力外加中气不足,"你年纪轻轻,又有一把子力气,干点什么不好,别跟我老太婆抢垃圾，好不好？"

"求你给我老太婆一条生路吧，我给你立长生牌位！"

简小群感觉自己又能活动了，破案了，不是超现实主义，是真现实主义，他用力扭动着僵直的脖子，似乎能听到关节的声音，慢慢回头……

身后，站着一个红润饱满、一身白衣的老太婆，她年约六十，左手拎着一堆塑料瓶，右手拿着一杯捡来的咖啡。

再低头一看，她脚上穿着一双黑色的不合脚的马靴，和一身白衣形成鲜明的对比，在夜色中乍一看，如同没有脚一般。

感觉活力瞬间回归了全身，简小群的心跳恢复到了正常速度，他拍了拍胸口："吓死我了，我还以为自己有透视眼了……老人家，放心，我不跟您抢垃圾，可是您大晚上穿一身白衣服到处晃荡，会吓死人的，知道不？"

白衣老太喝了一口咖啡，咧了咧嘴："太苦咧，不好喝。你能请我喝瓶汽水吗？我想喝冰镇的，北冰洋的。"

简小群二话不说，回身到饭店买了一瓶北冰洋。

"慢点喝，没人跟您抢。"简小群笑眯眯地看着老太太一口气喝完，"凉，别激着了。"

"老人家，看您的穿着打扮还有气色，不像拾荒者，用不着捡垃圾换钱吧？"

老太太喝完汽水，把瓶子还给简小群，"退休了，闲不住，出来锻炼身体，再顺手捡些垃圾，有枣没枣打一竿子……"

行吧，只要老太太高兴就好，简小群聊了几句，转身要走，老太太又要回了汽水瓶，说也能卖钱。

"小伙子，你真是一个好人。你天庭饱满、地阁方圆，你小时候没吃什么苦，生活条件不错。到晚年，也会幸福美满……"老太太拉住简小群的手，不肯放他走，"别觉得我迷信，我见过的人多，被我说好的，都过得可好了。"

39

简小群想走，奈何老太太说什么也不放他，说了半天话，又非让他买了一些吃的喝的才算满意。

　　"小伙子，以后如果你不发达，就是老天爷没长眼。"老太太又要说个没完，简小群实在受不了了，忙推托还有事情，急忙逃走了。

　　刚走到马路对面，老太太的声音又传了过来："你比我昨天晚上遇到的两个人还要好，他们一个人送了我一双靴子，一个人送了我一身裙子。小伙子，你要不要送我一件上衣？"

　　还是不要了吧，简小群加快了脚步，跑出几步远，忽然停住了，疯一样又返回到了老太太的身前。

　　"小伙子，你想通了，要送我一件上衣吗？"老太太喜形于色。

　　简小群二话不说脱下了外套："送您，送您！您说昨晚遇到了两个人送您靴子和裙子，他们长什么样子？"

　　老太太的靴子明显大了许多，裙子也不合身，简小群越看越觉得眼熟，越眼熟越是心惊肉跳。

　　老太太赶紧把外套收了起来："先是遇到一个男的，跟你差不多岁数，比你矮比你胖比你丑，他路过的时候大概是9点半的样子。他手里拎着一双靴子，想扔，见到我就说送给我。"

　　简小群的回忆越来越清晰了，没错，毕大邱是有同款靴子，他忙问："他是不是眼睛很小，左眉毛上有颗痣？"

　　"那不知道，天黑，看不了那么清楚。他说他叫毕大邱，让我记住他的名字，他说他是好人。"

　　早点说名字不就得了，简小群确定了心中的猜测，又问："送您裙子的是个女孩？"

　　"是呀，是呀，可漂亮了，像仙女一样。她说她以后再也穿不着了，就送我了。"

　　简小群紧张得说话都不利索了："她是不是个子有一米七，穿运动鞋，扎个丸子头……"回头一看，身边走过一群女孩，全是一样的运动鞋、丸子头的打扮，他愣了愣，努力回想史笛的关键特征，却怎么也想不起来。

有时最亲密的人反倒最陌生，和史笛在一起生活也有半年之久了，居然连她不同于别人的显著特征都记不住，简小群心中闪过一个强烈的疑问——他到底爱她什么？

老太太又说了几个特征，都不太像史笛，她也没有留名字，简小群不免失望，也许是他想多了。

"当时是几点？"简小群打算问完最后一个问题就走，基本上他已经确定她不是史笛了。

"10点多，不到10点30分。她待了有10分钟，给了我裙子后，没再说话。后来来了一辆车，她就上车走了。"

简小群忽然又发现了兴趣点："什么车？开车的是什么人？"

"保时捷卡宴，白色的。"

简小群话一出口就后悔了，他不认为老太太会认出车的品牌，不料老太太的回答让他大吃一惊，他不由得惊问："您居然能认出保时捷卡宴？"

"跟我儿子的车一模一样，我能认不出来？"老太太一脸自豪。

好吧，你儿子开百万豪车，您还出来捡垃圾，是他太孝敬您了还是您太会过了，无所谓了，简小群又追问："开车的人长什么样子能记住吗？"

"记不住，她就没下车，看不到脸。"老太太给了简小群一个失望的答案，她停顿了片刻，又想起了什么，"不过她说话的声音有点沙哑，很好听。"

老太太捏着嗓子模仿对方的声音："史笛，等急了吧？"

"什么？"简小群再一次震惊了，"开车的人叫送你裙子的人史笛？"

"没听太清，不是史笛就是喜喜，要么就是希希。"

应该确定送老太太裙子的人就是史笛了！她在昨晚10点30分的时候，

上了一辆白色的保时捷卡宴，她的死，应该和司机有一定的关系。简小群又问："司机穿什么衣服？有没有什么明显的特征？"

"我都没有看清脸，只看见她戴了帽子，穿着裙子……"

"裙子？是女的？"简小群习惯性将司机想象成男人了。

"是女的。"老太太点头，"从声音到身材再到穿衣，肯定是女的。对了，车牌后三位是868，数字好记，我一眼就记住了。我儿子的车牌后三位是888……"

8 雇佣关系

回到家里，10点30分了，简小群拿出纸和笔，在纸上画了几个点。从公司到翅吧和他的公寓到翅吧，距离都在5公里内。同样，从他留给史笛的房子到翅吧，也在5公里的直线距离之内。虽然他也知道，史笛和他离婚后，应该没有住在房子里。

怎么都睡不着，简小群下楼，扫了一辆共享半车，骑到了风向小区，来到了他和史笛共同生活过的302室。

是一梯两户的格局，02室是小户型，对面的01室是大户型。

门换了，锁也换成了密码指纹锁。简小群之前已经来过无数次，只守候并没有尝试开门。现在不同了，史笛不在了，他试着输入密码。

第一次，是史笛的生日，提示错误。

第二次，是史笛的手机号码，提示错误。

第三次，是史笛的QQ号码，提示错误。

第四次，是史笛的微信号数字部分，提示错误。

第五次，简小群输入了自己的生日，提示错误。

五次错误，密码锁被锁定，10分钟后才能再次输入。

简小群坐在门口，等了10分钟。时间一到，他就开始从他的QQ号码、他和史笛生日的后三位，一一尝试，结果全部错误。

43

又只有最后一次机会了,简小群想了一会儿,不抱任何希望地输入了自己手机号码的后六位。

门开了。

并没有绝处逢生的喜悦,相反,简小群的一颗心又一次提了起来,心情莫名沉重了几分。他轻轻推开门,开灯,房间的格局尽收眼底。

一切如常,就像他半年前离开的样子。不同的是,客厅的沙发、卧室的床,都罩了一层淡蓝色的布——史笛有轻度洁癖,她不允许家里有任何的杂乱和灰尘。在他们共同生活的半年里,她不管多晚回家,都要精心地打扫一遍卫生才入睡。

简小群的手轻轻滑过餐桌,上面有厚厚的一层灰尘。他又来到厨房,看了一眼煤气表的数字,依然定格在他们离婚时的状态。

和电费数字一样,稳定如初。

和他猜的一样,史笛要了房子,却一天都没住。

在房子中转了几圈,往事一幕幕如潮水般涌上心头。关了灯,简小群靠着沙发坐在了地上,他双手抱头,无声地哭了起来。

黑暗无边,窗外一道灯光斜射过来,正好将简小群的身影投射到了地上,拉长且有些变形。他压抑而又微弱的哭声,在空荡的房间中显得既凄凉又孤寂。

也不知过了多久,简小群停止了哭泣,他站了起来,平静地打扫了一遍房间,很用心很细致,花费了近一个小时,直到他觉得达到了史笛的要求后,才锁门离开。

第二天,简小群睡到10点才醒。公司倒闭了,还欠着他两个多月工资,得要回来了。

微信上又多了上百条收款信息,进账小一千元。承受了两次撞击的汽车正在努力用自己的悲惨遭遇卖命挣钱,靠裸露自己的伤疤营业博取同情不可耻,它也应该可以猜到它的主人没钱修它,一切只能靠自己。

汽车的自强不息,也算是让简小群的生活在灰色的荒诞之外,有了一些彩色。

下午3点多,简小群接到了李宝春、张冬营的电话,约他去一趟医院看望胡金友,顺便提提工资的事情。

胡金友伤得并不重,二楼离地面只有3米多,汽车也有1米多的高度,等于是他从1米多的地方落在了车顶上。医生告诉胡金友,如果不是车顶扛下了所有,他少说也得断一条腿,养伤100天。现在只需要一周就能出院。

即使如此,胡金友依然对简小群恨之入骨。如果不是简小群和毕大邱吵架打架,毕大邱就不会跳楼。毕大邱不跳楼,就不会影响到别的公司,别的公司就不会嫌弃他的公司,房东莫宜也就不会让公司搬走。

毕大邱不死,毕小路也不会让公司解散,说到底,根源就在于简小群的一次发疯。

所以,当看到简小群出现时,他挣扎着要从床上起来修理简小群,被李宝春和张冬营按住了。

简小群坐在了胡金友的床边,一边剥橘子一边说:"胡总,看开些,多往积极乐观的方面想,不能说公司的解散是因我而起,毕竟在你的带领下,公司每况愈下,都三个月没发工资了。"

"对你来讲,公司就像是重度抑郁症患者,也可以看成是得了恶性肿瘤,关了,相当于病好了。人嘛,总要有所取舍,不能既要又要还要。什么都想要,到最后,往往什么都得不到。"

"好好养病,别胡思乱想,公司破产清算还得一段时间,欠的工资和房租,记得都要妥善处理。善始善终才是做人的基本操守。记住了,你和我们员工就是简单的雇佣关系,我们付出了时间、智力和精力,你就得回报我们金钱。"

简小群剥好了橘子,朝前一递,到中途又折返回来,放到了自己嘴里:"我咨询过律师了,如果员工的工资不结算,公司想要顺利解散也没有可能。还有,我的修车费用也得你负责,毕竟毕大邱是你的小舅子。"

胡金友气得暴跳如雷。

"真的别生气，就算不是因为毕大邱，因为你自己，修车费用也得你出。你想呀，如果没有我的车，你现在说不定已经残废了，我的车是你的救命恩人。"简小群吃完了橘子，又拿过一个苹果削皮，削好后，分成了三块，他和李宝春、张冬营一人一块。

还故意把苹果皮摆在了胡金友的床头。

胡金友被简小群的一系列操作气笑了，反倒平静了下来："简小群，不管警察怎么认定，我都认为你就是毕大邱和史笛死亡的幕后凶手。就算不是你直接杀害了他们，也是你煽动、鼓动、PUA……anyway，你脱不了干系！

"你先别得意，别以为你可以逃过警察的调查。哪怕你装傻充愣骗过了警察，我也不会放过你！

"别人不知道你，我可是了解你的伪装和欺骗！你看似简单，装出一副善良、无害的样子，实际上你最复杂，最虚伪，最能演戏了。你的窝囊和无能，是你故意打造的人设！鬼知道史笛嫁给你，是不是被你忽悠了。她和你离婚，是识破了你的为人。你不甘心，离婚半年后就又害了她，是不是？"

简小群似乎被胡金友的一番话震惊了，呆了半天才恢复过来："我的人生已经是一出荒诞剧了，你还想当我人生荒诞剧的编剧吗？胡总，别以为这样你就可以耍赖不负责任了，毕大邱人不在了，没法追究他的责任。你还好好的，如果你不出修车费用，我会起诉你的。"

胡金友又怒了，拍着床边说："随便告，不把我告进去你就不姓简！你就不是人！"

"别急，等你出院了再告。我可不忍心告一个身体和心理都不健康的病人。除了我的修车费用之外……"简小群一本正经地笑了笑，"还有欠我们所有人的工资，一分都不能少！"

"你走！滚出去！"胡金友脑壳疼，揉着太阳穴，"我以后再也不想见到你！"

走就走，简小群朝李宝春和张冬营使了个眼色。

三人刚要离开，门被人推开了，张备和王松走了进来。

"凑这么齐？"张备一下乐了，"正好，省得一个个找你们了。走，都跟我们到所里，配合调查。"

胡金友高兴得直拍床边："我说什么来着，简小群，你逃不掉的！"

"也包括你。"王松上前拉起了胡金友，"别躺着了，赶紧的。你、还有你，帮忙扶着他。"

李宝春和张冬营忙上前扶起胡金友，李宝春满脸疑惑："我们也要去？"

"对，都要去。"张备看向简小群，"没想到我们这么快又见面了吧？"

简小群倒是很平静："案情有了新的进展？还是毕大邱的案件吧？"

张备呵呵一笑："怎么着，还想牵涉进去史笛的案件？她的案件比毕大邱的复杂多了，别急，以后有你配合调查的机会。"

"关我什么事情呀？我也是受害者。"胡金友想回到病床上，"我还是病人，你们不能这样对我。"

王松上前抓住胡金友的胳膊："我们问过医生了，你没事。在医院查案，会影响其他病人。如果你不怕事情闹大，被人围观，在医院也行。"

胡金友立马尿了。

一行人坐车来到派出所。简小群被带到了张备的办公室，胡金友、李宝春和张冬营几人被王松带走了。

简小群好奇："不是应该到讯问室吗？我见电视上都是这么演的。"

"只是让你配合调查，不是传唤，你又不是犯罪嫌疑人，至少现在不是。"张备为简小群倒了一杯水，"感谢你配合我们的工作，简小群，我想了解一下你和史笛的事情。"

"啊！"简小群站了起来，"史笛的案件不是由程警官负责吗？"

张备沉默了一会儿，似乎在权衡什么，他抬起头："本来不该告诉你，但为了早日破案，适当透露一些案情可能有助于你想起什么……经初步调查，史笛之死和毕大邱之死，有关联之处。"

"娘耶！"简小群受到了惊吓，"他们的死怎么会有关联？他们又不熟……史笛到底是怎么死的？死在哪里？"

张备又沉默了片刻，咬了咬牙："经了解，你和史笛结婚是由毕大邱介绍的，是不是？"

在得到简小群点头的肯定后，张备又说："从现场情况来看，毕大邱确实是跳楼自杀。而且根据监控排查，他跳楼的时候，并没有第二个人在场。但是，解剖尸体时发现，他的胃中有毒药。"

"而且还是剧毒。也就是说，就算他不跳楼，也会中毒而死。"

简小群握紧了拳头："真狠，是个狠人！"

9 简单关系

"史笛的尸体是在通河里被发现的,根据监控显示,她是自己跳河自杀的。她的死亡地点距离毕大邱的死亡地点有10公里,表面上,二者毫无关联之处。并且他们没有任何的通话记录,只是微信好友,微信联系的最后一条记录停留在一年多之前。"

张备一边说,一边暗中观察简小群的表情。

简小群的表情变化很快,痛心、懊悔、不甘,最后归于平静。

"在介绍我和史笛认识之后,毕大邱就和史笛没什么联系了。"简小群回忆了一下,"他们的关系很简单,简单到基本上没什么关系。"

"他们的死,又会有什么关联呢?"

张备不动声色:"史笛的胃里也有毒药,和毕大邱服下的毒药成分一样。你觉得是巧合,还是别的原因?"

简小群呆住了:"同样的毒药?史笛为什么要服毒自杀?为什么服毒后还要跳河?不,她不可能自杀,她那么热爱生活!"

"别用情感来判断生活,要用理智来分析世界。人已经死了,就不要说不可能了。"张备并没有回答简小群一连串的疑问,"我只是想请你以史笛前夫的角度好好想一想,她为什么要自杀,又为什么要在自杀之前服药?"

"你是唯一一个和史笛、毕大邱之死都有关联的人！"

简小群苦笑："意思是，我是天选之子了？从小到大，我的人生就是一出闹剧，荒唐的闹剧，从来不会成为焦点和支点，第一次成为关键人物，居然是因为两个人的死。"

张备开导简小群："想开点，至少你只是和他们的死有关联，不是和他们的死因有关联，就已经很不错了。也是。"简小群立马心宽了，"起码我不是犯罪嫌疑人，对吧？"

"也不对，他们都是自杀，怎么会有犯罪嫌疑人呢？"

张备来了兴趣，坐到了简小群身边："我考你一个法律上的难题，也不能说是难题，是有意思的案例。一个人，先是被第一个犯罪嫌疑人强迫吃了毒药，毒药发作起来，半个小时就会没命。然而5分钟后，他又被另外一个犯罪嫌疑人推下了三楼，结果没摔死。他挣扎着逃走，又被第三个犯罪嫌疑人掐死了，那么三个犯罪嫌疑人，谁会被判处死刑？"

简小群张大了嘴巴："这人谁呀，这么倒霉，被这么人多害，他到底做了什么伤天害理的事情？"

张备气笑了："你别管他做了什么，只管回答三个犯罪嫌疑人中，谁的罪责最重……"

简小群人是简单，但不傻，立刻想明白了什么："张警官是怀疑有人想要毒死毕大邱和史笛，结果在他们没有毒发之前，他们就自杀了？这也太荒诞了吧？"

"我没学过法律，但根据经验判断，应该是第三个人被判死刑，前两个都属于杀人未遂。说起来第三个人也太冤枉了，不用动手非要动手，掉大坑了。"

答对了，张备对简小群的看法有所改观，他点了点头："目前只是怀疑他们是自杀，还没有证据的支撑。其他办案同志都认定是自杀，但我觉得还有内情，毕大邱和史笛应该是被迫自杀……他们说我的想法很荒诞，你觉得呢？"

何止荒诞，简直荒唐，简小群张了张嘴，话到嘴边又变成了："我不知道！"

"史笛人很好，温柔又善良，谁会杀她呢？不可想象。毕大恶虽然人很坏，嘴很臭，比苍蝇还烦人。但也没人想要他死，不至于，没那么大的仇。大不了拉黑不来往就是了，人和人的关系，有那么复杂和隐蔽吗？"

"人和人的关系，其实就是很简单的关系。只要拉黑好友，就让对方从你的世界里消失了。"

"你看我，和毕大恶吵架还打架，我都没有拉黑他，更没想过要杀他。"

张备又为简小群倒了一杯水，还特意放了几根茶叶，他起身关上门，坐到了简小群的对面，犹豫了片刻："简小群，你有没有觉得我们很像？"

简小群更加不明白了，他紧张地搓了搓手："张警官，我是犯了什么事吗？"

"不不不，你别误会，我只是想和你交个朋友。"张备嘿嘿一笑，也搓了搓手，"我是觉得我们两个人真的很像，有点憨，有点固执有点傻，但人善良，愿意相信别人，认为世界美好得像童话，愿意为了爱一个人而不顾一切……"

简小群更加紧张了："张警官，有什么事情您就直说吧，别这样，这样我害怕。我一个人荒诞就够了，再加上您，我怕世界会崩溃。"

"别叫我张警官，叫我备哥。"张备抓住了简小群的胳膊，"你是不是很爱史笛？"

简小群用力点了点头。

"我也很爱程东远，愿意相信她，愿意为她付出一切，你能体谅我的感受吗？"

简小群不怎么用力地点了点头。

"本来呢，毕大邱和史笛的案子初步结论都是自杀，准备结案时，解剖结果出来，发现了他们二人生前都服有毒药，而且还是同一种。现在案件的性质变了，准备深入调查，看是不是有他杀的嫌疑。不过别人都认为应该不是他杀，是二人先服了毒药自杀，药性发作后疼痛难忍，就又分别选择了跳楼和跳河。"

"程东远却不这么认为，她相信二人不是自杀，是他杀，并且二人服用同样的毒药并非巧合，很有可能二人中间有一个隐形人，是他让二人服下了毒药，他才是真正的凶手。"

"没人相信程东远的推断，她才工作不久，没经验，又感性，老刑警就认为她的说法太臆测了，不符合现实。毕大邱和史笛的自杀，各有原因，服下同样的毒药，纯属巧合，没什么可以深挖的价值。而且又不是什么罕见的毒药。"

"我支持东远的想法，她的猜测有一定的道理，所以，我要帮助她在暗中调查清楚事实真相……你觉得怎么样？"

简小群有点摸不着头脑，感觉事情越来越荒诞了："挺好的，性情中人，为了爱情奋不顾身，正是当下年轻人所欠缺的理想与追求。现在的男人，缺少上几代男人玩命地爱一个姑娘的勇气与胆魄。"

张备一副你在说啥我怎么听不明白的表情，他忙打断了简小群的话："是这样的，简小群，我们能成为朋友吗？"

简小群更加迷惑了，张备喜欢程东远跟和他成为朋友有什么关联吗？他忙点头："能，太能了。只要我们的朋友关系简单就行，简单的意思就是不要利益合作，只是友情需要，吃饭可以不AA制，但这次我请下次得你请。"

"都没问题。"张备对简小群的认知又加深了，至少从表面上，他真是一个简单到了极致的人，做事简单，心思也简单，"我就明说了，简小群，现在毕大邱的案子不归我管了，史笛的案子也不让程东远插手了，但我和东远还是想按照我们的思路继续调查下去，你能帮帮我们吗？"

简小群现在才明白张备绕了一个大弯，原来落脚点是想让他白干活，他想了想："明白了，你和程东远是想以个人的身份暗中调查案子，让我也以朋友的身份帮你们搜集线索，可以倒是可以，但是……我失业了。"

"失业了不正好有大把的时间……"张备突然停了下来，"你的意思是要有一定的经济补助？"

"我的车也被砸坏了，修车少说也得一万多块。很明显胡金友不想赔，如果他能负责修车费用，我一个月2000块钱就能养活，好打发得很。"

张备的脸色变了几下，想生气，一想到简小群的为人以及公司上下对他的评价，又释然了，何必跟他一般见识，他的简单和不通人情世故和傻只有一步之遥。

"行，就这么说定了，我会让胡金友负责修车费用，然后你配合我和东远的工作，并且要保密，不要对任何人透露，我一个月给你2000块的生活费用。"

"不是生活费用，是误工补贴。"简小群纠正了张备，"如果期间能帮我找到工作，误工补贴可以不发。"

张备送简小群到门口，简小群才想起胡金友、李宝春和张冬营也一起被带来了，一问才知道，他们已经离开了。

派出所的院子中，停满了警车。下台阶的时候，一辆白色的保时捷卡宴开了进来，停在了简小群面前。

简小群只扫了一眼车牌，顿时愣住了，尾号是868……车门打开，下来一人，穿裙子，戴帽子，马尾辫，和白衣老太太的描述一模一样。

更让简小群震惊的是，她居然是莫宜。

10 简单，才是快乐之源

莫宜摘下眼镜，愣神片刻："简小群，我没说错你的名字吧？"

"能让莫总记住，是我的荣幸。"简小群直截了当地问了出来，"莫总是什么时候认识史笛的？"

"想不记住也不行，你太出名了，和你的车一起现在是网红了。"莫宜脸色平静，"认识很久了，怎么，她没和你提起过我？我们算是半个闺密，少说也有十年的交情了。"

"对史笛的去世，我深表哀悼。对你的损失，我深表同情。"莫宜也很直接，"你现在肯定急需一份工作，正好我缺个司机，如果你不嫌弃，随时可以入职。"

简小群朝张备笑了笑："备哥，你省钱了。"他又冲莫宜感激地一笑，"工作没有贵贱之分，工资却有高低之分……"

"试用期月工资7000元，有五险一金。"莫宜毫不犹豫地答复了简小群的疑问，"三个月后转正，月工资15000元以上。"

"莫总，车脏了，钥匙给我，我去洗洗车。等您办完事，车正好就洗好了。"一听待遇，简小群立刻进入了角色。

莫宜嫣然一笑，扔了车钥匙给简小群，转身进去了。

"你不觉得荒唐吗？"张备看向了莫宜的背影，"她分明是要送钱给你，她根本就不缺司机，也不需要司机。"

简小群没就莫宜聘用他的事情和张备讨论，而是想起了昨晚白衣老太的话，他认定莫宜就是当晚开车的人，说道："史笛遇害的当天晚上，10点30分左右，莫宜开车从翅吧附近接走了她……"

简小群一五一十说出了他和白衣老太交谈的全部内容。

张备几乎要出离惊喜了，才和简小群谈妥合作，还没出门简小群就给他提供了一个关键信息，绝对是可以深究下去的重大线索，他一把抓住了简小群的胳膊："我没看错你，简小群，你确实有几下子。问题是，刚才在办公室怎么不说？"

简小群不好意思地挠头："刚才真没想起来，我又不是警察，没那么有警惕心。而且，看到莫宜的白色保时捷和车牌号码时，才对应上。不瞒备哥，我现在主要心思是悲伤史笛的死，担心自己的前途，忧心修车的费用。"

"理解，理解。"张备压抑住内心的激动，"这样，这件事情你不要告诉莫宜，当了她的司机后，留意她的行踪，看能不看查到点什么。"

简小群又想到了一个细节："史笛的死亡时间是？"

"凌晨3点左右。"张备猜到了简小群的意思，"从翅吧到她落水的地点，开车的话，十多分钟就到了。但根据监控显示，史笛到落水地点时是凌晨2点50分，从晚上10点30分算起，中间四个多小时又发生了什么，就不清楚了。"

"了解了。"简小群又问，"备哥，能不能找个律师帮我咨询一下，史笛死后，房子是不是没有办法再还给我了？"

"你们离婚后，在法律上就没有关系了。她的遗产，按照法律规定，第一继承人应该是她的父母。"张备拍了拍简小群的肩膀，"对你的遭遇表示同情，但从法律上讲，你要不回房子了。"

简小群在附近洗了车，回到派出所时，莫宜还没有出来。又等了大概10分钟，她才上了车。

莫宜脸色不太好看，鼓着腮帮子，明显在生气。

"去哪里？"简小群小声问道。

"去吃饭！"莫宜嚷道。

"去哪里吃饭？"

"去吃饭的地方吃饭，难道去厕所？"莫宜吼道。

简小群支吾道："还真有一家开在厕所的饭店，去吗？"

莫宜愣了片刻，破防了："去，去！你可真荒唐！"

20分钟后，车停了下来，"五谷饭店"四个大字赫然在目。

"以前这里真是一座大型公厕，后来要拆除，老板就买了下来，经改建后变成了饭店。名字就暗含了以前是厕所的意思……"简小群一边为莫宜开车门，一边解释，"五谷轮回之所，你想呀，不是厕所是什么？"

"别说了，还吃不吃饭呢？"莫宜见简小群站着不动，踢了他一脚，"还得我请你进去？"

"我是司机，怎么能跟老板一起吃饭？不配，不合规矩！"简小群姿态很到位。

莫宜打了简小群一拳："从现在起，你的月薪提高到一万块，除了开车之外，工作范围还包括陪吃陪喝陪玩……反正我让你干什么你就得干什么，干不？"

"我又不傻！"简小群立刻愉快地答应了。

就两个人，莫宜非要包间，只剩下一个大包间了，老板不太愿意，莫宜直接让老板按人均1000块的标准上菜，老板立马喜笑颜开了。

包间太大，能坐20个人，两个人围坐在大圆桌前，有点凄凉的感觉，简小群没吃多少，总感觉像是在吃席。

莫宜胃口不错，所有的菜都尝了一个遍，然后打个哈欠，转身躺在了包间的沙发上："简小群，你找件衣服帮我盖一下，我要午睡一会儿。你在旁边守着，别让人进来。"

"你也别乱看，听到没有？被我发现你眼睛不守规矩，立马开除。"

莫宜穿了超短裙和低胸装，她身材丰腴却不胖，肌肉匀称而不贫瘠，小腿结实有力，显然是经常锻炼的结果。

她侧身躺在沙发上，曲线玲珑，颇有女性的性感之美。

简小群是个男人，正常的男人，难免偷看了几眼。听到要有被开除的危险后，忙收回了目光，小声嘟囔："让我守着的意思就是看护你，让看护又不让乱看，考验的不是意志，是分寸。"

莫宜已经睡着了。

应该是遇到什么不顺心的事情了，她心情不好，状态也有几分疲惫，简小群向饭店老板要了一个毯子帮莫宜盖上，坐到了一边喝茶。

莫宜一觉足足睡了两个多小时，直到服务员第三次催促饭店要打烊了，简小群才叫醒了莫宜。

莫宜洗了把脸，简单补了个妆，让简小群开车带她去了一个园区。

她在园区有两栋楼。

"原来传说莫老板有五栋楼要收租，是真的。"简小群边开车边感慨，"你的生活，我的梦。"

"羡慕吗？"莫宜巴掌大的小脸仰起，笑得很苦涩，"我的生活，你的梦！你的宽心，我的痛！你羡慕我每天睡觉睡到自然醒，我羡慕你每天不用操心太多事情，简单的生活，纯粹的人生。"

"倒也是。"简小群一向不跟着节奏走，他很认可莫宜的话，"如果我有五栋楼要收租，生活恐怕就没有这么简单开心了。人和人的关系要简单一些，生活也一样。简单，才是快乐之源。"

莫宜摇了摇头："可是爸妈为我留下了这么大的一份家产，我总不能扔了吧？走，去下一家。"

"我的人生，就是被别人安排好的不得不按照剧本去走的荒诞人生。"

"有我荒诞吗？"简小群觉得莫宜是为赋新词强说愁，"我从小父母双亡，在我的记忆里，都没有他们模样的印象。长大后，大部分时间我一个人孤独地穿行于人世间，没有亲密的同学、同事和朋友，像是和整个世界的关系都不密切。我一个人吃火锅,一个人看电影,一个人逛街,一个人旅行,一个人喝咖啡,一个人看海,一个人搬家,一个人看病。总有一天,我会一个人死去。"

"十二级孤独!"

"和史笛结婚,是我人生中短暂的亲密关系,和一个人吃饭,陪一个人看电影,带一个人逛街,同一个人旅行……可惜,荒诞的人生即使有梦,也是荒唐的美梦。"

莫宜认真地看了简小群半天,咬了咬牙说道:"我真的非常非常羡慕你,不骗人!我和你正好相反,父母健在,爷爷奶奶健康,外公外婆安好,还有舅舅,七大姑八大姨、亲朋好友几十口子,到现在我都认不全他们的下一代。每次聚会,乌泱乌泱一大片,像是单位团建。"

"爸妈总是希望我可以在人群中闪亮、发光,成为别人家的孩子,成为焦点,可是我的内心渴望宁静和安宁,不喜欢热闹……我不明白,为什么老天给了一个人一些恩赐的时候,总是要拿走他最喜欢的部分?"

简小群苦笑道:"至少你还有老天的恩赐,我什么都没有,我说什么了吗我?"

莫宜不说话了,安静地靠在副驾驶上。过了许久,她自言自语说了一句含糊不清的话,就闭目养神了。

到了目的地,她下车去收租。一个小时后才回来,气呼呼的样子像是和人吵架了。

简小群不敢多问,按照她的指示开车到了一家酒吧。

天色已晚,夜生活的序幕徐徐拉开。

作为司机不能喝酒,简小群不想进去,却被莫宜强行拉进了酒吧。

红尘男女,气氛热烈,荷尔蒙营造着暧昧,激情酝酿着进攻与防卫。有人欲擒故纵,有人欲拒还迎。每个人的脸上都洋溢着虚伪又热情、新鲜又浪漫的笑容,是人生若只如初见时昙花一现般的美好。

莫宜轻车熟路地来到一个卡座,卡座中已经有了一男一女两个人。

简小群顿时屏住了呼吸！

对方先伸出了右手:"简小群,又见面了。"

简小群迟疑片刻,还是握住了对方表示友好的手:"如果知道你也在,打死我也不进来。我不想见到你!"

林天涯点了点头:"理解你的心情,不过你见我不吃亏,有些事情你还蒙在鼓里,需要知道真相。"

站在林天涯旁边的杨涵凉招呼简小群坐下:"先坐下,想喝什么尽管点,我请客。"

简小群看向了莫宜:"不是我老板请客?那就好办了,我点一瓶最贵的洋酒。"

最贵的洋酒上来了,简小群喝了一口就呛着了,咳嗽半天。不行,喝不惯,他只好又点了几瓶啤酒。

没有富贵命就别喝富贵酒,简小群认了。

几瓶酒下肚,简小群有了几分醉意,他抱住了林天涯的肩膀:"警察有没有找你了解过史笛的情况?"

11 / 金钱是拉近所有关系最简单的途径

"没有！"林天涯也喝多了，他用力摇头，"史笛的死，跟我没有半点关联，警察估计都不知道我和她有社会关系。实际上，我和她真的没有什么关系。"

简小群不信："史笛最伤心的事情就是你抛弃了她，你还有脸说和她没有什么关系，林天涯，别让我看不起你。"

"随便你怎么说，没做过的事情，我不会承认的。"林天涯举起酒杯，和简小群碰了下，一饮而尽，"是不是你就认定像我这样有钱又帅的男人就一定风流多情，就一定有过许多前女友，伤过许多女孩子的心？简小群，别用你固化的认知来定义世界，世界不是你想象的样子。"

"我和史笛的关系，简单到几乎没什么关系。"

杨涵凉坐了过来，拉了林天涯一把："现在她人都死了，也没必要帮她隐瞒了，我来说……简小群，你被史笛骗了，她和林天涯的故事，是她编的，压根儿就不是真的。"

"我和天涯是青梅竹马，又是大学同学，我们是对方的初恋。天涯从小到大，就没爱过别人，只跟我一个人谈过恋爱，一场马拉松式的长恋。"

简小群大脑一阵短暂的短路，他转身问莫宜："他们说的是真的？"

莫宜的身体跟着酒吧的轻音乐在扭动："接着听，听完了你再问。"

……杨涵凉和林天涯从小一起长大,从幼儿园到小学,都是同学。后来初中和高中,二人分开了一段时间,大学时,又考上了同一所大学。

二人的父母也认识,而且关系不错。后来两家在生意上多有合作,越走越近,大学一毕业,二人就定了亲。

史笛和林天涯认识,是在大学期间。史笛和杨涵凉同宿舍,她早就知道杨涵凉和林天涯的关系。但她还是喜欢上了林天涯,开始时是暗恋,后来她告诉杨涵凉要向林天涯表白,杨涵凉当她是玩笑,就笑着说欢迎竞争。

不承想史笛真的当众向林天涯表白了。

林天涯感觉很荒谬很可笑,拒绝了史笛并且希望史笛不要再对他有幻想,他只会和杨涵凉结婚。史笛却不肯,她从来没有爱上过一个人,第一次的心动,她想要有一个结果,哪怕是不尽如人意的结果,而不是无疾而终。

此后,史笛就对林天涯展开了追求。

只不过不管史笛如何施展手段和手法,都无济于事,林天涯不为所动,他是一个传统的人,认定杨涵凉是他的人生伴侣,就不会改变。更何况史笛就不是他喜欢的类型,他对史笛的文艺、温婉毫无感觉。

大学期间,史笛苦追了林天涯一年。整个大学几乎人人都知道了史笛的苦恋史,有人同情,有人嘲笑,有人鄙夷,也有人惋惜。

杨涵凉倒也大度,并没有因为史笛对林天涯的畸恋而轻视她或排挤她,和她依然保持了很好的关系。因为她相信属于她的,谁也抢不走;不属于她的,强留也保不住。

大学毕业后,史笛还是不肯放弃,依然坚持等到了林天涯大学毕业。她认为林天涯毕业后见识了更广阔的世界,会提高审美与见识,会发现她的好。

但并没有,林天涯一毕业就和杨涵凉确定了婚礼日期。

史笛认输了,她向林天涯和杨涵凉表示了祝贺,希望林天涯看在她喜欢他一场的份儿上，帮她一个忙。

林天涯答应了。

"就是后来你上门捉奸的闹剧……"林天涯抱住了简小群的肩膀，"兄弟，我不知道史笛为什么选中了你，又为什么要让我配合她演这么一出？当时我只认识她并不认识你，而且她确实追求了我好几年，没有功劳也有苦劳不是？我不忍心拒绝一个几年来一直喜欢我的女孩，她那么有眼光有品位只喜欢我，应该不是坏人，对吧？"

简小群的心一点点沉了下去，史笛的形象在他眼中由以前的纸片变得丰满了许多，更立体更形象也更复杂了。

简单是一种美好的品质，失去时，会让人痛心。

"如果当时的我给你带来了负面情绪，我向你道歉。我只想帮她，并不想伤害你。可是我也知道，一个人的消费，就是另一个人的收入。同样，一个人的快乐，可能就是另一个人的痛苦。"

简小群沉默地喝了一瓶啤酒："你觉得史笛是个好人吗？"

"除了在爱情上过于固执和自我之外，我不觉得她有什么坏的地方。她是一个善良的人，对你的狠心到底出于什么目的，我真的不知道。"林天涯和莫宜交流了一下眼神，"我也曾想过，可能是因为你是一个不负责任的无耻浑蛋，伤害你，是为民除害。但莫宜说，你是一个简单而纯粹的好人。我信她的眼光，她见识了太多人，能分辨出一个人的好坏。"

简小群又一口气喝干了一瓶啤酒，酒量一般的他感觉胃里翻江倒海，他强忍着："如果她和我说的关于她和你一切全是假的，那么她的身世还有其他事情，是不是也不真？"

莫宜夺走了简小群又拿起的啤酒："别喝了，喝倒了还得弄你回去，怪累的。关于史笛，我和天涯知道得也不多，只知道她是四川人，父母不在了，没有兄弟姐妹，没有亲戚。"

简小群倒了一杯洋酒，趁莫宜没反应过来，一口喝干，重重地一放酒杯："史笛除了比我固执比我复杂之外，身世简直就是我的另一个翻版，和我一样是世界上最孤独的人……呜呜!"

简小群突然哭了起来,哭得很大声。他心中满是忧伤和愤慨,史笛刻意在他面前营造了一个复杂、深情的人设,居然又只是一出荒诞的闹剧,他的人生为什么总是充满了各种滑稽的意外?

莫宜几人都没有劝简小群,任由他哭。周围的酒吧常客见惯了各种哭哭笑笑、打打闹闹的场景,见怪不怪,甚至都没人多看简小群一眼。

简小群哭了不到一分钟就刹车了,他抹了一把眼泪:"老板,你和史笛认识多久了?"

莫宜拿过一张纸巾,像帮孩子一样帮简小群擦了一把眼泪:"你是想问我怎么认识她的吧?她大学刚毕业时,租过我的房子。后来和天涯聊天时才知道,她和天涯还有一出欲说还休的往事,我就对她感了兴趣。在给别人都涨房租时,特意没给她涨,我们的关系就熟了。"

"金钱是拉近所有关系最简单的途径。"

"后来她经常找我喝酒、聊天,我们就成了闺密。"

简小群木然地点了点头,又想起了什么,猛然站了起来:"在她离家出走的半年里,还有我和她离婚后的半年里,她去了哪里,又跟你们谁在一起?"

林天涯摇了摇头:"不知道去了哪里,没跟我们在一起。在她离家的半年里,我正和涵凉筹备婚礼。她和你离婚后,我和涵凉结婚、蜜月,一个月前才从国外回国。也就是在我和涵凉结婚的当天,她来参加婚礼,其他时间,既没有联系,也没有见过面。我还和涵凉说,史笛结婚后变了许多,能安稳地生活就是好事,希望她能回归内心,做回自己。"

简小群低头想了想:"让我捋捋时间,上次在先久公寓,你们见她的时候,是去年2月,也是我第一次知道你的存在,以及你和史笛的所谓的爱情故事。当时你和涵凉还没有结婚。跟我回家后不久,史笛就离家出走了,半年后,8月的时候,她回来了。"

"对,我们就是去年8月15日举办了婚礼。"林天涯也理顺了思路,"婚礼上,史笛出现了,留了一个红包,说了几句祝福的话,就消失了。"

简小群神色黯然:"她就是8月15日回到了家中,拿出了离婚协议书。我签了字。从此,我就再也没有见过她一次。"

"从去年的8月15日到今天,你们也都没有见过她一次吗?"

林天涯和杨涵凉同时摇了摇头。

"我见过她两次。"莫宜沉思了一会儿,抬头说道,"自从她和你结婚后,就搬出了我的房子,没有了房东和租客的连接关系,我和她的见面次数就急剧下降,直到去年的8月15日她参加天涯的婚礼时,我才见她第一次。"

简小群点了点头,从时间线来看,史笛确实和他一样喜欢独行,一个人孤独地穿行于世间,尽可能和最少的人发生连接关系,只过自己想要过的生活,安静、平静,不愿意被世俗的浮躁所累。

"第二次见她是在婚礼后不久,她约我吃饭。我们在一家日料吃了些东西,说她和你离婚了,你对她很包容很迁就,离开你,才是对你好。继续和你在一起,太残忍,她不想再继续伤害你。"

爱情本来就是一场伤害,有单方面的,有双向的,不管是哪一种,最终的伤痕累累才能证明爱情的伟大与无私。但放手就不对了,史笛都不给他选择的机会,也不问问他是不是愿意承受伤害。

是的,他愿意。

简小群强行中止了回忆,他怕回忆太久无法自拔:"老板,日料之后,就再也没有见过史笛吗?"

莫宜还低头认真想了一想,然后摇头说:"没有,一次也没有。"

"确定?"简小群咧了咧嘴,说不出来是笑还是质疑,"你在车里她在车外的见面,也算见。"

他脑中不断闪现莫宜在翅吧开车拉走史笛的一幕。

12 租赁关系

"当然确定,又不是多久远的时间线,半年内的事情我还记得住,我又不老。"莫宜生气地踢了简小群一脚,"你敢怀疑我?我打你。"

简小群不躲不闪,任由莫宜踢了两脚,内心却是无比平静,莫宜没说实话,林天涯和杨涵凉的话也未必全真。

林天涯提议玩真心话大冒险,简小群同意了。

到简小群提问时,简小群问林天涯:"以你对史笛的了解,你觉得她真的会自杀吗?"

林天涯毫不犹豫:"会。"

"为什么?"

"她过于文艺且抑郁,不想和现实世界发生太多的连接关系,发生了,对现实不满又无力改变,对世界抱怨而绝望。"

简小群问杨涵凉同样的问题。

杨涵凉微微迟疑片刻:"我不知道。如果她真的自杀了,也不会是因为感情,她对感情上的事情是比较看重,但也不是动不动就要死要活的性格。"

简小群又问莫宜同样的问题。

莫宜喝多了,连连摇头加摆手,动作幅度大到夸张:"别问我,我什么都不知道。我和她就是纯粹的房东和租客的租赁关系。和她一样的租客，我朋友圈没一千也有几百，我和租客的关系就是单纯的金钱交易关系，只粗浅地了解他们的生活，从来不深入他们的世界。"

"我从业以来，认识的租客中自杀的、他杀的，少说也有五六个了。"

"别总问别人为什么，她曾是你的妻子，你要相信自己的判断，你要问自己为什么。"

晚上10点30分，莫宜要回家，简小群喝了酒，不能开车，就帮她叫了代驾，他自己打车回家。

莫宜不同意，非要他跟着。

简小群让莫宜坐在了后座，他坐在副驾驶。

"又见面了，这么巧？"司机开出几百米后，不停地打量简小群，确认没认错人后，兴奋了，"哥们儿，还真是你呀！"

简小群蒙了："我们认识？"

"必须认识呀，你忘了，你打我的车去公司，路上接到了派出所的电话。我还给你留了电话，说就在你公司附近转悠，只要你用车，打个电话就成……"

简小群想起了，笑道："老管？你不是开出租吗，怎么干起代驾了？"

"是我，是我。白天开出租，晚上干代驾，男人嘛，得养家糊口，代驾挣得多。"老管咧开大嘴笑了，"后来你怎么没用车，没去之华路派出所吗？"

老管看了一眼后视镜，见莫宜已经倒在后座睡着了，冲简小群挤眉弄眼地笑了："你女朋友真漂亮，哥们儿，有两下子。"

简小群懒得多说，随便编了个理由搪塞了过去。不料老管滔滔不绝说个没完，是个话痨，说起他开出租车时遇到的奇葩乘客，干代驾时碰到的荒唐男女，一路上没停嘴。

简小群脑壳疼，还好，距离不远，半个小时就到了。

"这么有缘,说什么也得加个微信。"老管二话不说就亮出了二维码,"以后需要用车、代驾,随时微我,保证随叫随到。"

加了微信,简小群挥手告别了老管。

刚才有点头昏脑胀,下了车简小群才反应过来,居然是先久公寓!

莫宜就住在先久公寓?

简小群扶莫宜上楼,她住在606室。房间不大,顶多100平方米,两室,收拾得倒也干净。房间中并没有多余的家具,极尽实用简洁之风,不像一个女孩的家。

把莫宜放倒在沙发上,简小群帮她烧了热水,倒上,放到一边。见莫宜短裙有些不雅,就找了个毯子帮她盖上。

过了一会儿,水凉得差不多了,他扶莫宜起来喝水。又交代了几句,他就锁门走人了。

他刚离开,莫宜就睁开了眼睛,迅速来到窗前,朝下观望。见简小群下楼上车离开后,她才收回了目光。

关了灯,坐回到沙发上,莫宜在黑暗中静默了半晌。突然,一道闪电亮起,照亮了她隐没在黑暗中的脸庞。

脸上,挂着一丝淡淡的哀伤。

又不知道过了多久,莫宜才又站了起来,打出了一个电话。

"走了?"电话中,传来了林天涯的声音。

"走了。"莫宜压低了声音。

"表现得怎么样?"

"水准线之上。结论,我很满意。"

"先别急着下结论,每个人对外展现的部分,只是人性的一小部分。日久才能见人心。"

"日久?你觉得我们还有足够多的时间吗?"莫宜在黑暗中伸了伸懒腰。

"有,相信我,一切都在掌控之中。"林天涯打了个大大的哈欠,

"不说了,睡了,要是吵醒了涵凉就不好了。"

一连三天,特别安静,除了去了一趟公司搬回了属于自己的全部物品之外,没有人再联系简小群,仿佛几天前的一系列荒诞事故从来没有发生过一样,除了微信不断提示的收款信息还在提醒他另一个事实——他的车继续在网红的道路上飞奔向前。

简小群在家里闷了三天。

张备没找他,程东远没联系他,李宝春和张冬营没微他,就连欠他工资和修车费用的胡金友也没有电他,他仿佛完全被世界遗忘了。

对,最重要的是他的老板莫宜女士也没有给他分配工作,就让他有点心里没底,才到手的工作不会一天就没了吧?就算只有一天,也得结一天的工钱呀,莫老板看上去挺美丽大方的人,不会赖账吧?

想归想,简小群却没有冲莫宜要工资,他在家里躺平了三天,近来发生的事情太多,荒唐到让他疑心到整个世界都在捉弄他,不如好好静静,想想过去。

都说喜欢回忆过去的人,是年纪大到了没有未来。他还年轻,却很少设想未来,因为他不知道他还有没有未来。未来就像飘在天上的富贵,可望而不可即。人人都想成为高山之巅的男人,不过人人都知道成功只是一个和鸡汤含义相同的名词,永远激励梦想,永远让人向往,但距离普通人永远有无法抵达的0.01%的路程。

还好,三天来,他重伤的汽车为他赚到了3000元的额外收入,尽管远不够修车的费用,总比没有强。简小群很会自我安慰,他也很感谢他拥有这项技能,自嘲和自我疗伤是他能够活到今天最大的动力。

第四天,简小群坐不住了,决定去一趟公司,说什么也要要回工资和修车费用。

刚下楼,一辆保时捷猛然刹停在了身边。

莫宜下车,看了他一眼,二话不说坐到了副驾驶。

有个性的老板就是员工的福利，简小群坐上了驾驶位，莫宜闷闷不乐："去你公司。"

倒是省了打车费用，简小群点了点头，恪守一个司机的本分，什么都没问，闷头开到了公司。

公司已经物是人非，基本上搬空了，只剩下一些不要紧的东西扔得遍地都是。简小群从纷乱的垃圾中一眼就看到了自己的工牌，被人踩了好几脚，脸上全是鞋印，他连忙捡起，擦了擦，收了起来。

莫宜撇了撇嘴，从垃圾中翻出一把椅子坐下，开始打电话："胡金友，如果不是看在我和毕小路有交情的份儿上，我一分钱押金都不会退给你。你现在还摆谱了，我限你半个小时内出现，否则……嘿嘿！"

放下电话，莫宜揉了揉了太阳穴："脑壳疼，一堆烂事。本来我手里还有胡金友一个月的押金，他还欠了两个月的房租没付，因为是我主动中止了合同，就让他两个月也没啥，打算退他押金。他还不干，非想让我赔偿他三个月的房租，加上押金，四个月共12万块。"

"根据合同，他欠租两个月我可以随时终止合同，我给毕小路面子，他反倒咬我一口，行，不讲理耍流氓就能赚钱，我还不信了。我最不怕耍横的，尽管放马过来。"

简小群肯定要向着莫宜："胡金友在公司有好几个外号，胡来、胡说、胡闹……他说话办事从来没个准，为人小气又自私，你和他的官司，怕是有得打了。"

莫宜翻了个白眼："我最不怕打官司了，从小到大，我的人生就是一个又一个官司组成的。"她吐着舌头神秘地一笑，"我现在甚至怀疑，毕大邱是被胡金友害死的。"

"不会，不会。毕大邱在公司是一人之下万人之上，他深得胡金友的信任，胡金友在公司也特别照顾他，不，是让着他，基本上毕大邱决定的事情，胡金友都不会反驳。"

"你知道个屁。"莫宜一脚踢飞地上的一个插座，"他是怕毕大邱，

69

可不是真心对他好。毕大邱是毕小路派来监视胡金友的，表面上胡金友是公司的老总，实际上公司的财务都要毕大邱经手，毕大邱不签字，胡金友一分钱都花不出去。"

"小路告诉我，胡金友近年来从公司转移出去不少钱，外面有人了还是偷干了别的，不好说，反正公司快要倒闭不完全是市场的原因，是被胡金友挖空了。"

13 / 优秀的人总是千篇一律地优秀，拉垮的人总是形形色色地拉垮

对"豪门恩怨"简小群毫无兴趣，离他太远，他哪怕想象也想象不到其中的乐趣，不过胡金友的为人他倒是了解一二："胡金友虽然小气抠门人又挑剔，但他在外面应该没有小三，每天都泡在公司，上班比我们早，下班比我们晚，时间上不允许，又不舍得花钱，怎么可能有姑娘喜欢他？"

"胡金友长得又不帅，好吧，万一有一个眼瞎的姑娘就是相中了他歪门邪道的长相，也不会接受他连一杯奶茶都不舍得请的猥琐，您说呢，老板？"

"理儿是这么个理儿……"莫宜摸了摸额头，"但世界上的事情，都在常理之外有不正常的地方，你说是荒诞也好荒唐也罢，可能偏偏就有人喜欢胡金友的范儿，既不要他的钱又不要他陪，还自己倒贴，就图个乐趣。"

"怎么会有这么傻的姑娘呢？"简小群大声笑了起来。

"想想史笛……"莫宜毫不留情地打击了简小群对世界的美好想象。

简小群的笑声戛然而止，眼泪瞬间下来了："您的意思是史笛嫁给我，就图个乐趣？"

"不是，我不是这个意思，你别生气，也别多想。"莫宜忙劝慰简小群，"我是说，她连乐趣都不图，可能就图一种感受。"

简小群更气了："我连个乐趣都不如，就是一种感受？真会安慰人啊，以后别安慰了！我原以为我的人生只是荒诞而已，现在才知道，还有充当别人感受的功用，太可悲了。"

莫宜哈哈大笑："你一个大男人别那么小心眼了，动不动就哭鼻子，丢不丢人？你得往宽处想，至少你还有用不是？毕大邱比你没用多了。"

说到毕大邱，简小群立马就不哭了，说他比他没用多了，他完全赞成。毕大邱长得也不算丑，从小家庭条件不错，父母宠爱，长大后还有姐姐处处照顾，就众望所归地活成了一个废物。

是的，在简小群眼中，毕大邱就是一个彻头彻尾的废物点心，比他还不如。

简小群一向认为他来世间就是充个数，丰富一下世界的色彩，比起他，毕大邱来到世间就是为了衬托一下充数的人，同时为世界的色彩涂鸦。

毕大邱从小到大，什么都不缺，不缺钱，不缺爱，不缺关怀，但他就是长着长着就长成乖戾的性格，谁都看不起，谁都不服，想骂谁骂谁，想打谁打谁，偏偏他还什么也不会，说出去是大学毕业都让人怀疑他大学四年全是睡过来的，要么就是买的文凭。

作为在互联网时代成长起来的一代人，毕大邱居然不会用打印机，不会发传真，不会使用办公软件，他在公司会做的事情只有一样——瞎指挥。

不懂的问题绝对不问，也不去搜索，只管根据自己的理解来发号施令。往往是越指挥越错，越错他越骂人。

公司上下都认为如果没有毕大邱，公司会更好。

不知道有多少人向胡金友投诉毕大邱，胡金友压根儿就不敢对毕大邱大声说话，更不用说开除他了。简小群在公司三年来，他亲眼所见因为受不了毕大邱的傻叉愤而辞职的同事，就有不下十几人。

毕大邱的存在，在公司，是为了衬托别人在智商和情商上的优越，是为了毁掉公司。如果毕大邱结婚了，就是为了磨炼另一半成为超人。可惜的是，没有人愿意被他磨成超人，直到他跳楼的一刻，各方面条件都优秀的他依然单身。

毕大邱和简小群同龄，据他说他谈过三次恋爱。但简小群认为毕大邱夸大其词了，他三次恋爱的总时间长度加在一起不超过六个小时，准确地讲，应该是只相了三次亲。

每次相亲的时间不超过两个小时。

后来还有过几次相亲的经历，但都在见面之前就取消了，原因是有个相亲女孩把毕大邱的性格、做派和不可一世的态度连同照片、简历发到了相亲群里，结果引发了大范围转发，一夜之间毕大邱成为各大相亲群的顶流。

在他自杀前的半年多时间里，他再也没有过一次相亲，不对，连相亲的机会都没有，再也没有人敢为他介绍对象。

这让简小群明白了一个道理——优秀的人总是千篇一律地优秀，拉垮的人总是形形色色地拉垮。

而恶人，总是层出不穷地作妖。

毕大邱恶归恶，但要说他是被胡金友弄死的，简小群说什么也不会相信。胡金友对员工是真凶，对毕大邱是真怂。

莫宜看出了简小群眼中的疑虑，笑了："不信是吧？在你眼里，世界是不是特别简单？"

简小群认真脸，点了点头："莫老板也是一个简单的人。"

"骂我，是吧？"莫宜大笑，见胡金友进来了，她屁股都没动一下："胡金友，说吧，怎么办？"

胡金友冷漠地扫了简小群一眼："有本事，这么快就跟莫大姐混一起了？别怪我没提醒你，我表面上凶，内心并不坏。莫大姐就不一样了，她吃人不吐骨头。"

"谢谢夸奖！"莫宜跷起二郎腿，还好她今天穿的是牛仔裤，没有走光的危险，"简小群跟我干是他的选择，用不着你煽风点火。今天叫你过来谈判，我明确一点，我提前终止合同，是应该赔你一个月房租。但你没有如期清空房子，现在还有一大堆垃圾，是你违约了，房租就不赔了。"

"让我们来算算账，我押你一个月房租，你欠我两个月房租，所以，你现在还欠我一个月房租共3万块。"莫宜拿出手机，"接受微信、支付宝和银行卡转账。"

"一分钱都没有。"胡金友怒不可遏，"公司都注销了，还想要钱？门儿都没有。有本事冲毕小路要去，我没钱。"

"公司的法人代表是你，要是打官司的话，坐牢的也是你。"莫宜笑眯眯的样子，一看就是久经沙场的老人，"你的公司正在办理注销，还没有完成注销流程。我一个电话就可以让律师起诉你，你就别想顺利注销。再把你列为失信人，你以后就不能坐高铁、住酒店了……"

莫宜打开微信，发出了一段语音："田律师，一家公司还有债务纠纷能注销吗？只要起诉就能中止注销流程，对吧？"

随后，她打开了外放，田律师带着浓重鼻音的声音传了出来："有债务纠纷的公司注销不了，只要起诉，公司的注销流程就会立刻中止。莫总，想起诉哪家公司，您吩咐，我马上办理。"

莫宜斜眼看向了胡金友："胡金友，您可要想清楚了，一旦上升到法律层面，就没有退路了。只要您不怕追查公司几年来的所有账目，咱们现在就把官司打起来。"

胡金友脸色大变："莫宜，你威胁我？"

"没有，没有。"莫宜拉长了声调，"我可不敢威胁您，小命要紧。您上次不是对毕大邱说，大不了鱼死网破一拍两散，因为毕大邱说要查您这几年的账。结果毕大邱还就真的死了，当然当然，我相信他的死和他想要查您的账完全没有关联，只是一个巧合……"

简小群愣了愣，想起了什么："对，对，我想起来了。有一次毕大邱叫我出去办事，他接了胡总的电话，暴跳如雷，说要杀了胡总，还说他不信胡总能一直瞒天过海转移公司资产，他一定会查个水落石出。我当时没放在心上，因为毕大邱天天说要杀人，也没见真杀谁。"

胡金友双眼冒火："毕大邱还跟你说过什么？"

"让我想想。"简小群真的在认真回想，说起来公司上下他跟毕大邱接触最多，"好像他还说过你和他姐要离婚的事情，好像是他姐要让你还钱，总计是3000多万。"

"胡说八道，满嘴放炮！"胡金友暴跳如雷，想要再说什么，被莫宜制止了。

莫宜一脸浅笑："我才不管你和毕大邱的恩怨和毕小路的爱恨情仇，也不在乎是不是你杀了毕大邱，我只管我们的事情怎么解决，我时间不多，是协商解决还是打官司，限你一分钟内作出决定。"

胡金友的脸色先是凝重，片刻之后换成了笑容："一分钟太久，只争朝夕，一秒钟就可以作出决定！不就是欠你一个月的房租吗？现在立刻马上转账，支付宝账号发我。"

莫宜才不客气，立马发了过去。胡金友也不含糊，瞬间就转账成功。

"还有我呢。"如此好时机不容错过，简小群立刻拦住了胡金友的去路，"欠我的工资还有修车费用，也一起结了吧。"

胡金友脸色变了一变，也不知想通了什么，点了点头："行，一共多少钱？你说个数。"

"两个多月的工资，算三个月吧，一共是28000块，修车费用估计得12000，总共是40000块。"简小群没有狮子大张口，却也没有客气。

胡金友拍了拍简小群的肩膀："行，算你狠，我不和你计较，这就转给你。但有一点，以后再想起来毕大邱跟你说过什么，记得告诉我，没问题吧？"

简小群喜笑颜开："必须没问题。"

75

胡金友难得大方一次,说转就转,简小群开心得不得了。他以为工资和修车费用要不回来了,不承想借了莫宜的势居然能让铁公鸡胡金友忍痛拔毛,他喜出望外。

胡金友刚走,客人就来了。莫宜陪客人看了房子,最后居然成交了,让莫宜也大为开心。她以为会空置一段时间,现在生意不太好,每次都要空置至少三个月到半年才能重新出租出去,空置期越长,损失越大。

客人原本有些犹豫,毕竟刚死过人,是简小群的一句话打消了客人的顾虑。

14 / 没遇到，不等于没有

"死的是个恶人，能让恶人活不下去的地方，是氛围太好了。如果是好人跳楼，就得慎重考虑了。还有，恶人一死，连带着连公司都倒闭了，是除恶务尽的表现。那么接下来肯定就是否极泰来了，物极必反，这地儿将会迎来相当长的一段上升期。"

简小群的一番话说得客人连连点头，客人一脸温和的笑容："有内涵！我原本在南边办公，一直不顺，有人建议我来北边，也是取反其道而行之的道理。你的话很中听，也合我的心意，行，租了。"

莫宜要请简小群吃饭作为答谢，并让简小群选地方。

简小群选了他常去的翅吧，他是故意试探莫宜。

莫宜没什么反应，爽快地答应了。

到了地点，简小群停车时，故意在路过垃圾箱时停顿一下，说道："史笛自杀的晚上，我做了一个梦，梦到我在垃圾箱前吐的时候，她飘在半空来到我的面前，双眼流血，什么都没说。我一下就吓醒了，醒来后，又总觉得不是梦。"

莫宜的表情波澜不惊："只是一个巧合的梦罢了，别想多了。人生本来就是一场梦，梦里说梦有什么意义呢？如果人死后真能托梦，还有警察破不了的命案吗？"

"史笛死后,你没梦到过她吗?"简小群又问。

"没有。"莫宜很平静,"我和她又不熟,没有梦,也没有多少悲伤。全世界每天都会有15万人死亡,大多数都与你毫不相干。当然,你死的时候,99.99%的人都毫无感觉,不,完全不知道你的存在。"

停好车,简小群见捡垃圾的白衣老太又来了,用手一指:"我怎么觉得她穿的像史笛的裙子?"

莫宜瞄了一眼,毫无波动:"史笛有这样的裙子吗?没印象了。就算有,也不过是另一个巧合罢了。同样的裙子,至少会有几百上千人穿。没遇到,不等于没有。遇到了,也不代表什么。"

"有时候,我们的判断会受虚假同感偏差的影响。"

"老板不认识她吗?"简小群不死心,又指了指白衣老太。

"你有病吧?我为什么认识一个捡垃圾的老太太?"莫宜气笑了,"少跟我绕圈圈,想放什么屁就直接放,最烦人暗示、猜谜了,再啰唆拉黑你!"

简小群不是一个能藏住事情的人,他有时不说是没想起来,一旦想起来如果不说,会很难受:"我可就说了……几天前的一个晚上,我和李宝春、张冬营一起吃饭,饭后在路边和白衣老太聊了一会儿,她说在史笛自杀的当晚10点30分左右,她看到你开你的保时捷卡宴,接上了史笛……"

"确定是我?"莫宜瞪大了双眼,"她多大岁数了,老眼昏花,能认出保时捷就不错了,还能看清是我?她是神奇女侠吗?走,过去聊一下,听她再说说当时的情景。"

简小群和莫宜一起朝白衣老太走去,边走边说:"她是记住了车牌号,隐约认出是一个女司机,白色的保时捷卡宴,尾号868,全北京应该没有第二辆了吧?就算有,女司机又同时认识史笛,就是比巧合还荒诞的离奇了。"

"你这么一说也有几分道理,让我想想14号的晚上,我在干什么……"莫宜低头想了想,"想起来了,我和天涯、涵凉还有几个朋友聚会，在一个会所烧烤，我还喝多了。"

"然后呢？"

"没什么然后，喝多了就睡了。"莫宜白了简小群一眼，"你是不是怀疑我开车送史笛到河边，然后眼睁睁看着她跳河自杀？上次在派出所配合调查我已经说清楚了，我晚上有不在场的证据，也有人证。"

"还有，监控也显示史笛是一个人走到河边的，她没有迟疑就直接跳进了河里。周围没有人，也没有车。"

"我和史笛是没有多深的交情，但我也不会做出送她去死的事情，我是一个正常人，再荒诞的人生也改变不了我的善良，明白？"

简小群机械地点了点头："明白！"目光却望向了远处还在翻垃圾箱的白衣老太，双眼发直，神情焦虑，大喊一声："老太太，快让开！"

却已经晚了！

一辆汽车飞一般冲了过来，接连撞飞了几个垃圾箱，伴随着一声刺耳的刹车声，还是撞在了正在低头捡垃圾的白衣老太身上。

白衣老太飞了起来，白裙子在空中划过一道凄美而诡异的弧线，又重重地落在了地上，滚出几米远后，就一动不动了。

周围的人群片刻安静了下来，之后爆发出惊天的呼叫声。

"天啊！"

"撞人啦！"

"出事了！"

"死人了！"

莫宜情急之下，一把拉住了简小群的手，跑向白衣老太："快跑，别磨蹭了！"

"赶紧救人！快打120！"

简小群被莫宜拉着，几步就跑到了现场。白衣老太倒在地上，不见有血，人却是软绵绵的，显然没有了生机。

撞她的车是一辆小型SUV，车标像一个破损的内裤，司机下车，脚步虚浮,都站不住了。他挪一样来到白衣老太面前,一屁股坐在了地上,放声大哭:"天啊!造孽呀!我到底干了什么呀!"

简小群冲到司机面前,也吓得一屁股坐到了地上:"宝、宝春?"

撞死白衣老太的司机正是李宝春。

李宝春看了简小群一眼,哭得更响亮了:"简小群,你救救我,我真的不是故意的,我今天刚提车,没想到就发生了意外,我是不是撞邪了?"

李宝春和简小群同事三年,他为人一向低调而善良,他和张冬营是简小群在公司唯二的两个有私交的同事。

李宝春不是本地人,家庭条件一般,上班好几年也没攒下多少钱,33岁的他还是单身。前段时间听他说家里要支持他买一辆车,他很开心,总觉得有了车就方便谈恋爱了,相亲成功的概率会高一些。

他和简小群一样,拿了驾照多年。简小群好歹还有车可开,他几年都摸不到车,手生得很。

简小群查看了白衣老太一眼,应该是活不成了,他神思有几分恍惚:"大白天的,这么大的一个人,这么宽的路,你怎么就偏偏撞了上来?你瞎吗?"

李宝春不说话,只是摇头,哭个不停。

"真窝囊,别哭了!"莫宜踢了李宝春一脚,"有行车记录仪吗?"

"有,有。"

"等下警察来了,好好配合警察调查。别哭了,哭要是有用,孟姜女就统一世界了。"莫宜转身查看了一圈,"有刹车痕迹,没有躲避措施,算不算交通意外,等交警定性。"

120赶到了,宣告白衣老太当场死亡,人直接拉去了火葬场。

交警赶到了,查看了行车记录仪并勘查了现场,最后得出结论是由于司机操作不当引发的交通意外。随后,保险公司到场,进行了一系列善后的工作。

简小群没心思吃饭，向莫宜请假。莫宜同意了，她自己开车离开了。

简小群陪同李宝春走完了全部流程，忙到很晚，总算告一段落，他送李宝春回家。

白衣老太的家人也算讲理，冷静而理智，提出一切按照法律程序办理即可，并没有为难李宝春。

李宝春住单身公寓，离简小群家不远。简小群安慰了他几句，见已经晚上10点多了，就告辞回家了。

李宝春的状态恢复了几分，笑得很凄惨："怕是一辈子都不敢开车了。"

"不至于。不管多深的伤疤，总会被时间抚平。"简小群总觉得有些蹊跷，就问，"大白天的，又不是直路，你怎么就撞到了路边的垃圾箱和老太太？是走神了还是有别的原因？"

"不知道。"李宝春连连摇头，一脸痛苦，"让我想想……好像是我在正常开车，离垃圾箱还有100米的时候，有镜子的反光正好照到了我的眼里，我用手去挡，脚一滑，就踩了油门。等我躲开镜子的反光看清路时，已经撞了上去……"

听上去没什么毛病，可是垃圾箱附近为什么会有镜子反光？简小群不是警察，只想了一想就抛到了脑后。

他没直接回单身公寓，而是又去了和史笛共同拥有过的家——风向小区302室。

上次试对密码后，简小群就设置了自己的指纹。刷指纹，开门，房间内一切如旧，就如同史笛没有离开而他不曾来过一样。

简小群开始打扫卫生，花了足足半个小时，将所有死角都清理干净，又把沙发和床上的罩布拿掉，放进了洗衣机中。

做完这一切后，都晚上11点30分了，简小群感觉累了，躺在沙发上眯了一会儿，睁开眼睛居然凌晨3点了。

算了，不回公寓了，反正在哪里都是一个人。

如果林天涯说的是真的，史笛父母双亡，孤身一人，那么房子作为她的遗产而没有遗嘱的话，得收归国家所有。

　　不管了，在收归国家之前，他先住上一段时间再说，要不太亏了，毕竟是他掏的首付并且还了一段时间贷款。

　　简小群索性到床上去睡。

　　6点多，简小群被莫宜的来电吵醒了。

　　"到你楼下了，马上下楼。"莫宜的声音不容置疑。

15 / 爱就是一种心甘情愿的付出，从来不是对等的交换

简小群迷糊着醒来，花了10秒钟才彻底清醒："老板，您得等我一下，我没在公寓住。"

"在哪里过夜了？"莫宜好奇加打趣，"不会有新欢了吧？也可以理解，你和史笛都离婚半年多了。"

"我在风向小区，我原来的房子里面。"简小群就是个老实孩子，有一说一。

"等我，我去接你算了，省得你再打车了。"

十几分钟后，莫宜到了。简小群下楼，锁门的时候，眼睛的余光一扫，发现鞋柜的地方多了一个陌生的鞋印。

鞋印大约是38的尺码，应该是一个女性留下的，简小群吃惊不小，仔细回想了一下，昨晚他打扫卫生时，记得打扫了鞋柜周边。如果不是他遗漏了，就是昨晚他睡着的时候有人进来了……

娘耶！简小群顿时吓出一身冷汗，脖子后面的汗毛都竖起来了，他迅速转身扫了一眼，房间里没人。他又悄悄拿起扫把，闪到了厨房、次卧，还是没人。

长出了一口气，简小群拍下了鞋印的照片。虽然史笛也是38的尺码，

但这个明显是运动鞋的脚印似乎不是她的风格。

下了楼，上了车，简小群问道："去哪里，老板？"

"去观宋小区。"莫宜今天穿了一件白色长裙和一双黑色长靴，头发也披散开来，还戴了一副无框眼镜，显得很知性。

简小群沉默地开着车，快到目的地时，他才突然冒出一句："有件事情不知道和您说了有没有用……"

"说了才知道。"莫宜一只手托腮，若有所思的样子，"跟你说过多少遍了，想说就说，不想说就别起头，磨磨叽叽的，最腻歪了。"

"还有，以后直接说'你'，别说'您'，听着别扭！"

"被撞死的白衣老太，不但说她在10点30分见过你开车……好吧，司机不一定是你，但却是你的车接上了史笛。而且在一个小时前，也就是晚上9点30分时，毕大邱也路过，还送了她一双靴子。"简小群是看到莫宜穿了一双靴子才想起了毕大邱也和白衣老太有交集的事情。

"和警察说了吗？"莫宜似乎兴趣缺乏，"和我说的态度是对的，但和我说了没用也是对的，这事还得警察处理，我们只能提供线索。"

"我知道。"简小群有些生气莫宜漠然的态度，"我是想和你探讨一下为什么毕大邱和史笛会先后经过同一个地方，给同一个人东西，然后，毕大邱和史笛都自杀了，而白衣老太也突然被撞死了，如果你告诉我是巧合，就是对我智商的侮辱。"

"你问我，我问谁去？"莫宜怔了片刻，笑了，"啊，你是怀疑我没说实话，是认定当晚开车接上史笛的人就是我，对吧？好呀，你向警察反映情况去，告密去，举报去，怕你！"

"我已经和张备说了，他没找你核实情况吗？"简小群再次表现出老实孩子的特征，实话实说，"如果还没找你，估计也快了。"

"你跟在我身边，是想当卧底，对吧？"莫宜似笑非笑。

"是你主动要我当司机的，不是我。我的主业是司机，目的是赚钱，卧底只是兼职行为。"简小群继续有一说一，"我既不怀疑开车的人是你,也不否定开车的人是你,究竟是不是你,一切得由证据说了算。"

简小群据理力争:"老板,如果你想开除我,随时都可以,前提是,干一天就得结算一天的工钱。"

莫宜气笑了:"行,以后你的工资日结,我随时可以不要你,你也随时可以抛弃我,行了吧?"她翻了翻白眼,"我就不明白了,史笛压根儿就没有爱过你,你在她的心目中连乐趣都算不上,也许只是一点感受,她都死了,你为什么对她的事情还这么上心?"

简小群的眼泪瞬间下来了:"爱就是一种心甘情愿的付出,从来不是对等的交换。哪怕她从未对我有过心动,只是为了感受来人间一趟的过程,我有幸成为她过程中的一个支点,我也会永远记住她给予我的温暖。"

"我不是对她的事情上心,是想让自己安心。我只想知道,她到底为什么自杀?她不像是会自杀的人!"

莫宜愣了半天,先是直直地看着简小群,又呆呆地望向窗外,过了许久才叹息一声:"你可真是个傻子!"

"傻就傻,我愿意!"简小群脸都涨红了。

"行,行,你傻你有理。"莫宜怕了简小群的傻倔,"和你说实话,前天,张备张警官找过我一次,问过我关于车的事情。"

"然后呢?"简小群立马不哭了,满脸好奇。

"你多大的人了,小孩脸儿,说变就变。"莫宜扑哧乐了,"他已经查明了,不是我的车,开车的人也不是我。"

"怎么可能?难道还有第二辆尾号是868的白色保时捷?世界上还真有这么巧的事情?"

"你别说……"莫宜拉长了声调,故意吊简小群的胃口,"还真没有……那是套牌车!"

简小群啊了一声,说不出来是失望还是庆幸:"只是套牌车吗?意思是和老板没有关系了?"

85

"我不倒霉不出事,你心里不踏实不高兴,是吧?"莫宜打了简小群一拳,"以后再敢跟我耍心眼,小心我揍你。"

简小群叫屈:"我不会耍心眼,老板,你别冤枉我,我是一个简单的单线条的人,希望我们的关系也继续保持简单。"

到了观宋小区,来到606栋别墅,简小群被莫宜拉着进了门。

一进门他就后悔进来了,客厅中,坐着胡金友、毕小路、林天涯和杨涵凉。茶几上,放着几份协议,上面是黑体大字——离婚协议书。

两口子闹离婚的事情,他掺和个什么劲儿?作为深受离婚之伤的他来说,见不得别人离婚。

简小群转身要走时,被莫宜拉住了。

莫宜小声威胁他:"敢走,明天就不用上班了。"

"老板,超过我的工作范围了。"简小群苦着脸说。

"加薪1000元。"

"好嘞。"简小群立马站住了,恭恭敬敬地站在莫宜的身后,"需要什么服务,随时叫我。"

莫宜没理他,径直来到毕小路面前,拿过离婚协议书扫了几眼,呵呵一笑:"让胡金友净身出户都是对他的恩赐,这些年来公司赚的几个亿都不翼而飞了,得让他吐出来才行。"

胡金友从沙发上跳了起来,指着莫宜的鼻子:"莫宜,断人财路如杀人父母,我跟你没完。"

莫宜一闪就躲到了简小群身后,嘻嘻一笑:"我只是实话实说,你别恼羞成怒。想动我?先过了简小群的一关再说。"

简小群当仁不让地充当起了保镖的角色,挺身而出,挡住了胡金友:"别胡来。非要胡来,我就陪你胡搅蛮缠到底。"

以前胡金友才不怕简小群,经毕大邱一事后,他莫名觉得简小群有些邪门,不由得气势上就弱了几分。再想起他在公司时就因为和简小群动手而摔到了楼下,心里更是一沉。

收回动作，胡金友坐回了沙发上，故作一脸不屑："哼，大人不计小人过，今天的主题是谈离婚条件，不是和你打架。"

林天涯冲简小群竖起了大拇指。

这么说，林天涯夫妻以及莫宜，都是毕小路请来的帮手了？离个婚而已，至于这么大的阵势？

当然了，他顶多算个添头，白送的，不算数。不过能旁观胡金友的离婚和落魄，也算解气了。

毕小路的目光自始至终都没有落到简小群身上，她几乎不过问公司的事情，以前压根儿就不知道简小群是谁。现在因为毕大邱的死知道了简小群是何许人也，除了痛恨简小群之外，她对简小群没有其他多余的情感。

莫宜推了简小群一把，示意他和林天涯坐到一起。

因为史笛的原因，简小群以前很恨林天涯，现在觉得林天涯其实也算半个受害者。他坐到了林天涯旁边，悄悄一指胡金友："这场大戏，比我和史笛的离婚热闹多了，是因为要分割几个亿的财产吗？"

"再大胆点猜，乘以十。"林天涯是开玩笑的口气，并没有嘲笑被贫穷限制了想象力的简小群的意思。

"几十亿？娘耶，这得多少钱呀？"作为一个地道的标准穷人，简小群对以亿为计数单位的财产完全没有概念，个位数的亿和十位数的亿，对他来说没什么不同。

实际上其中的区别之大，大部分人穷其一生都无法体会。

"啪"，毕小路摔了一份离婚协议书到胡金友面前："姓胡的，你只有最后一次净身出户的机会了，如果再不签字，后果自负。"

胡金友跷起二郎腿，一脸拽样："反正都是净身出户了，再坏还能坏到哪里去？说吧，最严重的后果是什么？大不了一死呗！"

"信不信我跟大邱一样跳楼，让你声名扫地、臭名远扬、身败名裂，落得一个为了争夺家产逼死老公的恶名！"胡金友脸上露出死猪不怕开水烫的得意，"别欺人太甚了，小路，夫妻一场，总得给彼此留点情面、留

87

点念想，真要彻底撕破脸，我可不怕鱼死网破。"

"毕小路，你的那些破事、糗事要是被抖搂出来，你以为你还能在圈子里混下去？我要的不多，只要两个亿，你却一分钱都不想给我，做梦！"

16 / 什么都没有做错，却承受了太多

毕小路寸步不让："休想！还两个亿，两块钱都没有！你这几年把公司都掏空了，至少转移了四五个亿，不追究你的责任就已经是天大的仁慈了，别不识好歹。"

"请这么多帮手，是想打我还是强迫我签字？"胡金友不知道从哪里翻出一把剪刀，对准了自己的嗓子，"有本事就动手，我立马血溅当场。我一死，你们都是杀人凶手，谁也跑不了。"

够狠，都说匹夫一怒血溅五步，如果胡金友敢拿刀威胁他们，简小群还佩服他几分。不料他却是以自裁来威胁别人，确实是一个反智的非正常人类。

不过也别说，还真奏效了，毕小路吓得不轻："你、你、你干什么？放下剪刀！"一边说，一边后退了几步。

林天涯和杨涵凉更利索，二话不说从沙发上一跃而起，躲到了莫宜身后，摆出了别赖我跟我没关系并且随时逃跑的姿态。

才一个回合就被胡金友拿捏住了，到底是胡金友太能还是其他人太笨呢？简小群有些想笑，只有他一个人坐在沙发上不动，离胡金友最近。

胡金友见只有简小群一副稳坐钓鱼台的安然，不由得怒了："简小群，你不怕我，是不是？我现在就真的死给你看！"

"你活，是你的自由。你死，也是你的选择，跟我有什么关系呢？别死给我看，我不配！"简小群的语气无比平静，他一动不动，"还有，拿自己的性命威胁别人，是最愚蠢的行为，说明在你的心目中，你的命都不如钱值钱，都不如别人的看法重要！"

"你别对准动脉，万一真的割破了就没得救了，三分钟内就会流光全身的血液，抢救都来不及……"

胡金友更是大怒："我的命比你们的命值钱多了，我死，你们也别想好过，你们都是凶手！毕小路，两个亿，你给不给？"

毕小路此刻也冷静了几分："凡事好商量，你先放下剪刀，别作践自己了。不就两个亿嘛？给你就是了。"

"说话算话！"胡金友并没有放下剪刀，而是拿出一份协议，"签了它，我一是保证不会再自杀，二是保证不会把你和史笛的事情说出去……"

轮到简小群惊讶了："胡总，毕总和史笛有什么事情？"

"滚一边儿去，现在是我和她的事情，你别捣乱。"胡金友挥舞了几下剪刀，又对准了自己的脖子，"快签，一分钟之内不签，我就死给你们看。"

莫宜踢了简小群一脚："离远点，怎么这么没眼色？别想当英雄去抢他的剪刀，他肯定捅死你。"

简小群还是没动地方："我不！我从来没有当英雄的想法，也不会去抢他的剪刀，我只想知道……"

"毕总和史笛到底有什么事情？"

"现在不是讨论这个问题的时候。"莫宜摇了摇头，又踢了简小群一脚，"你就不能听话一次？真的危险！"

"就不！"简小群还是坐着不动，"胡金友他不敢杀人，也不会自杀。他虽然又坏又尿，但不是恶人。"

简小群对坏人和恶人的评判标准是坏人会坑人、骗人，但不会害人。恶人除了坑人、骗人之外，还会害人甚至杀人。

"你错了,简小群。人被逼到了一定份儿上,好人也会变坏人,坏人会瞬间变恶人。"莫宜一把拉起简小群,"你给我起来,别装大尾巴狼。你能打败毕大邱,不一定打得过胡金友,他有刀。"

"我有刀。"胡金友见毕小路无动于衷,暴躁了,"毕小路,你签不签?"

"真的要我说出你和史笛的事情不可?别以为我不知道,史笛的死,跟你有莫大的关系……"

"签,我现在就签!"毕小路没等胡金友再说下去,拿起笔唰唰几笔签名,"两个亿,买你一条命,也值了。毕竟夫妻一场,我不能眼睁睁看着你去死。"

"要爱生活本身,不要爱生活附加的意义……"毕小路冷笑一声,"这不是你最喜欢的话吗?怎么现在爱的不是事业本身,而是事业带来的金钱了?"

"屁话,有钱之后才有资格说鸡汤,没钱的时候说鸡汤,说得再好也是狗屁。成功,才是鸡汤的调味剂……"胡金友也是一阵冷笑,他一只手拿着剪刀,另一只手翻看协议,忽然愣住了,"毕小路,你是消遣我吧?你签的是史笛的名字!"

"不可能。"毕小路坚决地摇了摇头,"我还没到老年痴呆的年龄……"

她上前一步,拿过协议要看签名,胡金友突然扑了过来,想要挟持毕小路。

简小群离得最近,动作最快,他一伸手就拉住了毕小路的胳膊,用力一拽,毕小路身子一晃,协议就掉到了地上,她人也倒了下去。

胡金友扑了一空,正好踩在了地上的协议上,脚下一滑,就朝右侧摔倒。

慌乱之下,他右手一滑,剪刀划过颈动脉,鲜血喷涌而出。

"妈呀!"林天涯和杨涵凉惊呼一声,二人手拉手,夺门而出,瞬间跑得无影无踪。

真是天作之合，连频率都同步。

简小群惊呼一声，立刻上前捂住了胡金友的脖子，用力按压，大喊一声："快打120！快拿毛巾！"

莫宜马上拨打了120，毕小路迅速拿来了毛巾。

简小群用毛巾按压在胡金友脖子的伤口上，想要止住血，却做不到。鲜血如喷涌的自来水一般，汹涌澎湃，转眼间染红了地毯。

昂贵的波斯地毯，变成了一片诡异的深红。

"胡总、老胡，千万不要死。"简小群表面上很镇静，但声音都颤抖了，"想想要是你能活下来，有两个亿；要是死了，可就什么都没有了。"

胡金友张开嘴巴，感觉浑身的力气在快速流失，他想要挣扎着起来，手脚都不再听话，似乎和身子失去了连接一般。

"为什么要救我？"胡金友用尽了全身的力气，"我死了，你们都合适，都开心……"

"别说话，别动，放松呼吸。"简小群双手和身上染满了鲜血，他感觉他整个人都泡在了血液之中，"不喜欢你，是人生，是情绪。救你，是人性，是理智。"

"我不值得的……"胡金友的声音越来越微弱了，"简小群，毕大邱和史笛都不是自杀的……"

简小群愣住了："你有证据？"

胡金友的目光开始涣散，意识开始混乱："我有，我没有，我有，我没有……"

医生赶到时，胡金友已经完全失去了知觉。

在莫宜和毕小路的围绕下，简小群扶着胡金友，浑身是血，放声大哭。

简小群哭得很伤心，撕心裂肺，医生以为他是家属："你已经尽力了，做得很好，很专业，为病人赢得了宝贵的时间，虽然还是没来得及。"

简小群哭的声音更响了,莫宜气不过,踢了他一脚:"你哭的哪门子丧?他又不是你的七大姑丈八大姨父,别哭了,成不?心烦!"

"我哭我自己还不行吗?"简小群用力一抹眼泪,"从3·15开始,到今天还没有一周,我认识的人都死三个了,还有一个撞死了别人!我总共都不认识几个人,为什么要这么对我?"

最终胡金友没有被抢救过来,不治身亡。

警察来后,了解了相关情况,并调取了监控——毕小路家里有监控,客厅发生的一切,都被完整且清晰地记录了下来。

有人证、物证,排除了他杀,胡金友被定性为意外死亡。

简小群失魂落魄地回到公寓,倒头便睡。今天的事情对他的打击过大,目睹一个人的死亡和听说是两回事,更何况还是死在了他的怀里,视觉和心理上的双重猛烈冲击,让他备感心力交瘁。

简小群一觉睡了足足12个小时,醒来后发现手机没电自动关机了。他懒得充电,如行尸走肉一般煮了一口面,吃到一半,又无声地哭了起来。

从毕大邱跳楼、史笛跳河,再到李宝春撞人和胡金友意外死亡,所有事情似乎都有一个源头,或者说有一个暗中的线串联在了一起,到底是什么呢?

究竟是毕大邱跳楼,还是史笛跳河是起点呢?简小群想不明白,索性也不想了,他只是为自己遭遇的不幸和荒诞而悲哀,他什么都没有做错,却承受了太多。

吃完面,感觉力气恢复了几分,他决定再睡一会儿。

"咚!"

有人敲门。

"咚、咚、咚!"

有人在用力敲门。

自从简小群和史笛离婚后,自己独自搬到了公寓,从来没有邀请过一个人来做客,可以说,他的同事和朋友基本没人知道他具体住在哪里。

"谁呀？"简小群一边答应着,一边开门,愣住了,"张警官、程警官？"

张备和程东远一前一后进了房间,张备职业性地扫描了几眼,程东远则不动声色地吸了几下鼻子,才放松下来。

17 / 别怪生活，生活没有错

简小群平常比较干净，房间收拾得很利索，也没有什么异味。

"你微信不回，手机关机，我们怕你出什么事情，就直接上门了，没打扰你吧？"张备和程东远都穿了便衣，还是情侣装。

简小群才想起手机忘了充电，忙插上了电源。一开机，就有无数的微信提示。

除了受伤的汽车为他带来的进账之外，就是莫宜的几十条留言，从开始时的"今天要去哪儿"的工作吩咐到最后的"限你一分钟内回复，否则明天就不用上班了"的威胁，简小群没细看，直接发了一句话："我在公寓，警察过来了。"

莫宜几乎是秒回："我已经到楼下了。"

上次莫宜来公寓接过简小群，她知道地址。

简小群为张备和程东远倒了水，他又去洗脸刮胡子，收拾利索后，才老实地坐在了二人对面。

"是有什么需要我配合调查的事情吗？"

"没有，没有，就是过来看看你。"张备很客气，关心简小群这两天出了什么事情。

"事情你们应该也知道了，胡金友死了。"简小群有气无力地说。

"啊！"张备猛然站了起来，"不知道呀，胡金友怎么就死了？"

简小群把胡金友意外"自杀"的事情详细一说："这么大的事情，你们警察不是应该第一时间知道吗？"

张备和程东远对视一眼，二人一起笑了起来。

程东远依然是一副温柔且缓慢的语气："一个上千万人口的城市，每天要死200人以上，意外死亡的也有几十人，不在我们辖区的，我们就不会知道。"

张备的关注点在细节上："你当时全程在场，胡金友确实是死于意外？"

简小群回想了片刻："如果这都不算意外，我就不知道怎么命名意外了。"

张备微有沮丧之意："难道我和东远的调查方向真的错了？刚刚发现了一点线索，就这么断了，真不知道该说什么了。"他一拳砸在了沙发上。

"什么线索？"简小群猛然想起了什么，"对了，胡金友临死前说毕小路和史笛的死有关系……"

程东远微微惊愕："也许，他和毕小路都与史笛、毕大邱的死有关系。根据我们拿到的最新监控显示，3月14日晚上11时，胡金友、毕小路、史笛和毕大邱四个人，一起在一家名叫夜能飞的酒吧喝酒。大约在凌晨1点才离开。"

"随后，就发生了毕大邱跳楼、史笛跳河的事件。史笛的死亡时间是16号凌晨3点多，毕大邱的死亡时间也是凌晨3点多，两个人在距离10公里之外，几乎同一时间一个跳河一个跳楼，背后肯定有什么不为人知的联系。"

张备接过话头，点了点头："我和东远一查到有关联的地方，就赶紧过来先找你了解一下情况，你在胡金友的公司干了三年，对他的了解肯定详细，没想到，胡金友的线索就这么断了，也太巧了。"

简小群又想起了白衣老太："还有更巧的事情，白衣老太也死了。"

这次张备没有震惊，他点了点头："这事我知道了，正好在我的辖区。根据交警的结论，以及我们对李宝春为人的调查，认定只是一起意外交通事故，并没有特别的地方。"

简小群摇了摇头："也巧合得太邪门了。我总怀疑是我的人生剧本哪里出现了问题，我原本想平淡过一生，我的人生就是一出非常普通的生活剧，现在却在荒诞剧的道路上一路狂奔，刹不住车了。张警官，我能去烧香拜佛吗？"

"佛在灵山莫远求，灵山只在汝心头！"程东远本来习惯性拿着纸笔记着什么，忽然觉得又没有什么好记录的，就把纸笔放到了一边，"别怪生活，生活没错，错的是人心中的欲壑。"

简小群努力笑了笑："胡金友死在我眼前，我很难受，我没能救得了他，感觉自己真的很没用。他原本不用死的，生活跟他开了一个不可承受的玩笑，他的人生连荒诞的机会都没有，就到结局了。"

张备安慰简小群："别责怪自己，每个人都要为自己的人生负责，我们能帮到，是他们的幸运。没帮到，也是他们的问题。"

简小群嗯了一声，情绪还是有几分低落。

莫宜敲门进来了。

见张备和程东远在，莫宜也没绕弯，直接就说："张警官、程警官，14号晚上开尾号868的白色保时捷并且从翅吧附近接走史笛的人，不是我，是一辆套牌车，司机也不是我，我可以洗脱嫌疑了吧？"

张备丝毫不觉尴尬，呵呵一笑："别多想，怀疑每一个人是身为警察的天性，帮每一个好人洗脱嫌疑并且抓住坏人，也是警察的职责所在。"

"毕小路是不是也有一辆同样的白色保时捷？"

莫宜点了点头："对呀，我们一起买的，同样的配置同样的颜色。"

"有没有可能当时开套牌保时捷的司机就是她？"张备又问。

"也有可能。"莫宜看向了简小群，"史笛和毕小路、胡金友都认识，他们的关系比较密切。"

简小群接过了莫宜的目光："刚和张警官、程警官说过了胡金友的事情。"

莫宜就放心大胆地说道："一开始我觉得史笛和毕大邱都是自杀，他们俩我都认识，史笛文艺又忧伤，毕大邱抑郁加暴躁，自杀都不是太意外的事情。但后来疑点越来越多，尤其是3月14日晚上发生了那么多事情，我就越来越觉得他们的死可能还真有什么关联以及内幕。"

"如果他们真是被人逼迫或是胁迫自杀，请一定抓住凶手，还他们一个公道。"

张备点了点头，又叹息一声："目前看来，证据的搜集工作进展缓慢，尤其是胡金友一死，估计许多关键线索都断了。现在只剩下了毕小路一个关键人证了，我们只能从她身上寻找突破口了……"

"胡金友刚死，毕小路还要处理后事，过两天我们再去找她了解情况。"

张备和程东远来时有几分期待，走时却多了落寞之意。胡金友死得太意外，也太在关键点了，现在毕小路不管说什么，都没有第二个人证了。

二人一走，公寓中就只剩下简小群和莫宜了。

简小群重新整理了一下情绪："老板，还开除我吗？"

莫宜一伸手："手机拿来，打开微信。"

"干吗？"虽有疑问，简小群还是听话地递上了手机，"我微信上都没几个好友，没什么秘密。"

莫宜直接删除了简小群手机上她和他的聊天记录，还回了手机："走，去花园里。"

删除了罪证就等于没有犯过吗？简小群理解不了莫宜的脑回路，但人家是老板，该忍着就得忍着。

花园里是一个产业园区，出了东五环不久就到了。

停好车，简小群打算摆烂，就想在车里等莫宜。莫宜生拉硬拽把他带上了。

"别忘了,你还兼职保镖呢。"莫宜为简小群布置工作,"等下如果客户意向不是很大,你记得得帮腔说话。"

"老板,等于我还要兼职公司销售了?是不是又该加薪了?"

"钱钱钱,就知道钱,你就不能有点理想和抱负?"

"跟员工谈理想和抱负的老板,都是耍流氓。"

"俗!"莫宜笑了笑,"行,今天如果能成交,按成交额的1%提成。"

"多简单有效的激励机制,看,立马有动力了。"简小群的情绪高涨了几分,"老板,你到底在多少园区有多少栋楼、多少套房子?"

莫宜没理简小群,给了他一个鄙夷的眼神。

是一处一楼的大平层,有200多平方米,可以分隔成多间办公室,只能办公不能居住。

客户到了,是两个30多岁的年轻人,一男一女,举止亲密,像恋人。

男子西服领带,戴眼镜,言谈一板一眼,看上去不是业务员、销售就是律师一类的职业。女子温婉得体,一身休闲打扮,说话间透露她是一家幼儿园的老师。

简小群跟在莫宜身后,听几人谈了半天,显然对方对地方很满意,就是希望租金能再便宜一些。

"蒋先生,价格真的已经是最低了,您是直接和我联系的,没有通过中介,也没有中介费用,真的很合适了。"莫宜见简小群并没有帮腔的意思,就连朝简小群使了几个眼色。

简小群假装没看见,今天应该不用他出马,就能成。莫宜是当局者迷,他则是旁观者清。刚才他听到了女子小声和男子说了一句:"为什么你的委托人非要让你租这个地方,是有什么讲究吗?"

男子摇了摇头,一脸不解:"我也不清楚,但既然委托人有要求,就得尊重她的意见,毕竟是她投资了我,而且她还是我从小到大的小伙伴……"

99

18 / 生活为我安排了什么剧本，我不想演也得演下去

既然对方是有目的而来，就不用再卖力推销了。想要的人，一定会要。没有需求的人，再降价也没有效果。

简小群听得清楚，男子叫蒋天，女子叫安华，二人是夫妻关系。从亲密程度和默契度来看，应该刚结婚不久。

价格最后谈到了每平方米一天3.5元，莫宜一脸为难的表情："价格已经做到最低了，平常低于4块都不出租的，主要是看你们面善，又是初创阶段，也算是对你们创业的支持了。"

蒋天笑着摇了摇头："一天3.5元，月租就是21000元，还是超出预算了。这样，3块，行的话就成交。"

安华也在一旁帮腔："如果不是朋友非说你们这里好，还给了我们你的联系方式，我们就去别的地方了。你这里有点偏远，价格是不高，但通勤成本、时间成本都会增加不少。3块，不能再多了。"

对莫宜来说，一处月租两万上下的房子是她名下最小的产业了，根本不值得她亲自出马。但蒋天有她的联系方式，还说是熟人介绍的，她就只好屈尊了。

莫宜暗中踢了简小群一脚，埋怨他跟个哑巴似的不说一句话，简小群

被踢疼了，只好出面了。

"蒋先生是熟人介绍的，听上去又像是要开初创公司，3块钱的价格对我们来说确实是低了点……"简小群瞪了莫宜一眼，指责她"为富不仁"，"但也不是不能出租，主要是看介绍您的熟人是谁。"

"抱歉，现在还不能说。委托人说了，只有我租下了房子，才能透露她是谁。"蒋天上下打量了简小群几眼，"忘了问您怎么称呼了？"

"您叫我简师傅就成，我是莫总的……"

"司机"二字还没有说出口，莫宜抢了先："助理，他是我的助理，叫简小群。"

"简小群？"蒋天面露讶然之色，"你就是传说中的简小群？"

"您认识我？"简小群一愣，他什么时候名气这么大了？

"最近网上流传着关你的各种传说，你都成网红了。"蒋天上前跟简小群握手，"天下第一倒霉蛋、顶头上司死车顶、公司老板跳车顶、车比人红……说的都是你吧？"

简小群抹了一把脸，笑得比哭还难看："只要有流量，不管出的是什么名，只要成名就好，对吧？从这种意义来说，我也算是小有名气了，对不对？"

莫宜不信，推开简小群："蒋先生，简小群真有这么大的名气？你有证据吗？"

蒋天和安华相视一笑，安华拿出了手机，翻开了几个视频，展现给了莫宜和简小群。

也不知道是谁制作的视频，播放量惊人，内容经过了剪辑与加工，主角虽是简小群的车，却也放了他本人的照片。

视频采取了叙述的方式，添油加醋不说，还煽风点火，把简小群遇到的一系列事情放到一起，极尽诡异、悬疑和恐怖之能事，硬生生将一出荒诞的事件演绎成了灵异事件。

作为事件主角的简小群，被视频描述成天下第一倒霉蛋，被前妻抛弃，被上司欺负，突然之间前妻跳河，上司跳楼，本来都与他无关，他却第一时间成了犯罪嫌疑人，被警察审讯，被公司开除。

更离奇的是，公司还被他连累倒闭了。

翻看了几个视频，莫宜都要笑不行了，指着简小群的鼻子："下次让他们也拍拍我，我敢用你当我的助理，也算是'天下第一胆大'了吧？"

"又有新的视频出来了。"安华惊呼一声，打开了刚上传的一个视频，"啊，天下第一倒霉蛋继续传奇人生，继公司被他拖累倒闭之后，前公司老总胡金友也因意外身亡。据悉胡金友之死和简小群也有关系，他当时就在现场……"

蒋天用无比敬佩的目光仰望简小群："你到底还要创造多少传奇才肯停下来休息一下？"

安华震惊的眼神中都有了几分畏惧："到底是不是真的？"

简小群摸着后脑，无辜而绝望："我也没有办法呀，我也不想呀。我真的不想创造什么传奇，也不想过荒诞人生，但人生总是给我出层出不穷的难题，我才是受害者。"

"后面还有……"安华下意识后退了两步，离简小群远了几分，继续看视频，"简小群关系最好的前同事李宝春驾车撞死一名拾荒者，虽是交通意外，但不排除受简小群霉运影响所致。截至目前，凡是和简小群关系密切者，都遭遇了生活中的不幸。凡是和他有过过节的人，都遭遇了人生的不测。"

"有人说，简小群就是一个瘟神，谁离他近谁就会倒霉。但偏偏有人不信邪，据不可靠消息，他公司的房东、一位据说貌美如花、家财万贯的富婆聘请了他担任司机兼助理兼保镖，也不知道简小群会为她带来什么厄运，让我们拭目以待。"

安华念完，又后退了几步，离简小群足够远了才长出了一口气："妈呀，吓死个人。简小群，你遇到了这么多古怪的事情，从来没有想过原因吗？"

莫宜比简小群还要兴奋，她抢过安华的手机看了几眼，哈哈大笑："这个视频是谁制作的？这人真有眼光，'貌美如花、家财万贯'简直就是为我量身定做的形容词。不行了，得打赏他才能表达我内心对他品位的赞赏。"

简小群既不兴奋也没有不开心，仿佛网上关于他的论断是在说别人，他呵呵一笑："想什么原因？这个世界上没法解释的事情不要太多！谁当你的父母，你能决定吗？生下来父母是不是养你，你能预测吗？长什么样子，你能选择吗？"

"生活为我安排了什么剧本，我不想演也得演下去，不然还能怎样？"

莫宜不认同简小群的消极："不能这么说，生活是有安排的部分，我们无法选择也不能逃避。但也有我们可以自主的部分，比如你认识谁、爱上谁和谁结婚，再比如你从事什么职业，选择一个自己喜欢的老板，等等。在已经确定的部分人生的前提下，去努力争取不确定的可以自己掌握的另一部分，才是正确的人生观。"

简小群一本正经地点了点头："收到，老板。蒋先生如果租下了房子，我的提成能不能涨到2%？我希望我可以在争取不确定的另一部分时，再多一些收获。"

莫宜气笑了："行，你是名人，你说了算。"

最终谈好了价格，以每平方米每天3块钱的价格签约。

谈好了，双方当场签约了协议。

正好到了中午，蒋天主动提出要请简小群和莫宜吃饭。四人就在园区旁边一家有特色的云南餐厅落座，边吃边聊。

19 / 也许每个人都想成为别人

与此同时，张备和程东远也在毕小路家中吃席，不，吃饭。

二人赶到毕小路家时，刚10点多。见毕小路正忙着处理胡金友的后事，就要告辞。毕小路却让二人留下，她可以配合调查。

一聊，就聊了一个多小时，正好赶上了午饭，她就邀请二人一起吃饭。

张备和程东远迟疑片刻后，就答应了。

毕小路和胡金友结婚五六年了，一直没有孩子。她和阿姨住在偌大的别墅中，平常也没什么客人，就显得冷清而安静。

毕小路很健谈，从她和胡金友认识到结婚，再到婚后她出钱帮他开公司，再到她发现胡金友暗中转移公司资产并且在外面有人后……她就想关掉公司，却始终没能痛下决心。

毕大邱的死，让她痛心加后悔，如果她早日关掉公司，也许毕大邱的悲剧就可以避免。

张备和程东远并没有追问胡金友意外死亡的细节，他们关注的重点是3月14日晚上夜能飞酒吧的聚会。

吃饭时，没等二人开口，毕小路主动说了出来。

"大邱和史笛自杀的前一天晚上，就是3月14日晚上，大概是11点多，我们四个人在夜能飞酒吧喝酒来着……"

张备不动声色，故意问道："四个人？"

"对，我、大邱、史笛，还有胡金友。"毕小路点燃了一支烟，要递给张备和程东远，二人都摇了摇头，"不介意吧？介意的话就先忍一忍，不抽烟我会死。"

……四人中，毕小路和史笛最为熟悉，胡金友和毕大邱都是通过她认识史笛的。她则是通过林天涯和杨涵凉认识了史笛，认识之后，来往不是很多，但也算是关系比较密切的一类朋友。

平常她和史笛也没有商业上的合作，就是生活中的朋友，关系简单而纯粹。有一次，史笛希望她能帮她介绍一个男友，是可以直接结婚的那种，她年纪大了，累了，想找个合适的人抱团取暖。

毕小路就跟胡金友说了，让他看看公司里有没有符合条件的同龄人。后来就有了毕大邱为简小群介绍史笛认识的一幕。

简小群一开始并不是最优人选，公司的同龄男性不少，胡金友特意挑选了几个人的资料，毕小路转发给了史笛。

胡金友重点推荐余星星和柳鑫，二人都是南方人，性格细腻，嘴甜，容易讨女孩子喜欢。

史笛却没看上余星星和柳鑫，她直接点名了简小群。

和简小群结婚后，史笛和毕小路不时来往，不多，但每个月也能见上两次。她不说和简小群的婚后关系，也不说她的工作和家庭，只和她聊一些稀奇古怪的话题。

"什么样的稀奇古怪的话题？"张备好奇地问了出来，"我知道史笛很文艺很有想法，在你们的描述中，我总觉得她像一个不食人间烟火的仙女，总是飘在天上，从来不在意人间的事情。"

毕小路抽完了一支烟，又点燃了一支："你形容得很对，她就是一个仙女，不但长得漂亮，性子温顺，成天想的问题也都虚无缥缈。她总是跟我说她喜欢读什么书看什么电影,可惜的是,她说的书和电影,我都没有看过。"

"你们压根儿就不是一类人,怎么还能成为朋友呢?"程东远习惯性咬着笔头问道。

"也许每个人都想成为别人,跟和自己完全不是一类人的人交朋友,能弥补人生的缺憾与不足。"毕小路用力抽了一口烟,"我从来没有体会过爱情的感觉,跟胡金友的结婚,完全是父母的意志。我也从来没有爱过别人,没有被别人爱过,就认为世界上根本就没有什么所谓的爱情!爱情,不过是文人编造的谎言,是为了让人可以在对爱情的幻想中艰难地活下去。"

"我特喜欢听史笛讲的爱情故事,也不知道她从哪里听来的,每一个都惊心动魄、感人肺腑。我很羡慕故事里的男女,他们的爱情像是天上的月亮,那么高,那么远,那么皎洁,不受世俗的影响,他们只为爱情而活,只为自己而活。"

程东远本来放下了笔,又不自觉地咬上了:"3月14日晚上,你们的聚会是谁发起的?"

"史笛。"毕小路掐了烟,喝了一口水,一只手支在了餐桌上,"她本来约我吃晚饭的,我正好有局了,就说第二场也行,她就说晚上11点在夜能飞酒吧见面。"

"她当时是只约了你一个人还是?"程东远开始了深入的追问。

"只约了我一个。"毕小路很肯定地点了点头,"我知道你想问的是什么,聚会时为什么会有胡金友和毕大邱,对吧?我也是到了后才发现他们也在。"

张备冷不丁问了一句:"你和史笛是一起去的酒吧,还是分别?"

"一起呀。"毕小路表情十分平静,"我第一场结束后联系了她,她说她在一家翅吧附近,我正好顺路,就接上了她,然后一起去的酒吧。"

"好。"张备和程东远交流了一下眼神,"当时你开的是什么车?"

"白色的保时捷，尾号是868……"毕小路想到了什么，嘿嘿地笑了，"是，我当时开的是套牌车，套了莫宜的车牌。我们两个人的保时捷一模一样，她的车牌太好了，我就让人做了一副假牌。没告诉莫宜，她不知情，是受害者。"

"我知道是犯法了，甘愿接受处罚。"

张备摆了摆手："套牌归交警管，我们现在只是向你了解和史笛、毕大邱案件有关的情况。"停顿了片刻，他又问，"这么说，是你和史笛赶到夜能飞酒吧后，才遇上了胡金友和毕大邱，他们两个人是一起的吗？"

"是的，我们到的时候，他们两个人已经在了，坐在一起，既然正好遇上了，就拼桌了。"毕小路又要抽烟，被程东远制止了。

程东远摇了摇头："麻烦您克制一下，我头晕，受不了烟味儿。"

毕小路拿了一根烟放到鼻子下面闻了闻："还有什么要问的吗？"

"你们都聊了些什么？"张备责怪地看了程东远一眼，主动递上一支烟，"你觉得碰到胡金友和毕大邱，是巧合还是谁故意的安排？"

"就聊了一些乱七八糟的话题，有他们在，我和史笛也不好聊爱情呀、文艺呀……"毕小路接过烟，点上，"我当时也奇怪，大邱怎么和胡金友一起来酒吧了？他们基本上只有在工作时间打交道，下班后，都是各回各家的。我也再三跟大邱交代过，不要私下和胡金友走得过近，他和胡金友的私人关系其实并不好。"

程东远皱了皱鼻子，对张备递烟的动作表示了不满："毕大邱和胡金友也是亲人，为什么不让他们走近？"

"大邱先是我的弟弟，然后才是胡金友的小舅子。他能不听我的吗？"毕小路讥笑一声，"更不用说他和胡金友都吃我的用我的，靠我养活。"

张备暗示程东远不要扯远了话题，他拉回到了案情上面："有没有一种可能——胡金友和毕大邱也是史笛约过来的？"

"不可能！史笛和他们不熟，也不喜欢他们……"话说到一半，毕小路的声音又小了下去,"也不好说,史笛太有个性了,她是随心所欲的性子,突然心血来潮约他们一起,也说不准。反正当时聊天的时候,他们三个人谁也没有透露出事先约好的意思。"

"具体都聊了些什么,方便说一下吗?"张备总觉得哪里不太对,胡金友和毕大邱像是在专门等史笛和毕小路,应该不是普通的偶遇。

"记不太清了,因为是第二场,第一场已经喝了不少酒。我只记得胡金友和毕大邱说到了公司的困境,毕大邱问史笛和简小群过得好不好,是不是适应了简小群的简单和傻笨,史笛只说了一句……多谢关心。"

"听上去像是话不投机半句多的尴尬场面,怎么还会从11点一直喝到凌晨1点多,足足两个多小时呢?"程东远非常不喜欢毕小路的做派,认定她不是什么好人,话里水分很多。

"谁知道呢?可能都有了酒精的刺激,平常觉得很反感的人,在醉眼蒙眬下,也没那么讨厌了。到了1点多时,还是大邱先提出来散了吧,大家才离开的。"毕小路见程东远还想问什么,笑了笑,"我知道你想问我结束后的事情,我和胡金友一起回家,大邱和史笛各自回家,没了。"

张备沉默地思索了一会儿:"有个问题我想不明白,你为什么要套莫宜的车牌呢?又为什么特意开了套牌车去接史笛?"

"我说一个原因你可别不信,我一是喜欢莫宜的车牌,号码和我特别和,特别旺我,就套了她的牌;二是当天我的另一辆车限号……就这么简单。"

"莫宜知道她的车被套牌了吗?"

"不知道呀,前面我不是说过了吗,没告诉她,她也算是受害者。我的想法是等她知道了,大不了骂我一顿,以后不管是我违章还是她违章,都算我的头上,相信她也会原谅我的。"毕小路看了看手表,"我下午2点还有个会,要不先到这里?"

滴水不漏,张备心里一沉。

20 / 一旦做出了选择，就永远没有回头的机会

出了小区的门，程东远才愤愤不平地说道："太傲慢了，瞧她高高在上的姿态，真让人受不了！尤其是抽烟时的做派，看上去就不像什么好人。一个女人，好好地为什么要抽烟？最讨厌女人抽烟了！"

"看、看！这就是你的不对了，不要带着偏见看人，毕小路经历过什么，又为什么变成现在的样子，我们一无所知。我们要尊重别人的日常习惯，哪怕不是好习惯，只要不影响社会的安定和别人的生活，就没什么可指责的，你说呢？"

"不要跟我讲道理，你要跟我站在一起！"程东远生气了。

张备是没什么恋爱经验，但没少看抖音上的恋爱经，他知道女朋友在生气的时候在意的只是情绪，不是对错，不想和女友吵架又不想妥协的最好办法就是转移话题，就忙说："你觉得史笛、毕小路和胡金友、毕大邱在酒吧的偶遇，真的是偶遇吗？"

程东远的发散性思维立刻被新的话题吸引了："肯定不是，哪里有这么巧合的事情？我现在怀疑，胡金友、毕大邱也是毕小路叫过去的，她想把史笛他们几个人一网打尽。"

"什么意思？"张备一时蒙了，"听上去你的推理很阴森很吓人的

样子。"

程东远点了点头，得意地笑了："怕了吧？我可是全市第一推理小能手。我认为的事情真相是，毕小路怀疑胡金友在外面有人，并且转移公司资产，是为了和小三过上幸福生活。而那个小三，正是史笛！"

"啊！"张备被程东远的大胆推测震惊了，张大了嘴巴，"你也太有想象力了吧？接着说。"

程东远背起双手，踮着脚说："而毕大邱表面上是毕小路的内线，是为了监视胡金友，实际上他已经被胡金友收买了，他是胡金友的帮凶。胡金友转移了公司资产，毕大邱作为同伙也没少拿好处。毕小路对此，心知肚明。她假装不知道，在几个人聚在一起时，暗中投毒……"

"你的推理可以写小说了，精彩。"张备只能虚伪地奉承，"可问题是，为什么当天晚上只有毕大邱和史笛自杀了，胡金友没事呢？而且毕大邱毕竟是她的亲弟弟，她怎么可能下得了手？"

程东远支吾了一会儿："女人对背叛自己的人，心狠着呢，亲弟弟、亲老公，都下得了手。胡金友当时没事，可能是毕小路一时心软，没向他投毒。"

"有道理，非常有道理。"张备假装认可，连连点头，"照你的思路，毕大邱和史笛后来的自杀，都是毕小路投毒的缘故？二人毒发了，疼痛难忍，然后一个跳楼，一个跳河，是吧？"

"是……吧？"程东远又不敢肯定了，逻辑不对，"就算不是因为毒发的原因自杀，他们既然想要自杀，毒发了索性躺着等死就是了，死哪里有好受的，用不着再跳楼、跳河。"

张备顺着程东远的思路往下捋："也许，他们不是自杀呢？虽然监控中没有发现其他人，但并不能排除他们是被人胁迫自杀的，对吧？你的推理有一定的道理，我们可以顺着这个思路再查下去。"

"真的吗？"程东远受到了鼓励，高兴了。

"当然是真的，不过你得请我吃晚饭，中午在毕小路家没吃饱。"张

110

备趁热打铁。

"没问题。"程东远开心之下，一口答应，"我也没吃多少东西，以为有钱人的生活多奢侈，没想到吃的东西完全没有口感。"

"有钱人的世界，我们想象不到。有钱人的想法，我们共情不了。"张备抬头望向了天空，天空湛蓝而纯净。

城市的天空难得有如此淳厚的蓝色，他一时感慨，同一片天空下，有人活着，有人死了；有人快乐，有人痛苦；有人没心没肺，有人精于算计。不管怎样，人生的车轮只能单向向前，一旦做出了选择，就永远没有回头的机会。

……云南餐厅中，简小群、莫宜和蒋天、安华一行四人的午饭，也接近了尾声。

经交谈得知，蒋天和安华已经结婚两年，打算要孩子时，蒋天得到了一笔投资款，决定创业。他是一名大律师事务所的律师，想要成立自己的律师事务所，目前投资款已经到位，他还邀请了几名同事成为他的合伙人。

房子现在也租好了，只等装修之后，公司就会正式运营。

"说来还要感谢我的投资人，同时，她也是我的委托人。投资协议中有三点要求，一是要求必须租莫宜姐的房子……"

蒋天的话被莫宜第一时间打断了，莫宜一脸不悦："别套近乎，我不是你姐。"

"可是我的委托人说了，一定要叫你姐的。"蒋天还觉得委屈。

简小群现在多少也了解莫宜几分了，忙说："莫老板比你小，要叫莫小妹。"

蒋天愕然："叫小妹不礼貌，显得不够尊重。"

"直接叫莫宜就行，总之，别叫姐。"莫宜暗中踢了简小群一脚，埋怨他话多。

111

简小群会错了意:"还是叫莫老板吧,莫宜听上去总以为是莫姨,更叫老了。"

"第二点要求呢?"

蒋天微微一笑:"第二点要求就是务必找到你。"

"我?"简小群指了指自己的鼻子,"别开玩笑,我已经快被生活层出不穷的荒诞玩笑玩疯了,你我素昧平生,就不再捉弄我了。"

"我从来不开玩笑,我是律师!"蒋天强调了一句,一脸严肃,"我的委托人叫史笛。"

"啪嗒!"

简小群的筷子掉了,他惊讶的表情既难以置信又满怀惊喜:"史笛?她、她委托你找我?"

蒋天帮简小群捡起筷子,用纸巾擦了擦,还给他:"是的,我和史笛是初中和高中的同学,算是从小一起长,后来我们上了不同的大学,她学了哲学,我学了法律,但我们都留在了北京。"

莫宜也是满眼惊讶:"快说说史笛的过去。"

蒋天突然重重地叹息了一声:"你们真以为史笛是自杀吗?"

简小群和莫宜一起摇头,异口同声道:"不知道。"

安华拉了拉蒋天的胳膊:"还是先告诉简小群史笛委托你要办的事情吧。"

"对,对,先办正事要紧。"蒋天坐正了身子,"作为史笛的代理律师,我现在正式通知你,简小群先生,你作为史笛女士唯一的指定继承人,将会继承她名下的全部遗产。"

简小群却丝毫没有继承遗产的喜悦,而是一脸悲伤:"这么说,她早早就知道自己要出事了?她委托你是什么时候的事情?"

蒋天的目光中也满是失落:"一年多前的事情了。"

"不对,不对,一年多前史笛和简小群还不认识,你身为律师,不能乱说话,要负法律责任的,你知道不?"莫宜一拍桌子,一脸怒气。

安华抓住了莫宜的手："莫姐，别急，听蒋天慢慢说。孩子没娘，说来话长，要有耐心。"

"我有的是耐心，反正下午也没事。"莫宜拍了拍简小群的肩膀，"打起精神来，听听史笛的过去，也好让你更深入地了解她。"

简小群努力坐得更直了一些："不管她过去经历了什么，也不管她过去是什么人，在和我认识、结婚的时间段里，她是我一生中的最爱。她在我心目中，永远是最鲜亮的形象、最耀眼的光芒。"

蒋天的眼睛亮了："怪不得她会喜欢你并嫁给你，你的文艺范儿很符合她的审美。"

……蒋天和史笛认识的时候，12岁，初一。他和她是同班同学。当时的史笛，面黄肌瘦，穿着老土且寒酸，是班上最不起眼的一个，经常受人欺负。蒋天天性就爱打抱不平，几次替史笛出面，就和史笛成了最好的朋友。

蒋天慢慢才知道，史笛从来都是一个人上学放学，不见家长接送。大家都以为她是孤儿，其实她是弃儿。父母健在，在离婚时都嫌弃她是拖累，她就被丢给了奶奶。

初二时，奶奶去世。父亲回来料理后事时，扔给史笛一笔钱，让她以后永远不要出现在他面前，就离开了。母亲压根儿就没有回来，据说是去了国外。到底人在哪里，史笛毫不知情，也不关心。

到了初三，史笛的学习成绩上来了，人也长开了，如同脱胎换骨一般，不但明媚照人，也光彩夺目，引发了不少男生的追逐。她一概不理，拼命读书，终于考上了成都最好的高中。

班上只有她和蒋天考上了最好的高中，二人再次成为同班同学。

本来蒋天想学理科，在史笛选择了文科后，他也跟着选了文科。他承认，他喜欢上了史笛。他想和史笛约定一起考上北京的大学，就在一起。

史笛却毫无回旋余地地拒绝了他。

蒋天才知道，史笛在表面上的柔弱、感性之下，有一颗异常坚强的心。她有主见，凡事都必须符合她的全部要求才行，否则，她宁肯不要也不会将就。史笛告诉他，其实他只有一个方面不符合她对爱情的幻想——他不够文艺和感性，虽然学的是文科，却是理性占六成以上的偏逻辑性文科，而她喜欢的是哲学，是形而上大于逻辑性的学科。

蒋天不想放弃，在他考上北京一所大学的法律系后，还去追求同样在北京另一所大学学哲学的史笛。

21 / 别纠缠过去，别纠结未来

面对蒋天的追求，史笛的回应很冷静很坚定。

史笛请蒋天吃了一次饭，对他多年来的照顾表示了郑重的感谢，并说感情上的事情没有逻辑也没有道理，她喜欢他，只限于朋友式的喜欢。她没有办法上升到恋人式的喜欢，更不能升画唯爱。以后，她会尽她所能在事业上帮助他，但她和他在感情上的事情，到此为止。

每个人都是矛盾的统一体，外表柔弱的人，往往内心刚强。外在坚毅固执之人，可能内心的承压能力有限，到了临界点就会一触即溃。

史笛是蒋天见过的最有主见从不妥协的女孩，并且唯一！

蒋天在心中放下史笛之后，很快就认识了安华，二人走到了一起，直到今天。

他和史笛的联系从未中断，也清楚史笛人生中的每一个决定。

毕业后，他留在了北京，在一家律师事务所工作，从实习律师做起。史笛也留在了北京，进入了一家互联网公司，从事文字编辑工作。

社会和学校是两种截然不同的生态，身在其中，每个人都会改变心态。蒋天把心思放到了事业上，在和安华结婚后，他和她约定五年内不要孩子，他想等事业有了起色之后，再养育后代。

在忙于事业和家庭之后，他和史笛的联系渐少，从开始时的每月见上两次,到一次,再到两三个月见上一次。曾经纯真的感情被生活磨炼,变得更圆润且坚硬起来,不再动不动就觉得失去一个人就如同失去全世界。

见面少了,但联系还有,史笛在公司从职员升到了部门负责人,每一步成长他都为她感到开心,也希望她能在感情上有一个好的结果。

也许是童年的阴影需要一生来治愈,又也许史笛天生就是一个敏感且坚强的人,她知道自己想要什么、能要什么以及不能要什么,她活得明白且透彻,因此,蒋天相信她不会吃亏,也不会伤害别人。

一年多前,史笛突然找到他,说要投资他,帮助他圆他的律所梦。

蒋天一直想要开一家属于自己的律所,他自认资历和人脉都已经具足了,但缺少资金。他以为史笛是开玩笑拿他寻开心,不料史笛拿出了一份投资协议书,明白无误地说明她要投资500万元助力他开律师事务所,条件很优厚,她只占20%的股份。

蒋天是律师,自然能看出合同的专业性以及非常真诚的条款。他并不认为史笛会有钱投资他,是逗他玩,也就只当是配合她的演出,在协议上签上了名字。

没想到,史笛又拿出一份代理协议,希望她以后的所有法律事务,都由蒋天负责,包括但不限于遗嘱的设立和遗产的处置,等等。

蒋天吓了一跳,玩笑开过了,年纪轻轻的说什么遗嘱和遗产,太吓人了。史笛却不由得分说让他签了代理协议,并说在协议的最后她还预留了附加条款,附加条款由她来定具体内容,他必须无条件执行。

蒋天一一答应了,他还想问个清楚到底出了什么事情,史笛却不给他机会,转身走了。

只是他没有想到的是,史笛会嫁给既不出色也毫无特色的简小群!

不久之后,当史笛告诉他她要结婚时,他十分开心并表示要送上一份大礼,史笛拒绝了他的礼物,并说结婚不会举办婚礼,也不会邀请亲朋好友聚会,她想安静地过自己想要过的简单生活。

蒋天知道史笛的性子,也没勉强。只是当他在了解了简小群的个人信息后,想不明白为什么史笛会看上简小群。如果说史笛就算找个接盘侠,也有大把的人愿意,排队都轮不到简小群。

以史笛的优秀和光彩,她从来不缺追求者,简小群何德何能?

蒋天刚要劝史笛,被史笛一句话打了回去:"你最好什么都不要说,不要破坏我们的友谊。人间好多事情,没有道理,只有感觉。你照顾我一场,我还你一笔投资,不能说是双清了,至少我没有心安理得地让你白白付出。你的其他事情,我不过问。同样,我的生活,你也不要干涉。"

"人和人之间的关系,简简单单,就好。分清边界,划好界线,比如我们就是简单的朋友关系,可以互相帮助,可以合作事业,但不会介入对方的私生活。再比如我和简小群,就是简单的夫妻关系,我们结婚后,会一起生活。但除此之外,我的过去他不需要知道,他的过去我也不会去问。"

"珍惜眼前,活在当下,别纠缠过去,别纠结未来。"

蒋天就再也没有说什么,也没把史笛的两份协议放在心上,史笛不可能有500万,她又不是富二代,工资收入又不高,就扔到了一边……直到半年多前史笛告诉他,她和简小群离婚了。

史笛的声音听不出来有丝毫的忧伤:"两份协议你一定要保留好,补充条款我随后会发你,记住了,一定要按我要求的条款执行,否则,我就算死也不会放过你。"

蒋天没听出来史笛是开玩笑还是下定了决心,一口答应下来。不管是出于一个律师的操守与职责所在,还是他和史笛多年的情谊,他都不会辜负史笛的托付。

尽管对史笛为什么和简小群结婚又为什么离婚,蒋天一无所知,但他还是本着一个律师的责任,在收到了史笛的补充条款后,认真做了规划与布置,决定按照史笛的要求去执行。

他并不理解史笛为什么要投资他,又为什么要让他担任她的律师帮她办理一系列的事情,他只管认真地去落实。

在完成了史笛的前期要求后,他收到了史笛的第一笔投资款300万元。根据协议要求,他必须在半年之内成立公司,附加条款是,公司的办公地址必须是莫宜名下的房子,并且是在花园里的园区内。

蒋天很快就成立了公司,随后,他就收到了第二笔投资款200万元。史笛又告诉他,等她的第二份委托书到后,再开展接下来的工作。

蒋天不知道史笛在等待什么,对史笛,他有的是耐心。直到几天前,他在听到了史笛的死讯的同时,也接到了她寄来的委托书。

委托书要求蒋天尽快租下花园里的房子,并且帮她找到简小群,告诉他,她的全部遗产都要归简小群所有。她已经立下了遗嘱。

"就这?"等了半天,蒋天没再说话,莫宜按捺不住了,"就没了?"

"没了。"蒋天一摊手,"我目前接到的委托也就只有这些了,接下来该怎么办,史笛没说,我也不知道呀。"

简小群低着头,神色黯然:"她为什么要在背后精心布置了这一切?她到底遭遇了什么?"

莫宜推了简小群一把:"你就不关心史笛给你留了多少遗产?"

"不关心,她又没钱。"

"她怎么会没钱?你是没听明白还是装傻,她光是投资蒋天就花了500万!"莫宜不屑地咧了咧嘴,"你可真是一个彻头彻尾的傻瓜。"

"不,他不傻,他是简单和真诚。也正是他简单到极致像是傻子一样的风格,才让史笛对他投入了全部。"蒋天无比感慨,"我真的很羡慕你,小群,我认识史笛这么久,从未见她对任何一个人这么牵挂这么用心过!你们结婚的半年里,你对她是不是付出了全部?"

莫宜冷冷一笑:"何止全部,连未来都透支了。你是不知道,当史笛让林天涯冒充她的初恋男友出现在简小群面前时,他没有怪她。当史笛让毕大邱带着简小群上门'捉奸'发现了她在婚后还和林天涯保持着亲密关系时,他还是原谅了她。他用委屈和宽容撑大的胸怀完美地诠释了一个大度的男人应有的格局。"

蒋天肃然起敬:"原来背后还发生过这么多事情,简先生,您让我敬佩!"

简小群不以为然地摆了摆手:"谁爱得更多,谁就更愿意接受现实……不过是心甘情愿的包容罢了,谈不上什么大度和格局。史笛让你找到我,就是为了让我继承她的遗产,没有别的吗?"

"暂时还没有,根据我的估计,应该还有第三份委托书。"蒋天想了想,"她虽然已经不在了,但我相信她已经安排好了一切。她把工作、生活、同学、同事之间的关系理顺得特别清楚,并且让这些关系没有交集。如果不是她的要求,我都不知道莫宜的存在。"

"除了我们之外,她应该还有我们都不认识的别的朋友。"

简小群站了起来,脸色有些苍白,他朝蒋天深鞠一躬:"谢谢你,蒋天,让我了解了一个更真实更立体的史笛,让我参与了她人生的成长部分。"

蒋天忙站了起来:"别这样,小群,说起来我应该感谢你才对。如果不是你,我想也许史笛也不会投资我。"

"你真的不关心史笛为你留下了多少遗产吗?"

"不关心。"简小群无力地摇了摇头,"我只想知道她到底为什么而死。如果不是自杀,是被谁害的?如果是自杀,又为什么?"

"我也想知道,但现在,我毫无头绪。"蒋天叹息一声,"根据我对她的了解,她不应该自杀,她那么热爱生活。"

简小群一脸痛苦:"史笛经常说,对世界的伤害,更多来自认知缺陷,而非恶意!她是一个不愿意给世界带来任何伤害的人,怎么会伤害自己?她肯定是被人胁迫自杀的。"

"也许你错了,小群。"莫宜认真地思索了一会儿,"越是善良的人,越是只会在想不通的时候选择伤害自己。"

22 简单的夫妻关系

忙完了一天的工作后,简小群回到公寓,简单吃了一口东西,就又骑了一辆共享单车来到了风向小区302室。

他打扫了房间。

一个人在黑暗中静默了半晌,他才打开随身携带的笔记本电脑,看了一会儿他和史笛留下来的点点滴滴,从照片到视频。

照片中的史笛,青春明亮,笑容绽放。视频中的史笛,笑容更加生动,欢颜如昨。只是在她的笑意之下,总是隐藏着一丝难以言表的不安。

她究竟都经历了些什么?

简小群又住了下来,睡得香甜。天刚亮的时候,他又被莫宜的电话吵醒了。

"先说你在哪里,我现在过去接你。"莫宜抱怨,"怎么感觉我像司机你是老板,天天得接你才行。"

简小群说了地址:"以后车我开回家不就得了。"

很快莫宜就到了,简小群收拾了一下,赶紧下楼,关门的一刻,脑海中突然闪现了一个念头,又慢慢推开了门,顿时吓得他屏住了呼吸——还是在鞋柜原有的地方,赫然多了一个和上次一模一样的脚印。

是的,一模一样,大小、形状都完全相同,可以肯定是同一个人的。

昨晚简小群一进门就打扫了卫生，他可以保证脚印绝对是昨晚在他睡觉后留下的，也就是说，在他睡得正香甜的时候，有人悄悄打开了房门，留下一个脚印之后，就悄然离开了。

脚印就在鞋柜边沿醒目着，像是在提醒他还有别人可以随意进入房间的事实。她是谁？她为什么只进到门口而不到里面？她又有什么图谋？

下次他一定得反锁上门试试，看看还有没有人可以进来。简小群打定了主意，又想到了一个点子，当即在网上下单，买了一个监控器。

楼下，莫宜已经停好了车并且坐到了副驾驶。

"一个人住不害怕吗？"莫宜对简小群的行为颇不理解，"房子曾经是你的，现在还在史笛名下。虽然她委托了律师要把遗产全部由你继承，但在没有履行完应有的法律程序之前，你这么做仍然叫非法闯入，懂？"

简小群没说话，沉默地开车，上到了主路他才想起："去哪里？"

"导航已经设置好了，跟着车载导航走就行。"莫宜斜了简小群一眼，"我现在越来越搞不明白你和史笛了，她嫁给你莫名其妙，和你离婚也是心血来潮，自杀更是蹊跷，结果倒好，她还把名下所有财产都由你继承，你们到底在演哪一出？既然真心相爱，好好活着，一起幸福不好吗？"

简小群一直在想脚印的事情，他想了半晌也想不明白，就问："有件事情我得和老板说一下……"

"啊，你别吓人，好不好？"听了简小群的叙说，莫宜感觉头皮发麻，"你不会想说闹鬼了吧？"

"第一，世界上有没有鬼先不讨论，千百年来，是没有正确答案的谜题。第二，就算有鬼，只有心里有鬼的人才会怕鬼。鬼是什么？不过是人的反面，有什么好怕的？第三，鬼没有脚，更不穿鞋，所以我敢肯定半夜进入房间的，肯定是个人，还是一个女人。"

"说得倒有几分道理。但未必就一定是女人，也许是一个小个子男人呢。"莫宜觉得简小群的判断过于主观了。

"肯定是女人。"简小群坚持自己的看法，"也确实有男人穿38号的鞋，但男鞋和女鞋还是很不一样的，同样的鞋码，男鞋偏宽，女鞋偏窄，而且女人由于体重比男人轻，鞋印也会偏浅……"

莫宜惊讶地张大了嘴巴："你说得好专业，好像你是警察一样，说，是不是学过反侦察？"

简小群一愣，摇头笑了："我还学过擒拿呢！想多了，书看多了，你就会发现你比别人懂得就多了。如果你觉得身边的人都知识面宽广，显得你跟个傻子似的，赶紧多买些书看，你至少一年多没读书了，是吧？"

"是个屁！"莫宜被气着了，踢了简小群一脚，"我有两年半没有买过一本书了，怎么的吧？"

简小群探头看向了莫宜的双脚，莫宜穿了中裙，露出了雪白的大腿。不过她知道简小群在看什么，搬起了右脚："没错，我就是38号的鞋，怀疑我就明说，我不会解释，也不会反驳。"

简小群没说话，安静地开起了车，过了一会儿才自言自语："对善良来说，愚蠢是比恶意更危险的敌人，因为人们可以使用武力反对邪恶，但对愚蠢，我们却毫无抵抗力，在愚蠢的人面前，理性将被置若罔闻。愚蠢的本质并不是智力上的缺陷，而是道德上的缺陷……"

"你在嘟囔什么？有本事再大着声音说一遍？"莫宜怒了。

简小群呵呵一笑："好话不说二遍。到了，老板。"

是殡仪馆。

告别厅里人不多，除了毕小路之外，还有林天涯、杨涵凉、李宝春、张冬营，以及几个不太熟的同事，另外还有几人简小群完全不认识。

是胡金友的追悼会。

想想也是可怜，胡金友生前也算风光，公司老总、豪车别墅、成功人士，结交的都是社会名流，在公司威风八面，人人尊称一声胡总，到头来，人死茶空，送行的人居然寥寥无几！

毕小路的脸上看不出来有多少悲伤，只是当她转过身来，看到刚进来的一对男女时，身子一晃，眼中的泪水奔腾而出。

是张备和程东远。

二人尽管没穿警服，但一脸的肃然与审视的目光，很容易让人猜到他们的职业。

"见到张备和程东远，毕小路哭什么？"简小群小声问莫宜。

莫宜狠狠地白了他一眼："有时觉得你是绝世好男人，温暖、专一、深情，有时又觉得你是大傻直，完全不懂女人心思，你到底是怎么做到的这么矛盾的统一？"

"什么叫大傻直？"

"大男子主义、傻子、直男。"

"你还没回答我为什么毕小路见到他们会哭？"简小群依然是一副傻呆呆的表情。

"因为小路先失去了弟弟，后失去了丈夫，她对丈夫没有感情，哭不出来！但看到了张备和程东远，想起了还没有火化的毕大邱，就控制不住了。"莫宜长长地叹气一声，"还是早点结案吧，好让毕大邱入土为安。"

简小群顿时眼泪哗哗直流："可怜的史笛，也还没有火化，不知道她什么时候才能安息。老板，我能去看看她吗？"

张备和程东远向毕小路表示了哀悼，来到了简小群身前："简先生，我们收到了蒋天律师的确认函，您作为史笛的全权代理人，可以随时提出合理合法的要求。"

"可以看下她的遗体吗？"简小群尽管心中害怕见到史笛死后的惨状会影响她在他心目中永远美丽的形象，但还是提了出来。

"可以。"张备强调了一句，"随时可以。"

"结束了就去。"简小群下定了决心。

追悼会很简单，持续五分钟就结束了。化妆之后平静地躺在鲜花中间的胡金友，脸上挂着一丝诡异的让人心底发寒的笑意，似乎随时都会睁开眼睛怒喝简小群，如以前一样骂他个狗血喷头。

人死了为什么要化妆？又为什么要放在鲜花中间供人围观？追悼会追悼的是一个人的生平中让人感念的事情，而不是一群人简单而虚伪的夸奖式的盖棺论定。简小群围着胡金友的遗体转了一圈，心中所想的却是史笛和毕大邱的遗体会和他的遗体有什么不同。

活着的人可以分出三六九等，可以有身份的高低贵贱、社会分工的不同而导致的权力不同，但是人一死，都是一样寂静无声、一样紧闭双眼、脸色惨白，即使是身高两米的人，躺下后，也比一个身高一米五的人矮了许多。

简小群胡思乱想了一番，木然地跟着人群走完了仪式，然后又上了张备和程东远的车。

上车后，简小群才茫然惊醒："去哪里？我老板呢？"

他才想起他身为一个司机的职责。

张备开车，他回头看了简小群一眼："你老板开车跟在后面，我们去停尸房。"

程东远没有按照惯例坐在副驾驶，而是和简小群并肩坐在了后座，她的目光中少了审视的意味，多了好奇与包容："小群，你和史笛到底是什么样的关系？"

"夫妻关系，简单的夫妻关系。"简小群不知道程东远为何有此一问，"程警官，你想问什么就尽管开口，我有心理承受能力。"

程东远勉强笑了笑，她内心的情绪很复杂很纠结。根据他们所掌握的情况以及通过对简小群和他朋友的了解，基本可以确定的是史笛和简小群结婚更像是史笛的一次扶贫，简小群对史笛喜欢加爱恋，并且愿意为她付出一切，而史笛对简小群谈不上喜欢，也没有太深的感情。

正是因此，也就可以解释史笛对简小群做出的各种荒诞举动，包括她和林天涯的所谓奸情以及说走就走的旅行和说离就离的婚姻。

但当得知史笛委托律师蒋天将她名下的全部财产都交由简小群时，程东远震惊加不理解。作为女人，她很清楚当一个女人不喜欢一个男人时，哪怕他是她的丈夫，有法律上的关系，她不想也不会把财产留给他。

更何况已经离婚了！

之前程东远亲身经历过一个案子，一对夫妻离婚后，男的创业失败，输得一塌糊涂。女的春风得意，事业顺水顺风，赚下了亿万身家。只是她始终孤身一人，父母早亡，没有再婚，没有子女。得了绝症后，将个人所有财产都捐了出去。

一分都没有留给前夫！

史笛为什么会把名下所有财产都由简小群继承，程东远百思不得其解。

23 / 生活想让你荒诞你就得荒诞

程东远不是质疑史笛委托书的真实性,她相信律师的专业与素养,也调查过律师蒋天和简小群素昧平生,人生没有交集,更没有利益纠葛。

那么史笛这么做的动机是什么?如果不是因为爱,是因为愧疚或是施舍?问题是,感情是一切情感的前提。

程东远整理了一下情绪,缓缓地开口问道:"小群,你觉得史笛爱你吗?"

张备咧了咧嘴:"东远,扎心了,作为警察,不应该问这么不专业的问题。作为朋友,更不应该问这么隐私且让人无法回答的问题。"

"没事,我不觉得扎心。"简小群才不管张备和程东远是不是一唱一和,他只管自己的感受,"史笛爱不爱我,是一个复杂的哲学问题。我觉得她曾经爱过我,或者说,有那么一瞬间,她是爱我的。但大多数时候,她沉浸在自己的世界里,不爱我,也不爱别人。"

如果是以前,简小群会认为史笛不爱他的原因是她心里有了别人,现在他有了信心,史笛应该只是单纯地不喜欢把爱寄托在别人身上。

别人……指的是除她自己之外的所有人。

"你就这么肯定她不爱你也不爱别人?"程东远觉得简小群过于自信了,"她把遗产留给你,并不一定是基于感情,也许只是她想不到更合适的人了。"

"也许吧,也许不是,谁知道呢?"简小群不想和程东远争论太多,"如果在史笛的世界里,只有我一个人合适,她爱不爱我又有什么关系呢?人类又不是只有爱一种感情。"

程东远想反驳,又觉得有些道理:"能透露一下史笛给你留了多少遗产吗?"

"不能。"简小群拒绝得很坚决,"因为我也不知道。目前来看,我只知道她有一套房子。"

"还有她投资给蒋天的500万。"程东远的目光中多了审视的意味,"她的股权,也会由你继承。你就不好奇她为什么会有500万吗?"

"不好奇。"简小群很真诚地摇了摇头,"她有多少钱是她自己的事情,就算留给别人,也是她的决定。只要来路正当,有5000万也是她的本事。"

"你真是一个怪人。"程东远摇了摇头,"史笛也是一个怪人,你们在一起,倒是合适的一对。"

张备从后视镜中看了简小群几眼,想说什么,又摇了摇头。

莫宜开车,紧跟在张备的车后。毕小路坐在副驾驶,一脸疲惫与悲伤。车后座,坐着林天涯和杨涵凉。

李宝春和张冬营直接回去了,没有跟来。

莫宜安慰毕小路:"短时间内失去了两个亲人,你要挺住。要不,别去了?"

毕小路摇了摇头:"我能挺住。我一定要看看大邱现在的样子,他生前那么爱干净爱整洁,死了,也不能让他邋遢着走。"

林天涯和杨涵凉本来不太想去,是莫宜非要让他们跟着,理由还很充分:"有时看看死去的人,你才会更加珍惜现在,更加热爱生活。"

到了地点,停好车,一行人来到了停尸房。

一排的冷冻柜，冰冷而压抑。张备过去，抽出一个抽屉，打开，请简小群过来。

莫宜也非要跟过来，在简小群点头后，程东远才放行了她。

史笛安静地躺着，如果不是过于苍白的脸色、紧闭的双眼和毫无生机的表情，就如同她在简小群身边每一个平静夜晚的安然入睡。

简小群以为他会哭，奇怪的是，他没有一滴眼泪。死亡有时可怕，有时又平静得出奇。仿佛他和史笛的距离并不是生与死的遥远，而是昨天和明天的时间差。

张备和程东远都在暗中观察简小群的反应，他们对简小群的平静很是不解。一般而言，家属见到亲人的遗体要么失控、要么痛苦、要么逃避，很少有人如简小群一般平静到似乎见到的是一个无关的人。

史笛漂亮的容颜被冷冻后，如同仙子一般绝美，有遗世而独立之感，宛如一件无瑕的艺术品。简小群想伸手触摸，手伸到一半又缩了回去，他想保留对史笛身体温度的回忆。

"什么时候可以火化？"简小群嗓子干涩，他用力咳嗽了一声。

"只要你签字，随时可以。"张备合上了抽屉，"尸检已经做完了，现在火化，不会影响对案件的调查。"

"明天火化……可以吗？"

"可以。"张备冲程东远点了点头，"你是她的全权委托人，你有决定权。"

程东远拿过一份东西，简小群看了几眼，签上了自己的名字。

在征得了毕小路的同意后，简小群也看了毕大邱的尸体。他也是平静地躺在冰柜里，看不出来受过什么伤害。如果是外人，也很难猜到他都经历过什么。

毕小路签字，也是希望明天火化。

下午，简小群向莫宜请假，他要去修车。

几天来，网红车为他赚了差不多一万块的额外收入，也够维修费用了。莫宜劝他卖了比较好，毕竟车顶上死过人，不吉利，他不肯。车是史笛留给他的，他决定开到报废。

结果等简小群赶到公司楼下时，却发现车不见了！

简小群吓得不轻，刚要打电话报警，莫宜开车赶到了。

"车我让朋友拖走修了，他有一家修理厂，会比外面便宜些。"莫宜让出了驾驶员位，"开车，下午还有工作。"

简小群没办法，只好照办，但还是心存一丝幻想："老板，我下午已经请假了，能不能别再安排活了？"

"不能。"莫宜一口拒绝，"下午真的有特别重要的事情，我必须得带着你，没有你，我不敢去，也不放心。"

简小群沉默地开车，是要往北四环的一处园区。走到半路，他见莫宜昏昏欲睡，就放慢了车速。

莫宜却醒了，揉了揉眼睛："还没到？"

"快了。"简小群迟疑了一会儿，"老板，我能辞职吗？"

"卸磨杀驴？"莫宜立刻就不困了，"你不能辞职！你辞职了，我怎么办？"

这话说得就不对了，作为老板，只要有钱，请个司机还不容易？简小群支支吾吾道："我是怕会影响你，最近我认识的人死的死、倒霉的倒霉，我盘算了一下，都是和我来往密切的。我的朋友本来不多，现在差不多要死绝了……"

"不好意思，我没有咒人的意思，是觉得我可能就是一个招霉体质，谁离我近谁就倒霉。"简小群深深地叹了一口气，"我可不想你因为靠近我而出事。"

莫宜瞪大眼睛看了简小群半天，忽然放声大笑："哈哈哈哈，简小群，你太好笑了！你以为你是谁呀，是瘟神，是霉神？别人是瞪谁谁怀孕，你是瞪谁谁倒霉是吧？你可真是想多了，毕大邱和史笛的死，李宝春

129

的交通事故还有胡金友的意外,和你真的没屁关系。"

"都只是巧合罢了,是人世间大剧中一些跑调的音符,是背后看不见的指挥天地运转的大手造成的,不是你这个微不足道的小人物。"

简小群开心地笑了:"老板真会安慰人,心情明朗了,情绪好多了。"

"还辞职吗?"

"没有意外的话,就不辞了。"

"听话才是好孩子。"莫宜又闭上了眼睛,"我打个盹儿,你别烦我,到了再叫醒我。"

"这是千千万万万万千千个日夜,

是我对你说不尽的思念。

你的温柔予我无限的眷恋,

哪怕岁月容颜已经改变……"

手机铃声忽然响起,简小群蓦然一怔,突然就一脚刹车刹停了汽车。

刚闭上眼睛的莫宜猛然朝前一扑,头险些撞到A柱上,被安全带勒得生疼,她勃然大怒:"有病呀,干吗突然刹车!想害我是不是?"

手机铃声依旧在响:"我有千千万万万万千千个心愿,

穿越人海为见你一面。

时间纷繁于我惊不起了波澜,

你的存在才是一切美好……使然!"

简小群不理会莫宜的愤怒,他圆睁双眼,如同见鬼一般:"手、手、手机响了。"

"响了就接呀,傻大笨!笨大蠢!"莫宜气得都语无伦次了,"我警告你简小群,以后不许再急刹车。再敢有下一次,立马开除了……"

"是史笛的来电。"简小群努力深呼吸几口,总算平复了情绪,"她的号码,我设置了专门的来电铃声。"

莫宜也呆住了:"真见鬼了?不对不对,大白天的哪里有鬼,快接呀！"

简小群才清醒过来，接听了电话："史笛……"

电话却断了。

"快打回去，愣着干什么？"莫宜嫌简小群反应慢，打了他一拳。

简小群回拨号码，提示已经关机。

"会不会是史笛没死，鞋柜边上的脚印，还有刚才的电话，都是她在向我暗示什么……"简小群越说越兴奋，"是不是史笛有个双胞胎妹妹，死去的是妹妹而不是她？"

"你以为生活是电视剧，你是编剧，可以随便编？"莫宜无情地打击了简小群的美好想象，"醒醒，生活想让你荒诞你就得荒诞，想让你荒唐你就得荒唐，但你想让生活正常，生活会还你以无情的嘲笑。"

简小群被打击得垂头丧气："好吧，我就当鞋印是幻觉，来电是有人捡了史笛的手机，这下合理了吧？"

"到了目的地再叫我。"莫宜懒得再理会简小群了。

24 / 人生临界值

一边开车,一边胡思乱想,到了目的地,简小群又被莫宜拽下车,陪她去见客户。

在莫宜许诺提成的诱惑下,简小群只好勉为其难地答应了。

两个客户都是三十来岁的男子,一人高大威猛,足有一米八五,体形健硕,明显是运动健将的类型。另一个斯文儒雅,一米八的样子,身材也相当不错。二人站在一起,犹如一文一武,对比鲜明。

莫宜的房子是一栋两层小楼,约500平方米,商住两用。由于位置好、面积大、价格高,一直不太好租出去。

二人表现出了浓厚的兴趣,但莫宜对二人的态度相当冷淡,甚至有几分厌恶,不怎么和他们说话,非让简小群和他们谈。

"年租金120万,一次签三年的合同交半年房租,再押三个月的房租,答应条件的话就谈,不答应就算。"莫宜还开出了一个极其苛刻的条件。

简小群不明白莫宜为什么摆出了一副谁租谁是王八蛋的态度,当客户是傻子不是正确的做法,他很想拿下这个大单,提成得好几万。但他也知道,能答应这个条件的客户,不是傻子就是憨批。

让简小群瞠目结舌的是,当他提出条件后,两个客户对视一眼,笑了一笑,一起点头……居然真的答应了!

"我叫唐关，他叫关堂。别误会，我们是认识后才知道我们的名字反过来的谐音是对方名字。"长得很健硕的男子握住了简小群的手，"简老师，我和关堂都在追求莫宜，你能不能帮帮我们，不管我们谁追到他，都会重谢。"

简小群故作沉吟片刻："我不明白你的重谢是什么意思？"

"10万现金，10箱茅台，你选一样。"唐关压低了声音，"我们也有一个条件，就是不能让莫宜知道你在帮我们。"

简小群一脸为难："老板知道我吃里扒外肯定会开除我的，现在她一个月给我开两万块。她那么精明，想要瞒过她可不容易。"

关堂咬了咬牙："如果因为我们的事情你被莫宜发现并开除了，我承诺给你一个两万五的工作，外加15万现金。"

"虽然这么做有违我做人的原则，但我被你们对爱情的执着感动了，我愿意帮你们。"简小群握了握手，似乎是很艰难才下定了决心，"那么问题来了，莫宜只有一个，你们两个人一文一武，类型区别很明显，她喜欢哪个更多一些？"

莫宜在一楼，简小群三人在二楼，倒不用担心他们的谈话被莫宜听到。

"当然是我了！"健硕的唐关抢答。

"不，是我。"文弱的关堂不甘示弱。

简小群仔细看了二人一眼："说实话，要不没法帮你们。"

二人一起低下头去。

关堂难为情地一笑："非要说实话的话，她不但不喜欢我们中的任何一个，还挺讨厌我们兄弟俩。"

唐关连忙附和："是的，是的，莫宜眼光太高了，太挑剔了！没人知道她到底喜欢什么类型。如果你能摸清她的喜好，兄弟，你10万块就到手了。"

生活的荒诞之处在于，总是能给你带来层出不穷的意外和乱七八糟的惊喜,突然出现的两个人,非要送钱给他,是上天的眷顾还是命运的馈赠?简小群管不了那么多,也不想刨根问底,他只想心安理得地接受人生的安排。

"哪方面的喜好?"简小群搓了搓手,心中忽然多了几分自信,总算遇到比他还笨还荒诞的人了,而且一下来两个。

"方方面面的喜好。"唐关喜形于色,迫不及待地笑了,"是不是你已经知道她喜欢吃什么、穿什么、玩什么、用什么了,对吧?"

"你们不会连这些都不知道吧?"简小群表现得很自然很淡定,"你们这么不了解莫老板,怎么会喜欢她?"

"当你完全了解一个人之后,就没有神秘感了,喜欢的意义就无从谈起了。"关堂一副深沉的表情,"我喜欢莫宜,是因为她是少有的有才有貌有钱又能够得着的富家女,娶了她,至少可以少奋斗50年。"

"50年?切,是一辈子好不好!娶了莫宜,你连下辈子的钱都有了。"唐关兴奋的表情像是看到猎物的猎人,"所以,兄弟,你如果能帮我们实现心愿,我们肯定不会亏待你。"

原来是抱着一劳永逸的彩票心态追求莫宜,简小群笑了:"有人赌钱,有人赌命,你们赌爱情,有创意,有想法。"

唐关伸出了右手:"兄弟,合作愉快?"

关堂伸出了左手:"合作共赢?"

简小群左手握住了关堂的左手,右手握住了唐关的右手:"很乐意为二位效劳!我关心的是,有没有预付?"

唐关和关堂对视一眼,关堂将简小群拉到一边,偷偷斜了唐关一眼,小声说道:"从大的方面来说,我们和你是合作关系。但从小处而言,我和唐关又是竞争关系。这样,我先给你一笔预付,你先把莫宜的喜好告诉我。以后,莫宜的行踪你也第一时间和我说,我会付比唐关多1.5倍的费用。"

简小群不贪心,当即和关堂握了握手:"成交!预付1万,微信还是支付宝？"

微信收款后，简小群感觉人生能量又充实了许多。

果然是碎银几两心中不慌。

"记住了，莫老板喜欢蓝色，性格急躁但讲道理，爱画画，虽然画不好，但喜欢听人夸。也爱看话剧、音乐剧，一看就睡着，但并不影响她始终标榜自己是文艺女青年。也爱看电影，假装喜欢文艺片，其实最爱看血腥暴力的美国大片。"

"爱吃路边摊，也能坐在西餐厅优雅地使用刀叉。但还是更爱老北京炸酱面。能淑女，但更真实的一面是直接和率真，想打人就打人。"

"这么说吧，什么高档场合她都撑得起来，也有足够的气场。不过她在市井场合、大街小巷，更开心快乐，更真实自然。"

随后，唐关又重复了和关堂一样的动作，简小群照样答应，并重复了对关堂所说的话，对预付也是照单全收。

转眼间赚了两万块，再加上是由简小群直接谈成了租房合同，而且金额巨大，提成5万以上，一下到手7万元巨款，简小群有点飘上天的感觉。

送走二人，简小群喜滋滋地来到莫宜面前。

"老板，今天我请客，请一定赏脸。"简小群难得大方一次。

莫宜神情落寞："去哪里？"

"翅吧，怎么样？"

"行。"莫宜淡淡地挥了挥手，"我先睡一会儿，到了叫我。"

是心情不佳，还是身体不适？简小群心中闪过一个疑问，也没多想，就被一辆疾驶而来的宝马别了一下。

本着让速不让道的原则，他只好采取了急刹车的措施。

莫宜再次被惊醒，正要发火，看到前车的车牌，惊叫了一声："撞上去！"

是一辆宝马X5，车牌是京A××686，和莫宜的车牌868相似。

简小群没那么冲动，而是继续放慢了速度。前车却持续刹车，车速迅速降到了30公里以下。

简小群左右扫了一眼，决定从左边超车。不料刚一打方向盘，前车就有所察觉，也向左转向。

左右来回几次，前车明显是想别停他们，简小群问莫宜："熟人？追求者？"

"受害者。"莫宜没好气，"追我很久，被我伤害了，他就自称是爱情受害者。撞上去，别怕。是不是不敢呀？死不了人，车坏了我修，又不用你赔。"

"这样，你要是撞上去，给你1万块。"

"重赏之下，必有勇夫。勇夫之中，必有傻子。"简小群嘿嘿一笑，眼见快到了红绿灯，已经变成了实线，他再次左边超车，对方依然别了过来。

他就毫不犹豫地撞了上去。

"哐"的一声，前车的保险杠掉了。

实线变道，前车全责！

既教训了对方，又省了修车费用，简小群一向是个心思简单的人。

停车后，没等简小群下车，莫宜先跳了下去，气势汹汹地冲到了前车前面，先是狠狠踢了一脚，又指着副驾驶说些什么。

简小群来到了驾驶位，开车的是个女孩，长发、秀气、一双灵动的眼睛透露着机智与调皮。她先是冲简小群吐了吐舌头，又认错一样不好意思地缩了缩头。

副驾驶是一个和她长得颇像的男人，一眼就可以看出是双胞胎。只不过比她更高些壮些。或许是因为她太漂亮、太妩媚了，她的双胞胎哥哥——简小群下意识地认为他是哥哥——怎么看怎么都太娘里娘气了。

简小群敲了几下车窗，车窗降下，女孩赔着笑脸："不好意思，刚才是我的错，我赔，我全责。"

副驾驶的车窗也降了下去,简小群就听到了莫宜的呐喊:"罗亦,作死的话你可以选择跳楼、跳河、上吊、摸电、喝药,别消遣我,行不行?有多远你就死多远!还有你,罗艺,你哥要发疯,你也陪着他疯,你不要因为和他是双胞胎而被他拉低人生阈值。"

　　罗艺不好意思地点头哈腰,右手举手:"那个……请问一下什么叫人生阈值?"

　　莫宜被气笑了:"滚!"

　　简小群一本正经地解释:"也可以说是人生临界值,就是你做事的原则和界限,也可以说是你发疯的触发点。"

　　"明白了。"罗艺懵懂的表情显然她并没有真的明白,"那么请问一下你是莫宜姐的男朋友吗?"

　　"我可以是吗?"简小群郑重其事地问莫宜,"老板,只要加薪,我不介意再多兼职一份工作。"

　　莫宜气得张了张嘴巴,想骂简小群却没骂出来,她只好又踢了车门一脚,拉开了车门,一把把罗亦拽了下去。

25 / 马上停止你的表演

罗亦一副蔫蔫的样子，任由莫宜拉扯，不还手不反抗，下车后，像个做错事的孩子，低着头："该赔多少钱就赔多少，我喜欢你既不犯法，又不需要经过你同意。我想喜欢多久就喜欢多久，我想怎么喜欢就怎么喜欢，除非……"

"除非什么？"莫宜提高了嗓门。

"除非你让我喜欢史笛，我就移情别恋，不再缠着你。"罗亦双手插兜，一副无所谓的样子。

40分钟后，翅吧的一个包间，四人坐在一起。简小群和莫宜并排，他们的对面是罗艺和罗亦。

莫宜不给别人点菜的机会，她全部点了自己爱吃的东西。

"史笛真的不在了？"罗亦还是不相信莫宜的话，现在他还在震惊中没有恢复过来，"我总觉得你就是在骗我。她那么美好，怎么会自杀呢？"

"如果不是因为你对史笛一往情深的态度，我也不会和你坐在一起吃饭。"莫宜碰了碰简小群的胳膊，"他是史笛的前夫，史笛死后，把所有遗产都留给了他。他才是史笛短短一生中最爱的人！"

罗亦瞬间红了眼圈，眼泪直流，举起了酒杯："敬史笛！"

几人一起举杯。

"我还是不信她会死，她那么厉害那么聪明，会不会她演了一出戏骗了我们，骗了全世界？"一口喝干杯中酒，罗亦一抹眼泪，无比忧伤，"我的心都碎了。太难受了，啊！"

"正主在这儿呢，你跟着瞎共情个什么劲儿？自作多情。"莫宜一拍桌子，"马上停止你的表演。"

罗亦瞬间就不哭了："我真的不是在表演，是，我认识史笛的时候，她还在婚姻期间。可是直到她离婚后，我才开始喜欢她和追求她，并不存在破坏别人家庭的嫌疑，对吧，兄弟？"

简小群没理罗亦，对他来说，史笛在他的生命中只有八个月的存在期。认识三个月后，结婚，结婚半年后，出现状况，她离家出走。出走半年后，回来就和他离婚了。离婚半年后，她突然自杀。

离家出走后的半年，是婚姻存续期。离婚后的半年，是自由期。在此期间的整整一年里，史笛在做什么，又在哪里，他一无所知，等于是史笛在他的生命中完全消失了。

也许史笛自杀的原因就藏在她生命中消失的一年里。

"罗亦和史笛的故事，还是我来说吧，毕竟是因我而起。"莫宜清了清嗓子，"事情还要从一年多前说起……"

"还是我来说吧，我可能比莫宜姐知道得更多一些。"罗艺依然是一副点头哈腰很有礼貌的样子，谦恭的姿态完全看不出来她是一个地道的富家女，"事情还是要从一年多前说起……"

一年多前，在一个聚会上经由林天涯介绍，史笛认识了罗亦和罗艺，当时一起认识的还有莫宜、毕小路、胡金友、毕大邱等人。

聚会是由莫宜发起的。史笛是林天涯邀请来的。

莫宜突然插了一嘴："罗艺这么一说我想起来了，我和身边的朋友认识史笛,都是通过林天涯。聚会后认识之后,史笛才成了我的房客。"

罗亦也说:"对,对,林天涯是源头。"

简小群没说话,默默地听着。

罗艺就继续说了下去。

……认识史笛后不久,史笛就主动联系了罗艺,说要请她吃饭。罗艺正好没事,就答应了。

人和人的缘分说玄也玄,说奇怪也奇怪,罗艺平常事情很多,又不是喜欢交友的性格,如果前后错开两天,她可能就不去了。偏偏那两天一点事情也没有,她就赴约了。

更有意思的是,下楼的时候,遇到了罗亦。听说她要见史笛,罗亦担心她一个人不安全,非要陪她去。

罗亦事情也不少,也是凑巧当天有空。

兄妹二人到了史笛约定的地点——翅吧……

"对,就是这里。"罗亦打断了罗艺的叙述,回忆起了当时的情景,"我还奇怪女孩子约人,一般不是都约在咖啡馆或西餐厅嘛,怎么会约在翅吧呢?是个怪人。"

……之前聚会时,罗亦和史笛匆匆一见,并未留下太深刻的印象。当时史笛穿了休闲服,戴了帽子,低调而沉默。再次在翅吧相见,史笛一袭长裙,腰间一根丝带,梳一个丸子头,俏皮生动又活泼,和她沉静而忧郁的气质呈现了鲜明的对比,顿时让所有人都眼前一亮。

所有人,包括罗亦和罗艺。

罗艺在聚会时虽然主动加了史笛的微信,也记住了她的样子和名字,但对她从事什么职业、是什么身份一无所知。今天的史笛打扮得和上次判若两人,如果不是她先打招呼,她险些没有认出她来。

史笛对罗艺事先没有说明就带罗亦前来,并没有流露出不悦。她让二人点菜,礼貌周到而细致。

先是闲聊。

史笛先是说起她的过往,她从小被父母遗弃,一个人在奶奶的抚养下长大,从小被小伙伴们欺负和嫌弃,养成了孤僻、独来独往的性格。她朋友不多,交朋友也非常挑剔,一是要有眼缘,第一眼一定要顺眼并且有感觉;二是要有相同的气场,就是有相似的经历,人生的成长路线有平行的地方;三是要聊得来,三观相近,趣味相同。

史笛第一眼看到罗艺就觉得她可以和她成为闺密,她长这么大,从来没有过想和一个女孩成为闺密的冲动,直到遇到她。希望她的想法没有吓到罗艺。

罗艺接受了史笛的坦诚和真诚,愿意和她成为朋友。不过她自小父母恩爱家庭和谐,她和罗亦都在父母的关爱下长大,也没有受过小伙伴们的欺负和嫌弃。相反,他们是孩子王,是小伙伴们的中心。

她朋友很多,又是爱交朋友的性格,交朋友不挑剔,不能说来者不拒,也是多多益善。所以,她并不认为她和史笛有相同的气场和相似的经历。

史笛没有反驳罗艺,她相信她和罗艺互有眼缘,并且一定可以聊得来,就算没有相似的经历,也会有聊得来的话题。

罗亦不说话,在一旁静静观察史笛。史笛属于初看惊艳、再看惊心、细看惊诧的类型!

惊心,惊的是心跳。惊诧,诧异的是她与众不同的气质。

罗亦阅人无数,见识的美女不知有多少。比史笛漂亮、身材好、出身好、声音好、性感者,也有很多。但从未有一人有史笛一般抑郁的气质,她古典美的脸庞始终弥漫着一股淡淡的忧伤,哪怕是笑,笑容中也隐藏着深不见底的过往。

抑郁,但不压抑。深沉,但不刻意……罗亦见过太多自称仙女的女孩，只有史笛才符合他心目中对仙女的定义。

罗亦爱上了史笛，就在他见她第二面时！

罗亦和罗艺温和的性子不同，他直接而热烈，当即向史笛示爱。史笛明确地拒绝了罗亦，她即将和简小群结婚，她对待感情认真且专一，既然决定要嫁给简小群，就会对他负责。

罗亦没有被史笛即将结婚吓退，声称他会等史笛到地老天荒，他不信有人可以承载史笛一辈子的悲欢，简小群顶多是史笛生命中的过客，她不可能一生只属于一个人。

史笛对罗亦的说法不以为然，她只顾和罗艺聊天。二人越聊越投机，大有相见恨晚之意。

此后，史笛和罗艺的交往就多了起来，连带着罗亦见史笛的次数也多了许多。

"原来你们背着我和史笛来往这么多？"莫宜假装生气，"聚会是我发起的，如果没有我，你们都没有机会认识史笛。"

罗艺不认可莫宜的说法："莫宜姐，你只占了一半的原因，另一半是林天涯，别忘了，聚会是你发起的，但史笛却是林天涯带来的，你也是在聚会上才认识了史笛。"

"我知道，你真笨，不理解我的意思。"莫宜朝简小群瞄了瞄，"我是在暗示他听明白些，弄清事情的来龙去脉，毕竟他才是史笛一生中唯一爱过的人。"

罗亦撇了撇嘴，一脸不屑："还以为史笛多有眼光，会嫁给一个多优秀的了不起的人，没想到……简直太让人失望了。简小群，就你也配？"

简小群并不生气，反倒笑了笑："我配不配，史笛说了才算，你说了又不顶用。史笛选择我没选择你，就已经说明了她的眼光和品位。"

"所以，她自杀了……"罗亦的目光中充满了挑衅。

"砰"!

话未说完,简小群一拳砸在了罗亦的脸上,立即就打得罗亦满脸是血。

简小群咬牙切齿:"再敢拿史笛的死说事,我弄死你!"

罗艺吓得惊叫起来:"简小群,你干什么?"

莫宜不动声色:"该!"

罗亦却摆了摆手,拿过湿巾擦了擦脸上的血,一脸淡定:"没事,挺好的,他这么有血性地维护史笛,他对她是真爱,也不枉史笛嫁他一场。"

"继续说下去,我也想弄清史笛自杀的真正原因。"

罗亦如此表现,倒让简小群刮目相看了几分,就连莫宜也是微微惊讶地多看了他几眼。

"接着说。"莫宜催促,"你们为什么没参加史笛的婚礼呢?"

26 / 做一个向下生根、向上开花的正向男人

……史笛尽管和罗艺熟络了起来,但她并没有邀请罗艺和罗亦参加她的婚礼,后来罗艺问起,她解释说她并没有邀请任何一个同事或朋友参加她的婚礼,她想让人和人之间的关系更简单一些,同事就是同事,朋友就是朋友,家人就是家人,互不交叉互不打扰最好。

罗艺只当是她和史笛的关系不够深入的原因,当史笛的解释是借口,也就没再深究。后来她才慢慢发现,史笛确实是把生活和事业、同事与朋友关系处理得极为清晰分明之人。在她面前,史笛从来不提起家庭和婚姻,也不谈论工作和同事,只和她聊她们感兴趣的共同话题。

在认识了史笛半年多后,史笛说她离婚了,恢复了单身。

罗亦喜出望外,当即表示要追求史笛,是认真的追求,是以结婚为目的的恋爱。

不想史笛再次拒绝了罗亦的追求,她声称她辜负了爱情的美好,对不起爱情赋予的一切,她不配拥有爱情。

虽然不明白史笛说的是什么意思,但并不影响罗亦对史笛的继续追求,他才不理会史笛的借口,只管按照他的节奏来接近、讨好史笛。

罗亦追求女孩就是三板斧,先送花后送价值10万左右的礼物,最后送一辆百万的跑车,基本上无往而不利,这么多年来,在见到史笛之前他只

栽过一个跟头——被莫宜嘲弄了。

罗亦见莫宜第一面时就被她吸引了，当即表示了爱意，被莫宜送了一个"滚"字。后来他开始施展他的三板斧——送花时，莫宜送他"滚蛋"！送10万元的礼物时，莫宜送他"快滚蛋"！送价值百万的跑车时，莫宜送他"快滚你娘的蛋"！

最终铩羽而归！

三板斧失败后，罗亦无计可施了，想死缠烂打，结果被莫宜踢了几脚后就老实了。

罗亦决定对史笛也实行三板斧的手段，在施展之前，他还特意征求了莫宜的意见。

莫宜当即表示了反对，并且是强烈反对，她警告罗亦不要打史笛的主意，就算史笛单身了，就算全世界只有两个男人了，一个是傻子，另一个是罗亦，史笛也只会喜欢傻子而不是罗亦。

罗亦不听莫宜的警告，认为莫宜是嫉妒，因为他不再喜欢她而喜欢上了史笛，她失落了。莫宜并不解释，只再三强调如果罗亦敢去追求史笛，她就和他断交。

罗亦并不怕莫宜的威胁，也只当她是在开玩笑。但不怕归不怕，表面上该做的文章还是得做，毕竟莫宜可是真的会动手打人。

有一次，罗亦追问莫宜为什么不让他招惹史笛，莫宜的回答模棱两可："不让就是不让，别问，问就得挨打。"

罗亦表面上答应着，暗中还是没能按捺住对史笛的喜爱，开始了他屡试不爽的三板斧求爱之旅——送花，史笛收了，表示了谢意。

送10万元的礼物时，史笛照收无误，并回请了他一顿饭。

罗亦心花怒放，以为他的策略奏效了，没有人可以逃过人帅多金的真香定律，除了非人类莫宜之外。

很快，罗亦就送出了第三件法宝——百万跑车——就是上次送莫宜没有送出的那辆，史笛也开心地接受了，并且热情地回请了第二顿饭。

罗亦以为事情的进展完全按照他的计划顺利进行，饭后，他提出去看电影。如果史笛答应的话，电影后就应该跟他回家了……

不出所料，史笛答应了看电影。

电影演的是什么，罗亦记不清内容了，甚至连电影的名字都忘了。电影一结束，他就迫不及待地邀请史笛到家中坐坐。

史笛故作矜持了一番，如他所愿也答应了。

罗亦自己住在先久公寓的一处约200平方米房子中，他带着史笛进门后，打开了所有的房灯，好让史笛参观他的豪宅。不想史笛对他花费超过200万的装修视而不见，反倒泡了两杯咖啡，摆出了长谈的姿态。

罗亦就开玩笑说应该开红酒，吃晚饭时他想劝酒，史笛说什么也不喝。

罗亦哪里有喝咖啡的心思，就想动手动脚，史笛却镇静地从包中拿出一把弹簧刀，熟练地把玩了几下，放在了咖啡旁边，淡然地一笑："是喝咖啡谈事，还是动手，罗总自己决定。"

罗亦吓得立刻清醒得如夜晚的微风，遍体清凉，他猛地灌了几口咖啡，也摆正了对话的态度，毕竟在绝对的实力面前，他不得不妥协。从史笛玩刀的手法来看，他完全不是对手。

现在他有点明白为什么史笛答应跟他回家了，她有恃无恐，完全不担心他有什么非礼的举动。

不过罗亦还是强作镇静："要钱，随便拿。要命，有一条。只要你开口，只要我有。"

史笛却和他聊起来遗产继承、管理与运营的问题，请教他如何才能有效地将个人财产传承下去，如何在法律上确保继承人可以得到财产，等等。

罗亦作为一个根正苗红的富二代，学的又是法律，对家庭财产的保全和传承，确实颇有心得和研究。他一向好为人师，史笛一问，当即滔滔不绝地知无不言言无不尽。

史笛一边听一边认真思索，还记着笔记。遇到不懂的地方，就打断罗亦问个清楚。二人的对话持续了两三个小时，直到很晚的时候才结束。

史笛将跑车的钥匙退给了罗亦，并告诉他10万元的礼物她已经变现成了现金，替罗亦捐给了山村的孩子，可以供几个孩子从小学上到大学的费用了。孩子们会永远感谢罗叔叔对他们的无私的帮助。

罗亦哭笑不得，却也只能接受现实。只是史笛这么做的目的是什么，史笛没有告诉他，他也不敢说，他也不敢问。后来史笛又主动联系过他几次，不过都没有再见面，电话或是微信向他了解遗产继承和转移的具体操作问题。

"后来呢？"莫宜等了半天见罗艺不再说话了，就问道。

"没有后来了。"罗亦接过话，摇了摇头，"史笛在问我几次问题后，就失联了。我还打过几次她的电话，没人接。发微信，不回。我还生气她也太势利了，不说我喜欢她的事情，只说我帮了她，她也应该当我是一个正常的普通朋友……"

"没想到，她居然自杀了！"罗亦又红了眼圈，他真是一个多愁善感的人啊，他揉了揉眼睛，"生活这么美好，世界这么有趣，人生这么好玩，她为什么想不开非要自杀？是不是你们谁逼得她无路可走了？"

简小群猛地站了起来，握了握拳头，罗亦吓得立刻缩了脖子，举起双手："君子动口不动手，打人是粗俗无能的行为，要以理服人。"

莫宜踢了简小群一脚："坐下！罗亦虽然有时浑蛋，但整体来说是一个好的浑蛋。"

简小群听话地坐了回去。

"史笛找罗亦了解的事情，和她委托蒋天的事情有因果关系。"莫宜一脸好奇加不解的表情看向了简小群，"史笛对你真是有心了，她和你离婚后，所做的事情都还和你有关，说，你到底给她喂了什么迷魂药？"

简小群纳闷加委屈："如果她真心对我好，为什么不留下来和我一起

147

生活？为什么要离婚还要自杀？我想不通，也接受不了她的决定。"

罗艺怯怯地举起了右手："报告，我有话要说。"

在看到莫宜点头后，她才小心翼翼地继续说道："我和史笛接触的时间不多，但也不算少，我很喜欢她。她死得不明不白，我想加入调查真相的队伍中，请批准。"

"还有我，还有我。"罗亦咬牙切齿，"我一定要弄清她的死因，如果她是被人逼死的，老子一定要让凶手付出血腥的代价。"

莫宜点了点头："现在警方的调查也陷入了困境，没有太多的线索。我们就成立一个真相调查局，我是局长，简小群是副局长，你们是组员，我们一起查清史笛的真正死因，怎么样？"

"好！"罗艺和罗亦异口同声道。

简小群低头半天，抬头问道："虽然这么问有点不合适，但是有些事情还是提前说清楚比较好，真相调查局是一个什么样的机构，有没有编制和工资？"

"你……"莫宜本来有些沉重的心情瞬间被简小群的财迷冲淡了，"简小群，你够了！你张口钱闭口钱，你真的那么缺钱吗？你现在一人吃饱全家不饿，你要那么多钱做什么？史笛给你留了不少钱，你现在是有房有车有存款的正向男人。"

"什么叫正向男人？还有反向男人吗？"简小群不懂就问。

"正向男人就是没有负债全是资产的男人，三观端正，积极向上。没有反向男人，有负向男人。负向男人就是全是负债没有正资产的男人，三观负面，人生向下。"莫宜很耐心地解释，"要做就做一个向下生根、向上开花的正向男人。"

27 / 人际关系

罗亦举起了酒杯:"庆祝真相调查局的成立,共同举杯,敬史笛!"

"敬史笛!"其他几人也一起举杯。

罗艺没喝,放下了酒杯:"我开车,就不喝酒了。我觉得从史笛离家出走开始算起,一年多时间内,她接触过的人以及做过的事情,是决定她自杀的关键因素。我们是不是应该先从深入挖掘史笛和林天涯的关系开始……"

"小妹说得太对了。"罗亦立刻打开微信,语音林天涯,"天涯,立刻、马上来翅吧,我和一大帮子人都在等你。"

"他和林天涯这么熟吗?"简小群碰了碰莫宜的胳膊。

"当然了,他们是发小。"莫宜怔了一怔才想起什么,"对,你并不知道他们的关系,不怪你,你不是他们一个圈子的。"

简小群点了点头:"让我捋捋,史笛和林天涯是同学关系,林天涯和罗亦是发小,你和罗亦是朋友,罗亦是你和史笛的追求者,我是史笛的前夫,你又是我公司的房东,关系有点复杂……如果不是因为史笛和毕大邱的死,我都不会认识你,也不会认识除了林天涯之外的人。"

莫宜听明白了什么:"史笛是一个点,以她为圆心有一个关系网。在她的关系网中,你似乎是最边缘的一个点,因为你几乎被排除在了所有关系之外，你只进入了她作为你妻子的一个人的世界，并没有进入她作为一个社会人的世界。"

简小群并不觉得悲哀，相反，他很庆幸："我倒是认为史笛的做法是对我的保护，是不想让我被复杂而险恶的世界带坏，她只想我生活在她的关爱之中。"

罗亦咧嘴笑了："真能自我安慰，也许，史笛喜欢的就是你的简单和傻，好控制，好糊弄，好操纵。"

"我愿意，你管呀？"简小群坐直了身子，"一个家里，总要有人主外，为家庭营造一个安全的氛围。"

罗艺无比羡慕地点了点头："我支持简哥的说法，史笛是充当了家长的角色，而你是被她保护的对象。你真的好幸福……"

简小群骄傲地昂起了下巴："我骄傲了吗？我没有！"他又想起一个人，"你们几个人都互相认识，那么你们认识蒋天和安华吗？"

几人一起摇了摇头。

看来史笛有意将朋友以不同的群体进行划分，在她的世界里，人际关系可以简单到夫妻就是夫妻，同事就是同事，朋友就是朋友，不同的群体没有必要交叉。

"这小子，怎么还不回我消息？"罗亦没等来林天涯的答复，急了，直接拨打了他的电话，却提示无法接通。

他不甘，又打了他的微信语音，还是无人接听。罗亦气坏了，又给杨涵凉留言，又打她的电话，一样联系不上。

"失踪了？"罗亦怀疑林天涯是故意不理他，又让罗艺打。

结果还是一样。

简小群看了看时间，已经晚上10点多了："估计是晚上休息时关机，明天再说吧。"

简小群要开车送莫宜回家，莫宜突然改变了主意，要跟简小群回家。

见简小群一脸震惊莫名的表情，莫宜笑了："你千万别多想，我只是想帮你查清到底是你梦游，还是半夜里真有人进你的房间……都21世纪互联网时代了，怎么《聊斋》还有市场？"

简小群认真想了想："可以倒是可以，但你得睡次卧，而且还得老实，不许闹腾。"

"怎么着才叫闹腾？"莫宜笑问，"我不打呼噜不磨牙不翻身不放屁，睡觉可老实了。"

简小群闹了个大红脸："能文明点吗？"

风向小区是一个刚建成小区，房子的面积都不大，大多是70或90平方米的两室。302室是90平方米的两居，南向是主卧，北向是次卧。

莫宜下楼买了一套洗漱用品，简单清洁了一下就去睡觉了："我先睡了，困了，别打扰我睡养生觉。除非闹鬼，别的小事千万不要喊我，我起床气很吓人的。"

简小群没理莫宜，他洗漱完毕，又检查了一遍门锁，想了想，反锁了，才放心地上床。

他忽然想起什么，用手机拨打了史笛的号码，居然通了。

铃声响了许久，也没人接听。他不甘心，继续打个没完。

结果关机了。

说明是有人在用，简小群睡不着，打电话给张备。

"这么晚了还打来电话，是不是有什么新的发现？"张备的声音听上去有几分疲惫。

"史笛的手机号还有人在用，给我打过电话，我刚才打过去，打通了，没人接。你们没有核实她的手机号为什么别人在用吗？"

"你都能想到的问题，警察早就想到了，在办案上面，警察比你经验丰富多了。"张备打了一个大大的哈欠，"史笛的名下，没有登记手机号码。"

151

"啊？"简小群无比震惊，"她的常用号码是135……是登记在谁的名下？"

"杨涵凉。"张备给出了一个让简小群更加难以置信的答案，"史笛还有一个备用号码是136的，登记在林天涯名下。"

"目前这两个号码，都在使用。"

"啊！啊、啊……"简小群惊呼了几声，"我只知道她有一个135的号码。现在能查到是谁在使用吗？"

"暂时还不能。我们也向林天涯和杨涵凉了解过情况，他们只是为史笛代办过手机号码，史笛去世后转交给了谁在使用，他们也不清楚。他们可以随时配合我们销号，现在还不是时候。"

史笛的身上到底隐藏了多少秘密，简小群翻来覆去睡不着。估计得把她认识的人一个个全部找到，再把他们眼中的史笛都串联起来，才是一个完整的她。

迷迷糊糊中，简小群感觉已经睡着了，似乎又半是清醒，听到门外传来轻微的脚步声。

他一个激灵从床上一跃而起，蹑手蹑脚来到客厅，差点惊叫出声——莫宜穿戴整齐，左手菜刀，右手斩骨刀，圆睁双眼正朝他走来。

莫宜朝简小群示意不要出声，朝门口悄悄靠近。

声势未免太浩大了，简小群左右看看，没有趁手的工具，也就作罢，跟在莫宜身后来到了门前。

门外的脚步声还在响个不停，像是在门口徘徊，又像是路过，忽远忽近。

没过多时，声音停了下来，响起了开门的声音。

是在用钥匙开门。

由于反锁了，门没被打开。对方不肯放弃，还在尝试。

正是时候，莫宜和简小群对视一眼，二人心意相通——简小群猛然打开房门,莫宜双手举刀,大喊一声:"赶紧投降!缴枪不杀!"

楼道的灯被惊亮了,空空荡荡,空无一人。

见鬼了?简小群和莫宜惊呆了,二人面面相觑,不敢相信自己的眼睛,刚刚明明还有声音,怎么可能转眼工夫就不见了人影?

跑得比鬼还快!

二人出门,到楼道的拐角处查看,依然没人。又顺着楼梯下楼,还是没有发现。等再回到302室时,301室的房门打开了,一个长相像四十多岁的中年男人探头出来。

"大晚上不睡觉玩什么cosplay?年轻人玩情趣没问题,是你们的自由,但不要打扰到邻居,OK?而且都凌晨了,太折腾了不利于身体健康。"中年男人虽然秃顶,面相却不太老,"你们看我是不是像四十多岁?告诉你们,我今年刚三十整!"

莫宜大笑:"长得这么着急,是玩得太野了吧?刚才的话,是经验之谈吧?"

秃顶男人摇了摇头,一脸认真:"我是想告诉你们,我单身,不玩情趣不折腾,但还是秃顶了,显得这么老,是因为我天天熬夜打游戏。一个人打游戏比两个人折腾还伤身,别学我。"

"以后别这样了,真的伤身。一天两天还行,连续三天折腾就太狠了,命重要还是玩重要?"

简小群大红脸:"大叔,不是你想的那样,你误会了,我们今天才是第一天……"

莫宜完全没有羞涩的意思,她敏锐地抓住了问题的关键点:"什么大叔,你说一连三天?昨天和前天,也是他和一个姑娘玩耍?"

"难道不是吗?"秃顶年轻大叔眨了眨眼睛,狡黠地笑了,"这么说,昨天和前天都不是你了?"

莫宜岂能听不出来年轻大叔话里话外的八卦与探究,才不在意:"我今天刚回国……昨天和前天的姑娘,长什么样子,有我一半好看吗?"

153

原以为年轻大叔会给出什么惊人的答案，不料他上下打量了莫宜几眼，摇了摇头："你是挺好看的，但昨天和前天的姑娘有没有你一半好看，我不知道。"

"怎么会不知道呢？"简小群搓了搓手，"昨天和前天是同一个姑娘吗？你确定她们是和我在一起？"

"确定！"年轻大叔笃定地点了点头，"是同一个姑娘，是跟你在一起，我不会看错。"

简小群更好奇了："大叔，你三更半夜不睡觉，天天盯着邻居家的动静，是不是有点变态？"

年轻大叔淡定地笑了："我不是变态，就是天天半夜打游戏不睡觉，每天固定在凌晨两三点中场休息，要么到阳台上放风，要么到楼道抽烟。毕竟烟味儿留在家里很熏人，对吧？"

28 / 人生没有无用功，经历的都是财富

年轻的秃顶大叔名叫盛大，是一名游戏程序员，每天的工作就是编程，也是一个资深的重度游戏爱好者。每天白天写完代码，回家后就不再出门，埋头苦打游戏，苦练通关。

以前他打累了游戏会先休息一下，放松放松，对面302室半年来没有住人，他就出来抽烟。前天晚上，他像往常一样打算出来时，听到门口有动静，从猫眼一看，有一个身姿绰约的姑娘正在302室的门口，用钥匙开门。

他当时还纳闷，302室是密码指纹锁，为什么要用钥匙呢？看姑娘的身材和穿着，应该不是小偷。

姑娘开了半天，正当他以为姑娘走错了房间或是拿错了钥匙时，门开了，姑娘闪身进去了。

盛大也没多想，现在的年轻人不管多早或是多晚回家，都是常态，他刚要推门出去时，却见刚进门的姑娘人影一闪，又出来了，一晃，就下楼了。速度之快，让他眼花缭乱。

最主要的是，还没有弄出什么声响。

这是干什么？大晚上的玩捉迷藏情趣吗？盛大的好奇只持续了几秒钟，就将事情抛到了脑后，抽完烟就回去睡觉了。

第二天晚上，同样的情况又上演了一次。依然是凌晨3点左右，姑娘出

现，开门，然后进屋，然后迅速出来，又瞬间消失。"

"你确定她们两个是同一个人，看清长相了吗？"莫宜想到就问。

"没看清长什么样子，楼道的灯没亮，而且她还戴了帽子和口罩。应该是同一个人，衣服一样，鞋子也一样，是白色的运动鞋。"盛大认真回忆了一下。

简小群长出了一口气："你又没有看到我和她一起玩耍，凭什么说她就是和我在一起？"

盛大翻了个非常有技巧的白眼，笑了："笑话，我是只看到她凌晨进入你的房间，然后迅速出来，谁知道她是不是白天就在你的房间，然后晚饭出去，凌晨的时候再来一次闪进闪出？你们年轻人不就是爱玩一些密室脱逃、角色扮演的现实生活游戏吗？别想糊弄我，大叔我也年轻过……"

一脸沧桑、语气老气横秋的盛大，其实和简小群同龄，他在简小群和莫宜面前自称大叔，却丝毫没有违和感。

"前两天我是没看到你和那姑娘一起出来玩耍，不像今天这么开放，但你白天出门的时候我可是看得清楚，你别想耍赖、不认账。告诉你小伙子，你玩可以，多花都没人管，只要人姑娘乐意。但如果你想骗这位姑娘，我可跟你没完……"

盛大挽了挽袖子，斜着眼："姑娘，你要修理他的话，就点头，我替你主持公道。"

莫宜很认真地笑了："不用了，大叔，谢谢啊！他其实是我无数小伙伴中的一个，三天新鲜感过后，我就不要他了。没事，我的新欢，别人的旧爱。他的新欢，不也是别人嫌弃的宝贝？谁怕谁！"

"对，对，谁怕谁，好样的。"盛大打了个长长的哈欠，"你们继续，我就不打扰你们的兴致了。就是你们得小心前两天的姑娘，刚才她又来了，开了半天门没开开，就跑了。"

简小群和莫宜对视一眼，二人一时惊讶。

156

客厅没有开灯，外面斑驳的灯光照了进来，依稀可以看清对方的轮廓，但看不清面容。简小群坐在沙发上，莫宜坐在地毯上，斜靠着沙发，目光有些迷离。

"连续几天过来开门，这人和你是不是有深仇大恨？"莫宜有意逗逗简小群。

简小群毫无幽默感，一脸严肃认真："你说，她是不是史笛的双胞胎妹妹或是姐姐？要不她为什么这么执着？"

"行啦，双胞胎的设想太没创意了，我敢肯定不是，史笛从来没有和任何人说过她是双胞胎。"莫宜托腮沉思，"我很想知道她为什么会有你家的钥匙，她一定认识史笛，而且精神有点不正常。你想呀，哪个正常人会凌晨三点来别人家开门，开门进去后，留下脚印就跑。"

简小群突发奇想："会不会是她想进来拿什么东西，发现有人就赶紧走了？"

"别乱猜了，交给警察处理好了。"莫宜起来，伸了个大大的懒腰，"天亮后去见见张警官和程警官，向他们说明一下情况。"

简小群就没再睡着，他先是在客厅转了半天，又回自己的房间呆坐了一会儿，天就亮了。

简小群和莫宜到了殡仪馆时，蒋天和安华已经到了。作为史笛的全权代理律师，他们要见证史笛的火化。

随后，毕小路赶到了。

罗艺和罗亦也来了。

唯独林天涯和杨涵凉没来。

让简小群意外的是，张备和程东远也来了。

更让人没想到的是，唐关和关堂也来了。

简小群纳闷，他并没有通知唐关和关堂，他们怎么会来？

关堂看出了简小群的疑问，把他拉到一边，小声解释说道："我是通

157

过莫宜才知道今天来给史笛送行，就不请自来了。不会不受欢迎吧？"

简小群没表示反对："欢迎，虽然史笛喜欢安静，不太喜欢热闹，但有那么多朋友送她一程，相信她也是开心的。我替她谢谢你们了。"

罗亦穿了一身黑西装，很正式很严肃的样子。他先是向简小群表示了哀悼，看到史笛的遗容时，眼泪都掉了下来。

一缕青烟飘向天空，没入了云朵之中，魂归天上。来时清静，去时安静，人世间只不过是一出又一出的演出与谢幕。该来的来，该走的走，不管一生是平平淡淡还是轰轰烈烈，终将归于沉寂。

能被世人记住的名字不多，大多数来一趟，只为了爱自己爱别人，哪怕一生只是守护一个值得守护的人，然后转身离开，也足够了。

人生的意义不以金钱的多少、影响力的大小来评价，只要个人的感受是充盈的、盈满的、充实的、无憾的，就没有白来。

史笛呵护了他，让他感受到了人间至爱的情怀，哪怕短暂，也曾经拥有过，简小群抱着史笛的骨灰盒，抬头望天，天空湛蓝，一望无际。有鸽群飞过，哨声阵阵，像是史笛洒向人间最后的歌声。

随后，毕大邱也火化了。

毕小路抱着毕大邱的骨灰盒，泪流满面，和火化胡金友时的表现判若两人。

张备和程东远陪简小群回家，莫宜和罗亦、罗艺都在，唐关和关堂也想一起，被莫宜赶走了。

莫宜的理由充足而让人绝望："你们又不认识史笛，来参加仪式本来就是沾我的光。现在我的光对你们关闭了，你们赶紧走。走晚了，小心我拉黑你们。"

二人想说什么，又怕莫宜真翻脸，只好悻悻离去了。

临走前，关堂又把简小群拉到一边，小声说道："我们的协议仍然有效，以后不管什么场合，只要莫宜在，有机会你就第一时间通知我，我会立马赶到。不管事情成与不成，都少不了你的好处。"

简小群还没有从史笛火化的悲痛中恢复过来，冲关堂摆了摆手，没多说什么。

关堂和唐关开车离开，二人开始时都沉默着一言不发，直到从西四环转向了南四环，关堂才长出了一口气："总觉得心里憋得难受，唐关，你说我们这么做是不是不太对？"

唐关闭着眼睛想了一会儿："简小群不知道我们认识史笛，莫宜也不知道，其他人更不知道。史笛不让我们和莫宜说，自然有她的考虑。我们答应过史笛，要替她保守秘密的，直到简小群发现真相……"

"以简小群的笨，他恐怕一辈子也发现不了真相……"关堂摇头表示无奈。

"发现不了就发现不了，史笛不是说了，如果简小群真的有心，他会发现她的全部秘密。如果无心，她的全部秘密对他来说也就没有价值了。"唐关睁开了眼睛，忽然笑了，"史笛在天有灵，是在冷眼看着我们还在世间奔波忙碌不知归途，还是羡慕我们依然活着，享受阳光和微风？"

关堂认真地开车，目视前方："为什么活着的人都不愿意死去，而死去的人从来没有一人回来？很简单的道理，活着才是痛苦的折磨，死亡才是永恒的平静和回归。"

"哈哈……"唐关大笑，"说得这么轻松，你怎么不去死？"

"折磨得越久，回归时才会越平静越安心。"关堂微微一笑，"就像史笛，她在认识简小群之前就想过要离开人世了，经过一番内心的折磨还是嫁给了他，给了他爱情和希望的同时，又给他带来了痛苦和绝望。"

唐关严肃了几分："你说得对，正面和反面的叠加才是人生，痛苦与幸福的交织，是人生的必修课。"

"我们的任务什么时候完成？"关堂的神情落寞了几分，"等简小群的事情结束了，我想隐居一段时间，让内心平静下来。"

"谁知道呢？也许几个月，也许一年，时间长短的决定权在简小群手里，我们只管顺势而为就行了。"唐关拍了拍关堂的肩膀，"史笛帮了我们许多，我们帮她了了最后的心愿，也算是对她最好的回报了。"

"要不要暗中再帮简小群一下，好提醒他找准方向，别再做无用功了？"

"人生没有无用功，经历的都是财富，每一步都算数。"唐关双手抱肩闭上了眼睛，"别胡思乱想了，好好开车，等待时机。"

"听你的。"关堂一打方向，右转进了广渠路，"不对，应该是听史笛的。相信简小群用不了多久就能发现关键性问题了……"

29 要看动机

风向小区，302室，第一次坐满了人。

简小群在厨房忙着烧水，为张备、程东远泡茶。莫宜也去帮忙，却洒了一地，被他赶了出去。

客厅中，还坐着罗亦、罗艺，以及蒋天和安华。

从住进302室时起，家中就从未来过如此多的客人，简小群没有邀请过同事到家中做客，史笛更是。

没有招待客人经验的简小群手忙脚乱，有几次险些出了状况，罗艺看不过，过去帮忙，很快就料理得条理清晰了。

"别忙活了，我们坐一下就走了，就了解几个情况。"张备招呼简小群坐过来，他扫了一眼众人，"都没外人吧？"

"没外人，放心好了，张警官。"莫宜故意大着声音，"张警官这么帅，肯定还没有女朋友吧？你觉得罗艺怎么样？她人漂亮，又温柔体贴，还知书达理，对了，还有钱，样样好，要不要加个微信深入了解一下？"

"加，必须加。"张备不顾程东远犀利的眼神，立马拿出了手机，"主要是正好有一些情况需要请罗艺配合一下。"

"需要罗艺配合的事情，我来就行了，你就别加了。"程东远推开张备，扫了罗艺的二维码，"你们毕竟一男一女，交流起来不太方便。"

莫宜就笑:"程警官,作为女孩子,该拿捏的时候拿捏,该掌控主动的时候就得掌控,幸福不是等来的,是争取来的。"

张备咳嗽一声,一本正经地笑了:"说正事,说正事!小群,你反映有人半夜开你家门并且在家里留下鞋印的事情,建议装一个监控,就可以解决了。从你的描述来看,对方并没有恶意。"

简小群点了点头:"监控已经买了,今天应该能到,一到就装上。"

张备接着说:"根据近期对史笛以前常用的两个号码的追踪显示,从她自杀后,号码大多数时候处于关机状态,偶尔开机几次,范围就在你家、翅吧以及先久公寓三个地点。"

罗亦插了一嘴:"张警官,能不能查查林天涯和杨涵凉去了哪里?我联系不上他们了。找他们有事。"

"正好我找他们也有事。"张备朝程东远示意,程东远点了点头,立刻起身去打电话,"除了史笛的两个常用手机号码登记在林天涯和杨涵凉名下之外,他们还和毕大邱的死有关系。"

"啊?"莫宜惊叫,"天涯和涵凉怎么就和毕大邱的死有关系了?他们不会杀人的。"

张备脸色凝重:"我没说他们杀人,只说有关系。林天涯是不是做药品生意?毕大邱和史笛胃中的毒药,极有可能就是林天涯提供的。"

"我们同时还查到了一个线索,在毕大邱家中,有林天涯和杨涵凉的指纹、DNA遗留物……"

莫宜并不惊讶:"他们认识毕大邱,去过他家再正常不过了。去他家里,喝水什么的,肯定会留下指纹。掉根头发,就是DNA遗留物了。"

"现在如果排查简小群家,我们都留下了痕迹。"

张备笑得很内涵:"连你都知道的简单知识,我们会不知道吗?我们在毕大邱家中发现了林天涯和杨涵凉的血渍、指甲,你自己说,一般什么情况下你才会在别人家里留下血渍和指甲呢?"

莫宜反应多快,才不会被问倒,她只愣了不到一秒钟:"正常的情况呀，比如我在简小群家里剪脚指甲，不小心剪破了，就会同时留下血渍和指甲。"

一句话让张备哑口无言，他笑着摇了摇头，程东远打完电话，说道："林天涯和杨涵凉出国了，去了新西兰，是旅游签证，还有一个人和他们同时出境了，你们肯定想不到……"

莫宜张大了嘴巴："谁呀？不会是毕小路吧？不对，毕小路刚刚还在呢。"

"李宝春。"程东远的目光落在了简小群身后，"小群，你和李宝春熟，他为什么要和林天涯、杨涵凉一起出国旅游呢？"

简小群的大脑有片刻短路，他完全想不到李宝春不但和林天涯、杨涵凉认识，居然还会陪同他们出国，太魔幻太荒诞了。

"我和李宝春是比较熟，但也不算太熟，我并不了解他的人际关系，也不知道他怎么和林天涯、杨涵凉认识……"简小群确实有些弄不清状况，"问题是，李宝春陪他们出国，也不算什么大不了的事情吧？"

"不用查了，我破案了。"罗亦站了起来，一副胸有成竹的样子，"害死毕大邱和史笛的人，就是林天涯和杨涵凉，他们是幕后主使，李宝春是具体实施，现在他们见真相败露，就赶紧借旅游的理由，跑路了。赶紧的，发国际通缉令抓捕他们。"

张备白了罗亦一眼："你能消停一会儿吗？就你话多！"

"莫宜比我话还多，干吗不说她？"罗亦告状，见莫宜脸色不善，忙闭了嘴。

蒋天站了起来："我主要是有一些史笛的委托事项要向简小群交代，如果你们的谈话涉及了案件，我可以回避一下。"

还是律师讲究，张备摆了摆手："没事，主要是你们都排除了嫌疑，我们需要你们配合一些工作，而且我说的都不是需要保密的内容。等下你要交代的委托内容，我们也可以旁听，是不是？"

蒋天点了点头："只要简小群没有意见就可以。"

张备冷不防问了一句："蒋律师，你认为史笛是自杀吗？"

蒋天不慌不忙："从情感上我不能接受她是自杀，从理智上我会尊重警方的结论。"

律师就是律师，滴水不漏，张备想起所里前辈们的提醒，非必要不要和律师打交道，他偏不信邪，主动要求加了蒋天的微信并要了联系方式。

蒋天很客气地表示只要张备有需要，他会积极配合，把他所知道的关于史笛的事情知无不言言无不尽地和盘托出。

张备朝程东远使了个眼色，程东远走到了人群中间，清了清嗓子："各位，我是以个人的身份而不是警察的身份和你们聊天，对，就是聊天，你们现在也别当我是警察，我不是在办案，是和你们讨论人性。"

"我认为，有理由怀疑毕大邱不是自杀，而是死于长期的药物中毒引发的抑郁，从而导致了自杀。"

"有点拗口，你的意思是？"罗亦一拍脑袋，"毕大邱应该还是自杀，但死因是人为引发的，是有人长期让他吃药导致他抑郁，在重度抑郁下跳楼了。那这事怎么算，长期让他吃药的人算是诱导他人自杀吗？"

"要看动机。如果出发点是为了治病，引发了自杀，是偶发性事件。如果让他吃药的出发点就是为了导致他自杀的结果，就是犯罪了。"程东远认真地看向了张备，"现在我们有理由怀疑是林天涯诱导毕大邱长期服药从而导致了毕大邱自杀。"

"他的出国，有畏罪潜逃的嫌疑。"

罗亦难以置信地摇了摇头："林天涯，不像呀……他白白净净的，说话慢声细气，虽然一眼看上去不像好人，比我差了太远，但也不太像会害人的人。再者他和毕大邱无冤无仇，干吗费尽心机害他？不对不对，肯定是哪里弄错了。"

简小群想了一想："程警官的说法是个人猜测，还没有确切的证据，对吧？"

程东远点了点头："是的，我只是以个人身份进行的猜测，不代表专案组的意见。"

"毕大邱的案子成立专案组了？史笛的案子呢？"简小群追问。

程东远脸微微一红，摇了摇头："没有成立专案组，领导认为他们两个人确实是自杀，是我和张备想立功，就以个人的身份继续暗中调查。实际上，毕大邱和史笛可以火化，代表他们的案子已经结案了。"

张备也说："你们有没有注意到我和东远就第一次见简小群时穿了警服，后来都穿的是便衣，这就说明了我们是以个人的身份在查案。"

莫宜嘿嘿一笑："张警官、程警官，我们帮你分析案情，等于是帮朋友，对吧？"

张备清楚莫宜想要说的是什么，连连点头："我承你们的情，算我和东远私人欠你们一个人情。"

"人情不人情的，就不说了。帮你们，也是帮我们自己。"简小群看向了张备，"那接下来该怎么办？"

"你们谁跟林天涯关系最好？"张备环视众人。

众人的目光同时落在了莫宜身上，莫宜连连摇头加摆手："错，你们错了，和林天涯关系最好的人是罗亦……"

罗亦举起双手："是我，没错了，就是我。我会及时和林天涯保持联系，等他回国，就会多和他接触，找机会让他无意中说出真相……是不是这么个意思？"

张备立刻站了起来，伸出了右手："非常感谢罗总！"

都以为张备和程东远要告辞，不料他又坐了回去："蒋律师，我没事了，该你了。"

30 说重点，别说丢人现眼的部分

　　蒋天在征得了简小群的同意后，当众说出了史笛的第二份委托书的内容。

　　"史笛在第一份委托书中委托我作为她的全权代理律师处理她的后事，并将她名下的所有财产都留给你，但也设定了附加条件。无条件赠予的财产只有房子和车子，有条件赠予的部分包括她的股权和财产，股权包括她生前持有的我的律师事务所的股份。触发第二个条件的节点已经完成，现在，可以签协议了。"

　　简小群一头雾水："什么节点？"

　　"如果你火化了她的遗体并且把骨灰带回家中，就触发了第二个条件的节点，可以接受她名下所有股份的赠予了。"蒋天拿出了协议。

　　简小群没接，愣了愣："如果我不接受她的赠予呢？"

　　蒋天也愣住了，过了一会儿才说："如果你不接受，就暂时由我保管，但归属权还是你的，你随时可以拿走。"

　　众人都看向了简小群。

　　简小群几乎没怎么犹豫，直接做出了决定："先交由你保管股权好了，我又不懂，拿过来又不会用。"

　　"好。"蒋天也不废话，又递上了另外一份协议，"请你签了这份代持协议。"

简小群刚要签字，莫宜上前拿过协议，扫了几眼才又递给他："总要看一眼再签，万一是卖身契呢？傻子。"

蒋天平静而认真："违法的协议不受法律保护，请你相信我身为一个律师的严谨和守法。"

简小群签字完毕，叹了口气："史笛还有什么委托的吗？比如她有没有委托你传话给我？"

"对不起，我没有权限告诉你。"蒋天一脸公事公办的冷酷。

"还有没有第三个条件的触发节点？"简小群又问。

"对不起，我没有权限告诉你。"蒋天再次重复了一遍他的机械回答。

"就这？"张备微有失望，他还以为可以从蒋天透露的史笛的委托中发现一些线索，结果所有的事情都指向了简小群，对破案毫无帮助。

程东远也是难掩无奈之色，她淡淡一笑："史笛对简小群是真心好，简小群对史笛也是真爱，如果没有史笛的意外，你们该是多幸福美满的一对。"

罗亦的眼圈又红了，罗艺拉了拉他的胳膊，不让他失态。

莫宜一脸平静，眼神没有焦点地望向了窗外。她心乱如麻，感觉无法呼吸，不知道该怎么形容自己的心情。

一屋子的人都沉默了。

半个月过去了。

简小群的生活终于恢复了平静，每天上班下班，平静而单调。自从门口装了监控后，奇怪的荒诞的事情就再也没有发生过，姑娘一次也没有出现。

其间，除了陪莫宜继续奔波在她的各处领地见客户、收房租之外，倒是和罗亦、罗艺兄妹聚了两次。

张备和程东远没有再出现，只是微信和简小群联系了一次，告诉他毕大邱和史笛自杀案件的调查毫无进展，他们估计要放弃了。

生活平缓得像一条静水流深的大河，没有波涛，也没有险滩，只有日复一日地缓慢流淌。不过就算再缓慢，时间也会滚滚向前，如同黄河和长江不会倒流，时光也永远不会回头。

又过了一周，房子过户到了简小群的名下，他正式成为自己房子的主人。房贷还在，他还得继续月供。

简小群提回了修好的车，复原如故，就如从来没有受损过似的。只不过他已经没有多少机会开它了，现在他成了莫宜的专职司机、兼职保镖、机动业务员外加解闷的人。

车被放在了车位上，当初买房的时候，他特意买了车位，就是为了方便史笛停车。

周六早上，简小群睡了个懒觉，打算11点再起床的他，在9点多时，被电话吵醒了。

习惯了经常性被莫宜没日没夜指挥的简小群，以为又是莫宜，没看来电，直接把电话放到了耳边："今天是法定节假日，再让我工作就违反了劳动法。"

"是我，小群。"话筒中传来了李宝春沉闷的声音，他很低落，"你现在能出来一下吗？我就在你家附近的咖啡馆。"

李宝春不是跟林天涯、杨涵凉出国旅游了吗？简小群一个激灵醒来，从床上翻滚下地："你回来了？"

"回来了，昨晚到的。"

"好，等我10分钟。"简小群迅速起床，洗脸刷牙迅速完成，跑步下楼。

出了小区右转约100米路东，有一家咖啡馆，叫猫之家。店主是个爱猫人士，收养了许多流浪猫，有布偶、美短、英短、中华田园等等，七八个品种，十几只猫。

有的猫在窗台上晒太阳，有的在椅子上睡觉，有的走来走去，见人就蹭腿，也有的爹着胆子冲客人要吃的东西。

店里客人不多不少，十几张桌子基本都是一人一猫的格局。李宝春坐在最里面的角落里，他双手捧着咖啡杯，惶恐无助地东张西望。

有只狸花猫凑了过来，想讨口吃的，被他不耐烦地推到一边。

简小群坐在了他对面，直截了当地问道："怎么一头汗？出什么事了？"

天气渐热，但还没有热到满头大汗的程度，李宝春头上的汗却流个不停，他擦了又擦，依然止不住。

"你是不是病了？"简小群一摸李宝春的额头，烫得吓人，"发烧了，走，赶紧去医院。"

"我不去！不用去！我没事！"李宝春推开简小群的手，"小群，我可能做错事了，你得帮帮我。"

"做错什么事了？"简小群要了一杯柠檬水，喝了一口，"别急，慢慢来。"

"不能慢，来不及了。"李宝春一口喝干杯中的咖啡，二话不说抢过简小群的柠檬水，也喝了个干净，"小群，有件事我骗了你，现在我要跟你说实话。"

"在毕大邱自杀的当天晚上，大概是3月14日晚上10点时，我和他在一起。"李宝春下定了莫大的决心，话一出口，如释重负般地长出了一口气。

简小群却没有李宝春意想中的震惊，他只是轻轻点了点头："说下去。"

李宝春又要了一杯柠檬水，一口喝干："当时我们在翅吧吃饭，结束的时候是14号晚上8点半，你喝多了，我和冬营没管你，先打车走了，还记得不？"

记得，当然记得，简小群永远忘不了3月14日晚上和15日一天发生的所有事情。

李宝春继续说道："我和冬营是分开打车走的，走到半路，我又返回了，是我的门禁卡落在翅吧了。回来翅吧时，是晚上9点20多，刚下车，我一眼就看见你正抱着红色垃圾箱痛哭流涕，哭得那叫一个伤心，我还是第一次听到这么嘹亮的男高音美声哭法……"

简小群挥了挥手打断了李宝春："说重点，别说丢人现眼的部分。"这么说，在李宝春和张冬营走后，他抱着垃圾箱哭了半天，离开时应该还是晚上9点30分，到家就是10点多了，时间线对上了。

李宝春讪讪一笑："我本来想管你来着，不巧正好接到了毕大邱的电话，他让我立刻马上到公司见他，我就只好拿了门禁卡就去了公司。"

"到了公司，正好是晚上9点半多一点。公司已经没什么人了，就毕大邱一个人在。他喝了不少酒，连路都快走不稳了，舌头也大了，上来就抓住了我的胳膊……"

简小群不说话，静静聆听。史笛和他夫人相隔，永无相见之时，但随着时间的推移，他却感觉他离史笛反倒越来越近了。

"小群，你不知道我当时见到毕大邱喝醉的丑样，恨不得朝他脸上狠打一拳，再踹上双脚，就像你白天狠狠揍他时一样，然后走人。但我也只是想想而已，不敢下手。

"我以为毕大邱叫我过来是加班，是帮他干活，不想他开了一瓶酒，非让我喝。我们不是刚喝了一顿吗？胃里正难受，就拒绝了他。要是搁以前，他铁定强迫我喝，甚至能灌我酒。但这次他却放下酒瓶，愣了片刻，哇哇地哭了起来。

"毕大邱哭得可伤心了，真的是一把鼻涕一把泪，我手忙脚乱地扯纸巾给他，他不用，非把鼻涕眼泪都抹在了我身上……

"毕大邱哭了差不多有十多分钟，才慢慢停下来，他上来第一句话就让我大吃一惊——宝春，我是活不成了，有件事情我得委托你，你一定得答应帮我了了心愿。

"我当即就吓了一跳，让他别乱说，他满面红光，精神状态良好，身体也壮得像比特犬，怎么会死？毕大邱摆手，不听我劝，他很严肃很认真地对我说他有抑郁症，好几年了，一直吃药，却不见好，现在他的心理状态已经到了濒临崩溃的边缘。如果不是今天跟你打了一架，他可能出门就撞汽车去了。跟你干仗，多少激发了他几分好胜心和胜负欲，让他多少看到了生活还是有几分乐趣的曙光……

"但是下班后，和胡金友吃了一顿饭他又绝望了，他觉得他肯定活不过明天了。"

31 / 果然拉近人和人关系的最快途径就是打钱

简小群伸出一根手指："你等下，宝春，让我捋捋时间线——3月14日白天，我在上班期间和毕大邱干了一架，下班后，我、你和冬营一起去翅吧喝酒。晚8点30分左右，结束战斗，我喝多了，抱着红色垃圾箱吐得天昏地暗，你和冬营各回各家各找各妈。"

"我在垃圾箱吐了半天，也可能昏睡过去了，清醒后回家的时间是晚上9点30分。你返回翅吧取门禁卡，路过翅吧的时间是9点20分左右，到了公司是9点30分，见到毕大邱时，他也差不多醉了。也就是说，在我们三个人喝酒的同时，毕大邱是和胡金友也在喝酒？"

李宝春快速眨动几下眼睛："是吧？应该是吧？我没想那么多那么细。对，在我们三个人在翅吧喝酒时，毕大邱他们三个人也在吃烧烤喝大酒，是在望京小腰。"

"三个人？"简小群此时此刻格外清醒。

"毕大邱说除了他和胡金友之外，还有一个林天涯……"李宝春努力回忆当时的情景，"当时我是记住了林天涯的名字，但没见过，也没想到后来会和他认识。"

一个月前还不认识林天涯，半个月前就跟他一起出国了，李宝春和林天涯的关系发展得够迅速的,简小群再次抓住了李宝春话里话外透露的线索。

……李宝春虽然是毕大邱的直属下级,但和毕大邱没什么私交,当然,毕大邱和公司上下所有人都没有工作之外的交集。他像是飘浮在公司上空的一片乌云,时刻在每个人的头顶上盘旋并投下阴影,却又和每个人都有相当遥远的距离。

李宝春就想不明白毕大邱为什么今晚非要拉着他向他掏心掏肺,而且说实话,他对毕大邱的悲痛毫无兴趣,甚至连同情都懒得给予,哪怕毕大邱口口声声说他活不到明天了,他也提不起半点好奇,他只想赶紧走人回家睡觉。

毕大邱却不让他走,非要向他倾诉:"宝春,整个公司都是怪人,像简小群又傻又笨,像胡金友又蠢又自作聪明,像张冬营又憨又二,像柳鑫又倔又自以为是,只有你还算正常,虽然偶尔有点疯有点做作,总体来说比他们都靠谱。"

李宝春不免腹诽,真会夸人,以后别夸了。

毕大邱继续絮叨:"等我走后,宝春,你帮我办一件事情,必有重谢。"

李宝春还是没有把毕大邱的话放在心上,心不在焉地问了一句:"走?去哪里?"

毕大邱没有正面回答,他推开窗户朝楼下张望:"下面的蓝色大众车,是不是简绿帽那小子的?嘿嘿,简小群,你打我一顿,我还你一个大大的惊喜。"

李宝春气不过:"小群没戴绿帽子,史笛和他结婚期间,没出轨。你造谣他,纯属是嫉妒他娶了史笛。"

毕大邱重重地叹息一声:"我一个快死的人,还嫉妒别人的婚姻?抑郁的人,对全世界都不在意,还会在意一个小人物的幸福?不过我还是要

173

感谢简小群，如果不是他跟我打了一架，多少让我感受到了一点点活着的乐趣，也算是来人间一趟值得回味的一个瞬间了。"

"宝春，收款。"

李宝春的微信响了一声，他看了一眼顿时惊呆了，毕大邱向他发起了一笔5万元的转账。

"毕、毕总监，我不干电信诈骗，不去缅北，不卖腰子，喜欢女人……"李宝春把能想到的代价都想到了。

毕大邱却不理解他的担忧，脸上的表情渐渐凝重："收了钱，去买你一直想买的车，以后就不用羡慕简小群有车了。你只需要帮我做一件事情，等我出事后，把我的平板电脑交给林天涯。"

李宝春还是没有深入去想毕大邱要死要活的话是真话还是醉话，面对5万元的巨额诱惑，代价只是当一次"闪送"，他只纠结了不到三秒钟就接收了转账，唯恐毕大邱反悔撤回——尽管他也知道转账无法撤回。

收了款，又接过毕大邱的平板电脑，李宝春才意识他压根儿不认识林天涯。毕大邱就推送了林天涯的微信给他，李宝春一添加，林天涯就通过了。

5万元对李宝春来说确实是一笔巨款，现在他忽然觉得毕大邱不再面目可憎，而是和蔼可亲了，果然拉近人和人关系的最快途径和最佳策略就是打钱。

李宝春也终于想起了毕大邱前面的话里面有一句重点，问了出来："怎么跟胡总吃了一顿饭又绝望了呢？胡总最向着你了，他毕竟是你的亲姐夫。"

"屁亲姐夫，他背着我姐在外面有好几个女人，你信不信？"毕大邱提起胡金友就气急败坏，"本来我和简小群打了一架，心情好了几分，结果和他一吃饭，我就知道我见不到明天的太阳了。"

李宝春还当毕大邱只是夸张的修辞说法："不至于，不至于，总监，看开些，就算胡总是个渣男，公司也是你姐的，他只是在为你姐打工。你和你姐有割舍不了的血缘关系，和胡总就不一样了，说断就能断了。"

毕大邱痛苦地摇了摇头："我以为替我姐监视胡金友，在公司制约他，不让他胡作非为，是我胜了。是，表面上我在公司的两年里，是让胡金友束手束脚，不像以前一样可以随意转移资产。直到今天我才明白过来，我赢在表面，输在暗处。"

"一输，就输掉了全部。"

李宝春更加不解了，金钱的力量继续作用在他身上，让他对毕大邱的遭遇产生了前所未有的大感好奇："到底发生了什么，总监？"

"谁还不是来人间走个过场，不管你背着什么行囊，都要经历一样的寒来暑往……"毕大邱的手机大声地响了起来，在寂静的夜里，有惊心动魄的冲击力。

毕大邱拒听了电话。

是胡金友来电。

胡金友又打，他再次拒听。胡金友打来第三次时，他接听了。

"史笛和我姐都在？好吧，我过去，翅吧，是吧？十几分钟就到了。"毕大邱放下电话，凝重地看了李宝春一眼，"宝春，别忘了我托付给你的事情。如果你辜负了我，我在下面也不会放过你。"

"后来发生的事情你都知道了，毕大邱真的跳楼了，还砸在了你的车上。"李宝春闭上了眼睛，"我当时想和你说他委托我的事情来着，后来见警察来了，就慌了，怕惹祸上身，就没说。"

简小群没有责怪李宝春的意思，5万块不是小数目，李宝春担心他被牵连进去再让他退还5万块，也是普通人的正常操作。

"后来你就用毕大邱的5万元再加上你的存款，买了一辆SUV？就在提车的当天，操作不当撞死了白衣老太，对吧？"简小群以为只有他的人生荒诞而不可理喻，结果李宝春居然也拿到了和他差不多的人生副本。

李宝春的眼泪都快下来了："我的人生以前不能说是一帆风顺，至少

175

也是无风无雨。走的不是高速公路和国道,少说也算是省道。但自从3月14日晚上和你吃饭、和毕大邱聊天后,我的人生突然就拐了一个大弯,从省道直接进入了曲曲折折的山路,连县道都没有过渡。"

"我真的好像做错事了,小群,你得帮我出出主意。"

简小群很自然而然地问道:"错哪儿了?"

"错在林天涯身上了。"李宝春双手揪住头发,表情扭曲。

……李宝春在毕大邱出事后的当天晚上——也就是3月15日的晚上,就将平板电脑转交给了林天涯。林天涯约他在先久公寓见面。

李宝春以为只有林天涯一人,到了后才发现,还有杨涵凉也在。

第一次见面,李宝春对二人印象不错,彬彬有礼不说,还对他特别热情。他只当送到平板电脑就可以走人了,林天涯却请他坐坐,说还有事情要请教他。

李宝春有一个优点,就是特别喜欢和有钱人交朋友,尽管活这么大成为有钱人好友的机会很少,当机会来临时,他才不会错过。先久公寓是有名的高端小区,不管是房东还是租客,都是富人。毕竟房子是1000多万一套,月租一两万。

林天涯再三向李宝春表示了感谢之后,给李宝春转了一万元,说是他落到实处的谢意。李宝春想要推辞,林天涯不给他机会,抢过他的手机就帮他点了接收。

李宝春对林天涯的印象就更好了,多金又帅气,多礼又谦逊,周身上下都是优点,活该他有钱。

林天涯先是悲痛地对毕大邱之死表示了哀悼,又委婉一问:"大邱特意让你送平板电脑过来,是担心闪送、快递会调包或是损坏了电脑,不是怕电脑被打开……"

李宝春立刻明白了林天涯的暗示:"我没打开过电脑,请林总放心。毕总监交给我时是什么样子,我送过来时就是什么样子。"

林天涯连忙摆手:"我不是这个意思,你别多想,其实电脑里面也没有什么秘密,就是以前的一些老照片。"

李宝春暗暗一笑,如果只是老照片直接上传到网盘上下载不更方便?有钱人就是心眼多,说话尽是弯弯道道:"毕总监没和我说电脑里面有什么资料,我也不想知道。"

林天涯和杨涵凉对视一眼,二人会心一笑,他又说道:"宝春,不瞒你说,你送来的其实是一台新电脑,里面什么资料都没有……"

林天涯开机,屏幕显示正在装载系统,他将电脑扔到了一边:"电脑没开过机,证明了你的可靠。现在,我很认真地和你说一件事情,希望你能好好考虑。"

32 / 别感慨人生，直接说命运

李宝春摸不着头脑了，不知道毕大邱和林天涯玩的是什么花样，但不重要，重要的是，他没有损失，并且还赚钱了，就足够了。

"我希望你能兼职当我的助理，暂定时间是半年，从现在开始算工资，每月一万元，另外还有奖金。你们公司白天刚宣布解散，你应该还没有那么快找到新工作……"

"兼职助理的工作也不忙，就是在我需要的时候过来搭把手，帮我整理一些资料、安排一些日程，或者是陪我出差，国内或者国外……你觉得怎么样？"

李宝春在公司的收入是一万多，但是全职，他正愁下一步时，先是从毕大邱身上赚了5万元，又得了林天涯1万的馈赠，现在还送他一个兼职工作，他嗓子发干，声音有些颤抖："大概每周工作几天？"

林天涯笑得很从容："你应该问每个月工作几天……一般情况下，每月工作时长十五天封顶，没有下限。"

李宝春感觉就像天上掉下一块金子砸在了脑袋上，头晕，难以置信，但定睛一看，明明金子就在脚下，明晃晃地在闪光。

"对了，如果出差的话，还有出差补助。"林天涯又漫不经心地补充道，"出差补助是每天3000元……你还有什么问题吗？"

李宝春感觉眼前明晃晃的金子又大了几分,他举起手机,怯怯地问:"这一万块?"

"是你送平板电脑的谢礼,和工作无关。"林天涯笑了笑,立刻又转了1万元给李宝春,"还有,我都是提前发工资,先给钱,后干活。你收了钱,然后签个协议,以后我们就是自己人了。"

收款、签字,几分钟后,李宝春出了公寓,下楼回家。到家后,他还沉浸在巨大的惊喜之中,不相信平凡了几十年,连彩票都没有中过一次的他,会在现实生活中中一个大奖。

先不去管毕大邱自杀之前为什么会选中他去送平板电脑,也不用深思毕大邱和林天涯到底是什么关系,又为什么拿一台全新的平板电脑来测试他,李宝春只知道他现在有钱了,可以实现他的汽车梦了。

经过几天的挑选,李宝春全款买下了一台SUV,却在提车当天出了意外,撞死了白衣老太。后来白衣老太的孩子们也没有要求额外赔偿,就按照正常的交通意外走完了程序,最终判定李宝春赔偿死者家属7万元。

正好是毕大邱的5万加林天涯的一万以及预支的一个月工资。

来得快去得也快,李宝春的积蓄瞬间归零,钱从手中流过却什么也没有留下的感觉真的很不好受,还不如不曾拥有。

所以,当林天涯提出要让李宝春陪他和杨涵凉去欧洲时,李宝春大为欣喜并且迫不及待,他有申根签证,既去旅游又每天有3000元的额外补助,在他正缺钱的当下,正是救命稻草。

欧洲游持续了足有半个月,李宝春的所谓工作就是陪同林天涯和杨涵凉到处游玩,除了帮二人拎包、买水之外,基本上没有任何和工作有关的事情要做。

玩了半个月,到手45000元,李宝春感觉又充满了活力,积蓄给人信心和力量,真是至理名言。

"哪儿错了？跟了林天涯这不全对吗，你都赢麻了！我怀疑你就是专程过来凡尔赛的。"简小群听了半天，越听越羡慕，原本觉得他刚失业就遇到了好人莫老板，不承想好人林老板比莫老板更大方更局气，李宝春是捡到宝了。

李宝春用力揉了一把脸，让他扭曲变形的表情显得正常了些："如果没有在飞机上偷听到林天涯和杨涵凉的对话，我就真以为我是命好，走路捡金子，出门遇贵人，但现实却是每一笔钱都有沉痛的代价，我还是太天真太幼稚了，忘了照照镜子看看自己是不是真有富贵命。"

"别感慨人生，直接说命运。"简小群已经快要对命运荒诞的玩笑免疫了，他只想知道代价是什么。

……回国的飞机上，李宝春坐在林天涯和杨涵凉后面，路途漫长，他睡了一觉后迷迷糊糊醒来，听到林天涯和杨涵凉小声交谈的声音。

"别让李宝春听到了……"是林天涯的声音，他说话间，扭头朝后面看了过来。

李宝春眼睛睁到一半，又忙闭上了，还有意吧嗒了几下嘴巴，显得睡得香甜，正好有口水流出，还没有来得及擦，他就任由口水沿脖子流了下去。

"真恶心，这货睡得跟死猪似的。"林天涯被李宝春的丑态惊到了，"他估计一时半会儿醒不来，你忘了上飞机前他喝了我递过去的水吗？"

"有药？"是杨涵凉的声音。

"他有病，我有药，我是在救他。"林天涯嘿嘿一笑，"是跟毕大邱、史笛吃的一样的药。"

飞机上噪声大，轰隆隆很响，林天涯和杨涵凉说话的声音又轻，李宝春听起来就非常吃力。好在他还能听到，因为他有一个秘密——天生的听力超群。

李宝春的秘密只有简小群和张冬营知道，知道归知道，简小群和张冬营却不以为意，因为他们觉得没什么毛用。就算能听到100米外一只蚊子的歌唱，不也得照样上班打卡每月赚几千块？不是说只要超群就了不起，得能落地才行。换句话说，得有实际价值才有意义。

当然，李宝春也不可能听到100米外一只蚊子歌唱，他却能听到在嘈杂背景之下的林天涯和杨涵凉的谈话。换了一般人，根本听不清他们的窃窃私语。

正是基于经验的判断，林天涯认定李宝春一是没有醒来，二是就算醒来也听不到他们的谈话，他才敢肆无忌惮地说个没完。

李宝春越听越是触目惊心，尽管内心已经惊涛骇浪，却还是紧闭眼睛，不敢睁开，生怕被林天涯发现他没有睡着会杀他灭口。

"警察已经追查到了毕大邱和史笛身体里的毒药，是我们经营的品种，我们是唯一的总代理……"林天涯的语气颇为轻松，"不过我们有合法销售的资质，抛开剂量谈毒性都是耍流氓，安眠药还能致死，总不能说有人吃安眠药自杀，就要处罚安眠药的厂家和商家吧？"

"可问题是，我们的药比较特殊，而且是处方药，严格控制销售渠道，毕大邱和史笛都服用了超剂量的药，真要深追下来，有可能暴露我们的事情。"杨涵凉的声音中透露出几分担忧与不安。

"暴露不了，放心吧。"林天涯安慰杨涵凉，"我们的事情很绝密，毕大邱和史笛的死，和我们的事情只有关联关系，不是因果关系，这次来欧洲，相应的善后工作，该掩盖的、该销毁的、该转移的，都办好了。"

"你确定都办好了？李宝春可是和我们寸步不离，他不会有所发现？"杨涵凉回头看了李宝春一眼，见他依然睡得像猪一样，多少放心了几分，"其实完全没必要让他跟来，想找个拎包的跟班的，比他年轻比他有眼色的多的是。"

林天涯嘿嘿一笑："李宝春是我们的掩护伞，让他全程陪伴，是为了让他证明我们只是单纯的旅游，并没有和外人接触。为什么不是别人？别人和简小群又不熟，只有他全程参与，他的话才能让简小群相信。"

"还有一点，李宝春又笨又蠢，好多时候都没眼色，他怎么可能发现我们的秘密？有几次我是在他面前和人碰头，说的是德文，他都以为我是在和当地人闲聊。他连英语都听不懂，更不用说德文和法文了。"

"你这么一说，我也没什么好担心的了。"杨涵凉停顿了一会儿，又微微叹息一声，"其实毕大邱死就死了，没什么大不了的，谁承想史笛怎么就一时想不开，也走向了绝路呢？"

"史笛不是一时想不开，她是绕不过去自己为自己设置的逻辑了。你也知道她有时很文艺，有时又很固执。对她的死，我也很无奈很伤心，毕竟同学一场。"林天涯再次回头看了李宝春一眼，确认李宝春还在睡得香甜，才又说道，"史笛总认为简单的生活才能抵达人生的高度……她追求的都太虚无缥缈了，生活怎么可能简单得了？人生的高度又没有可以衡量的指标。"

杨涵凉嗯了一声："她还说过，嫁给简小群，让她明白了一个道理——去爱一个本身就很好的人，而不是去爱一个需要你改造才能变得很好的人。"

……"没了？"简小群听得正入神时，李宝春却戛然而止，他很想知道史笛的话到底是什么意思，"后面呢？"

33 / 一个人竟然会在没有事业没有爱情的情况下，还没有时间

"后面我一不小心就睡着了……"李宝春尴尬一笑，摸了摸后脑勺，"就没再听到他们说了什么。"

"你……"简小群哭笑不得，"这种情况下你也能睡得着？你真的比猪还心大。"

"坐飞机就是容易睡，高空带来空旷感，缺氧带来嗜睡感，飞行的噪声带来压迫感，睡觉就是最好的逃避方式。"李宝春强行为自己辩解，"前面关键的部分都听到了，后来就是讨论爱情、婚姻的无聊话题，再加上我6点就起床了……"

简小群摆手打断了李宝春："去爱一个本身就很好的人，而不是去爱一个需要你改造才能变得很好的人……在史笛眼里，我是本身就很好的人，还是需要改造才能变得很好的人呢？"

李宝春不由得冷笑了："你说呢？你还在幻想史笛是真心爱你的，是吧？她宁愿和你离婚，宁肯去死，也不愿意跟你继续生活下去，你说你是本身就很好的人吗？醒醒，小群！"

简小群一拍桌子站了起来："李宝春，你敢说史笛的坏话，我和你断交！"愣了片刻，他又颓然地坐了回去，双手抱头哭了起来，"为什么？

为什么史笛宁愿离婚，宁肯去死，也不和我过下去呢？我不明白！"

李宝春双手抱肩，静静地看着简小群哭，他掐着时间，两分钟后，简小群止住了哭泣，他就又说："我找你是商量接下来该怎么面对林天涯，而不是听你悲惨的感情经历……你有没有什么主意？"

简小群的悲伤来得快也去得快，他迅速调整了状态："继续跟在林天涯身边，工作不能丢，该赚的钱得赚。飞机上偷听到的内容，别再跟别人说，你就当没发生过一样。以后再有任何动静，都要及时跟我沟通。"

"万一我有生命危险呢？会不会也会像毕大邱和史笛一样，先服毒药后自杀？他们一个是跳楼一个是跳河，轮到我，估计得是车祸了吧？"李宝春忧心忡忡。

简小群想留李宝春吃午饭，李宝春接了个电话就匆匆离开了，说有要紧急事情要处理。

简小群一个人回到家中，正想随便叫点外卖吃口东西就午睡，莫宜就及时出现了。

莫宜没打电话，直接就上门了，轻车熟路，如同回家一样。

简小群很无奈的表情："老板，今天是周六……还有，你能不能以后别直接上楼敲门了，多少给我留点准备的时间，你也知道一个单身男人独自在家的时候，不会穿那么多衣服，也不会收拾家的……"

莫宜把自己扔到了沙发上，脚放到了茶几上："我都不嫌弃你，你就别嫌弃自己了，说吧，中午吃什么？"

简小群生气了："老板，我们是工作关系，私人关系还没有好到可以在周六共进午饭的程度。我很忙的，没时间。"

"一个人竟然会在没有事业没有爱情的情况下，还没有时间，你是怎么做到的？"莫宜讥笑一声，又说，"今天我心情不好，你陪我吃饭也算是工作，奖金是1000块。"

"好嘞，老板。中午我们可以吃日料、西餐、四川火锅、潮汕火锅还有椰子鸡火锅，您拍板。"简小群立马进入了工作状态，金钱不是万能的，但金钱对人心的提振作用，是立竿见影的。

莫宜微一思忖："椰子鸡火锅吧，清淡，现在年纪大了，不喜欢太油腻的东西，包括但不限于食物、男人。"

简小群立刻说道："我现在就去洗头。"

"行了，不是说你油腻，你还能凑合着看。"莫宜摆了摆手。

出了小区右转不到100米，就有一家椰子鸡火锅店，简小群找了一个靠窗的僻静位置，猜测莫宜的喜好点了一些蔬菜。

莫宜不说话，埋头吃东西，吃了几口，微有惊讶之色，流露出赞赏的神情。不多时，把蔬菜一扫而空。

"你怎么不吃？不怕我吃多会长胖？"莫宜吃饱了，才发现简小群就是安静地坐在对面，一口也没吃，"我胖了，你会不会就不喜欢我了？"

"不会，绝对不会。"简小群摆手加摇头，态度很真诚，"我控制不了你的欲望，但我可以改变我的审美。"

莫宜不认识一样打量了简小群几眼："第一次发现你这样的笨人居然还这么会说话……你刚才的话，让我今天的负面情绪减少了25个百分点。"

简小群一本正经的表情："以前有一句话我深信不疑，但自从认识老板后，就觉得不对了。"

"你要说的是——有钱人的快乐你想象不到——对吧？"莫宜咧了咧嘴，"我认识的有钱人确实有你想象不到的快乐，但也有你想象不到的痛苦。

"我们生活在一个二元对立的世界，有快乐就有痛苦，有爱就有恨，有白天就是黑夜，有富有就有贫穷，这是自然客观规律，不以人的意志为转移……"

简小群虚心地问："老板，你想说什么，可以更直白一些吗？我听不太懂。"

"你还记得唐关和关堂吗?"

记得,当然记得,他们也算是简小群荒诞人生道路上的两个金主,虽然不是大的金主,但也让他平白得了两万块,他始终念及二人的大方与善意。

只是后来二人并没有过多地向他打听莫宜的动向与喜好,难道有了新的目标转移了兴趣,不再追求莫宜了?

简小群点了点头:"健硕的唐关和文弱的关堂,是老板的追求者大军中比较醒目的两个人。老板是要考虑他们中的一个吗?"

莫宜脸色无比平静:"三年之内我没有恋爱的打算,如果他们三年后还单身还在追求我,我也不会考虑他们两个人中的任何一个。在我看来,他们还不如你更让我欢喜。"

简小群吓了一跳:"老板,别拉踩,别制造雄竞……"

"打个比方而已,我又不是真的喜欢你,世界上又不是没有男人了……"莫宜斜了简小群一眼,"今天上午,他们两个人一起出现在我面前,说要请我喝咖啡。我很纳闷,他们是怎么知道我上午喜欢喝美式下午就得喝拿铁的习惯的?"

简小群装作没听见,低头和一块鸡肉较劲:"这家店下次不能再来了,这绝对不是文昌鸡,肉太软了。文昌鸡是走地鸡,硬得像牛肉,不,比牛肉还硬。"

"装,使劲装。"莫宜看出了简小群的心虚,"不就是你收了他们两万块,然后向他们透露我的喜好和行踪吗?没什么大不了的,我习惯了身边全是吃里扒外的败类,多你一个不多。"

"老板,你继续,我听着呢。"简小群不敢抬头,用眼睛的余光偷偷观察莫宜的表情,见她小巧的鼻子并没有皱起来,说明她心情还处于平缓阶段,就又夌着胆子补充了一句,"我就算是败类,也是老板身边独一无二的还拥有善良、忠诚的败类,即便是有出卖老板的小小的出格的举动,也是基于善意以及美好的愿望。"

莫宜再次用诧异的眼光深深地看了简小群一眼："你好像变了，简小群，更让人捉摸不透了。"然后又摆了摆手，"之前对你的印象也许是我的错觉，毕竟我们认识的时间还短，你现在表露出来的一面才是你真实的人设。"

"不重要，我现在要和你说的是，唐关和关堂今天一早找我请我喝咖啡，不是为了追我，是为了史笛。"

简小群立刻抬头。

"你知道他们也认识史笛吗？"

简小群立马摇头："我对史笛的社会关系一无所知，在她去世之前，我只知道一个林天涯。"

"现在，我要和你讨论一个非常严肃的问题，简小群，史笛在你面前，人物形象单一，只是你的妻子，除此之外，她的家庭、成长经历和社会关系，你全然不知。但通过这段时间和林天涯、蒋天、唐关、关堂等人的接触，慢慢地构建出了她的社会关系网，庞大而复杂。"莫宜拿出一张纸巾，拿过铅笔，在中心位置写上了史笛的名字，画了一个圈，"我认识史笛，是因为林天涯的局。罗亦和罗艺是，毕小路是，唐关和关堂也是。同样，死去的毕大邱和胡金友，也都是。"

"可以说，林天涯是史笛社会关系网中一个重要支点人物，史笛的许多人生脉络，都是因为林天涯介绍的人认识之后而展开的。同样，史笛和你结婚，也有林天涯的原因。"

简小群点了点头，如果不是林天涯和胡金友、毕大邱认识，再如果不是毕大邱的引荐，他和史笛也不会走到一起。

"唐关、关堂和史笛的认识，并不是和我们在同一个局上，而是林天涯特意组局，让史笛和唐关、关堂一起吃饭……"莫宜揉了揉眼睛，"我现在越来越看不透林天涯了，他在史笛的生命中，到底扮演了什么角色呢？"

简小群现在对史笛的社会关系网也有了比较清晰的图表："史笛的生命中，有三个人非常关键，第一个就是林天涯，他是她许多社会关系网的源头。另一个是蒋天，他们一起长大，蒋天可能是贯穿史笛生命长度最长的一人……"

"还有一个就是你。"莫宜接话说道，"你是她最爱的人。"

简小群还是不够自信，摇了摇头："我不知道在她心中，我到底有多重要……"

"有多重要？"莫宜笑得很神秘，"现在跟我去一个地方，看到你就知道了。"

34 / 荒诞的剧情改为励志向上的情节

沿东四环一路向北，到了北四环往西行驶了五六公里，就到了目的地。

正是上次唐关和关堂租下莫宜两层独栋小楼的园区。

独栋小楼共500多平方米，商住两用，有四个停车位，周围的城市界面很成熟，交通也便利，因此租金相当不菲。莫宜故意给唐关和关堂出难题，要求一次性支付三年的租金，并且先交半年再押三个月房租，二人居然答应了。

更让莫宜惊讶的是，今天二人在请她喝咖啡时，当面又一次性支付了三年的房租！

莫宜自认见多识广了，当房东多年，见多了形形色色的租客，有小气得计算几分钱电费的，有大方到不要押金就失踪的，有搬家时顺手牵羊偷走水龙头的，也有扔下一屋子全新家具不要的……但还是第一次见到如此豪气冲天的租客，提前预付了三年房租，简直不要太豪横。

停好车，简小群随莫宜上楼。莫宜用指纹打开大门，上到二楼朝南的办公室，打开了空调，把自己舒服地扔到了转椅上。

简小群就不明白了："老板，这里不是已经租给唐关和关堂了吗？他们还没有改密码？你怎么还能随便进来？好像哪里不对？"

"当然不对了。房租是付了三年，但他们不用，现在三年的使用权转让给别人了。"莫宜斜着眼睛打量简小群，"你知道史笛和唐关、关堂到底是什么关系吗？"

简小群用力摇摇头："真不知道，你就别卖关子了，赶紧说生活到底又给我安排了什么荒诞的情节。"

"你对生活太不尊重了，应该问生活又给你安排了什么惊喜。要永远对生活抱有期望。"莫宜起身，用力拍了拍简小群的肩膀，"你再回答我一个问题，我就告诉你真相。"

"到底什么是爱情？"

简小群笑得比哭还难看："你问我到底什么是爱情？那就跟问一个穷人亿万富翁是什么样的生活状态一样滑稽可笑。"

"你觉得史笛爱你吗？"莫宜流露出一丝羡慕的神情，"说她爱你吧，她又弃你而去，义无反顾。说她不爱你吧，她在去世后又为你安排好了一切，我现在不但看不明白她，也看不清你了，更不知道该怎么评价你们的爱情……"

"现在，房子三年使用权已经转到了你的名下，来，签字生效。"莫宜扔过来一纸协议。

简小群满脸震惊和不解，拿过协议看了几眼，没签字放到了一边，坐下说道："不签！不要！无功不受禄！君子爱财，取之有道。"

"我和唐关、关堂非亲非故，我又不是他们失散多年的弟弟，为什么要送我这么一份厚礼？我无福消受。"

"是史笛的安排。"莫宜说道。

简小群猛然站了起来："唐关和关堂人在哪里？我要问个清楚。"

"根据我和他们的口头协议，你只有签了协议后，他们才会见你，并且会当面和你说清楚背后的事情。"莫宜不理解简小群的固执，"三年房子的使用权，相当于白赚了360万元人民币，你还不想要，矫情！"

简小群苦笑:"变现多好,我要房子有何用?又不会开公司。"想了一想,还是签上了名字,"既然是史笛的心意,我先收下。现在……可以见唐关和关堂了吧?"

"必须可以,但要去下一个地方才能见到他们。"莫宜起身,"走,我带你去。"

莫宜开车,作为司机的简小群坐在副驾驶位,神情有些恍惚。

如果说蒋天出现后,作为史笛的代理律师宣布了史笛将房子和股份作为遗产,他是唯一的合法继承人,让简小群感受到了史笛深沉而无言的真爱的话,那么,唐关和关堂租下的500多平方米的房子,三年的使得权也转让给了他,背后居然还是史笛的手笔,就让他在受宠若惊之余,完全猜不到史笛到底想要做什么。

或者说,史笛是在她去世之后,为他安排了多少事情,是要安排他的前程,还是要为他铺好未来的人生?

史笛是想当他以后人生道路的编剧,让他人生荒诞的剧情改为励志向上的情节?

莫宜开车的技术一般,却还爱开快车,真是人菜瘾大,有几次快速超车,惊出了简小群一身冷汗,比他自己开车惊险刺激多了,也累多了。

简小群就接连惊呼,让莫宜开慢些。

莫宜不听,越说越来劲,简小群只好想办法转移注意力。都说治疗失恋最好的方法是再开始一场新的恋爱,那么改掉莫宜人菜胆大的飙车习惯的最好方法就是让她争强好胜的情绪有一个新的出口。

简小群想到了莫宜感兴趣的一件事情:"老板,监控装上后,还没有拍到鞋印的主人是谁……会不会是她上次没有打开门,然后就不来了呢?"

莫宜的注意力果然立刻就被吸引了,她下意识放慢了车速:"可能也是因为察觉到可能有被发现的危险,就不再去了,可惜了,监控装晚了。"

"我是觉得她还有可能会来，下次晚上我睡觉时，不再反锁门，让她有机可乘，再把监控换到室内，说不定她就会被拍到了……"

"你不怕她再来的时候不是一个人，而是有帮手，然后你就被绑架或被谋杀了吗？"莫宜戏谑地笑了，"别折腾了，我敢肯定她以后再也不会出现了。"

"不，你肯定错了。"简小群的手机突然发出了蜂鸣声，他忙紧张地打开APP，画面出现，有一个人影由模糊到清晰，"监控报警了，有人来了。"

"啊！"莫宜大为惊喜，忙靠边停车，"快，看看是谁。这下逮着你了，孽障，看你往哪儿跑！"

监控画面上的人，戴着帽子，帽檐压得很低，挡住了眼睛。其实即使帽檐没有挡住眼睛也看不到她的双眼，因为她戴了一副大大的墨镜。

墨镜能遮住她三分之二的脸！

问题是，她还戴了口罩，整个人捂得严严实实，犹如刺客。

帽子、墨镜、口罩，刺客三件套，即便监控能清晰地拍到她的全身，却拍不到她和别人有最大区别的部分——面孔。穿一身运动衣外加运动鞋的她，女性特征明显，个子和史笛差不多。

莫宜顿时屏住了呼吸："还真有点像史笛，是不是她？"

简小群亲眼见到史笛的遗体被推进了火化炉化成了灰尘，他摇了摇头："是像，但不是她。神态和动作习惯不像。"

"我怎么觉得就是她呢？"莫宜和史笛也是好朋友，但论熟悉程度她自然不如简小群，她依然不死心，"赶紧的，打史笛的电话试试。"

简小群反应过来，立刻拨通了史笛的号码。

监控中，正在开门的她忽然感觉到了什么，怔了片刻，翻出手机查看了一眼，然后慌乱地按了一下。她迅即意识到了什么，上下左右看了几眼，发现了门框上的半隐藏式监控。

她愣住不动，似乎在想什么，过了片刻，冲监控伸出了一个"胜利"的手势，然后不慌不忙地打开了房门，进去了。

"她……进去了？居然！"简小群被她的骚操作惊呆了，"她发现了监控居然还敢进去，真当自己是刺客呀！不对，她这么明目张胆，说明知道家里没人。以前晚上来，现在大白天都敢上门了，太不当自己是外人了。"

"你说她是谁呀？她的目的又是什么？"

"别问我需要动脑子的问题。"莫宜没好气地说，"回头得换锁了，现在用的密码锁是史笛生前换的吧？她能有钥匙，说明她是史笛认识的人。"

莫宜的推理立刻启发了简小群，他连连点头："对，肯定是史笛换锁的时候给了她钥匙。密码锁一般带两把机械钥匙，防止万一忘了密码或是没电时，以备不时之需。"

"她不但是史笛认识的人，还是特别信任的人，她还有史笛的号码！"

"你家里有贵重东西吗？"莫宜眼睛转了转，"要不赶紧报警，说不定警察能赶到，把她堵在屋里。"

"一穷二白的家庭，最值钱的东西就是我本人。"简小群摇摇头说，"不报警了，省得麻烦。我就是想知道她是不是又是史笛的一个伏笔，或是一个惊喜……"

"也许是惊吓。"莫宜翻了翻白眼，"她有史笛的钥匙，又拿着史笛的电话卡，按理说应该是史笛留给你的一系列安排的其中之一，但现在她一不和你正面交接，二还要偷偷摸摸进你的家，说明她要么是不想兑现对史笛的承诺，要么就是有什么不安分的想法。"

"你可要小心了，现在你不再是穷光蛋，你不但拥有了庞大的资产，还寄托了史笛对生活的全部热爱，你不能辜负她的重托。"

这么一说，简小群顿时挺直了身板，片刻之后又塌陷了回去，一脸的不自信："我……行吗？"

"你可以对自己没信心，但不能对史笛没信心。她认为你行，你就一定行。"鼓励人要从源头鼓励，莫宜深知简小群荒诞人生中最洪亮的休止符就是史笛，史笛是他全部信心和幸福的来源。

"史笛说我行，不行也得行。"简小群浑身充满了力量，用力挥舞了一下拳头，傻傻地笑了。

不知何故，莫宜莫名地心疼了一下，微微地叹息了一声，她忽然觉得有时一个人傻一点简单一点，也挺好的，想得少，痛苦就少。

人一简单，世界就简单了。和简小群相比，包括她在内，所有人都太复杂了。可偏偏就是最没心机的简小群得到得越来越多。

说来越是聪明的人，越喜欢和简单的人打交道。简单的人做事认真，处世真诚，少了许多钩心斗角就可以直达问题的本质，而省去了沟通成本。

"出来了，她出来了。"简小群的话打断了莫宜的思索，他指着手机屏幕，"老板，快看，她手里好像拿了什么东西，啊，是一叠纸。"

35 / 到底要为他写一个什么样的人生剧本

确实是一叠A4纸,她高高举起,正好占据了监控的整个画面。

纸上有字。

"别报警,报警会让你失去一切,是你承担不起的代价。"

然后她抽走上面的一张,露出了第二张。

"我是最后一次过来,以后不会了,钥匙已经放在了房间里。"

第三张:"我没有恶意,只为完成故人所托。你房间中的东西一样也不会少。"

第四张……

"不用费心费力知道我是谁,该你知道的时候,自然就知道了。记住,做好自己,别为任何人而改变!"

重新上路,一路上简小群和莫宜都一言不发,各自想着事情。到了目的地,下了车,简小群才冒出一句:"老板,你猜到她是谁了吗?"

莫宜摇了摇头:"猜不到,也不想猜。史笛的朋友之间互相都不交叉,你不知道什么时候会突然冒出一个不相干的人说她也认识史笛,还说受她所托要和你谈恋爱,还要和你结婚,你怎么办?"

"这么刺激的吗?"简小群故作夸张地一笑,"我还真有点期待我的人生还能荒诞到什么程度……啊,怎么到花园里了?"

"对,就是花园里,我们要在蒋天蒋律师的见证下,向你正式移交一些东西。"莫宜带着简小群来到了3号楼,上到三楼,来到了3021室。

门口有铭牌:蒋天律师事务所。

蒋天在,安华在,还有唐关和关堂也在。

莫宜进门就说:"人我帮你们带来了,你们谈,我去休息一下。这一天天的,原本和史笛没多少交情,现在却天天为了她的事情而奔波,被她安排得明明白白的,我是彻底服了她了。"

唐关和关堂同时站了起来,二人一脸紧张,对视一眼后,还是唐关抢先一步。

唐关拦住了莫宜:"别走呀,莫总,我和关堂虽然是受史笛所托接近你帮助简小群,但对你的爱是发自真心,我和关堂,你总得选择一个吧?"

莫宜气笑了:"二选一的单选题呀?我弃考,行不行?"

关堂也走了过来,想要再说什么,被蒋天打断了。

蒋天一脸认真:"你们和莫宜的私事以后再说,先办正事,不要耽误大家的时间。"

二人不好意思地一笑,回到了座位上。

莫宜下楼而去。

"还是由我来说个清楚吧。"蒋天清了清嗓子,"作为史笛的委托律师,我刚刚收到了她的第三份委托书,是由唐关和关堂带过来的。"

二人一起点头。

触发第三份委托书的条件有两个:一是唐关和关堂成功地租下了莫宜的房子,二是简小群和罗亦、罗艺兄妹认识。两个条件不分先后,但必须同时具备之后,才能进行下一步。

下一步是什么,史笛已经交代得相当清楚——让唐关和关堂将租来的莫宜的房子的使用权无偿转让给简小群。

……唐关和关堂与史笛认识，是在林天涯所组的一个局上。

林天涯是有名的组局人，他喜欢交友，经常大宴宾朋，因此朋友众多。许多人都是经他的局而认识，因此都称他为朋友圈的中介。

史笛的许多朋友都是在林天涯的局上认识的，不过大多数都是被动或无意中的一面之缘，只有唐关和关堂的认识加熟悉，是史笛有意为之。

史笛主动提出让林天涯组局，她想认识唐关和关堂。

林天涯还很奇怪史笛为什么会对唐关和关堂感兴趣，二人虽然是业内有名的职业经理人，有过在大厂担任高管的经历，且在任上成绩斐然，但二人都比较有个性，除了同时固执地喜欢莫宜之外，在即将被提拔之时，突然同时辞职，说要去创业。

结果创业失利，欠了一屁股债，却不改初衷，还要四处寻找投资，还想东山再起。

林天涯对他们二人的评价是有激情有创意有本事，但不够沉稳，过于理想化，有时还比较偏执。他劝史笛不要对他们二人抱以太多的幻想，如果她想要创业寻求合伙人，他可以为她推荐其他人选。

史笛拒绝了他的好意，执意要认识他们二人。

林天涯只好为史笛组局。

开始时，林天涯还能和三人保持友好的对话，后来，史笛和唐关、关堂所聊的话题越来越深奥，越来越虚无，他就哈欠连天，提前告辞了。

后来史笛又陆续和唐关、关堂吃过几次饭，都聊了什么，又达成了什么共识，他就不得而知了。他只知道唐关和关堂应该是被史笛说服了，私下和史笛有了合作。

林天涯出于好奇，还特意问过史笛，史笛没有回答。他不甘心，又问了唐关和关堂。

唐关也和史笛一样，没有正面答复。关堂倒是含蓄一提："史笛帮了我和老唐，我和老唐都是性情中人，也答应要帮她。"

林天涯想了解得更深入一些，关堂就避而不答了。

蒋天环视了简小群、唐关、关堂几人一眼，最后目光落在了安华身上："安华留下来不是以我妻子的身份，而是在史笛的委托中，有她需要负责的部分……"

"现在，我手里拿的是史笛的第三份委托书。"蒋天拿出一份协议，"是由唐关和关堂转给我的。"

唐关连连点头："按照史笛的安排，在我和关堂租下了莫宜的房子，以及简小群和罗亦、罗艺兄妹二人认识后，我和关堂会把她留给我们的委托书转交给蒋律师。前天，我和关堂见到了罗亦、罗艺他们，听说他们已经和简小群成了朋友，就知道时机成熟了……"

简小群如同局外人一样，静静地听着蒋天和唐关的陈述，心中的疑惑迷雾更加浓郁了。以前他总觉得史笛并不爱他，什么都不和他说，他连她的身世都不清楚，她的朋友和社交关系，他也近乎一无所知。但在她去世后，她却为他精心布局，步步为营，不但把所有遗产都留给了他，还为他租了一栋两层小楼，一次性交了三年房租……她到底要为他写一个什么样的人生剧本？

蒋天继续说道："第三份委托书涉及的人物有简小群、蒋天、安华、唐关和关堂，上述几人都在现场，下面，我公布委托书的内容。"

"委托书分为三个部分，第一部分的内容如下——在简小群收到唐关和关堂转让的房子之后，唐关和关堂务必在第一时间将成立的简史科技的60%的股份转让给简小群，剩下的40%，唐关和关堂各持有15%，安华持有10%……"

"第二部分的内容如下——简史科技要尽快进入运营阶段，简小群担任董事长，唐关担任总经理，关堂和安华担任副总。"

"第三部分的内容如下——简小群负责公司的全面工作，公司的法务是蒋天，主要合作伙伴是罗亦和罗艺，以及莫宜。李宝春和张冬营可以担任公司的中层。公司的主要业务方向是短剧和短视频，具体业务由唐关和关堂负责，简小群不得更改公司的经营方向，并且要尊重唐关和关堂的决策。唐关、关堂和安华三人如果达成了共识，简小群无权推翻。"

"以上，是委托书的全部内容。"蒋天将委托书交给安华，安华去复印，"简小群，委托书的原件会由我保管，复印件会给你一份……你还有什么问题要问吗？"

简小群的大脑一时有些短路。

这么说，史笛在离开人世前，已经为他谋划好了一切？从个人生活到事业，每一步都想得周全，甚至还清楚他的短板，知道他不会经营，特意为他物色了唐关和关堂两个副总，还帮他设定了公司的发展方向，以及准备好了合作伙伴。最可怕的是，连李宝春和张冬营都想到了……史笛她为什么要对他这么好这么用心？是基于爱，还是有别的原因？

但为什么史笛几乎考虑到了所有人，却没有林天涯？

简小群无法形容自己的心情，在他和史笛认识的短短一年多的时间内，只有半年的婚姻生活，后来在她离家出走的半年中，虽然还在婚姻存续期，却是事实上的分居。

事实上的离婚比法律上的离婚早了半年，严格来说，他和她的婚姻其实只持续了半年。

婚姻期间，他都感受不到史笛的爱，只觉得她疏离、遥远、漠然且捉摸不透。而现在，他却感觉史笛的爱如窗外的阳光一样，盛大、热烈、无所不在地铺满了他整个世界，让他金光灿灿，让他遍体温暖，让他眼花缭乱！

史笛对他的所有安排，都建立在金钱的基础之上，简小群终于意识到了一个十分严重的问题：史笛从哪里赚来的这么多钱？

"我有问题要问……"简小群看向了唐关和关堂，"唐哥、关哥，房租是史笛留下的吧？"

唐关和关堂一起点头。

"房租之外，公司的运营费用呢？"简小群是不懂经营，但公司的基本运转模式他知道一些。

"史笛还留下了500万的启动资金。"唐关看向了蒋天,"但现在500万的资金还没有到位,还有一个触发条件。"

算上投资蒋天的500万,房租的360万,再加上简史科技的启动资金500万,史笛留下的遗产至少有1000万了,还是现金!简小群实在想不出来史笛怎么会这么有钱,她是合法所得吗?

"触发条件是什么?"简小群现在的疑问越来越多了。

蒋天面无表情地回答:"查明史笛的死因!"

史笛果然不是自杀!简小群心中一紧:"她真的是被逼自杀吗?"

36 / 在可能存在的危险和确定存在的收入之间

蒋天摇头:"这不是你该问我的问题,是你该查明的问题。"他微一停顿,"你还有什么问题,现在可以一次性问个清楚,以后,需要你自己查明的问题还有很多。"

简小群点了点头,看向唐关和关堂:"蒋天作为史笛的委托律师,又和她从小一起长大,接受她的委托可以理解,你们为什么要服从史笛的安排?"

唐关冲关堂笑了笑:"还是由你来说吧。"

关堂站了起来,搓了搓手,喝了一口咖啡:"经林天涯介绍,我们和史笛认识后,史笛就和我们的来往多了起来。她向我们了解了许多公司架构、运营以及短剧、短视频的发展等问题,我们也很认可她,就对她知无不言言无不尽。"

"后来,我和唐关因为决策失误而被公司处罚,如果不能及时挽回损失,就面临着坐牢的可能。史笛出面帮我们摆平了此事,我们非常感激她的援手,在她提出以后会委托我们做一些事情时,我们就一口答应下来。"

"谁能想到,她委托的居然是她的身后事!"关堂的眼圈儿红了,"虽然和史笛认识的时间不长,但她从容不迫的气度、运筹帷幄的谈吐给我留下了深刻的印象。尤其是她在关键时候对我和唐关的帮助,在我们近乎绝望的时候，是她出手救了我们。"

"所以，她安排的事情，我和唐关一定会负责到底！"

简小群沉默了半天。

随着史笛的形象越来越丰满，她身上的谜团却越来越多，不但他想不明白史笛的资金从何而来，更不敢想史笛居然会有如此巨大的能量，能拯救唐关和关堂于危难之中……她到底隐藏了多少秘密？

她到底是谁？

简小群喝了一口咖啡，强迫自己冷静下来："我还有最后一个问题，蒋律师，查明史笛的死因，要从哪里下手？"

蒋天依然是一副公事公办的表情："别问我，我不知道。我和史笛虽然认识的时间最长，也最熟悉，但她上大学之后的人脉和社交，我并不清楚。现在，她是我的投资人兼委托人，仅此而已。"

这么刻板、冷漠的吗？简小群扭头转向了唐关和关堂："查明史笛的死因，你们会帮我的，对吧？"

二人一起摇了摇头。

唐关很认真地说道："我和关堂还要许多事情要忙，招聘员工，制定公司章程和规章制度，和意向中的合作方建立联系，加深感情，等等，很忙的。"

"就是，就是。"关堂也连连点头，"我们各司其职，你去查明真相，我和唐关做好前期准备。等启动资金一到位，我们就大张旗鼓地干起来。"

"意思是，我得孤军奋战了？"简小群有些落寞。

"不然呢？"安华安静了半天，终于说话了，"毕竟只有你才是史笛唯一深爱的人。"

下楼时，简小群脚步沉重，楼下，停着莫宜的保时捷。

莫宜正坐在副驾驶座喝着咖啡玩着手机,笑得很开心,很没心没肺。

不管怎样,她还在等他,简小群就继续履行司机的职责,上了驾驶位。

"回家,下午没事了。"莫宜漫不经心地看了简小群一眼。

简小群沉默地开车,半个小时后到了莫宜常住的先久公寓。

莫宜下车,摆了摆手:"车你开回去吧,明天也没事,后天一早来接我。"

简小群点了点头:"老板,你不好奇我和他们谈了些什么吗?"

莫宜笑了:"不好奇,不关心,不去问……是我的三不原则。与我无关的事情,我知道得越少就越开心。"

"了解了。"简小群有气无力地答了一句,"史笛又给我成立了一家公司,还物色好了职业经理人,准备了500万的启动资金。万事俱备,只欠东风了,东风就是我必须得查清她的死因,500万的启动资金才能到位。"

话一说完,简小群一脚油门就开车走了。

莫宜呆立在原地一动不动,半天才如梦方醒:"好你个简小群,学会吊人胃口了!你怎么去查史笛的死因?从哪里找突破口?你又傻又笨,肯定需要我的帮忙。"

"你倒是开口求我呀?求我,我说不定心一软就同意帮你了。"

回到家里,简小群把自己扔到床上,好好地睡了一大觉。

一觉醒来,已经是晚上9点多了。

以前简小群陆续知道了一些关于史笛的事情,是因史笛之死被动接受的。现在不一样了,他必须主动去探索和发现,才能不负史笛的重托。

人贵有自知之明,人生的四种境界——不知道自己不知道,知道自己不知道,知道自己知道,不知道自己知道——至少简小群已经到了第二种:知道自己不知道。他很清楚,无论是查案还是洞悉人性,他都是外行。

那么千头万绪该从哪里查起呢？

只能是林天涯了。

简小群揉了揉肚子，不是很饿，就打消了煮面吃的念头，只喝了一杯水，然后和以前一样靠着沙发坐在了地板上。他没有开灯，外面的灯光蔓延了进来，明暗交错，像是往事与现实的重叠梦境。

一个人也不知道坐了多久，简小群不知不觉睡着了。他睡得很香甜，一半身子在地上，头枕在胳膊上，胳膊压在沙发上。

黑暗中，传来了门锁轻轻转动的声音。

门，被人从外面打开了，一个人影悄悄闪了进来。她依然是白天时的打扮，帽子、眼镜、口罩，运动衣和运动鞋。

看到简小群睡在地上，她似乎并不惊讶，悄悄绕过简小群，进入了主卧室。

主卧室双人床后的墙上，挂着简小群和史笛的结婚照。照片上，简小群笑得灿烂，史笛笑得平静。二人背后是一大片花海，有薰衣草、郁金香，远景也有童话般的风车。

她先是在主卧室中转了一圈，是在寻找什么。最后站在床头，凝视了半天结婚照，心想史笛到底把东西藏在了哪里，房子不大，家具不多，为什么就是找不到呢？

时间不多了，再找不到关键的东西，她的计划就会无法推进。

忽然，她想到了什么，眼前一亮，脱鞋上床，悄然来到床头，轻轻摘下了结婚照，翻看背面。

翻看了半天，又仔细摸索了几遍，依然一无所获，她不由得气馁了。

客厅传来了简小群翻身的声音，她一时惊吓，忙挂好结婚照，迅速穿好鞋，弯腰来到客厅，见简小群整个人都睡到了地上，才暗暗舒了一口气。

在暗中观察了简小群一会儿，她摇了摇头，离开了。

轻微的锁门声响起，简小群慢慢睁开了眼睛，似乎是刚被惊醒的样子。他起身，伸了个懒腰，回到了主卧室。上了床，扶正了床头的结婚照，又打量了片刻，会心地笑了。

夏天到了，天气日渐炎热。阳光的力度日盛一日，树叶也由浅绿变成了深绿。

张备和程东远一早就来到了林天涯的办公室——位于东五环的一处产业园内，结果在会议室等了半天，也没见到林天涯本人。

助理李宝春告诉张备，林天涯去见客户了，估计10点才能回来。

张备也不急，不让李宝春通知林天涯他和程东远在等他，让李宝春坐下陪他们聊天。

"从欧洲回来半个月了吧？时差倒得怎么样了？"张备摆出了拉家常的架势，"宝春，你现在的工作还顺心吗？适应林天涯的工作节奏吗？"

李宝春上次和简小群聊完后，思来想去一番，没有下定决心辞职，继续留在了林天涯身边，毕竟丰厚的待遇和灵活的工作时间，让他很是满意。现如今，事少钱多的工作可不太好找。

尽管留在林天涯身边会有危险，但是李宝春安慰自己，就说什么工作没有危险吧？开网约车？小心车祸！和毕大邱一样当公司总监？有跳楼的可能！好吧，就算能当上公司老总又能如何，说不定也得跟胡金友一样自己划破颈动脉而死。

对比毕大邱和胡金友的惨死，李宝春就觉得他面对的危险可能就不算什么，更何况也可能没有危险。在高薪的诱惑下，他会想尽一切办法来说服并安慰自己。

在可能存在的危险和确定存在的收入之间，李宝春选择了当上班的鸵鸟。

虽然张备和程东远都穿了便装，见过二人穿警服样子的李宝春对二人有心理阴影，上次在胡金友的公司见到他们之后，就接二连三地出现了许多事故和意外。

李宝春对和张备拉家常毫无兴趣，他坐在二人对面，如坐针毡："还好，还好，都适应了。张警官，我还有工作要忙，能放我走吗？"

　　张备笑得很真诚："我又没有限制你的行动自由，你想忙工作尽管去，我只是想和你聊聊林天涯的一些事情，也是基于对你的关心。根据我们掌控的一些线索，毕大邱和史笛所服用的药物，林天涯是唯一的代理商。还有很重要的一点，这药还没有正式上市，还处在临床试验阶段，毕大邱和史笛不可能从正规渠道获取。"

　　"再根据林天涯和毕大邱、史笛的朋友关系，有理由怀疑是林天涯私下违规给了毕大邱和史笛过量药物……这件事情，你不会也有参与吧？"

　　李宝春真以为张备会放他走，才迈开脚步，一听他也成了怀疑对象，就又迅速回坐到了座位上："张警官可不要乱开玩笑，毕大邱和史笛出事后，我才成了林天涯的助理。之前，我和林总压根儿就不认识。"

37 / 离开剂量谈毒性，都是耍流氓

"别紧张，我没开玩笑，也没怀疑你。"张备收敛了笑容，"前段时间林天涯和杨涵凉去欧洲，我们怀疑他是担心事情败露，去善后的，不是销毁证据，就是清除证据链条。"

"如果你有什么发现，第一时间告诉我们的话，你就是有立功表现了。以后如果再发现你在毕大邱和史笛的事情中有什么问题，也可以争取宽大处理。"

李宝春立刻急了："张警官，我真的和他们的死没有一分钱关系！真的！我是个胆小怕事、从不惹事又贪财好色的好人。"

程东远扑哧乐了："贪财好色还是好人了？"

"不然呢？"李宝春立刻一脸正气，"如果一个人说他对金钱和女人不感兴趣，他就是无私奉献，并且从来不求回报，你觉得他会是好人吗？会是正经人吗？"

程东远想了一想，若有所思地点了点头："也有道理！越是喜欢自我标榜的人，越有问题……扯远了，回到主题上，李宝春，在毕大邱的问题上，你是不是隐瞒了什么？"

李宝春不经吓，立马想到了什么："是不是简小群都跟你们说了？"

张备和程东远对视一眼，眼中闪过惊喜。他们最近没有和简小群接

触，简小群也没有主动向他们提供过有用的线索。没想到随口一问，居然套出了东西。

张备不动声色地点了点头："不便透露。不过你是聪明人，应该能想到什么。"

越是含义不明的暗示，越容易引发无限的延伸与联想……李宝春面如土色："上次见面后，我还专门打电话告诉简小群先别告诉警察，他答应得好好的……结果一转身就出卖了我，果然是两肋插刀的好兄弟。"

程东远趁热打铁："所以，你现在还有一次选择的机会。"

李宝春心一横，一咬牙："我说，我现在立刻马上就说。"

……从毕大邱临死前托他转交平板电脑给林天涯，到陪林天涯去欧洲，再到回来的飞机上无意中听到林天涯和杨涵凉的对话，李宝春一五一十地又重复了一遍。

说得很详细，很声情并茂，很用情用心用力。但略过了毕大邱和林天涯给他钱的细节。

张备和程东远越听越是皱眉，到最后，眉头又舒展开来，为突如其来的意外收获而惊喜。

张备安抚了李宝春几句，承诺会保证他的安全并为他保守秘密，并告诫他不要再对任何人透露。

林天涯回来了，和杨涵凉一起。他先是客气而热情地向张备、程东远表示了抱歉，又盛情邀请二人来他的办公室就座，同时吩咐李宝春为二人准备咖啡——他从欧洲带回来的上好咖啡。

林天涯从欧洲回来时，确实带了不少咖啡，都放在了他办公室，没有他的发话，没有人敢自作主张拿来就喝。李宝春来公司上班的第一天，就被人告知了林天涯的三大习惯：一、不喜欢别人未经允许进他的办公室，他不在公司时，必锁办公室。二、他平常有三大爱好，咖啡、雪茄和洋酒，所以他可以和别人分享茶叶、香烟和国酒，三大爱好却从不与人共用。三、他向来自己开车，就连杨涵凉也不能碰他的车，他不允许任何人动他车上的任何东西，包括他调好坐姿的座椅。

林天涯发话了，李宝春就帮张备和程东远研磨了咖啡，只有对最重视的人，林天涯才舍得用最好的咖啡招待。

之前李宝春为二人上的是茶水。

张备接过咖啡，喝了一口，不置可否地放到了一边。程东远品尝之后，连连点头："味道醇厚，回味悠长，香气经久不散。"

林天涯酷爱咖啡，一听程东远点评得非常到位，立刻大为开心。二人就咖啡的话题聊了几分钟。

程东远不慌不忙地热了场，见时机成熟了，就切了话题："林总、杨总，今天我和张备过来，不是以警察的身份，是以个人的身份，希望和你们交流一下我们最近在毕大邱和史笛自杀案件上的一些想法与思索，可能需要耽误你们一个小时的时间。"

林天涯大手一挥："不耽误，我后面的事情都推了，接下来的时间，由你们说了算。正好中午可以一起午饭。"

程东远打开了笔记本，点了点头："我和张备并不是为了调查清楚毕大邱和史笛的死因，实际上，他们的案件已经结案，定性为自杀。我们两个人想写一本探究犯罪心理、研究人性阴暗面的著作，是出于学术的目的，希望你明白你是在帮我和张备，而不是必须履行的义务。"

"所以，如果我说没时间不配合，你们也不会生气了？"林天涯哈哈一笑。

张备不动声色地点了点头："没错，是不是愿意跟我们聊聊，全在林总的一念之间，全看林总的心情。"

林天涯又为程东远倒了一杯咖啡："哈哈，开个玩笑，我很愿意和二位探讨人性研究犯罪心理学……"他转身冲李宝春点头，"宝春，出去的时候带上门，别让任何人打扰，不管有多重要的事情，都不要汇报。"

李宝春应了一声，无奈地出去了，他很想留下来听听他们都聊些什么，可惜林天涯故意支开了他。

张备望着李宝春离开的背影，眼中闪过一丝不解和疑惑。

林天涯为张备泡了一杯茶："看样子张警官不太习惯喝咖啡，来，尝尝我的白茶。"

张备接过，喝了一口，笑道："比咖啡好喝多了……咖啡不管怎么泡，要么太苦，要么添加的东西太多，不是过甜就是过腻，还是茶好，淡雅、平和。"

杨涵凉也喝茶："我也还是更喜欢喝茶，咖啡副作用太大了……要从哪里聊起呢？是先说毕大邱的病，还是史笛的病？"

张备心中一惊，杨涵凉平常话不多，一开口就单刀直入了，他顺水推舟："毕大邱有抑郁症，史笛难道也有？"

杨涵凉嗯了一声："他们都是抑郁症患者，不过毕大邱更严重一些，史笛相对来说症状较轻，还能自我调节。张警官应该也清楚毕大邱体内的药物是一款还没有上市的新药，正在临床试验阶段，毕大邱是主动要求加入测试的受试者……

"在前期服药测试期间，毕大邱的数据非常好，试验药物对他的症状的抑制也很到位，控制了病情的发展。后来，史笛听说了药物的疗效后，也主动要求加入测试。

"不过抑郁症患者的病情，受外界环境影响较大，尤其是心情上的波动。在服药一段时间后，毕大邱原本已经完全控制了病情的恶化，不知道因为什么，突然又变得严重了。据说是因为他和胡金友的矛盾激化让他情绪失控，从而影响了病情。具体原因是什么，我也不太清楚。

"毕大邱的病情加重后，他不听劝告，加大了用药剂量。离开剂量谈毒性，都是耍流氓……作为业内共识，谁都知道是药三分毒的道理。世界上没有安全无副作用的药，我和天涯就劝毕大邱不要乱吃药，更何况还在试验阶段，毕大邱不听，没办法，我和天涯只好控制了他的用药量，不给

210

他药,他不就没办法了?"

张备和程东远默默地聆听,二人只是不时交流一下眼神,神情平静。

"但我们还是低估了毕大邱的聪明,他向其他受试者求药,有人免费给,有人要钱……最后他联系了至少十几人,从他们手中搜集了超过常规用药量几十倍的药物,然后超量服下,就造成了服毒的假象。"

杨涵凉一口气说完,长叹一声,摇了摇头:"事情就是这么个事情,前因后果都说清楚了,毕大邱的自杀是不是和服药有关联,我不是专业人士,不敢下结论。"

滴水不漏,张备对杨涵凉一番话评价很高,而且不着痕迹地推卸了全部责任。

程东远也是微微惊讶,以前和杨涵凉接触过几次,她表现得沉默寡言,文静而淡雅,就让她误以为她是内敛、含蓄的女孩,不想刚才的一番话,顿时让她刮目相看。

程东远心中突然闪过一个强烈的念头——林天涯和杨涵凉二人,或许不是他们对外树立的人设是以林天涯为主,而是由杨涵凉说了算。

程东远就有意问道:"林总,史笛又为什么服用了和毕大邱相同的药物?"

杨涵凉刚一开口:"还是由我来说比较好……"

却被林天涯打断了。

林天涯意味深长地看了杨涵凉一眼:"既然程警官问到了我,还是我来回答吧。史笛也是因为患有轻度的抑郁症,才参与了试验。她是受试者中最年轻、病情最轻的一个,因此,药量也最少。我们和受试者都签有保密协议,正常情况下不能透露受试者的资料,不过程警官和张警官不是外人,算是很好的朋友了,再者史笛也因为死亡而中止了保密协议,所以透露一些事情也不算违背原则和公序良知……"

38 一切都很合理，并且顺畅，完全没有可疑之处

"史笛和我的关系更亲密一些，我和她是大学同学，并且她曾经喜欢过我……"林天涯朝杨涵凉微微一笑，笑容中满是溺爱，"不过我和涵凉感情深厚，我们青梅竹马，早早就深深地喜欢上了对方，谁也离不开谁，我最终拒绝了史笛，并且和涵凉一起，始终和她保持了良好的友谊。

"史笛一直是文艺、温婉并且多愁善感的性子，在我拒绝她之后，她伤心了一段时间，后来就调节过来了。不过也始终没有遇到合适的人，直到后来嫁给了简小群。大学期间，史笛虽然不是那么阳光开朗的状态，但也没发现她有抑郁的倾向。她抑郁，应该是毕业之后的事情，具体是什么时候开始的，她说不清楚，我也没有具体去了解。有时候，患者也不知道自己是什么时候成了病人。

"史笛的病情并不严重，她的抑郁也受情绪波动影响比较大，有时抑郁，有时又阳光，还充满了积极向上的力量。她加入测试，在受试者中的轻症组，用药量很少。我和涵凉也就没有太在意。直到她自杀之后，发现了她体内含量超标几十倍的药物，我还惊讶她从哪里弄到的超剂量的药？查了很久才知道，她和毕大邱一样，是从其他受试者手中交换来的。"

程东远很是震惊加不解："既然她症状不严重，为什么要交换到几十

倍的药物然后自己服用呢？她不知道用药过度也会中毒吗？"

"知道。"林天涯立刻严肃地点点头，"我们会告知每一个受试者用药剂量和注意事项，并且会再三告知相应的副作用以及未知风险。"

张备缓缓地点了点头："好，现在我们开始从人性的角度来挖掘一下背后到底发生了什么……"

"林总，你和杨总都熟悉毕大邱和史笛，对吧？"张备见二人都点了点头，又问，"那么以你们对毕大邱的了解，毕大邱的死，真的是完全因为抑郁症吗？"

程东远也表示了同样的疑问："据了解，毕大邱的抑郁症有相当的年头了，少说也有五六年以上。在四年前，他病情最严重时，甚至长时间在家，别说上班了，连门都不敢出。在胡金友的公司担任总监，是三年前的事情，当时他的病情已经大为缓解了。

"而他服用你们的试验药，是两年前。在服药之后，病情似乎也没有明显好转，和之前没有区别。但在他自杀前的一个月里，突然就加大了药量，很快他就跳楼了……药物是不是在其中起到了什么促进作用呢？"

林天涯一脸深思的表情："毕大邱是一个很好面子的人，敏感、自私、脆弱、暴躁、爱发脾气、猜疑心重，但本质上不坏，不骗人，不害人，不坑人。我不是专业人士，药物是不是在他的自杀事件中起到了助推作用，我不敢肯定，也不会全面否定，我是觉得，可能自杀的前一天他和简小群的冲动，也是诱因之一。"

张备摆了摆手："和简小群打架算是一方面，或者说只是推动力之一，不是根本原因。一个人下定决心自杀，肯定不会是因为一次偶尔的冲突事件。打个架虽然丢人，不至于去死，对吧？林总，据你所知，毕大邱在人生中有过不去的坎吗？"

林天涯愣了愣，看向了杨涵凉。

杨涵凉慢慢摇了摇头："我们和毕大邱算是熟悉，但不是无话不说的朋友，除了知道他患有抑郁症，和胡金友不和之外，并不清楚他别的私事。不过据莫宜说，毕大邱是受他姐姐毕小路所托，在公司负责监视胡金友。胡金友也清楚毕大邱是毕小路的人，是为了制衡他，在公司表面上对毕大邱客气，暗中许多事情都背着他……"

林天涯突然就插了一句："我倒听到一个传闻，只是道听途说，不敢保证真假……据说毕大邱已经发现了胡金友向他的情人输送、转移公司财产的证据，差不多快要搜集全了，只差最后一个证据链。胡金友对毕大邱既忌惮又无可奈何，只要毕大邱拿到的证据链完整后，提交上去，毕小路就可以以职务侵占罪把胡金友送进去……"

张备顺势接话问道："眼见只差最后一个证据链时，毕大邱突然超量服药，然后跳楼自杀了？是不是很巧合？"

林天涯反问："张警官是怀疑两者之间有什么关联吗？"

张备笑着摇了摇头："没有证据的事情，不能只凭猜测就下结论。"

杨涵凉呵呵一笑："我们只是在探讨人性研究心理学，不是在讨论案情。以我看，两者之间可能还真有什么内在的联系，只可惜，胡金友也死了，死得很突然很奇怪。"

程东远在笔记本电脑上查找什么，忽然停了下来，问道："胡金友知道毕大邱是你们的受试者吗？"

"知道。"林天涯毫不犹豫地点了点头，"毕大邱的病情持续很长时间了，胡金友又是他的姐夫，不可能不知道。"

张备的话题瞬间转弯，要的就是想打林天涯一个措手不及："受试者需要向你们反馈相关数据，对吧？是通过什么方式和你们沟通的？不会就用邮件、微信等社交软件吧？"

林天涯几乎没有迟疑，立刻从办公桌上拿过一台平板电脑："过一段时间，数据就通过平板电脑转交给我，我再汇总。毕大邱在自杀之前，委托李宝春将平板电脑转交给我，我也是因此认识了李宝春。又见他人不错，机灵、诚实，就让他当了我的助理。"

一切都很合理，并且顺畅，完全没有可疑之处，张备却愈加觉得过程太完美了，以至于没有任何迟滞，就让他不得不怀疑有事先演习的痕迹。

现实中有许多事情，被外人问起时，我们大多时候都需要想上一想，或是斟酌一下语言，以便表达得更准确。而林天涯刚才的一番操作，一气呵成，如行云流水，就如同事先排练过一般。

说明林天涯早就想到了张备可能会问李宝春替毕大邱转交平板电脑的事情，已经做好了相应的准备。只不过他还是没有说出全部真相，避重就轻了——李宝春说转交给林天涯的平板电脑是全新的，林天涯拿到手后才第一次开机。

全新的平板电脑里怎么可能有相关数据呢？

张备将所有疑问埋在心里，开始了下一个话题："毕大邱的事情告一段落，我总结一下——毕大邱有严重的抑郁症，成为你们的受试者后，一直按照常规剂量服药，病情没有进一步发展。他和胡金友有矛盾，受毕小路所托负责监视和制衡胡金友，在拿到胡金友大量转移公司资产的证据只差最后一个证据链时，他突然大量服药，然后跳楼自杀。

"假如毕大邱的自杀和胡金友没有关系，他只是因为抑郁症的原因，我们是不是可以假设是毕大邱在目睹了胡金友对毕小路的背叛，对人生更加绝望从而引发了更大的抑郁，然后自杀了！主要是毕大邱既没有关系密切的好友，也没有女友，缺少友情和爱情，再如果和毕小路的亲情也淡薄的话，确实会让人对人生绝望。"

"下面说说史笛……"张备此时的思路格外清晰，"史笛和毕大邱不一样，她不缺爱，不管是爱情还是友情。她还有过婚姻，并且就算有抑郁症，也是轻症，最后还是自杀了，并且服下了和毕大邱同样的试验药，那么是不是可以怀疑是药物的问题呢？"

林天涯倒了一杯咖啡，轻轻抿了一口，笑意盈盈地看向了杨涵凉。

杨涵凉微微摇了摇头："张警官的结论不严谨，也不科学。首先，试验用药也是经过相关部门的批准才进入试验环节的。其次，前面我们已经讨论过了，抛开剂量谈毒性谈疗效都是耍流氓。最后，就算是药物起到了不好的推动作用，也是他们自己过度用药造成的，不是药品本身的问题。"

"刚才张警官对毕大邱的分析有一定道理，本身抑郁的他，对亲情、爱情以及人性绝望了，最终在过度服药也没有得到缓解后，跳楼自杀。那么史笛的情况也和他类似，史笛过于文艺，心思多变，她朋友虽然多，但没有几个交心的。爱情和婚姻也有过，最终还是失败了。她对人生绝望，又被病情折磨，最后一死了之，也符合一个抑郁症患者的所作所为……"

张备还想说什么，刚一张嘴，就被程东远抢了先。

程东远轻轻咳嗽了一声："杨总的总结很有道理，我也是这么认为的。其实说来自杀的人，无非是对人生绝望了，无论是友情、亲情还是爱情，都让他看不到希望了，支撑不起他活下去的动力，最终才会放弃一切走向绝路。"

"谢谢林总和杨总的时间，真的非常感谢。就不打扰你们了。"

林天涯和杨涵凉一再挽留二人留下吃午饭，二人却再三推辞着离开了。

39 / 真正厉害的骗子在骗人时说的是真话

张备目光沉静地开着车,程东远坐在副驾驶,一言不发在想事情。

过了半天,程东远才回到现实,一看行车方向不对:"去哪里?路不对。"

"去找简小群。"张备今天收获颇丰,他决定再和简小群谈一谈,说不定还会有更大的意外和惊喜。

"没必要吧,该知道的已经知道了……简小群也不可能再提供更多线索了。"程东远想先回去消化一下今天听到的一切。

"有,并且非常有。必须得见一下简小群,才能验证李宝春和林天涯的话,有哪些地方有漏洞。"张备坚持他的看法,"李宝春跟我们说的,95%真。林天涯和杨涵凉跟我们说的,90%真。真正厉害的骗子在骗人时说的是真话,而不是说假话。"

"既然说的是真话,为什么又说林天涯是骗子?"程东远觉得张备的话自相矛盾了。

"李宝春的话,95%真,是说他故意省略的话中有一些他认为对他不利的细节。林天涯的话,90%真,但他却是在话内过滤掉了一些关键细节。"

程东远更加不明白了。

张备笑了笑，详细解释："就以平板电脑为例，李宝春说他受毕大邱之托转交给林天涯，是真。但在话外，他应该隐瞒了一些事情，比如说毕大邱应该许诺他什么了，他才会这么积极主动。他没说，不算撒谎，只能算隐瞒。

"而林天涯也主动提到了平板电脑，但在话内，他过滤掉了电脑是全新电脑的事实，告诉我们是储存数据的旧电脑。相比之下，李宝春的做法是自保，对我们的误导不大。而林天涯的谎话，却是诱导，会让我们偏离正确的轨道。"

"所以，简小群的重要性就体现出来了？"程东远明白了几分，"这么说，还真的有必要马上见简小群一面。"

张备的手机此时响了起来，张备一看来电，一脸笑容："简小群出现得真是时候，多半是李宝春告诉他我们来找林天涯了。"

张备接听了电话。

简小群没有寒暄，直接切入了主题："张警官，有些事情需要见面沟通一下，方便过来一趟吗？"

"发地址。"

林天涯和杨涵凉站在窗前，目送张备和程东远上车离去。

林天涯脸色平静："我打听过了，毕大邱和史笛的案件确实是以自杀结案了，而且张备和程东远并没有负责案子。当然，也不排除案件并没有真正结案，只是对外释放的烟幕弹。不过张和程没有在专案组，是事实。"

"希望今天的谈话，没有让他们更多地怀疑我们。"杨涵凉微有忧色，"虽然他们不在专案组，但被他们盯上，也不是什么好事，不是吗？"

"不要多想，我们又不是坏人，我们与恶的距离，相当遥远。"林天涯若无其事地笑了笑，"希望事情快点过去，别再节外生枝了。我们答应史笛的事情，还没有完成呢。"

218

杨涵凉点了点头，靠在了林天涯的肩膀上："我们每个人每天都在善恶之间徘徊，有时稍有不慎，可能就偏向了恶的一侧。"

"你觉得简小群是不是也知道了平板电脑的事情？"杨涵凉想起了什么。

"应该是的。"林天涯回头看了一眼静静躺在桌上的平板电脑，摇头一笑，"不要紧张，没有人知道平板电脑中到底有什么用。"

半个小时后，张备和程东远来到了北四环外的简史科技。

上楼，来到简小群的办公室，张备一脸惊讶。

"几天没见，鸟枪换炮了？行呀，了不得了，当上老总了，祝贺，祝贺！"

……简小群上午没出门，原本以为中午也没事，结果莫宜突然打来电话，让他陪她去北四环见客户。

虽然现在已经是一家初创公司的董事长了，简小群依然当自己是莫宜的司机，随叫随到。

陪莫宜忙完，正好在公司附近，他就和莫宜一起回公司坐坐。

近一段时间来，唐关和关堂尽职尽责，在忙着为公司物色人才拓展业务渠道，反倒是简小群在查明史笛死因的事情上，毫无进展。

简小群的办公室处于最好的位置，也是最大的一间，装修风格从简，以实用和整洁为主。

装修是由莫宜一手操持的，简小群全程没有参与，装修好后，他才出现。用莫宜的话说，反正简小群也没什么审美和要求，随便装就行。

简小群确实没想法和要求，他向来是一个简单的人，只要不是毛坯房对他来说就足够了。

刚在自己的办公室坐下，泡了一壶茶，正要感受一下身为董事长的做派，简小群忽然接到了张冬营的电话。

从胡金友的公司出来后,作为和简小群关系最为密切的两个人,李宝春和张冬营始终和他保持着密切的联系。相比李宝春,张冬营和简小群的交流并不多,主要是张冬营回老家山东东营了。

"小群,我回北京了。听宝春说,你现在开公司了?能收留我不?"张冬营是直来直去的性格。

"我发你地址,马上来公司上班。"简小群干脆利落地发出了邀请。

莫宜听到了简小群和张冬营的对话,她插了一句:"张冬营和李宝春以后真可以当你的左膀右臂。"停顿了片刻,她又想起了什么,惊叫一声,"哎呀,差点忘了,我有一件事情要和张备、程东远交流,你和他们联系一下,请他们来公司坐坐。"

于是,才有了简小群给张备打电话的一出。

张备先是在莫宜的带领下,参观了公司,他除了羡慕还是羡慕,对简小群由衷地表达了内心真实的想法:"傻人有傻福,万万没想到你娶史笛还真是捡了宝!史笛简直就是一座宝山,为你带来层出不穷的惊喜。"

简小群一脸无奈的表情:"如果可以让她复活,这些我可以都不要。"

莫宜假装抹了抹眼泪:"你都要感动中国了,简小群,能不能别再凡尔赛了?如果史笛还活着,她会为你打理好一切、经营好公司,而你不需要和现在一样亲力亲为却拥有得更多,你只需要全心全意爱她就够了,对吧?"

"不然呢?"简小群自得地一笑,"史笛以前总跟我说一句话——不要听富人讲大道理,也不要听穷人怨天尤人……当时不理解,现在明白其中的道理了。"

张备笑着打断了简小群和莫宜二人的斗嘴:"叫我过来,是有什么新的线索吗?"

程东远抱怨:"张备,不要上来就是工作,你现在是以简小群和莫宜朋友的身份,不是警察。你过来,没有公事。"

"是,是,东远所言极是。"张备讪讪而笑,搓了搓手,"职业习惯一旦养成,想要改变确实很难,我努力。今天不谈公事,只喝茶聊天。"

程东远却看似漫不经心地提了一嘴:"我和张备刚去了林天涯的公司,还和李宝春聊了半天……"

简小群立刻想到了什么,一拍脑袋:"哎呀,想起来了,上次宝春专程找我,说到一件事情,关系到他和毕大邱、林天涯的一些秘密,他还专门叮嘱我,不让我和你们说。"

"所以,你就故意没说?"张备似笑非笑。

"还真不是,是最近比较忙,真忘了。"简小群憨厚地笑了笑,"我老板可以做证,最近公司的装修、员工的招聘,还有业务的对接,再加上我还是老板的司机,等于同时打了两份工,每天都忙得团团转。"

莫宜板着脸:"身为董事长还兼职当我的司机,委屈你了。"

简小群摸了摸脑袋:"没事,我习惯了人生的巨大反差,荒诞的人生,不需要解释。"

泡好茶,简小群坐在了张备对面。

"宝春怎么和我说的,我就怎么转述给你们,真假我不去判断。"简小群也不去猜测张备和程东远刚见过李宝春,李宝春是不是已经和他们说过了,他只管陈述他所知道的部分。

张备和程东远安静地聆听简小群转述的李宝春的叙说,暗中对比李宝春自己所说的事情经过,基本上没有出入,说明简小群和李宝春说的都是真话。

莫宜认真听完,才说:"3月14日晚上,真的发生了太多事情……我们见过的每一个人、经过的每一件事情、路过的每一个地点,就是我们人生的片刻,组合在一起,就是我们留在世间的全部轨迹。"

"重温一个人在世间的轨迹,是一件特别有意思的事情。"

简小群没有莫宜的感慨，他将球踢到了莫宜脚下："我该说的都说完了，该你了，老板，你不是说也有事情要和两位警官交流吗？"

张备和程东远立刻喜形于色，今天的收获太丰富了，而且还不断有惊喜涌现。

莫宜清了清嗓子，摆出了高谈阔论的架势："昨晚小路约我吃饭，告诉我她打算移民了。"

张备微微皱眉，毕小路虽然是毕大邱的姐姐和胡金友的妻子，又和史笛认识，但在三人的死亡之中，并没有证据指向她，应该说，她始终没有被列入嫌疑人之中。不管是官方的调查，还是他和程东远私下的推理。

因此，张备对毕小路的事情并不太感兴趣。

40 / 公序良知的漏洞、人间美好的阴影

莫宜察觉到了张备的不耐烦,笑道:"张警官,你要有耐心,听我说完你再下结论……小路早就有移民的想法了,早在发现胡金友外面有人的时候,她就想停了公司和胡金友离婚,然后一个人去海外生活。但是毕大邱不同意,他想帮她搜集胡金友转移公司资产的证据,然后让胡金友在铁证如山面前,在离婚时放弃切割财产,净身出户。"

"小路既想夺回她应得的一切,不想看着胡金友拿着她的钱和别人幸福地生活在一起,也想让弟弟有事可做,缓解他的抑郁症,就同意了毕大邱的想法。毕大邱进入胡金友的公司后,确实查到了不少证据,但在最后一个证据链即将补全的时候,他跳楼自杀了。

"最主要的是,毕大邱死得突然,他掌握的全部证据也不翼而飞,不知道被谁拿走了。开始时小路怀疑是胡金友害死了毕大邱并且藏起了证据,后来胡金友也意外身故,她在整理胡金友的遗物时,没有发现任何相关的东西,而胡金友外面的女人,也从未出现过,她只怀疑她的存在,却并不知道她是不是真的存在,以及她到底是谁。"

程东远好奇地一问:"胡金友到底有没有小三?毕小路是一直怀疑,还是真的有什么确凿的证据?毕大邱查了那么久,查到了胡金友转移公司资产的证据,为什么就没有查到小三是谁呢?

"会不会胡金友压根儿就没有小三？我虽然是女性，但我还是要站在公正的立场上说一句公道话，有些女性总把另一半不再喜欢她归咎于对方移情别恋，有时还真不是！可能是你不再注重身材管理、跟不上时代的进步，他在前进而你在原地踏步，甚至拖他后腿，他自然就和你没有共同语言了。共同语言是感情的基础，是婚姻的基石。"

简小群刚到公司时，就听公司上下传闻胡金友在外面有人，他不像别人一样津津乐道此事，既不打听，也不参与讨论。直到公司解散，传了许久的绯闻最终也没有明确绯闻对象到底是谁。根据他的观察，凡是没有具体到对方是谁的绯闻，多半都是以讹传讹。

莫宜尴尬地看了简小群一眼："我说了你可不要生气，你们公司上下都不清楚胡金友的小三到底是谁，毕小路却怀疑她是史笛。以前她还只是怀疑，现在她说她确认就是史笛了。史笛留给你的遗产，多半都是胡金友从公司转移出去的部分。"

简小群没生气，只是笑笑："人都死了，再往她身上泼多脏的水，也污染不了她的名声。如果毕小路拿出了确凿的证据并获得了法律上的支持，我愿意归还所有资产。如果不能，再到处污蔑史笛的话，我跟她没完。"

用最屌的语气说最狠的话，简小群是专业的。

张备拍了拍简小群的后背，以示安慰："如果真的有证据证明史笛和胡金友的不正当关系，以及她的资产都是来自胡金友，你也不用一定归还给毕小路。只要每个环节都合法，就是史笛的个人财产，她有权处置。"

"你也不用过于伤心。"

"不用安慰我，我习惯了打击。"简小群努力笑了笑，全是苦涩和无奈，"中学时，在食堂吃饭排队，总有人插队。也是怪了，不管是谁插队都喜欢插我前面，难道因为我长得就老实好欺负，还是因为都认为我看上去就像人性的缺口？"

莫宜想笑，没笑出来。

"再后来,上大学了,不管是食堂打饭还是参加集体活动,只要排队时有人插队,就都会以我为突破口。我就知道他们肯定认为我就是公序良知的漏洞、人间美好的阴影……从小到大,我孤独而不合群,被人排挤,被人欺负,一个人散发微弱的仅能照亮自身光芒的光亮行走在世间,从来没有渴望被人爱、被人关怀和被人理解。没关系,只要我还活着,我就有足够的理由安慰自己走下去。我就是一棵顽强生长的小草,没有阳光,我靠月光。没有雨水,我靠露水。活着,就是最大的成功。

"我的人生,小时候的剧情是悲惨世界。上大学期间是一棵卑微渺小的小草,有爱情有梦想,才叫青春。而我的青春,只有疼痛。工作后,我的人生剧情就切换到了平淡情节,除了和毕大邱吵架之外,工作没激情,生活一成不变,活着的最大意义就是活着。如果不是遇到了史笛,我怀疑我都有可能和毕大邱一样得了抑郁症。

"我想我比毕大邱幸运的一点是,我虽然没有理想和追求,没有热爱与山海,但至少我在努力地活着,在认真地过好每一天。我渴望爱别人,也希望别人爱我。直到遇到了史笛,我才相信一个人哪怕再卑微再渺小,也不会毫无用处,也不会被幸福遗忘。每个人都有属于自己的高光时刻,哪怕只有一瞬,也是来人间一趟的意义所在。

"尽管后来史笛和我离婚、毕大邱和史笛相继自杀,我的人生剧情又成了荒诞的风格,不要紧,至少我拥有过爱情,爱过一个人,也被一个人爱过,对我来说,已经是命运足够丰厚的馈赠了。"

不知为何,张备的心情有几分沉重,他用力拍了拍简小群的肩膀,眼中闪过亮光。

他和简小群一样,从小在一个县城长大,不显眼,不出色,不被人重视,渺小如草芥。直到他考上了名牌大学,才成为周围人瞩目的中心。大学毕业后,他经过努力虽然留在了北京,却只是在派出所当了一名民警,日复一日被重复的烦琐小事消磨了理想与雄心。

毕大邱和史笛的案件,虽然是他和程东远最先接手,但后来由于他们在判断上有一两次失误，就没有进专案组。他也能理解上级的安排并非故意针对他和程东远，确实是他们没有经验。只是他还是不甘心，谁的经验是天生的？不都是从案件中磨炼出来，从失误中总结出来的吗？

他就和程东远约定要私下调查案件，当然，也不能说是调查，只能说是以私人的名义进行深入的了解。不是为了破案，只是为了知道背后到底发生了什么。因为在见到简小群的第一眼起，张备就从他身上发现了自己的影子。

说是同一类人的吸引也好，说是为了证明自己也好，张备就说服了程东远和他一起探究毕大邱和史笛自杀背后的真相，以及真正的原因。自杀案好结案，自杀原因才是最值得深思的地方。

程东远之所以被张备说服，不是因为她和张备有相同的成长经历。相反，她从小在北京长大，没有张备从小县城来到京城的惶恐与不安，也没有张备想要努力证明自己的动力，她只是代入了史笛，很想知道史笛为什么嫁给简小群又和他离婚，并且还自杀了。

会不会是简小群逼死了史笛，又或者是史笛有什么不为人知的秘密？

并且在她看来，以史笛的优秀嫁给简小群完全是下嫁，是不理智的冲动，她实在看不出来简小群有什么让人念念不忘的优点，反正简小群完全吸引不了她。

基于想要了解人类感情有多复杂的好奇，程东远和张备结成了同盟。当然，她也察觉到了张备是想借机走近她，是想追求她。她对张备谈不上喜欢，但也不反感，既然他主动，她不妨和他相处一段时间再说。

随着越来越多的真相被发现，随着对简小群的了解越来越深入，程东远改变了对简小群的看法，虽然简小群看上去平平无奇，毫无特色，就如一杯白开水，但在漫长的人生道路上，只有白开水才是对身体最有益的必需品，不可或缺并且没有害处。

当爱情从激情回归平淡，进入婚姻后，白开水男人才是相濡以沫的最佳选择，他会和你日夜相伴，会永远在你需要的时候给你安慰，而不会给你带来任何伤害。程东远理解了史笛的选择，简小群或许没有耀眼的优点，也不够优秀，但他却具备了一个男人应有的基础品质——宽容大度、耐心、陪伴以及忠诚。

简小群刚才的一番话，让程东远感动了，让她见识到了一个男人微弱的光芒如何迸发出了经久不息的爱。

莫宜更是直接红了眼圈，她努力强忍着，不让泪水滴落，用力一抹眼睛，站了起来，一脸不忿："好好的一出荒诞剧，被你煽情成了言情剧，还连累我差点中招，过分了啊！你看我像是为情所困的人吗？像是为了别人的爱情故事流泪的人吗？"

"我警告你，简小群，以后不许在我面前感慨人生和爱情，听到没有？"

简小群反倒是平静如秋水，他点了点头："按理说我应该已经不再悲伤了，史笛虽然和我离婚才半年，实际上算上离家出走的时间，一年多了，我对她的感情应该淡了下来！谁想到她不但把房子和车子都留给了我，还为我安排好了未来的路，她对我的爱，能贯穿一生，能持续一辈子，我怎么能忘了她？"

程东远忽然问莫宜："莫宜，一个人不在了，却还让活着的人念念不忘，是不是也是一种残酷？"

莫宜揉了揉脸，情绪平复了几分："别问我，我不知道，我又没谈过恋爱。"

"你从来没有谈过恋爱？"程东远震惊了，"怎么会？你这么漂亮，这么优秀，这么……有钱！"

41 改变不了世界，就改变自己

"那又怎样？"莫宜仰起头，一脸骄傲，"我高中之前，爸妈告诫我不要早恋，要好好学习。我就拒绝了好几个同学的追求，理由永远是'我妈不让'！上了大学，我爸让我读到研究生，我妈让我读到博士，二人争吵不休，我一怒之下，就直博了。

"从研究生到博士期间，一心专注于课题研究，对学长的暗示忽视，对学弟的示爱假装看不见，然后就博士毕业了。毕业后，打算从事自己喜欢的工作，结果被告知有家业需要继承。我以为爸妈瞒着我有多庞大的家族产业，结果却是让我去当包租婆……如果早知道我继承的家业是收收房租、喝喝咖啡，每天在城六区跑来跑去，何必非要读到博士？本科的知识还不够我和客户打交道吗？

"现在年纪大了，爸妈又开始拼命地催婚，我反倒不急了，每天一个人晃来晃去也挺好。以前总是爸妈让干什么就干什么，并且努力做到最好，期望得到他们的奖赏。现在只想顺从自己内心的想法，做一个随心所欲的人。"

"呀，话题跑偏了，说我干吗？继续说简小群。"

简小群没好气地说道："不是你引起了史笛的话题，是你继续刚才的话题才对……毕小路有史笛是第三者的确凿证据吗？"

"她说有，但现在找不到。"莫宜摊了摊手，"不过她非常肯定，因为她说毕大邱在跳楼前，和她聊天时提到过他已经拿到了第三者的证据，很快就能和胡金友转移资产的证据一起交给她，结果毕大邱和史笛却先后自杀了。"

"说了半天，不还是没有证据吗？"程东远此时对史笛充满了同情，连带对史笛也多了好感，不由得冷哼一声，"她应该是从史笛为简小群留下了大笔遗产中猜测史笛怎么会这么有钱，如果不是当了胡金友的小三？"

莫宜默然地点了点头。

之前毕小路还不太肯定史笛就是胡金友外面的人，但随着简小群接收的遗产越来越多，已经到了千万级时，她就不得不再次怀疑史笛和胡金友的关系了。她翻看了她和毕大邱的聊天记录，在3月14日晚上，毕大邱对她说即将拿到胡金友转移资产的证据链中的关键一环，同时也是证明史笛是第三者的关键，只要凑齐了，不但可以让胡金友乖乖就范，还可以让他身败名裂，交出转移的全部资产……

莫宜劝毕小路不要用情绪判断真相，要用逻辑和理智，还要用证据，毕小路声称她有信心在一周之内找到证据，证明史笛和胡金友的不正当男女关系和利益输送关系。她还劝她尽快和简小群断绝关系，否则到时闹起来，她和简小群打官司，莫宜处在中间不好做。

张备沉默半晌，忽然说道："我倒是希望毕小路尽快找到相关证据，如果真能证明史笛和胡金友的关系，那么是不是可以由此推测毕大邱和史笛之死，背后都有胡金友的影子呢？"

程东远踢了张备一脚："死胡同！就算查出是胡金友逼死了毕大邱和史笛，也没有意义，他也已经死了。"

张备摇了摇头："不，有意义。如果胡金友是凶手，从法律制裁上对他来说已经没有意义了，但对案件本身来说，有意义，至少是为毕大邱和史笛主持了公道，破了案子。"

回去的路上，换成了程东远开车，张备坐在副驾驶。他兴致勃勃地在本子上写写画画，试图弄清人物关系和前因后果，埋头苦干了半天，抬头问道："东远，我总觉得哪里不对……我们本来是怀疑林天涯，结果被莫宜说到了毕小路的猜测，又让我们把目标转到了胡金友身上，是不是被带偏节奏了？"

　　程东远沉浸在史笛和简小群的爱情故事中，正在感伤，被张备打断了情绪，不由得冷笑："还带偏节奏，我们在毕大邱和史笛的自杀案件上，压根儿还没有进入节奏！张备，你别总觉得哪里不对了，应该是整个事件从开始就不对，我们就从来没有找对方向。"

　　张备被程东远包含情绪的话惊到了："东远，你说我们应该朝哪个方向努力？现在有两个方向，毕大邱、史笛和林天涯的关系，以及史笛和胡金友的关系……"

　　"都不是，应该以史笛和简小群的爱情为切入点调查，才有可能发现真相。"

　　思路有点跳跃，张备迷糊了："他们的爱情太简单了，没有轰轰烈烈，没有起伏曲折，没有挖掘的价值。"

　　"我说有就有。"程东远生气了，停下车，"不理你了，你下车。"

　　张备稀里糊涂地就下了车，以为程东远也会下车，不料她扔下他就开车走了。

　　张备惊呼："东远，你干什么？干啥扔下我？我做错什么了我？"

　　办公室里，莫宜坐在简小群对面，摆弄茶壶："不是替你买了台咖啡机，放哪儿呢？"

　　简小群一指柜子："还没打开，你想用，自己动手。"

　　莫宜拆了咖啡机，用胶囊冲了两杯咖啡，递给简小群一杯："想开点，人生好多事情不是我们想要的美好，但再差，也不会差到哪里去。"

　　"我一向想得开，我的原则是——改变不了世界，就改变自己。改变不了担心的事情，不关心不就好了？关心则乱，不关心则不乱。"简小群接过咖啡，喝了一口放下，"我以前完全不喝咖啡，和史笛结婚后，她爱喝咖啡，我就改变了习惯，也可以喝一口咖啡了。"

莫宜三口两口就喝完了一杯咖啡，毫无优雅的姿态，她又为自己倒了一杯："你有没有想过史笛为什么会有这么多钱？"

"想过。"简小群无奈地摇了摇头，"以我的见识和格局，想不出来，索性就不再想了。"

"你真行，是个心宽的人。"莫宜又三两口喝了一杯咖啡，"如果史笛真是胡金友的小三，她的钱就是胡金友转移的公司资产，你怎么办？"

"我不信你真的会把史笛留给你的钱全部返还给毕小路！"

简小群几乎没有犹豫："如果从法律层面必须归还的话，我无话可说。如果没有法律上的支持，我也不会拱手相送。"

"那么你还会爱史笛吗？"

"爱。"

"为什么？她如果是小三你还会爱她？"

"她不会是胡金友的小三，我相信她。"简小群咬了咬嘴唇，表情坚定。

"你这是盲目的自信和对现实的逃避。"莫宜又想喝第三杯咖啡了，想了想，忍住了，"我欣赏你的乐观与大度，但还是建议你做好心理建设。"

简小群点了点头，没有说话，心里无比平静。莫宜说得对，他对史笛有一种盲目的自信，对未来有一种盲目的乐观，说是没心没肺也可以，说是知足常乐也没问题，反正他不愿意想长远的事情，也不喜欢深思事情背后的前因后果。

对他来说，活着本身就已经是一出荒诞剧了，再去思索荒诞背后的意义，等于梦里说梦，比痴人说梦还不正经。

现在的他只想查明史笛自杀的真相，哪怕真相很残酷、很离谱或是很

231

匪夷所思，不重要，重要的是，完成了史笛的托付，他就安心了。然后他还要学习经营和管理公司，学会面对未来的一切可能。

　　张冬营来了。

　　一段时间没见，张冬营瘦了不少，精神状态倒是不错。他兴奋地在公司转了几圈，又坐在简小群宽大的转椅上感受了一下，啧啧连声："不可想象，难以想象，无法想象！小群，没看出来你原来也是大富大贵之人，还好我早早就抱上了大腿，要是现在才抱，你怕是就不认识我了，对吧？"

　　"富易妻贵换友，你要是真不理我了，删了我，我也能理解。但是你没有，可见你是一个品性高洁的人。"

　　张冬营上来就是一通马屁，笑嘻嘻地自己倒了一杯咖啡："果然不一样，就是比速溶的好喝，也比星巴克的好喝。"

　　莫宜扑哧一乐："别觉得是什么好咖啡，他的咖啡机是不错，但胶囊就是星巴克的胶囊，和星巴克的咖啡，一路货。"

　　张冬营脸色一哂，随即嘿嘿一笑："同样的配方，放到高贵的地方，味道就会不一样，尤其是再经小群高洁的品性熏陶，就会提升口感。"

　　简小群实话实说："咖啡是莫老板泡的，我没经手。"

　　"在你的办公室，是你的气场，不管你有没有经手，都是你的影响。"张冬营再次品了一口，露出了陶醉的神情，"别说，还就真是不一样，不承认不行。"

　　莫宜哈哈一笑："得，简董还未正式上任，跟班已经到位，果然是有福之人。"

　　手机响了，莫宜起身到一旁接听了电话。

　　片刻之后回来，她一脸凝重："毕小路说她已经拿到了史笛和胡金友不正当关系的确凿证据，现在要过来一趟。"

　　"小群，你说呢？"

简小群一脸淡然:"来,欢迎。只要是真相,不管是残酷的还是温馨的,都好。"

"这么厉害?"莫宜都有几分佩服简小群了,连她都不免紧张几分,真要证实了史笛和胡金友的不正当关系,别说简小群了,连她也会觉得尴尬,连带对史笛的印象大打折扣。

说实话,史笛到底从哪里赚来的钱,莫宜也无比好奇。她虽然也算是有钱人,但财富主要来自继承,而不是自己打下的天下。经常和形形色色的租客接触,他们中大多数是初创公司或是中小公司,一年半载就倒闭的大有人在,所以如果说史笛的财富是创业所得,她断然不信。

继承所得?似乎也不是,史笛说过她的身世,父母只是四川老家的普通人,无权无势也无钱,而且她和父母几乎不再往来,想必她的父母也没有什么巨额遗产留给她。

炒股所得?据莫宜对股市的了解,除非是大机构,否则个人散户想要从股市赚钱,不比创业成功的概率大,相当于中彩票。

42 / 一个人终将被自己一生
所追逐的事情伤害

李宝春局促地坐在林天涯的对面,双脚抠地,双手搓来搓去,眉头拧到了一起,愁云惨淡。

林天涯倒是若无其事的态度,他递给李宝春一杯咖啡:"来,尝尝我亲手研磨的咖啡。"

李宝春双手接过,捧着放到嘴边又放下:"我、我不喝咖啡,别浪费。"

"喝吧,只要我觉得值得,多好的东西给你,都不是浪费。"林天涯依然是和蔼的表情,他轻轻咳嗽一声,"宝春,毕大邱自杀前对你的托付,是对你的信任。而且,他还支付了一大笔费用,你本应做到保密。答应别人的事情,就一定要做到;做不到,就不要答应,更不要收钱。"

"更何况,你答应的是一个死人生前的最后托付!"

李宝春汗如雨下:"林总,我、我、我没有乱说,只和简小群、张警官和程警官说了,别人真的半句话都没有透露,包括关系最好的张冬营。"

林天涯和杨涵凉交流了一下眼神,淡然一笑:"别紧张,我没有指责你的意思,为什么没和张冬营说呢?在公司,他应该是你的第一好友,简小群还得排在后面。"

李宝春擦了一把汗："公司解散后，张冬营回老家了，和他就没怎么见面了。有些事情，只能见面了才能说……"

林天涯站了起来，拍了拍李宝春的肩膀，来到窗前，和杨涵凉并肩而立。

二人说话，就当李宝春不存在一样。

"涵凉，你说我是不是得改变主意了？我本来想让宝春从我的兼职助理改为正式助理，工资提到两万，奖金另算。下一步，还想让他担任董事会秘书，拿到公司的奖励股份，正式成为公司的股东和高管，现在看来，他并不在意我对他的栽培。"

杨涵凉轻声细语："你也别太失望了，宝春只是一时糊涂，他对你还是很忠心的，也愿意留在公司长远发展。如果他有别的想法，肯定早就和你说了。"

林天涯摇了摇头，一脸悲伤："我是很伤心，对他都快失望了。也不知道他还瞒了我们什么，万一有一天背后出卖了我们，岂不是养虎为患了？"

李宝春猛然站了起来："林总，我向您保证，以后绝对对您对公司忠心耿耿，只要是您交代的事情，一定无条件完成。只要是您和公司的秘密，绝对不会对外透露一个字！

"如果做不到，我出门让车撞死！喝水被电死！上网被吓死！"

林天涯摆了摆手："好啦好啦，不要这样，如果发誓有用，世界上就没有渣男渣女了！我选择再相信你一次。不过你得和我说实话，除了平板电脑的事情之外，你还知道些什么，又对外人说了多少？"

李宝春陷入了巨大的纠结之中，他相信林天涯不知道他偷听到了他和杨涵凉谈话的事情，更相信简小群不会和林天涯说，也相信张备和程东远不会向林天涯透露，但是万一呢……万一林天涯知道了，他岂不是再次失信于林天涯，并且永远得不到他的青睐了？

235

不得不说，林天涯许诺的两万元月薪以及未来的大饼，还是深深打动了李宝春。

就在李宝春内心翻腾即将妥协之时，林天涯的电话响了。

看了一眼来电，林天涯微微一笑："宝春，你回去再好好想想。"

李宝春如释重负，忙逃一样离开了林天涯的办公室。

刚出门，就接到了张冬营的电话。

"宝春，我在小群的公司。现在小群成大老板了，我是他的助理，他说公司很大，有足够容纳你的位置。你要是过来的话，至少总监起步，两三年后，就能当上副总。有空没？过来聚聚？"

李宝春有一种绝处逢生的舒畅，当即答道："人品就是一个人积攒的善良，我就知道我不会绝望到无路可走。"

"发我地址，我马上过去。"

毕小路赶到简小群公司时，已经下午5点多了，她开着她套牌莫宜的保时捷，特意停在了莫宜的保时捷的旁边。两辆款式一模一样的保时捷挂着一模一样的牌照，光天化日之下明目张胆地停放在许多人面前，似乎完全不怕被人拍照举报。

毕小路在简小群的办公室见到了简小群和莫宜，还有一个陌生人。

简小群冲张冬营点了点头："冬营，你到楼下，站在两辆保时捷的中间，如果有人好奇或是拍照，你就告诉他们是剧情需要，是在拍剧，别让他们乱发视频或是举报。"

张冬营答应一声，麻利地出去了。

张冬营下楼，来到两辆保时捷中间，左看看右看看，无论款式、颜色还是车牌都一模一样，心想有钱人的趣味就是这么独特，一样的品牌和款式，可以说是审美一致，一样的车牌……到底是出于什么心理呢？

想不明白就索性不想了，张冬营就不折不扣地执行简小群的吩咐，当起了两辆保时捷的守护者。

果然如简小群所料，很快就有人注意到了车牌都一样的两辆保时捷，有人议论，有人就拍照了。张冬营忙上前阻止，并且解释。也别说，都信了他的说法，以为是在拍剧。

简小群朝楼下张望，正好可以看到张冬营在忠诚地履行职责，不由得点头一笑，转身看向了毕小路："小路姐，喝咖啡还是茶？"

毕小路对简小群的淡定很惊讶："我的证据会打碎你对史笛的幻想，打破你对她的向往，你不紧张吗？"

简小群替毕小路倒了一杯咖啡，递了过去："我是不是应该紧张，然后害怕、沮丧并且伤心绝望？"

毕小路无比惊讶："不应该吗？你那么爱史笛，但你所爱的史笛，是你自己美化中的史笛，是你想象中的史笛，是一个不真实的虚构的史笛，并不是真实的她。她之所以在你面前营造了神秘、迷幻并且完美的人设，就是为了掩盖她背后肮脏、不为人知的另一面。"

"简小群，我劝你现在就做好心理准备，因为接下来我要告诉你的事情，绝对会震碎你的三观。还有，我会通过法律手段追回胡金友在婚姻存续期间非法转移的财产，其中包括史笛为你留下的所谓遗产……"

简小群保持了足够的镇静："对我来说，爱的是史笛这个人，是她的本身，不是她的财产和社会关系。我也从来没有想过史笛会为我留下一大笔遗产，本来就是意外之财，再意外失去，不还是回到了起点？我又有什么损失呢？"

毕小路一阵冷笑："就算你不在乎钱，也不在意史笛的过去和名声吗？"

"她的过去，我来不及参与，自然也不会在意。她的名声，是她过去的一部分，我也不会介意。我爱她，是我和她之间两个人的简单关系。她的过去和人际，是她的社会关系，不管隐藏着什么秘密，我都接受，并且不会影响我对她的爱。"

"爱一个人，不就是接受她的所有缺点，包容她的所有黑暗吗？谁内心还没有阳光照耀不到的角落？谁都不是圣人！犯错不可怕，只要能重回正轨，就应该被包容。"简小群想起了以前的种种，忽然生发了感慨，"一个人终将被自己一生所追逐的事情伤害，也终将选择原谅并且遗忘。"

"呵呵，别嘴上说得好听。"毕小路无比鄙夷地看向了简小群，"等下我拿出证据，你别哭就行。"

"请吧！"简小群坦然地坐在了毕小路对面。

反倒是莫宜稍微有几分紧张，她双手抱着咖啡，微微发抖。她不知道她为什么会担心会不安，难道是害怕毕小路真的拿出了确凿的证据指向了史笛会让简小群伤心欲绝，还是不想毕小路要回史笛留给简小群的一切，让简小群回到原点？

有一点简小群说错了，如果毕小路真的通过法律手段要回了史笛留下的一切，简小群并不是从没有回到没有，而是他心中对史笛的爱与信念会崩塌。简小群嘴上说得坚强，实际上在他内心深处十分在意史笛，他心目中的史笛，完美且善良。

简小群应该接受不了一个有心机的第三者形象的史笛！

莫宜稳了稳心神："小路，证据呢？赶紧拿出来。"

43 / 做聪明人太累，还容易被人讨厌甚至是嫌弃

毕小路不慌不忙地从包中拿出连在一起的一叠打印纸，是老式的针式打印机打印出来的，她手一抖，打印纸铺开来，足有几米长。

"证据在这里，你们自己看。上面我都标注了，红笔画的是胡金友的电话号码，绿笔圈的是史笛的电话号码。"

原来是通话记录，打这么长还都拿过来，也真是难为毕小路了。

简小群和莫宜上前查看，通话记录很密集，每天都要通话三四次，每次时长都在半个小时以上。

"什么样的关系才能一打就打半个小时的电话，而且每天都要打好几次？"毕小路的冷笑中掺杂着愤怒，"除非是情人，就连老夫老妻也不会每天都通电话！"

"这是热恋中的情侣才会有的状态！"

"还有吗？"简小群翻了一会儿通话记录，脸色不变，"一次性全都拿出来吧。"

"这还不够？"毕小路气笑了，"他们天天通话，热恋到这种程度了，还需要什么证据？简小群，你看上史笛，不只是眼瞎，是心也瞎了。"

239

简小群想了一想,冲莫宜说道:"莫老板,你说呢?"

莫宜没有立刻回答,而是双手背后在房间中转了几圈,才若有所思地说道:"每天都通话三四次,总时长超过两个小时,说明关系确实非常亲密。但不能就此证明他们是情侣关系,更不能证明史笛的遗产就是胡金友转移的部分。"

"小路,你的证据不确凿,也不充分,我和小群不信,法律更不会采纳。"

毕小路冷哼了几声:"你们就是不愿意承认史笛就是一个渣女的事实,行,我还有证据。"

说话间,毕小路又拿出一份资料,甩到了简小群面前。

莫宜皱眉:"犯不着这样,小路,就算你对史笛有气,也不用冲小群撒出来。说到底,他和你一样是受害者,你就不要再以受害者的身份伤害另外一个受害者了。"

毕小路不服气地哼了一声:"我就是看不惯他对史笛盲目的信任和完美的想象,像个傻子。人都是复杂的,越是装单纯的人,越有问题。"

简小群不理会二人的斗嘴,拿过资料看了起来。

片刻之后,他将资料递给了莫宜:"老板,你觉得这份协议能证明什么吗?"

"是什么协议?"莫宜接了过来,扫了几眼,摇头一笑,"证明不了什么,这只是一份框架协议,没有具体条款,不具备约束力。"

是一份投资协议,投资人是胡金友,被投资人是史笛,协议约定胡金友拟投资史笛1000万,占史笛公司20%的股份。投资款等史笛的项目获得国家相关部门认可后,一次性到账。

至于是什么项目,又获得国家哪个部门的认可,都没有说,只是一个非常空洞的合同。

简小群虽然没有开过公司,近来也学习了一些关于公司的基本知识,问道:"毕总,史笛名下有公司吗?"

毕小路摇了摇头。

莫宜笑问:"是没有,还是不知道。"

毕小路继续摇头:"没有!我让人查过了,史笛名下没有注册公司,也没有在任何公司担任过股东。气人!"

简小群如释重负地点了点头:"这就对了,他们所谓的投资协议,就是两个个人之间签订的没有约束力的协议,比口头承诺强不到哪里去。你自己说,你相信胡金友就凭这样一份协议,就会转账1000万给史笛吗?"

"对,对,小群说得对。"莫宜现在底气十足,"小路,你现在要查的是和胡金友合作的公司的账目往来,中间有没有猫腻,有没有漏洞,而不是查个人和个人关系。"

"个人之间的转账,好查,清晰明了,胡金友没那么笨,会留下那么大的把柄,对不对?"

毕小路泄气了,她原以为好不容易找到了胡金友和史笛密切来往的证据,可以让简小群认同她的推测,和她一起进一步查实胡金友向史笛转移财产的事实,不料简小群还是不信,而莫宜居然也向着简小群说话,就让她颇为不满。

"这么说,你们都不相信史笛和胡金友有事了?"毕小路气势汹汹地冲简小群吼道,"简小群,你还是不是个男人了?好好查查史笛和胡金友的不正当关系,还你作为男人的尊严,你为什么就这么信她?是不是怕自己的幻想破灭?怕我跟你要回本该属于我的一切?

"我告诉你,简小群,如果你现在愿意和我联手调查史笛到底有没有拿胡金友的钱,我答应你两件事情:一是为你保守秘密,二是我不会要求你退还史笛留下的全部遗产,只要一半。怎么样?

"如果你不和我一起调查,等我自己查明真相,我一是会大肆宣扬,让史笛死也不得安生,让她死了也要戴着第三者的帽子;二是我会要回她留下的全部遗产!"

简小群不为所动,淡淡一笑:"随便,请便!只要你有足够的证据,法律上也支持你,我会执行法院的判决。"

"我不会帮你去查史笛的过去,她人已经没了,我希望她得到安宁。"

毕小路气笑了:"你这是自欺欺人!掩耳盗铃!你是不是觉得只要你不去查,只要没人发现,史笛就永远是你心目中纯洁、美丽的小白花?告诉你,简小群,你就是天底下最大的大傻瓜。"

简小群点了点头:"做聪明人太累,还容易被人讨厌甚至是嫌弃。还不如做个傻瓜,让所有人都觉得你好欺负好玩,也不用防备,多好!简单的才是快乐的。"

毕小路咬牙切齿:"简小群,你等着!等我找到了真正的证据证明了史笛是胡金友的情人,你要还能笑得出来,算你有本事。"

"我等着。"简小群轻轻点了点头。

毕小路下楼,来到车前,见张冬营还守在两辆一模一样的保时捷中间,不时向好奇的路人解释几句,她再次火大,从后备厢拿出工具,扯掉了和莫宜同款的牌照,扔到了地上,还恶狠狠地踩了几脚。

"莫宜,你也瞎了眼,不帮我,非要帮简小群!你是不是看上他了?你可真有品位,非要看上一个离异、窝囊又一无是处的低端人口!"

张冬营愕然地看着毕小路的疯狂举动,目瞪口呆半天,才结结巴巴地问道:"你、你们有钱人都这么不讲社会公德吗?"

毕小路正没好气,瞪了张冬营一眼:"你算什么东西?你算老几?"

张冬营平常是很厌,经常被李宝春嘲笑为人菜瘾大,今天他和往常一样厌,一见毕小路的气势凌人,立马就软了,忙后退几步,点头哈腰:"对不起,是我不对,我说错话了,我有罪。"

毕小路都不正眼瞧张冬营,上车,打火,开始倒车。

刚一倒车,毕小路的手机响了,她踩下刹车,看到来电是莫宜,本不想接,犹豫一下,还是接听了。

"如果你是向我道歉，我可以考虑接受。如果你是劝我放弃调查史笛和胡金友的事情，最好不要开口。否则，我们连朋友都没得做了。"毕小路先声夺人，决定堵住莫宜的退路。

莫宜的声音听上去有几分淡漠："小路，你想多了，我是想提醒你一下，你当初套我的车牌，我可没有答应你。我记得你当时是以开玩笑的口吻说喜欢我的车牌，想自己弄一个装上，我说套牌犯法，最好不要。"

毕小路原本以为莫宜想明白了亲疏远近，不想她上来说的居然是套牌的事情，顿时火冒三丈："莫宜，你够了！我刚才已经摘了套牌，别以为我弄不到好的号码，你等着！"

莫宜大笑："我从来没有想过和你比车牌，只是提醒你套牌犯法，而且我也没有允许你这么做。小路，你不要把对胡金友的仇恨和不满发泄到每一个人身上。"

"你到底站哪一头？"毕小路火了，大喊，"莫宜，你是不是看上简小群了？你处处维护他，就是当史笛不要的二手男人是块宝！"

莫宜声音一沉："毕小路，你不要太过分了！"

毕小路还想再攻击莫宜几句，莫宜却挂断了电话。

"气死我了！"毕小路气急败坏，松开了刹车，继续倒车，却听车后传来"咕咚"的声音，似乎是撞到了什么东西。

她惊呼一声，忙踩下刹车，下车查看。

一个人被撞倒在地，双手抱腿正在呻吟。

44 / 越是尿的人，越有得理不让人的固执

"痛死我了！你怎么开车的？眼瞎心也瞎呀！后面这么大一个活人看不见，你眼珠子是玻璃珠吗？"

张冬营抱腿呻吟加愤怒。

一看对方没事，又是张冬营，毕小路就立刻不再害怕，迅速翻脸："怎么又是你？你为什么还没滚？你跑我车后干什么？活该撞死你！"

张冬营是蹲在地上捡车牌，他是想拿着车牌回去向简小群邀功，告诉他套牌的事情已经过去了，好让简小群不用再担心。

不想刚一低头就被撞了，还好是倒车，又是起步阶段，速度不快，他只是被撞了几个跟头，外加腿疼和脑袋疼。

"撞了人还敢这么嚣张，臭女人，赔钱！"张冬营尿是尿，但现在他是受害者，立刻气势就起来了，当即脖子一挺，"我现在浑身疼、腰疼、头疼、胃疼、心疼，你要么带我去医院全身检查，要么赔我一万块。"

"一万？你还是去抢吧！"毕小路现在认定张冬营就是故意为之，见他活蹦乱跳的样子，肯定没事，就转身上车，"一分钱也别想讹我！要是你死了，我给你烧100亿！"

一句话激怒了张冬营，他是比较胆小怕事，在上级和有钱人面前总会不由自主地矮上三分，但现在是他占理。越是尿的人，越有得理不让人的

固执,他上前一步抓住了毕小路的胳膊,用力一拉。

"想走?没门!今天不赔钱,我跟你没完!"

毕小路左胳膊上挎着一个随身小包,被拉扯之下,包掉在了地上,没有拉住的拉链打开,一把剪刀滚了出来。

毕小路微微一愣,怎么包里有胡金友出事时用的剪刀,来不及多想,她立刻拿起剪刀,指向了张冬营:"你再敢对我动手动脚,我就杀了你!反正我是正当防卫,你死了也白死。"

"吓我?"张冬营向前一步,左手一晃,右手一探。

毕小路下意识举起剪刀去攻击张冬营的左手,却不知道张冬营的左手是虚招,他见毕小路上当,右手一探就抓住了毕小路的左手。

毕小路是左撇子,习惯性用左手抓剪刀。

一抓得手,张冬营就用力一拉,想要抢走剪刀。

如果毕小路是惯用右手还好,偏偏她是左手持刀,被张冬营右手一拉,她身子扭转之下,还不肯放手,就被自己绊倒了。

毕小路摔倒在了地上,双手被压在身下,艰难地看向了张冬营:"你、你是不是简小群派来的?"

张冬营昂首挺胸:"我是小群的助理、保镖、司机兼哥们儿,怎么着吧,服不服?"

"简小群,你真行,你比史笛还狠!"毕小路的嘴中涌出了鲜血,她脸色惨白,"不至于,真的不至于!我不和你争了,你早说要拿命来赌,我认输还不行吗?"

"你真的太狠了……"毕小路的嘴中又大口涌出鲜血,"史笛也是被你害死的吧?你就是个魔鬼。"

"你以后也要离简小群远一点,他是所有恶果的始作俑者……"毕小路努力伸出左手,想要抓住什么,却无力地垂了下去。

张冬营都吓傻了,呆呆地看着毕小路头一歪倒在了血泊中,一时不知道发生了什么,只知道一屁股坐在了地上,放声大哭起来。

像个受到惊吓的幼儿园大班孩子。

周围本来正在看热闹的人群,"哄"的一声炸了锅。有个染了一头白发的女孩惊恐的表情突然炸裂开来,她举起双手,张开嘴巴歇斯底里地大喊:"杀人啦!出人命啦!"

人群里有人远远跑开了,有人打报警电话,有人打120叫救护车。

在如走马灯一般的人群中,张冬营稳定地坐在地上,持续地大哭,哭声嘹亮。

李宝春赶到时,正好目睹了张冬营失手杀人的一幕,他情绪稳定地躲在人群之中,没有向前一步,只是愣愣地看着张冬营的失控和失态。

在暗中观察了几分钟后,他注意到简小群和莫宜朝人群冲了过来,冷静地转身,义无反顾地离开了现场。

就如同没有来过一样。

简小群和莫宜在楼上,全程观看了事情发生的始末。

等二人冲到楼下分开人群来到张冬营身前,毕小路身下的鲜血已经漫延开来,如同将她浸泡在了血泊之中。即便她所受的不是致命伤,恐怕全身的血液已经流干了。

简小群想要扶起张冬营,却感觉双腿如铅,几乎迈不开脚步。莫宜想要去碰毕小路,被人群中一人叫住了。

"别动她,等医生来。"

莫宜的手如同触电一般缩了回去,也是,也许毕小路还有救,她一碰,说不定反倒不行了。

先是救护车到了。

医护人员下车,七手八脚地开始救治毕小路。当她被翻过来之后,简小群和莫宜对视一眼,二人眼中闪过了惊恐与诧异——毕小路的胸口赫然插着一把剪刀!

剪刀入胸,是致命伤!

并且二人一眼就认了出来，正是上次胡金友假装自杀却错杀了自己的那把剪刀！

一把剪刀要了夫妻二人的性命，好一把邪门的剪刀。

问题是，杀死了胡金友的凶器，为什么毕小路要随身携带，她到底在想什么？

已经没有人能回答了，医护人员只是象征性地抢救了片刻，就宣告了不治。

毕小路被蒙上白布，抬走了。

随后警察赶到，在简单询问了几句之后，带走了张冬营，同时，要求简小群和莫宜一起前去配合调查。

路上，简小群给张备打了一个电话，简短地说明了一下情况。

张备表示他随后就到。

等张备赶到刑侦大队时，询问已经结束了。

案件的过程很清晰，现场有无数目击者，楼上也有。一问就清清楚楚了，原因就是二人因倒车撞人事件起了冲突，随后发生争执，然后毕小路拿剪刀吓人，张冬营去抢剪刀，导致毕小路摔倒。

毕小路倒地后意外被剪刀刺中，不治身亡。

简小群、莫宜和张备离开了，张冬营被留了下来，他有过失杀人之嫌，需要承担刑事责任。

简小群心情非常低落，张冬营刚回北京就过来投奔他，才上班第一天就发生了这么离奇古怪的事情，如果不是他让他下楼看着毕小路的汽车，如果不是他气得毕小路失去理智，就不会发生这一切，他觉得是他害了张冬营。

莫宜也很自责，毕小路情绪失控之下和张冬营没完没了，她也有一定的责任。而且她的电话打得也不是时候。

张备沉默地陪着二人出了刑侦大队，招呼二人上了他的车。

"走，去喝几杯。"

简小群很震惊的表情："现在还有心情喝酒？张警官，你没事吧？"

张备认真地点了点头："你没听错，就是要去喝几杯。喝酒不都是为了庆祝，有时也是为了纪念，为了缅怀，为了借酒浇愁。"

"走！"莫宜打了简小群一拳，"别纠结细节，我不开心，也想喝酒。"

三人来到一处轻缓的酒吧，要了几杯酒，开始慢慢对饮。

几人都没有说话，沉默着一连喝了两杯之后，才感觉整个人又活了过来。

张备眼中还有难以置信："真是那把剪刀？"

简小群连连点头："我记得清楚，当时我抱着胡金友时，剪刀就在跟前。是一把很精致很锋利的剪刀，可能以前暴力开过什么东西，有个缺口。"

张备的目光中充满了怀疑："为什么毕小路要随身带着一把剪刀呢？还有，同一把剪刀杀死了夫妻两个人，还都是误杀，太邪门了。虽然我是警察，不应该迷信，好吧，其实巧合也不算是迷信，但这样的巧合还是让人后背发麻。"

简小群还没有从震惊、不安和自责中回过神来，他猛地喝了一口酒，呛得咳嗽了几声："当时我一眼就认出了那把剪刀，心里甚至产生了见鬼的感觉，在想会不会是胡金友的鬼魂在报复毕小路？又一想世上哪有鬼魂，作祟的都是人心。"

"你怎么成哲学家了？说的话好有哲理。"莫宜喝多了，醉眼迷离，"我就不该和小路对着干，不该给她打电话，不该……算了，事情都发生了，再说什么也晚了。"

"你们有没有发现一件事情，凡是想要调查清楚史笛过去的人，都出了意外？"莫宜忽然压低了声音，左右看看，周围是嘈杂的人群，她又望向了窗外，似乎在冥冥之中有什么看不到的东西在注视她，"会不会是史笛的在天之灵？"

"瞎说什么呢？"简小群坚定地否决了莫宜的猜测，"史笛活着时，人很善良。死了，更不会作恶。死去的人，谁还会留恋这个世界？你见过死去的人有回来的吗？他们一去不复返，就是因为他们要去的地方比我们的世界好多了。"

张备的思绪却没有那么发散，他心中始终有一个疑点："从追回夫妻共同财产的出发点来说，毕小路的所作所为并没有什么反常的地方，但毕大邱的意外跳楼、胡金友的失手自杀，再加上她随身携带胡金友自杀的剪刀，就有违人之常情了。"

"如果说毕大邱和胡金友的死都与毕小路有关呢？"张备咳嗽一声，忙又解释一句，"我是以个人的身份来进行无证据推测，不讲逻辑和道理，只凭感觉……你们觉得有没有可能？"

45 / 凭本事气走的，再凭花言巧语哄回来

简小群和莫宜一起摇了摇头。

简小群的语气很肯定："难，太难了。一个女人怎么可能下得了毒手害死自己的亲弟弟和丈夫呢？更不用说毕大邱明明是跳楼，没人逼他。胡金友分明是自杀，而且我还在场。除非毕大邱和胡金友中邪了，否则没法解释他们的行为是受人逼迫或是指使。"

莫宜也是同样的看法："张警官，你的推测太唯心了，毕小路就算想要胡金友死，也不会想让毕大邱一起死。好，退一千万步，她想两个人都死，也没有办法、能力、手腕诱逼两个人一前一后自杀。"

"还有，也别怀疑毕大邱的死和史笛有关系，史笛也做不到。"

张备点了点头，一脸痛苦："我是不是太感性了？作为男人，尤其是身为警察，太感性，太喜欢直觉了，是不是不讨女孩子喜欢？"

简小群顿时意识到了什么："和程警官分手了？"

莫宜笑了："都没在一起何谈分手？应该说是张警官的追求被程警官拒绝了。"

张备无奈地点了点头："莫宜说对了，我和程警官因为对史笛案件的理念不同而发生了争吵，最终程警官一气之下宣布以后不再理我，并且拉黑了我。"

"凭本事气走的,再凭花言巧语哄回来。"莫宜拍了拍张备的肩膀,"别灰心,以后你顺着她说,她就开心了。"

"不可能。"张备涨红了脸,"生活中的事情我可以让着她,案情分析,我必须坚持我的推测,不能被她带偏了节奏。"

直男就是可爱,女朋友不是凭讲道理谈的,是要凭宠爱,莫宜一副爱莫能助的表情:"那么你和程警官跟了这么久,是不是都有清晰的结论了?"

张备苦笑:"正是没有清晰的结论,反倒会吵架。我就奇怪了,为什么越调查越觉得复杂呢?之前还觉得清晰的线索,断的断,模糊的模糊,我现在都快绝望了,总觉得这个案件最终会是百分之一的疑难杂案,永远没有真相。"

虽然在现在的技术进步下,破案率已经很高了,但还是有一部分案件因为人性过于复杂,始终无法找到真正的动机。尽管是极少数,也不是没有。

"要不这样,我们玩一个游戏……"莫宜和张备碰了碰酒杯,"我们三个人每个人都说一个自己的推测,给案件做一个结论,当然,只是游戏,不用负任何责任。"

张备和程东远吵架后,心情不好,正愁没人听他推测当即第一个说道:"我先来。"

"我来理一理事情的来龙去脉——假设史笛和胡金友是情人关系,胡金友通过史笛转移了大量公司的资产,打算和毕小路离婚后过上自由的不受约束的幸福生活,却被毕小路察觉了。毕小路为了坐实胡金友的犯罪行为,让毕大邱入驻了公司,暗中监视胡金友并找到相关证据。

"胡金友也没有坐以待毙,而是先把史笛介绍给了简小群,让她嫁人,以掩人耳目,掩盖他们是情人的秘密。然后利用毕大邱有抑郁症的需求,为他介绍了林天涯,让毕大邱成为林天涯新药的受试者。

"毕大邱确实陆续找到了一些证据,但证据链还不够完善,只差最后

251

一个关键环节时，胡金友开始全面反击了，他暗中让林天涯加大了药量，诱使毕大邱病情加重。同时他威胁毕大邱，如果不交出相关证据，他会让毕大邱毒发身亡。

"毕大邱不为所动，还威胁要曝光胡金友和史笛的事情，胡金友决定同时除掉同样患有抑郁症并且是新药受试者的史笛，他再次加大了二人的剂量，导致二人服药过度诱发了重度抑郁，同时在3月15日凌晨相继自杀。

"事后，胡金友背负了沉重的心理枷锁，尤其是他没有想到的是在毕大邱自杀后，毕小路立刻解散了公司，让他后续转移资产的善后无法闭环，情急之下，他决定以自杀相威逼毕小路就范，却失手自杀成功。

"胡金友死后，毕小路依然不甘心，非要让胡金友死后鞭尸，查清他和史笛的事情。为了时刻提醒自己的决心，她随身携带了胡金友自杀的剪刀，却没想到，最终也在阴差阳错之下，被剪刀杀死……

"以上，是我的推测。"张备喝了一口酒，一脸自得的神情，"是不是破案了？"

简小群没说话。

莫宜低头想了想："听上去似乎很完美，完美犯罪者，完美受害者，完美的动机以及完美的链条，但有一个关键点……林天涯如果在其中起到这么大的作用，他是不是也算参与犯罪了？要知道，他和史笛可是关系密切，他能不知道新药试验如果过量的话会导致严重的副作用？"

"别说新药了，就算成熟的上市药，也不能过量。"

"所以……"莫宜一脸戏谑的表情，"张警官可以要求林天涯配合调查，从林天涯身上找到突破口来验证你的推测。"

张备兴奋的表情凝固了，慢慢变得沮丧了几分："我不是没有怀疑过林天涯，也调查过他。他一没有犯罪动机，二没有犯罪时间，他已经被完美地排除在外了，至少他证明了自己置身事外，而我还没有发现他有参与其中的任何证据。"

"我想听听莫老板的高见。"张备很不服气，"你说，整个案件的真相到底是什么？"

莫宜没说话，沉默地喝了一口酒，感受着酒的苦涩与辛辣。

人生就是一杯酒，有的辛辣，有的犀利，有的柔和，也有的甘醇。

不管是哪一种滋味，最后都会醉人。

莫宜自以为见多识广，见识了世间百态，结识了无数类人，也和各行各业的人打过交道，听过他们的故事，亲历过他们的成功与失败。

在莫宜的租客中，有朝九晚五上班的平凡人，每月赚着微薄的薪水，房租一交，只剩下一半，需要精打细算才能过好下个月。

也有初创公司的年轻人，好不容易找来一笔资金，会斤斤计较，处处节省。他们朝气蓬勃，对世界和未来充满了好奇与信心。最终创业失败，抱头痛哭，或是一蹶不振，甚至自杀者也有。

还有拿着父辈的投资练手的二代们，他们挥金如土，毫不在意细节，也不计较房租的多少与水电的浪费，张口人脉，闭口资源，往往他们的创业比毫无背景只有雄心的创业者，成功率会高上许多。社会就是如此残酷，背景的作用有时会远大于金钱。

当房东的好处就是可以接触到许多类型的人，尤其是莫宜的房子有住宅、有商业、有别墅、有写字楼，几乎涵盖了市面上所有的建筑类型，自然就覆盖了几乎所有的租房人群。

尽管可以说阅人无数，有着远超同龄人的心智与阅历，但莫宜还是自认她看不透史笛。

莫宜并不相信史笛和胡金友有暧昧关系，也不认为史笛的资金来源是胡金友转移的公司资产，实际上她也清楚一点，只有查清了史笛自杀的真相，才能查明史笛的资金到底从何而来。

莫宜并不认可张备的推测，张备的所有出发点都是基于史笛和胡金友的暧昧关系成立。如果史笛和胡金友并没有不正当关系，他的推测就会不攻自破。一个建立在没有证实的假设之下的推测，无异于空中楼阁。

假如不设史笛和胡金友联手吞并公司资产的前提，史笛的自杀真的只是因为抑郁症，那么想要弄清史笛留给简小群的资金从何而来，还是需要从林天涯和蒋天身上找到突破口。林天涯在史笛之死中，表现得过于镇静与疏远，仿佛史笛是与他不相干的人。

而蒋天同样表现得过于公事公办，对史笛之死缺少足够的悲痛，更不用说史笛投资了他的律师事务所，算是他的天使投资人，也是贵人。

林天涯和蒋天的表现说明了什么？说明他们可能早就知道了史笛会轻生，他们也和史笛暗中达成了共识，要帮史笛完成死后的心愿。

不过莫宜却不如张备一般自信，她没有当面说出她的推测，在张备和简小群期待的目光中，她长长地出了一口气才说："我是觉得案件本身没什么可挖掘之处，不复杂，也不神秘，就是史笛和毕大邱因为抑郁而轻生，随后发生的一系列事情，都是荒诞的巧合罢了。"

"是，我是解释不了史笛从哪里有这么多钱的怪事，但她的钱只要是合法所得，有关部门没有查到她有问题，我们就不用去想那么多。"

张备大失所望："我还以为莫老板会有什么让人眼前一亮的见解，原来你只是认定生活给出了表面的答案，就是背后真正的答案……算了，当我没说，还是听听小群的推测吧。"

简小群又为自己倒了一杯酒，双眼迷离而迷茫地看向了张备的身后。

张备的身后，站着不知何时出现的程东远。

程东远冲简小群摆了摆手，示意他不要提醒张备，简小群会心地微微点头。

46 / 一个人的光芒有多耀眼，影子就有多深邃

作为受史笛和毕大邱自杀冲击最大的一人，简小群始终处于旋涡的中心，是位于风口浪尖的唯一一人。没有谁可以和他相比，自杀的两个人，一个是顶头上司，在自杀前和他吵架并且打架。另一个是他的前妻，是他深爱过的人。

一度被当成犯罪嫌疑人，本来就一团糟的生活因为史笛和毕大邱之死，变得更加混乱不堪了！没想到，史笛和毕大邱之死的背后不但隐藏了诸多秘密，随着时间的推移，真相还反倒越来越扑朔迷离了。

开始时，简小群不相信史笛会自杀，后来，他又相信她是死于自杀，虽然很伤心史笛宁愿去死也不愿意和他共度余生，即便是因为史笛有抑郁症。再到后来，史笛安排的后事一件件浮现出来，为他今后的人生铺就了一条坦途，他又改变了想法，相信史笛就算是自杀，也是被迫，也有被逼无奈的原因。

再到今天，毕小路找上门来，拿出了史笛和胡金友的通话记录以及二人的框架协议，简小群更加相信了自己的判断——史笛之死，绝非自愿，若非情非得已，便是无可奈何之举。

简小群想努力挤出一丝笑容，哪怕只是苦笑，也算是笑对生活了，却

怎么有不笑出来。他忽然想起一句话：一个人的光芒有多耀眼，影子就有多深邃！

对他来说，史笛以前的形象有多完美，现在回忆起来就有多心碎！

简小群深吸了一口气："我不认为史笛的自杀是自愿的，她的死应该和胡金友有关，也和毕大邱、毕小路有关……"

"然后呢？"张备很想听简小群继续说下去，不料简小群只说了一句就停了下来，他很是不满，"你作为史笛最亲近的人，怎么感觉你对她的了解还不如别人呢？知道你的热水器为什么忽冷忽热吗？那一定是因为有人在与你共用。"

简小群岂能听不出张备的嘲讽，他并不生气："盲人一旦恢复视力，第一件事就是扔掉他手上的拐杖，即使这个拐杖帮助了他很多年……我不介意当史笛的拐杖。"

"真伟大，真了不起。"张备竖起了大拇指，"你是说你已经做好了接受史笛是胡金友小三的心理准备？你就明说吧，你已经猜到了史笛就是胡金友的小三，她和胡金友串通好，要找一个老实人嫁了，以便更隐蔽且从容地转移公司的资产，等大事完成后，就和你离婚，然后她和胡金友一起远走高飞。"

"却没想到，变故出现在胡金友身上。也许是胡金友玩腻了她，又也许是胡金友嫌弃她跟你结婚和你生活了半年多，反正不管是哪一种原因，最终胡金友要和史笛分手，然后史笛就想不开自杀了……是不是？"

"不对，不对！"程东远本想站在张备身后多听一会儿，却被张备的一番话激怒，忍无可忍地站了出来，"张备，你够了！你为什么总是认为史笛是坏人呢？你就是大男子主义思想作祟！"

张备吓了一跳，手一抖，酒都洒了，他慌乱地站了起来："东、东远，你怎么来了？你什么时候来的？"

"不重要。"程东远坐在了张备身边，拿过一个酒杯，"小群，帮我倒杯酒。"

"你不是不喝酒吗？"张备张大了嘴巴。

"要你管！今天我就是想喝，怎么着吧？"程东远喝了一大口酒，呛得咳嗽起来，她推开张备关怀备至的手，"别碰我！"

程东远随即说出了她的推测——史笛刚毕业时涉世未深，被胡金友所骗，胡金友自称单身，和史笛谈起了正经八百的恋爱。等史笛发现胡金友已婚的事实时，为时已晚，她已经情根深种。

史笛想努力结束不伦之恋，胡金友不同意，史笛是个有主见的女孩，她迅速嫁给了简小群，以此来证明她意志坚定。胡金友在贪心和不甘心的驱使之下，想要继续纠缠史笛，还许诺要让史笛实现财务自由，他拿出了所谓的投资协议，又骗史笛说他一定会和毕小路离婚，只要他解决了毕大邱这个麻烦，他就可以从毕小路身上分到一半财产。

史笛不再相信胡金友的承诺，坚定地和胡金友断绝一切往来。胡金友为了达到长期控制史笛的目的，同时也是为了摆脱毕大邱的监视，就通过林天涯让史笛和毕大邱服用了试验用药，并通过暗中调剂药量的多少来调控二人的情绪。

胡金友以为他能完全掌控史笛和毕大邱，不想史笛和毕大邱联手了，二人得知被胡金友用药物控制时为时已晚，决定绝地反击，一起查到了胡金友转移公司财产的关键证据。胡金友狗急跳墙，暗中对史笛和毕大邱下了毒手。二人不幸中招，因服药过量自杀。

后来胡金友自杀因失手成真，再到毕小路也意外摔倒身亡，不过是生活荒诞剧中的一个插曲，和故事的主线无关。

……程东远又喝了一口酒，拍了拍手："怎么样，我的推测是不是更有道理，更接近事情真相？"

简小群和莫宜对视一眼，一起摇了摇头。

"你们都不认可我的说法？"程东远冲张备瞪眼，"你呢？"

张备举双手表示投降:"虽然你的说法和真相有十万八千里的距离,但出于包容和忍让,我决定假装赞同你的说法。其实说到底,我们两个人的说法大同小异,相同的是,整个案件都是胡金友主导的,是胡金友一手推动才导致了现在的结果。所不同的是,我认为史笛和胡金友的关系是飞蛾扑火,是明知故犯。你认为史笛是被胡金友所骗。

"还有一点,在你的推测中,史笛有积极主动性,是完美受害者,从来没有协同作恶。而在我的推断中,史笛始终被动,始终对胡金友抱有幻想,还和胡金友有共犯的嫌疑。"

简小群眯着眼睛,慢条斯理地说了一句:"你们从来没有想过一点吗?万一史笛是整件事情的幕后推手呢?你们的推测都解释不了史笛为什么这么有钱。"

一时,众人都沉默了。

如果史笛真是胡金友的情人,她是被骗还是知情,很重要。被骗是受害者,知情则是人品有问题。同样,史笛是伙同胡金友转移公司的资产,还是凭借自己的能力赚来的钱,也关系到她的名声和为人。

至少到现在,除了简小群之外,张备、程东远和莫宜,都相信了史笛是第三者。

只不过简小群提出的猜测,如一枚炸弹,一下炸开了所有人固化的思维!

是啊,万一史笛不但是完美受害者,也是完美犯罪嫌疑人呢?谁规定受害者不能同时又是实施犯罪的嫌疑人呢?

过了许久,程东远才长长地叹息一声:"说实话,从女性的身份认同出发,我同情史笛,希望她是一个好人。但站在一名警察的职责立场上,我也有理由怀疑史笛也参与实施了犯罪,甚至就如小群所说,她策划了整个犯罪过程。"

"要不,也没有办法解释她为什么会这么有钱!"

夜深了，简小群无法入睡，尽管酒意上涌，让他有几分迷糊，但他就是睡不着。他索性起来，在黑暗的房间中走来走去。

如果说整个事件的幕后推手真的是史笛，或许就可以解释清楚史笛的钱从哪里而来。但问题是，在她死后胡金友的失手自杀以及毕小路被张冬营过失杀死，都是意外，她的计划显然不可能包含这些。

以前简小群不是一个爱动脑筋的人，现在被迫变得爱思索了，猛然，黑夜中他的眼睛亮了一亮，史笛的手机号码登记在别人名下，那么是不是和胡金友保持密切通话记录的人未必一定是史笛？

史笛去世后，她的号码还在使用！

还有，秘密潜入家中的人到底是谁？她在整个案件中又扮演了什么角色呢？简小群越想越兴奋，当即拿出手机拨打了史笛的号码。

居然打通了。

已经是凌晨两点多了，接通的声音从听筒中传了出来，在寂静的房间中回响，格外清晰，也格外惊心动魄。

简小群屏住呼吸，生怕接通后会传来史笛熟悉的声音。

拨号声一直持续了20多秒，就在简小群即将放弃时，一个迷糊的女声传了过来。

"谁呀？这么晚打电话，是不是有病呀？"

应该是还没有完全清醒，是在迷糊的状态之下，简小群当即问道："你是谁？为什么会有史笛的电话号码？你是不是杨涵凉？"

话一出口简小群就后悔了，他应该第一时间就叫出杨涵凉的名字，因为他已经知道史笛的两个号码分别登记在杨涵凉和林天涯的名下。

"什么史笛？什么杨涵凉？你打错了！神经病！对了，我警告你以后不要再打了，这是我刚办的号码，不管你和以前的号码主人是什么关系，现在这个号码已经不属于她了，是我的！"

对方挂断了电话。

简小群再打，提示是忙音，显然他被拉黑了。

259

声音很陌生，没有任何印象，应该不是杨涵凉，简小群无比失望。想了想，他又拨打了史笛的另一个号码。

还是一打就通了。

铃响了半天，却没人接听，简小群挂断了电话，想了一想，还是打给了莫宜。

47 一个人从小富裕和长大后发达，是不一样的

让他想不到的是，莫宜的电话一打通就接听了。

"老板，这么晚还没睡？我还担心吵醒你的美梦呢。"

"去你的，决定打我电话时，你就已经没安好心了，别说好听话来迷惑我。"莫宜穿着睡衣光着脚在卧室走来走去，她完美的身材在昏黄的光线下一览无余，"有话快说，有什么快放，别吞吞吐吐的，我失眠了，你的电话最好能有助眠作用。否则，哼哼……"

"我想到了一个问题，老板，史笛的电话不在她的名下，两个号码，一个是林天涯的名字，另一个是杨涵凉的名字……和胡金友密集通话的人，会不会不是林天涯就是杨涵凉呢？"

"你这么一说我就更不困了。"莫宜的双眼在黑夜中更加明亮了，她今天一天接受的信息量太大了，到了晚上都难以消化吸收，思来想去怎么都睡不着，简小群的提醒，更让她精神亢奋了，"对呀，说不定和胡金友密谋的人根本就不是史笛……我觉得我们还是忽略了林天涯在其中所起的关键作用，或者说是根本性作用。不行，明天，不对，是今天，一定要找林天涯问个清楚。"

简小群打完电话,坐在床边发愣,不知道什么时候睡着了。醒来后他才发现自己坐在地上靠着床边,简直不成样子。不重要,反正家里没有别人欣赏他的丑态。

他刚下楼,想要去接莫宜,莫宜却自己过来了。

她不是一个人,和罗艺在一起。

罗艺穿着碎花连衣裙,梳个马尾辫,脚上是一双白色的简洁运动鞋,乍一看,如同女高中生。

莫宜解释道:"她一早过来找我,说有一些线索和想法想要和我沟通,我说等见到你再说。"

简小群点了点头:"罗亦呢?"

"他顺着线索去调查了。"罗艺的眼睛又大又圆,眨动时,天真又懵懂,"他对史笛的喜欢,比你深沉,比你长远,我还从来没有见过他对一个女孩这么用心过。"

"礼貌吗?"莫宜没好气,"喜欢别人去世的前妻,还说得这么理直气壮,不怕天打雷劈吗?"

"前妻,又过世了,是尊重,是敬意。"罗艺吐了吐舌头,"我哥是花心,是博爱,但他不乱来,在某一个特定阶段只专一地喜欢一个人。哪怕持续的时间不够长,他也不会同时脚踏两只船,这是他的原则和底线。"

"对史笛,他自从喜欢上之后,就再也没有移情别恋,哪怕她不在了,他依然念念不忘,对他来说,实在是太难得了。"

简小群不去计较罗亦对史笛的感情,问道:"罗亦去哪里调查线索了?"

"四川。"罗艺轻轻叹息一声,"他昨夜连夜飞去了成都,说是发现了史笛父母的一些事情,他要亲自过去查个清楚。"

史笛从未在简小群面前说起过她的父母和家庭,简小群对史笛的成长环境不能说是一无所知,也是只知道她和父母不和,从小就不在父母身边,长大后,也基本上不和父母来往。

在史笛的生命中,她的父母如同陌路人。在简小群的认知中,她的父母如同不存在一般。

史笛去世后,也不见她的父母出现,简小群几乎遗忘了史笛父母的存在。

"到底是什么线索,快说清楚。"莫宜迫不及待了,"我昨晚想了一夜,总觉得哪里有遗漏,现在才明白过来,是忽略了史笛的原生家庭。罗亦的思路是对的,每个人都不可避免地受到父母的影响,史笛的自杀,说不定还真有她父母的原因……"

"罗亦真聪明,不行,我都有点佩服他了,我得给他打个电话……"莫宜想到就做,当即打出了电话,提示却是无法接通。

"没信号还是没电了?"莫宜嘟囔一句,"走,去吃早饭。"

简小群点了点头:"直接去林天涯办公室的楼下吃,吃完就上去堵他。"

李宝春一早醒来,见手机上有好几个未接来电,正想不慌不忙地上厕所,电话又响了。

是林天涯来电。

李宝春顿时清醒了,慌忙洗了一把脸,接听了电话。

林天涯温和的声音传了过来:"宝春,才睡醒?你赶紧收拾一下,马上来机场跟我会合。"

"机场?"李宝春感觉整个人都是恍惚的,"去哪里?"

"快,没时间了。"林天涯没有正面回答李宝春。

李宝春看了看时间是早上六点半,他用力揉了揉脸,心中闪过惶恐与不安。才从欧洲回来不久,又要出去,林天涯是摊上什么事了吗?问题是,林天涯如果真出了大事,他犯不着为了两万块钱的工资跟着他一起跑路!

李宝春当即打电话给张冬营,想要征求他的意见,探探他的口风。

张冬营的电话无法接通，李宝春才又想起昨天的事情，对，张冬营误杀了毕小路，进去了。

李宝春想了想，又打了简小群的电话。

刚听到响铃声，门口有人敲门，传来了林天涯的声音："宝春，我到你家了，快开门。"

李宝春心中一惊，忙挂断电话去开门。

门口，站在林天涯、杨涵凉和另外一个一身西装、戴墨镜、脸色冷峻的壮汉。

"不用收拾行李了，现在就出发。"林天涯拉了李宝春一把，"事情紧急，要赶紧飞到泰国和客户见面。到了泰国再给你买你需要的一切，你的出差补助是每天5000元。"

"如果生意谈成了，你还有1%的提成。不怕告诉你，我们要谈的是一笔1000万的大生意。"

李宝春迅速在脑海中算了一笔账，每天5000元，7天的话就是35000块。如果生意成功了，提成是10万元。加在一起，就是135000元，可以买一辆比亚迪秦了。

干，为什么不干？就算简小群看在过去同事一场的面子上给他开出2万的高薪，也不可能达到林天涯所承诺的一切，李宝春立刻就有了决定，将潜在的危险以及张冬营所出的意外都抛到了脑后。

"行，不收拾行李了，听林总的安排。"

手中的手机在振动，李宝春看了一眼，是简小群打了回来。他拒听了，又微微一想，关了手机。

"刚才宝春打来电话，打一半就挂断了，我打回去，他拒听了。"简小群疑惑地看了看手机，放到了一边，"对了，他好像还不知道张冬营出事了，我得告诉他。"

简小群给李宝春发了一个微信消息。

莫宜坐在简小群右边，罗艺坐在他对面，三人在林天涯的办公楼下吃早饭。

早饭很简单，包子、油条、豆腐脑、小米粥、油饼、鸡蛋布袋。

简小群吃得津津有味，抬头见罗艺和莫宜也吃得很开心，不由得感叹："我还以为你们有钱人的生活多奢侈，就连早饭也会是豪华大餐。没想到，你们也能吃得下平民百姓的人间烟火。"

"你现在也是有钱人了，你的所作所为也代表着有钱人的一举一动，所以，别觉得有钱人有多神秘多了不起，都是人，都差不了多少。"莫宜嗤之以鼻地笑了，"就算住别墅、大平层，和住平房、小开间，也都一样是一日三餐，日子也还是柴米油盐……再有钱，也是普通人，正常的需求都一样。"

简小群满怀期待地问罗艺："你们平常吃饭都是山珍海味吗？"

"为什么会这么想象我们？我们就这么庸俗不堪吗？"罗艺笑起来的时候，嘴巴弯弯，眉毛上扬，很好看，"我喜欢清淡的饮食，我哥以前是重口味，后来改了，现在跟我一样喜欢粗茶淡饭。"

"对了，史笛应该也喜欢清淡吧？"

简小群点了点头："是的，她虽然是四川人，但不喜欢过油过辣的火锅，她做的饭，很像江浙菜，偏清甜的味道。"

莫宜忽有所感："人只有在经历了许多之后，才会归于平淡。我现在还是喜欢火锅、烧烤等所有重口味的饮食，但同时，我也喜欢清淡，比如椰子鸡、上海菜等等。不对，哪里不对……"

莫宜忽然瞪大了眼睛，猛然站了起来："我记得刚认识史笛时，她很喜欢吃辣，简直是无辣不欢。突然有一天就不吃辣了，让我想想是什么时候……就是和你结婚后。"

罗艺也连连点头："你这么一说，我也想起来了，以前和史笛聚餐，她不挑食，尤其喜欢吃辣。后来和你结婚了，再出来吃饭，一口辣的也不吃。她说你不喜欢吃辣，她要学会适合你的习惯，还有，她想改变自己，想过清欢的生活。"

"她还说，以前过惯了奢靡、浮华的生活，现在却想过平淡、安稳的日子。"

莫宜也敏锐地抓住了其中的关键点："小群，你觉得史笛是一个什么样的人？"

"什么意思？"简小群被莫宜突如其来的一问问住了，"你比我更了解她。"

"不是，我不是说她的性格，是说她的生活方式。你觉得她是从小就生活富足，还是平常人家？"莫宜回忆起她和史笛交往的过程，越想越觉得可疑。

简小群更加迷惑了："我……我怎么知道？我从小就是穷人家的孩子，长大后自己变成了穷人，从来没有过富人朋友，富人是怎样的生活状态，我无从对比。"

"倒也是。"莫宜眼中的兴奋之意渐渐退却，"你认识史笛不久就和她结婚了，又对她的过去不了解，问你没有意义。"

"一个人如果从小富裕和长大后发达，是不一样的。"

简小群摆出虚心好学的姿态："具体说说哪里不一样。"

48 任何已经发生的意外，都是必然

莫宜慢慢坐了回去。

作为从小富裕的莫宜来说，因为身为房东，她见识了形形色色的人，对天生富贵还是后天发达的区别，比一般人更敏锐、更有判断力。

从小就富贵的二代们，对钱的概念只是数字，就算从小被父辈灌输了节俭的意义，在具体事情上，也会显得大手大脚，因为不是刻在骨子里的节省。比如说吃饭，二代们只选贵的不选对的，不考虑味道与人均消费，只在意逼格、情调和档次。点菜时，也基本上不看价钱。

而后天发达的人，尽管赚了很多钱，在吃饭时也会因为对方的身份、地位和可利用价值来决定餐厅的档次，并且会在意性价比、团购套餐是不是比单点省钱等等，计算能力超强。

如果再具体到购物上，天生富贵的人买衣服、手机、电脑和汽车时，在意的是品牌、最高配置以及辨识度，而后天发达的人往往会用心研究品牌的定位，手机和电脑、汽车各款式中最有性价比的一款。

莫宜亲眼见过一对情侣，女孩是天生富贵，男孩是后天创业成功，赚了不少钱。二人租下她的房子后，在买车的事情上发生了争执。女孩想买保时捷卡宴，男孩想要途锐，还一再向女孩解释途锐和保时捷卡宴拥有同样的发动机、底盘、托森差速器、变速箱以及空气悬挂，性能、驾驶质

感和加速、安全性，途锐丝毫不比卡宴差，却比卡宴便宜了足足一半，说明卡宴的保时捷商标就值60万，何必为了一个商标所能满足的虚荣心而买单呢？

凡事都要讲究性价比。

结果女孩不高兴了，直言不讳地告诉男孩她不差这60万，要的就是人人皆知的牌子，途锐再好，也是一个大众标，开出去会很没面子，会被人当成20万的车。

男孩却说，谁当途锐是20万的车，谁就是没有见识的人，就不必和这样的人谈生意。他也不差这么几十万，但有钱不能乱花，钱要用在刀刃上。他不需要一个车标来抬高自己的身份，他内心足够充实和强大。

二人从是不是差钱到为人处世的态度，再到三观，逐渐发展到争吵。吵到最后，女孩以三观不合为由，提出了分手。

男孩也正在气头上，答应了分手……

至于后来二人有没有重归于好，莫宜不得而知，不重要，重要的是她见识到了先天富贵和后天发达两类人在消费观念上的巨大分歧，也意识到如果真的不是一路人，不必强行在一起。

"所以……"简小群明白了几分，"你是想确认史笛是从小就富贵，还是后天才发家，对不对？如果她从小就有钱，那么她留给我的遗产也许是她继承所得。"

罗艺皱起小巧的鼻子，哼了一声："哼，我就不信史笛姐是第三者，她的钱一定是她自己合法赚来的。当然，如果是继承得来的，也可以接受。让我想想，史笛姐日常生活中落落大方，待人接物很有分寸，言谈举止像大家闺秀，不像普通人家的女儿。"

"还有，还有，她的包、衣服、手表、化妆品，虽然都不是顶级的牌子，但也都是低调奢华的大牌，我觉得莫宜姐猜对了，史笛姐留给小群哥的资产，是她继承的父母的财产。"

简小群却没有什么概念,仔细回忆起他和史笛在一起时的细节,并没有觉得史笛多有富家小姐的气质,她一向是淡漠的性子,说话随和,从不盛气凌人。虽然微有抑郁与文艺,但整体来说就如一朵郁金香,饱满且独立。

蓦然间,他脑海中闪过一道光,想起了史笛常爱说的一句话:"缘起,我在人群中看见你;缘落,我看见你在人群中……到底有什么不同呀?"

莫宜认真地想了想,又认真地摇了摇头:"不明白,感觉绕来绕去的,像废话……罗艺,你说!"

罗艺眼神中闪现出光彩:"哇,好有意境的一句话。我在人群中看见你,是一切的缘起,因为人群是背景,而你是主体。我看见你在人群中,是缘落。你和人群融为一体,不分主次,因为在我心目中,你不再是唯一。"

简小群顿时愣住了,片刻之后眼泪流了下来:"缘起时,史笛是我的全世界;缘落后,全世界都是史笛。"

莫宜咧了咧嘴:"一个大男人动不动就哭鼻子,真没出息。"

罗艺却是一脸崇拜的表情:"我就喜欢感情丰富、情绪波动起伏大的男人,特别有感染力,特别容易让人欢喜让人忧。"

莫宜呵呵一阵冷笑:"简小群虽然离异,但没有孩子,你要是不介意的话,他应该会喜欢上你……他就喜欢茶里茶气的类型,你的水平差不多已经是茶艺大师了,拿下他不在话下。"

罗艺毫不在意莫宜的嘲讽,嘻嘻一笑:"谢谢莫姐姐的鼓励,我会努力的。得之我幸,失之我命,如此而已。请莫姐姐为我加油,有需要莫姐姐的地方,请你一定要帮我。"

莫宜没招了,只好翻了翻白眼:"吃完了吧?赶紧去堵林天涯了,迟则生变。"

却已经迟了。

简小群一群人来到林天涯的办公室,却被告知林天涯还没有上班,林天涯的另一个助理苏小花让他们等候。

简小群又想起李宝春打来电话的事情，总觉得哪里不对，就又打了林天涯的电话，提示却是关机。他又让莫宜和罗艺分别打了林天涯和杨涵凉的电话，结果都打不通。

莫宜也意识到出了问题，当即一个电话打给了一个民航的朋友，果然查到了林天涯已经在飞往泰国的航班上了。

同行的人还有杨涵凉和李宝春。

"去泰国了……"罗艺微微思忖片刻，"难道是跑路了？犯不着呀，要不这样，我们也去泰国，追上他们。"

莫宜没接罗艺过于想当然的话，而是微有忧色："李宝春还不知道张冬营的事情吧？"

"应该是不知道，我才发了微信和他说。"简小群知道莫宜担心的是什么，"张冬营的事情，纯属意外。"

"也许，只是我们认为的意外罢了。任何已经发生的意外，都是必然。"莫宜眉头紧皱，"李宝春去了泰国，如果也发生了什么意外，怕是只能魂归故里了。"

"何至于？不至于！"简小群连连摇头，他可不想他最好的两个朋友都出现意外。虽然说起来，李宝春已经出过意外了，上次撞死白衣老太的一幕他还记忆犹新。

几天来，简小群和张备、程东远见了两次面，都没有什么新的进展。另外，李宝春也从泰国回了微信，说林天涯已经告诉了他张冬营的事情，他很同情张冬营的遭遇，希望简小群能帮他渡过难关。

李宝春还发来一些他在海边、街区以及人群之中的照片，笑容满面的他俨然就是一个深度游的游客，享受着舒适的假日时光。

而罗亦去了四川后，如同消失了一般，音讯全无。正当罗艺情急之下要去四川一趟时，罗亦却又回了消息，说他一切安好，不用挂念。他正在暗中调查事情的真相,已经有了眉目,现阶段为了隐蔽,他将减少与外界的联系。

罗艺这才放心了。

简小群决定正式在简史科技上班,尽管他对管理一窍不通,至少他懂技术,公司的主营业务,正是他的专业,他就和唐关、关堂开了几次会,制定了公司的发展策略。

然后在唐关和关堂的带领下,简小群开始学习公司的管理之道和运营之法。

周二上午,莫宜和罗艺同时出现在简小群的办公室里。

莫宜开门见山:"你现在是创业公司的董事长,再让你当我的司机已经不合适了,即日起,我和你解除雇佣关系,你不再是我的司机,我也不再是你的老板。"

"可是莫老板,当你的司机,是我的业余爱好和兴趣,建议你再给我一个机会……"简小群几天不开车就觉得手痒。

"你以后有的是开车的机会,不过不是以我的司机的身份,而是以合伙人的身份。"莫宜拿出一份协议,"我决定投资你的公司,就以房租入股。持股多少,我们商量着来。只要你签字,之前打来的房租款,我会原路返回到公司的账户上。"

"成为你的股东,以后再出去谈事,你还可以开我的车。不过你不是司机,而是和股东打成一片的董事长。"

简小群虽然身为董事长,但在具体经营上面,他还是听从唐关的建议,就将协议递给了唐关。

唐关扫了几眼,一脸愕然:"莫老板,你的协议条款很宽松,不像你苛刻的风格,倒像是在做慈善……你老人家什么时候转了性子,不再当黄世仁了?"

49 / 所有人的人生都处处是意外

莫宜宽宏大量地笑了:"别想激怒我,我现在要以德服人。讨论房租时,我肯定要斤斤计较的,毕竟房租是一手交钱一手交货的短期交易。但投资股份是长期行为,就不能过于在乎眼前利益了。"

唐关赞许地点了点头:"莫老板的形象在我心目中更高大上了!协议没问题,简董,可以签。不但没陷阱,条款还对我们有利。"

"简董面子真大,让铁公鸡莫老板舍得下血本,魅力果然非同一般。"

"你到底是怎么做到的?"关堂凑了过来,一脸羡慕的表情,"简董,教教我们,救救我们。"

"我什么都不会呀?我也什么都没做呀!"简小群一脸无知,"莫老板的投资决定对我来说也很突然,我都不知道她为什么要投资一家暂时还看不到前景的新公司。"

"还有我,还有我,我也要投资你。"罗艺蹦蹦跳跳的样子,再配合她的穿着,俨然就是一个高中女生,还是高一下学期,不到高二。

"啊!"简小群震惊得张大了嘴巴,"到底是你们都吃错了药,还是我的魅力太大了,为什么你们都要给我钱?"

唐关和关堂喜笑颜开。

罗艺笑眯眯地拉简小群坐下:"简小群,你听好了,我不管莫宜投资你的出发点是什么，我投资你，是因为相信你的人品和……能力，咔咔，好吧，实话实说你的能力还没有得到验证，但你的人品绝对过关。而且，你身边还有不少人帮你，你的事业一定可以壮大起来。"

"行了，别说茶里茶气的话了。"莫宜将罗艺拉到一边，"简小群，我就直说了，你就算不高兴也得给我听着。我和罗艺投资你，一是确实对你有点信心，请注意，是有点，不是有些。至少你不贪财不贪婪，就凭这两点，公司在你手里，不会败掉。能不能开好，就看运气和你的用人了。"

"我一向认为人品大于能力，一个人先有人品，再谈其他。"

"二是我和罗艺都对史笛有强大的信心，请注意，是强大！相信史笛除了为你布局了公司以及安排了唐关和关堂之外，还会有其他布局，我们投资公司，就是为了亲眼见证史笛还有什么后招。我们愿意在史笛算无遗漏的大棋之下，分享一份成功。"

简小群明白了，摸了摸后脑，嘿嘿一笑："明说你们是冲着史笛才投资的我，我也就放心了。"

"罗亦还没有消息吗？"

罗亦去四川的时间和李宝春出国的时间只差不到一天，10天过去了，他们一个在四川还没有归来，另一个在泰国乐不思蜀。

罗艺摇了摇头，微有担忧："虽然他以前经常玩失联，但我还是有点担心他，怕他出什么事……你说，罗亦他不会出事吧？"

简小群可不会安慰人，他摇头一笑："这可说不好，以前我觉得只有我的人生充满了荒诞，现在才知道，所有人的人生都处处是意外。罗亦又不是一般人，他不管发生什么事情，都不让人震惊。"

"你真会说话，以后别说了。"罗艺笑骂了一句，"不行，我得去四川一趟。"

"不用去了。"张备的声音一响，他和程东远推门进来了。

"有罗亦的消息了？"罗艺眼前一亮。

"他出了车祸……"张备径直来到简小群面前坐下，"接到四川方面交警打来的核实电话，证实罗亦在成都前往西藏的公路上发生了车祸，车报废了，人受伤不重。"

"啊！"罗艺吓得惊叫起来，"他怎么也不说一声？真是笨呀，怎么又出车祸了？早就和他说过以后最好别再碰车了，尤其是去高海拔地区。"

"不行，我得去成都。"罗艺转身要走，被张备叫住了。

"你没必要过去了，罗亦已经在回来的路上了。因为他负车祸的全部责任，在赔偿完对方的损失后，他就回京了。"

张备的脸色蓦然变得凝重了几分："罗亦的事情是小事，李宝春的事情才是大事。"

"宝春怎么了？"简小群心中一紧。

"失踪了。"张备的目光在简小群、莫宜和罗艺的脸上穿梭一遍，似乎是想发现些什么，"林天涯报案说，李宝春在到了泰国的第七天时，突然不见了。他发动了所有力量寻找他，最终确定李宝春是故意失踪的。"

"为什么？不应该，李宝春为什么要非法滞留在泰国呢？"简小群不相信，他了解李宝春，知道李宝春虽然向往腐朽的资本主义生活，但不是东南亚国家，他更想去高福利的欧洲国家躺平。

"只有他自己知道为什么。"张备的眼神中闪烁着怀疑，"简小群，你有没有觉得凡是跟史笛案有关的人，总是会出事，大事小事，反正都没好事，你说到底是真的邪门，还是背后有什么关联呢？"

"我不知道。"简小群痛苦地抱着头，"我真的不知道！为什么都出事了？太古怪了，是不是我的荒诞传染给了你们？"

"莫老板、罗艺，你们还是不要投资我了，万一你们也发生了什么意外，我不会原谅自己的。"

张备并不关心莫宜和罗艺对简小群的投资，他对罗亦和李宝春几乎同时发生的意外大感震惊。如果说是人为的因素，那就太过于匪夷所思了。但如果说只是正常的巧合，那么自从史笛出事之后，围绕她的一切发生的巧合，也未必太多了些！

根据当地交警传回的资料显示，罗亦正常开车行驶在国道上，在一个拐弯处，车辆突然加速，先是撞上了前面的一辆SUV，将对方撞到了沟里，他的车又打了几个滚，滚落到了山沟。

对方的车受损严重，三箱变两箱，后座的两名乘客受伤不轻，骨折加内伤，需要休养很长时间。罗亦的车好，安全性强，人倒是受伤较轻，只断了两根肋骨和受了一些皮外伤。

询问罗亦时，罗亦只说是一时缺氧造成的失控。由于是高海拔地区，由于缺氧带来的反应迟钝引发的车祸，不在少数，交警也就没有多想。而且罗亦爽快地认了全责，并且主动提出了远大于车损的补偿性质的赔偿，对方的车主立刻就痛快地答应了。

罗亦受伤，不想让罗艺知道，正好负责处理他车祸的交警和张备是同学，无意中提及此事，张备才得知罗亦出事了。张备立刻和罗亦联系，得知了事情的详细情况，也知道了罗亦正在返京的途中。

在和程东远商量后，张备决定再和简小群碰个面，他是担心下一个倒霉的人如果轮到简小群，简小群万一再伤重不治，史笛案件的关键线索一断，怕是就会成为永远的悬案了。

没想到莫宜和罗艺都在简小群的办公室。

张备忧心忡忡地说道："虽然我是人民警察，虽然我是坚定的唯物主义者，但近来发生的事情太邪门太古怪，小群，你和莫宜、罗艺一定要注意安全，处处小心，不要再出现任何意外了。"

简小群对自己的安危很放心，他自认他荒诞的人生已经抵消了许多诡异的危险，问道："李宝春的失踪，是林天涯报的警？"

"不然呢，还能有谁？"张备见简小群充满了不信任和怀疑，也就没有隐瞒地说出了细节。

据林天涯讲述，到了泰国后，李宝春的表现一直正常，每天就是陪着他见客户，然后吃喝玩乐。第一次来泰国的李宝春对一切都大感好奇，天天处在兴奋之中。到第五天时，他情绪突然低落下来，经常一个人在一边回微信。

第六天，李宝春就经常发呆，有时还自言自语，声音很小，听不清他在说些什么。第六天晚饭后，本来约好了要去沙滩上参加篝火晚会，结果到了约定时间一起出发时，李宝春突然推托说肚子疼，不去了。

林天涯和杨涵凉也就没有多想，二人先去一步，告诉李宝春如果症状有所缓解可以再来沙滩上和他们会合。李宝春一口答应，却直到篝火晚会结束了，始终没有出现。

林天涯担心李宝春的病情会进一步发展，回到酒店后去敲门。李宝春没有开门，在房间中回应林天涯说他肚子还没好利索，不过也好得差不多了，让林天涯不用管他。明天他就又会是生龙活虎的一条好汉了。

次日一早，林天涯没等来李宝春叫他去吃早饭，放心不下，又去敲李宝春的房门。无人回应，发消息，不回。打电话，关机。

林天涯紧张了，让人打开了李宝春的房门，房间内，收拾得很干净整洁，人和行李都不在了，显然不是仓促离开，而是从容地逃离。

……林天涯意识到了不妙，立刻报警。当地警方到达后，调取了监控，发现在凌晨4点左右，李宝春从房间出来，拖着行李箱，一个人在门口上了一辆出租车，然后就不知所终了。

出租车司机反馈的消息是，李宝春到了机场。但警方没有查到李宝春乘机的信息，说明他还在泰国。

又经过一番大海捞针般地查看监控，找到了李宝春从机场出来后，又上了一辆出租车离开。出租车司机说是将李宝春拉到了一处偏僻的地方，看到李宝春上了一辆接应他的丰田面包，车很旧，但没有牌照。

线索至此就断了。

从李宝春一系列古怪的行为可以推断，他是故意制造假象，绕来绕去就是不想让别人知道他去了哪里，显然是有意为之，是想非法滞留在泰国。

50 / 相当于虽然做了功，在物理上却叫无用功

简小群不相信李宝春会这么做，他所了解的李宝春胆小、怕事、懦弱、不思进取，宁愿躺在家里吃泡面，也不想上班吃大餐。就这样一个事事计较、拈轻怕重、不想奋斗只想认识有钱阿姨的主儿，会背井离乡留在泰国？

除非他脑子生病了！

而且泰国有什么好？可以提供报酬丰厚的地下工作，还是有高福利能让他过上躺平也能吃饱的幸福生活？

显然都不能。

那么李宝春为什么要非法滞留在泰国呢？他去泰国用的是旅游签证，更不用说他也不会泰语和英语……简小群实在想不通李宝春这么做的目的，再者李宝春跟在林天涯身边，待遇也不错，他究竟是哪根筋不对了？

莫宜也表达了同样的想法："李宝春是傻点蠢点，但不至于傻到非法滞留在泰国的地步，张警官，你觉得林天涯的说法是不是有什么隐瞒？"

张备对李宝春了解不多，和林天涯倒是接触过几次，但也没有熟悉到清楚林天涯性格的地步，他想了想："林天涯同时给我发来了在当地的报警记录，以及警察的调查结果，我相信林天涯的说法就算有所隐瞒，当地

警方也不至于在李宝春失踪的事情上造假。"

"所以，我认为李宝春的失踪是真，但失踪的原因不得而知，有可能是被迫，也有可能是在逃避什么。总之，他的失踪说不定和林天涯也有关系。"

程东远连连点头："在这件事情上，我和张备的想法一致，李宝春的失踪，多半不是他个人的原因，是外界因素。"

莫宜和罗艺都坚定地认为李宝春的失踪，和林天涯绝对有干系，也许是林天涯故意布了一个局，就是要带李宝春出国，然后让他在国外完美而不着痕迹地消失。

简小群问出了问题的关键："泰国的破案率比我们差多了吧？"

张备含蓄地点了点头："警力不足，重视程度不够，确实有些案子破不了，更不用说李宝春不是本地人，是一名游客，当地警方肯定不会投入大量的人力物力去调查一个失踪案。"

莫宜心中一跳："李宝春会不会就这么莫名失踪，从此再也不会出现了？生死不知，活不见人死不见尸？"

张备用力地点了点头："要不为什么要去国外失踪，而不是在国内？在国外失踪，不管是国内的警察还是个人，都没有足够的权限去调查，哪怕是暗中调查，也处处受限。"

"就是说，不管李宝春失踪的原因是什么，只要他不自己露面，我们就没有办法了？"简小群意识到了问题的严重性，"有没有一种可能，林天涯报的是假警，李宝春没有失踪？"

莫宜打了简小群一拳："想什么呢你？如果林天涯真的报了假警，李宝春没有失踪他说失踪了，那么只能有一种可能——他杀害了李宝春，处理了尸体，然后报了失踪。"

"你是想李宝春被人杀害了好，还是他真的失踪至少还活着好？"

简小群想要反驳，被程东远打断了。

"别推测了，没意义，现在我们就等林天涯回国后，好好和他谈一谈了。他是问题的关键所在。"

林天涯和杨涵凉身上的秘密越来越多了,简小群愈加觉得林天涯肯定隐藏了太多事情,包括他所知道的史笛的一些往事。

罗亦回来了,他一到北京就从机场直奔简小群的公司而来。

胳膊上缠了绷带,脸上贴了创可贴,眼眶还高高肿起,罗亦要有多狼狈就有多狼狈,不过他精神状态倒是挺好,对罗艺的关心视而不见,直接坐在了简小群对面,压低了声音说道:"我发现了史笛的秘密,天大的秘密。"

办公室内,罗艺在,莫宜在,张备和程东远都在,罗亦故意压低的声音,周围的人都听得清清楚楚。

几人将罗亦包围在了中间,罗亦就更加兴奋了,他不顾身上和脸上的疼痛,摆出了大义凛然的姿态。

"这次去四川,我可以说是九死一生,以一往无前的勇气和义无反顾的决心,再以虽千万人吾往矣的气节,为了还史笛一个真相,我深入虎穴、明知山有虎偏向明知山……"

"咳咳……"莫宜打断了罗亦,一巴掌拍在他的头上,"能不能好好说话了?不能说就闭嘴,没人愿意听你瞎逼逼。"

罗亦立马屃了,点头哈腰地笑了笑:"事情是这样的……"

……罗亦到了成都后,根据他所掌握的不多的线索,找到了他认为中的史笛曾经生活过的小区,然后用最笨的方法逢人就问。

结果自然是一无所获。

罗亦不灰心,想来想去觉得还是有必要施展他的钞能力,于是他拿了5万现金,逢人就派发百元大钞打听史笛,有确实认识史笛的人,再额加赠1000元。如果能带他到史笛家中者,重谢万元。

重赏之下必有勇夫,也有智者,很快就有人认出了照片上的史笛,紧接着就又有人知道史笛以前住过的地方……在花掉了2万块之后,罗亦准确地定位了史笛的家。

和他想象中不同的是，史笛的家是在一个破旧的老小区，房子也是老破小，只有50多平方米，目测价值不会超过100万。家中没人，据邻居讲自从史笛上了高中之后，全家就都搬走了，去了哪里不得而知。

好在在罗亦再一次向邻居动用了钞能力之后，邻居又透露了更多的秘密——史笛小时候和父母关系不好，邻居们经常听到父母对她的打骂和责怪，而她总是遍体鳞伤、鼻青脸肿，有时还哭着去上学。

但在她上了初中之后，父母对她的打骂就少了许多。

史笛上了高中搬走后的事情，就无人知道了。

"史笛的父母是做什么工作的？"简小群问出了身为女婿最不该问的话，但没办法，史笛从来没有提过她父母的工作。

罗亦一脸不解："邻居说就是普通工人，都在糖厂上班。后来下岗了，具体在做什么，邻居就不清楚了。反正就是普通人家，没什么来历和背景……但邻居又说，史笛虽然从小经常被父母打骂，吃穿用度又不像普通人家的女儿，什么都是最好的最贵的……"

莫宜听完冷冷一笑："这么说你跑了一趟成都，出了一次车祸，收获就是知道了史笛小时候和父母关系不好，她的父母就是普通人？"

"你可真行！牺牲那么大，得来的消息不能说完全没有意义，至少对查清真相丝毫没有帮助。"

罗艺不干了："莫宜姐，别这么说他，他至少努力过了，还断了肋骨，破了相，他的真心不能被漠视……"

"着什么急呢？莫宜，我的话还没说完呢。"罗亦嘿嘿一笑，笑得用力过猛，牵扯到了伤口，疼得一咧嘴，"我这次出车祸，是因祸得福了。"

"怎么说？"张备立刻兴致大增。

刚才罗亦的一番话也确实让他很是失望，简小群也说过史笛的一些家事，虽然不太详细，但大概也可以推断出来一些什么，而罗亦努力调查后的结果和简小群所说基本吻合，相当于虽然做了功，在物理上却叫无用功。

如果真的只有这些收获的话，对查清史笛自杀的真相确实是毫无帮助，当然张备也清楚罗亦去成都的出发点并非只是为了查明真相，他还想弄清史笛的资金到底从何而来，也有他想要安慰史笛的在天之灵的善念。

罗亦转身看了众人一眼："谁请我吃饭，我就讲给谁听。"

半个小时后，莫宜叫的外卖到了，是10盒盒饭，她特意为罗亦叫了三盒。

罗亦哭笑不得："够狠！够大方！我都是伤号了，你还这样对我，莫宜，你真的辜负了我曾经对你的喜欢。"

"少废话，赶紧吃饭，吃完了，赶紧说事。"莫宜对罗亦不假颜色。

罗亦还真是饿了，狼吞虎咽地吃完了两盒盒饭，拍了拍肚子："第一次吃这么好吃的盒饭，谢谢你莫宜，你改变了我对盒饭固有的印象。"

"别打我，我现在说还不行吗？"

……罗亦在查到史笛和父母在高中时搬离了原有的小区，就线索中断了，不管他怎么发挥钞能力，偌大的成都，再也没有遇到认识史笛的人。

罗亦很是郁闷，想要返程，又觉得就这样回去太失败太丢人了，既然来到了成都，不来一次川藏自驾游岂不是对不起自己的一番辛苦？他就去租车，恰好遇到了史笛之前邻居家的大儿子。

大儿子叫路七。罗亦很奇怪他明明排行老大，为什么叫七，路七笑答父母就是喜欢七，觉得念起来亲切，没别的意思。

路七是租车公司的负责人，他见识过罗亦的大方，就热情地推荐了一款好车，并且主动提出他正好休年假，可以跟随罗亦一起自驾入藏，只要罗亦按照司机的价位付他工资即可。

罗亦正愁无人同行，当即大手一挥以7天1万的报酬和路七签订了一个同行协议，路七负责司机、向导、保镖等职责。

二人稍事休整后，就上路了。

51 / 千万不要为人性画一个框架，没有人可以过关

出成都300公里，基本上都是路七在开车。300公里过后，道路开始复杂起来，也不太好走了，路七声称开累了，要休息，罗亦就上手了。

罗亦也算是老司机了，不过他之前大部分时间是在铺装路上开，崎岖的山路和过多的弯路，他还是第一次尝试。

路七上车就睡觉了，睡得香甜，似乎对罗亦的车技很放心。罗亦虽然是第一次开山路，但毕竟底子在，很快就熟悉了节奏，游刃有余了。

几十公里过后，罗亦自认已经可以从容不迫地穿梭在险峻的山路之上，他想向路七炫耀一下车技，路七却发出了雷鸣般的鼾声。

算了，锦衣夜行好了，罗亦开了一段还是不甘心，就拿出了手机开始自拍。突然，前面的一辆车在一个拐弯处开始加速，以罗亦多年的经验判断，以对方车辆的性能，不可能在80公里的时速过弯，必然会导致倾覆。

罗亦忙加速跟上，想要提醒前车车速过快。此时路七也醒来了，发现不对，让罗亦加快速度冲过去。因为他注意到车里还有孩子，一旦出事后果不堪设想。

罗亦一踩油门，强大的动力就澎湃而出，瞬间逼近了前车。离得近了才看得清楚，前车车内并没有孩子，一共有三个人，司机一人，后排

两人。

罗亦想从左侧超车好在和对方并行时，降下车窗让对方减速。不料他刚打左转向并且提速，对方也向左变道，并且迅速降低了车速。

罗亦大惊，忙踩下刹车。不想刹车失灵了，不但失灵，汽车还不受控制地提高了速度，猛地一头撞在了前车的后部。

一阵剧烈的声响过后，罗亦的车和前车都翻进了山沟里，罗亦昏迷了。

昏迷中，罗亦隐隐约约听到了路七和前车司机的对话。

"怎么刹车这么猛？不是说好了只是别一下吗？差点弄出人命！"是路七的声音。

"我也不想呀……是他超车速度太快了，一眨眼就过来了，你说过不能让他超车的，我就急了，猛打方向并且猛踩刹车。也不能怪我，是他没刹车，还加速撞了过来。"是一个陌生的声音，罗亦从来没有听到过，但根据他的描述判断，显然就是前车司机。

路七沉闷的声音传来："是刹车失灵了，确实是意外，差点出大事！"

"现在怎么办？"

"报警处理，还能怎么办？"路七颇为不满加愤怒，"好好的一出戏演砸了，真晦气。"

"他到底是谁？为什么到处打听史笛的事情？"是前车司机。

"史笛在北京的朋友，他是谁不重要，反正他不该打听史笛以前的事情。这次车祸，也算是给他个教训。"

"为什么不让他知道史笛以前的事情，还有她家里的情况？"

"史笛有恩于我们，帮助我们很多，她上次回来，特意叮嘱我们以后如果有谁来家里打听她的家事和过往，不要告诉他，不管他是谁。最好让他知难而退，我们这么做，不过是还史笛一个人情。"

"可是差点弄出人命，是不是用力过猛了？史笛也不想他受伤吧？"

"管不了那么多了，他受伤，也算是误伤，不是我们的本意。"路七走过来查看了罗亦几眼,"昏迷得挺严重,应该听不到我们的话。不过就算听到了也没关系,他能感受到刹车失灵。"

"就不怕他报警?"

路七嘿嘿一笑:"不怕,刹车失灵是意外,就算检测也会是一样的结果。他可能也会想到是高反带来的反应迟钝。"

他们到底在试图替史笛隐藏什么?难道真相就如此不可见人,非要用这种方法吓阻他吗?迷迷糊糊中,罗亦就真的昏迷了过去。

"后来呢?"简小群问。

"就这!"莫宜嗤之以鼻地笑了。

"受了伤,还什么也没有查到,哥,你太菜了。"罗艺也露出了鄙夷的眼神。

"然后你就灰溜溜回北京了?"张备对罗亦也没有好脸色,"你折腾了半天,不还是白忙乎一场吗?"

"也不能这么说。"所有人中,只有程东远对罗亦还抱有同情和理解,"至少他带回了关于史笛身世的秘密,而且史笛还专程回去一趟交代知道她身世的人,不要透露出去。"

"依我看,现在史笛的案件有两个真正的突破口:一个是林天涯,另一个就是路七。"程东远一拍张备的肩膀,"张备,我们分工,你去成都负责攻克路七,我去找林天涯好好谈谈,让他说出秘密。"

"你们都不关心我除了身体受伤之外,心灵有没有受伤吗?真有你们的,都是冷血动物。"罗亦试图引起众人的注意和同情心,却见无人理他,各自转身离去,他急了,"你们真以为我没有收获吗?你们太小瞧我了,也太目光短浅了。"

"我在住院期间,查到了史笛父母的真实身份!"

众人一听,迅速返回到了罗亦周围,将他围在中间。

罗亦一脸自得的笑容:"你们呀,就是太势利眼了,记住了,下次一定要等对方全部交了底之后再变脸,别太心急了。如果我跟你们一样心急,就没有后面的发现了。"

……罗亦住院后,很快就苏醒了。他受伤并不重,两三天就可以出院,他就想立刻出院,回北京再说。说心里话,他确实有几分担心,万一路七真的对他再下黑手,他可能就没那么幸运了。

不过又一想,如果路七真的想置他于死地的话,也不会和他同一辆车了,要死也是一起死,没人会为了害别人而搭上自己的性命。

路七来医院看望罗亦,告诉他已经妥善处理了对前车的赔偿,租车公司也检测到了刹车的问题,会负责赔偿全部损失。并且罗亦有任何诉求,租车公司也会认真对待。

路七的态度相当诚恳,再三向罗亦道歉,并且一再声称是他的工作失误,差点打消了罗亦对路七的怀疑,直到罗亦再次昏沉地睡着后,听到了路七的电话……

路七在罗亦沉睡之后,再三确认了几遍,才敢在病房中打起了电话。也是罗亦在之前喝多了咖啡,刚睡下就被尿憋醒了,就又一不小心偷听到了路七和一个人的对话。

罗亦就忍住尿意,假装没醒,支起耳朵认真偷听。如果他当年上课的时候能这么用心听讲,考上清北也不在话下。

路七的电话内容,让罗亦几乎要惊叫起来!

"阿姨,我总觉得心里不踏实,史笛为什么不让人知道她的家世?她又没有什么见不得人的秘密!

"我虽然理解史笛的担心,还有她安排的一切都是为了您好,但是不是过于小心谨慎,也过于考验人性了?人性是经不起考验的,我不想她失望,哪怕她已经不在人世了。

"……好吧,既然阿姨也这么支持她,我也就无话可说了。我会按照她的要求做好自己该做的一切,谁让我欠她一个天大的人情呢?不过刚发生的车祸太吓人了，我不想害人，希望接下来的事情，不会再有危险。

"阿姨，史笛到底为什么自杀？她那么美好的一个女孩，从小就多灾多难，长大后好不容易拥有了阳光，怎么就突然死了呢？我想不明白，我不能接受！"路七的鼻音重了起来，伴随着哽咽的声音。

"您这么说也有道理，虽然可以理解史笛的选择，但我还是不能接受她不在的事实。阿姨，您为什么不能出面告诉简小群、罗亦他们真相呢？"

罗亦用力捂住嘴巴，不让自己惊呼出声，和路七通话的人肯定是史笛的亲戚，而且还是直系，莫非是史笛的母亲？

路七继续通话："是，史笛有她的苦衷，您也有。但你们所考虑的问题真的是太考验人性了。千万不要为人性画一个框架，没有人可以过关。最终可能会让史笛失望，也让您伤心。"

"没了？"张备听完罗亦的补充，虽然眼中有亮光闪过，但还不足点亮希望，"听了半天，只听到路七在和一个女性通话，她到底是谁，你还没有弄清楚，对吧？"

包括罗艺在内，所有人都对罗亦投去了鄙视的目光。

还好简小群在鄙视之外，还有同情加怜悯。

罗亦哈哈一笑："你们呀就是太心急了，不到最后一刻，你们见识不到我高超的手段。为了查清和路七通话的人到底是谁，我特意在医院多留了两天，为的就是让我在成都的朋友有时间去暗中调取通话记录。是，我知道不合规，但也考虑不了那么多了不是？"

"然后就查到了和路七通话的人到底是谁……"罗亦故意卖了个关子，"你们猜怎么着？她也姓史！"

简小群顿时惊呆了："是不是叫史夏？史笛的妈妈？"

"史笛跟她妈姓？"莫宜惊问。

简小群点了点头："我也是在结婚后第二月才知道的，还是有一次史笛无意中告诉我，她其实跟她妈妈的姓。"

"就是史夏！"罗亦用力点头，"我还让朋友查到了史夏的住处，然后在离开成都之前，去她的小区转了一转。是一处特别高档的别墅区，史夏住的是一栋独栋，面积得有1000多平方米，是不折不扣的富裕人家。"

52 / 生活中要有光

"你们想,当年的一个普通工人,怎么就摇身一变这么有钱了呢?怪不得她以前的街坊邻居都不知道她去了哪里,发达了,自然不再和以前贫困时的朋友联系了。富易妻贵换友嘛,是正常人的基本操作。

"地址给你们,你们谁想进一步查个清楚,就自己去,我是懒得再管了。对史笛自杀真相的调查,对我来说到此为止了。"罗亦遇事就是三分钟热度,对史笛的热度持续的时间已经足够长了,这次成都之行,他有了收获,证实了史笛的母亲非常有钱,对他来说解答了心中的一个疑问,他的兴致就迅速消退了。

"我和东远马上去一趟成都。"张备的兴致提起来了,"我感觉离真相越来越近了。"

程东远也赞成张备的提议,当即和张备离开了。

罗亦和罗艺留了下来,非要简小群晚上请客。简小群也没推辞,到了晚饭时间,就带领几人到了办公室楼下的一家小店,点了几个菜。

罗亦难得地没有挑剔,他坐在了简小群对面,继续帮简小群分析:"现在基本上可以确定一点,史笛从个人风格来看,家庭条件相当不错,不能说是天生富贵,也至少是从高中之后就开始成为富二代。那么是不是可以说史笛留给简小群的一切,都是她继承的父母的财产?"

"继承?史笛的母亲还健在,谈什么继承不是扯淡吗?"莫宜当即反驳罗亦的推论,"只能说有可能史笛的钱是来自父母,不是她因为和胡金友的暧昧关系所得。但还是没有直接的证据,我们只是得到了心理上的安慰。"

"简小群,你接下来怎么办?"罗亦嘻嘻一笑,"想不想听听我的建议?好好工作,忘了史笛,再找一个。莫宜和罗艺,你选一个,不管选谁,我都支持你。当然,她们是不是选你,就另当别论了。"

"莫老板和小艺?我都不配,想都不敢想。"简小群呵呵一笑,"史笛还为我安排了考验,如果我不能查明她自杀的真相,她后续用来运营公司的500万投资就不会打过来。不管是出于对她的爱,还是要完成她的遗愿,查明她自杀的真相,对我来说都是接下来最为重要的事情。"

"怎么查?"罗亦冷不丁一问,似笑非笑,"你觉得凭你的智商和人脉,能查到吗?"

简小群立刻就沮丧了:"是,我没智商,也没人脉,只有一颗真心和满腔的热诚,希望能够得到你们的帮助!史笛说过一句话,一个人可以文不成武不就,但只要人缘好,可以团结许多人,就一样可以做成大事。可惜的是,我也没什么好人缘,肯帮我的人也不多,我真不知道该怎么查下去了……"

莫宜立刻就于心不忍了:"不是还有张警官和程警官在以个人的名义帮你查案吗?你还有我,还有唐关和关堂,还有……"

罗艺也高高举起了右手:"还有我,你还有我,我也愿意帮你查下去。"

"你们……"罗亦气不过,左看看右看看,"你们为什么要帮他?有什么好处吗?"

莫宜斜了罗亦一眼:"生活中要有光,才是光明的人生。史笛曾经是简小群的光,现在,简小群努力想要回馈史笛以光明,尽管他还很弱小,

289

但就如萤火虫一般哪怕弱不禁风，也要努力以尝试。现在，简小群就是我在复杂的生活中简单的光，虽然简单，却照亮了我的心灵。"

"我也是。"罗艺一副高中女生崇拜老师的眼神，"小群虽然渺小且不合群，但他是独一无二的。他不因史笛不爱他而不爱，也不因史笛可能是胡金友的第三者而改变对她的爱。他对史笛的爱，是世间最纯粹的爱，简单且长远，就如白水一般清冽。"

"就如山涧的风，就如春天的雨，就如夏天的阳光，就如秋天的落叶，就如冬日的果实，是最真实最厚重也是最淡然的爱。我们都是对身边最宝贵的东西日用而不知，比如阳光、空气和雨水，最宝贵的又都是免费的。因此，我们往往不知道珍惜。"

"小群对史笛的爱是白开水，日夜流淌，从不枯竭。而史笛对他的爱如阳光，盛大、无微不至地照耀。他们的爱从来不轰轰烈烈，却是世间最美的赞歌。虽然各自表达爱的方式不同，但最终的意义却是一样的。"

罗亦受不了了，举双手投降："服，彻底服，真正的服！你赢了，简小群，有莫宜和罗艺帮你，就等于有我帮助你，你不费吹灰之力就赢得了她们，而我只是你胜利的副产品。"

简小群一脸懵懂："我哪里赢了？我怎么就胜利了？"

罗亦双手抱头："天，为什么会让这么笨的人还有这么好的人缘？他凭什么？别跟我说是什么真诚的心，谁还没有吗？"

莫宜和罗亦对视一眼，二人都没有理会罗亦，会心地笑了。

深夜，简小群独自在房间中散步，他以前的睡眠质量很好，现在却多了失眠的毛病。不是因为经常深夜潜入家中的神秘人，而是他学会了在晚上思索事情。

事情发展到现在，最关键的几个核心点已经清晰明了了，一是史笛的家庭背景慢慢浮出了水面，她应该就是富裕人家出身，到底有多富，暂时还不清楚，至少可以肯定的是不是普通人家。二是所有的疑点最终都指向了林天涯。

林天涯近来神出鬼没，似乎是有意在躲避什么，去欧洲回国后才不久，然后去了泰国，到现在还没有回来，还弄丢了李宝春。

李宝春是自己失踪还好，是有意隐藏行踪。如果是被迫失踪，怕是凶多吉少了。

以前简小群一直认为世界很简单，日出白天，日落黑夜，春种夏长秋收冬藏，四季一年，12年一轮，5个12年就是一甲子。

他还觉得人生也很简单，出生、长大、恋爱、结婚、生子、衰老、生病、死亡，列车启动就直奔终点，河流奔腾就汇入大海，中间不会有什么曲折起伏和波澜壮阔。

人和人之间的关系更简单，父母、夫妻、父子、同事、上下级……基本上就全部概括了人类社会的血缘、法律和工作关系。除此之外，其他关系不管是简单、复杂还是秘密，都不重要，都不是人生的主旋律。

但自从认识了史笛并和她结婚后，简小群的人生就发生了天翻地覆的变化，荒诞、不可思议、诡异以及天上掉陷阱等，无数不敢相信无法相信的事情接踵而来，让他目不暇接，让他不知所措。

自从和史笛离婚后，史笛没有住在302室，他也没有住。现在搬了回来，简小群还是没有住在主卧。作为他和史笛曾经共同生活过半年的房间，他怕睹物思人，怕想起往事，怕一个人睡在两个人的大床上，承受不起。

搬回302室已经有一段时间了，简小群就从来没有想过要睡在主卧室，今晚失眠，他突然动了这个念头。主要是他想起了上次神秘人潜入家中，动了他和史笛的结婚照的细节。

从客厅来到主卧室，简小群的目光再一次落在了结婚照上。照片上的史笛，阳光、灿烂，充满了青春气息和朝气。

史笛的目光清澈，眼神中充盈了光芒和希望，简小群凝望半天，忽然想起了什么，跳到了床上，顺着史笛的目光望向了对面。

对面的墙壁上，有一幅画。

是史笛自己画的画，画上有一株荷花，亭亭玉立，荡漾在池塘之上。池塘很大，一望无际，像是一片海，在宏大的背景之下，只有一株荷花遗世而独立于天地之间。

荷花做了高亮处理，更衬托得池塘暗淡无光。

史笛生前爱画画，有时她会一个人坐在客厅听着音乐画画，一画就是大半天。简小群看不懂她在画什么，也理解不了她的画是什么含义，却支持她。世界本来就是丰富多彩的，他希望他遇到的她和他不太一样，否则如果和自己雷同的人一起生活一辈子，人生该有多无趣。

床前的画，是史笛结婚三个月后所画。画好后，她想装裱起来，征求简小群的意见，问他挂在哪里比较好。简小群在房间中转了几转，最终一指床前的位置。

"正好和我们的结婚照相对，预示我们的婚姻如荷花一样永开不败！"

史笛对简小群的美好愿望只是淡然一笑。

画挂上后，就再也没有摘下来过。偶尔路过的时候简小群会看上一眼，初看时，觉得画的意境有些悠远与深邃，深邃中，还有些隐晦的抑郁。看久了，就没有感觉了。

现在在寂静的深夜之中，再次凝视史笛的遗作，忽然就发现荷花高亮的部分似乎有什么不一样的地方，简小群心中一动，上前摘下画。

轻轻按压了几下，没察觉到有什么异常。简小群一无所获，准备挂上时，手指碰到了荷花的背后，顿时一愣，有突起！

他将画翻转过来，仔细查看，果然，正对荷花的背面，似乎有什么东西在里面。他用力一推，一层纸破了，露出了里面的金属光泽。

什么东西？简小群心跳加快，他轻轻抠下来，唯恐破坏了画的完整性。还好，金属光泽的东西是粘在了后面，本身和画并非一体。

是一个U盘。

53 / 如果两个正确的人相遇在了错误的时间

简小群双手都颤抖了，他手忙脚乱地找到电脑，迫切地打开，将U盘插了进去。

里面有视频。

简小群感觉心脏都快要跳出来了，他屏住呼吸，点开了视频。

"小群，你肯定很好奇我为什么会录一段视频，并且藏在画的后面，请相信我，我不是为了故弄玄虚，也不是考验你对我的感情，而是为了安全起见。"

画面上，史笛坐在沙发上，面色平静，就如她平常面对简小群时的正常姿态，不像是一个即将奔赴死亡的抑郁症患者。

"小群，你是不是觉得我很神秘很遥远，身上隐藏了太多的秘密？其实不是，我只是在保护你，不想你受到伤害而已。请相信我对你的爱，对你的真心。

"你是不是一直怀疑我对你的爱？以及嫁给你只是为了找一个替代品？不，你错了。我是一个从来不会将就的人，不会委屈自己，更不会委屈别人。婚姻于我而言，是人生中最重要的一件大事，不仅仅是爱情的归宿与结合，也是人生过程中一个极其重要的起点。我一向视婚姻为人生的转折点，所以我精心挑选了很多年，总算遇到了你。

"在遇到你的一刻,我才相信人海茫茫,上天总会为你安排一个可以共度余生的人,不管他和你相距多么遥远,你们相识又是多么困难,只要是命中注定的人,总会相遇并且相爱,无论是不是最终会幸福地生活在一起,总之会在一起。

"在一起,就是最大的幸运了。"

史笛始终是无悲无喜的表情,平静、淡然,只是眉宇之间始终有一丝挥之不去的淡淡忧伤。

"小群,录制视频的时候,我们已经离婚半年了。半年来,我们没有再见过一面,你发了无数信息,我也没有回复。不是我狠心,是怕我回复之后,没有办法再冷静而理智地为你布局接下来的一切了。既然没有办法陪你走过这一生,长痛不如短痛,越早分开越好。"

"早早离开你,不是我狠心,是我不忍心。"

"相爱为什么要分开?因为问题大于爱!我们之间的问题,不是你的问题,是我单方面的问题。有句话说,如果两个正确的人相遇在了错误的时间,那么上天一定会让他们分开一段时间,然后让他们在对的时间里再次相遇。我也想等着在对的时间,我们再次重逢。可惜,时间对我来说,已经所剩无几了。

"我想和你说说我的人生经历、心路历程,以及对你的感觉、为什么要嫁给你又为什么要离开你……我从小生活在一个并不和睦的家庭中,父母天天吵架,在他们的吵架声中,我养成了胆小、怯懦的性格,也让小时候的我孤僻、独来独往,几乎没有朋友。

"直到上了高中,父母离婚了,我才得以解脱。离婚后,他们各自组建了家庭,并且都过得很幸福。我就想为什么他们不早点离婚呢?说是为了我,可是我在他们争吵、冷战的阴影中生活了十几年,造成了不可逆的童年伤害,他们不离婚为我带来的不是缝缝补补的所谓完整,而是吵吵闹闹的不可修复的裂痕!

"我恨他们!如果他们早些离婚,他们不用在对方身上浪费十几年的时间，我也可以不再有一个绝望而灰暗的童年。为什么他们不早早分开去奔赴各自新的幸福呢？婚姻归根结底是一种联营形式，是互补和互相促进，如果只有嫌弃和消耗，不如尽早分开，谁离开谁都可以活！我们每个人都是一个人来，最终还会一个人走。

"在父母分别组建家庭之后，我和他们都断绝了往来，我带着对他们无边的恨，不接受他们的道歉！他们在重新拥有了幸福之后，才知道当年对我的伤害有多大，越愧疚，越想补偿。他们有了各自的家庭后，也都欢迎我到家里做客。我似乎拥有了双倍的幸福，但其实还是没有办法融入他们各自的新家。

"我依然孤独，但我在孤独中变得坚强起来，因为我终于知道一个人只有自己强大才是真正的强大，只有内心的坚强才是真的坚强。我不再依赖他们任何一方，每个人都是独立的个人，都将为自己而活，活出自己的特色。

"父母各自成家后，也许是没有了对方的束缚，没有了内耗，反倒解放了思想，放开了手脚，从此海阔天空了。父亲原本在单位只是一个普通工人，突然就提了干，然后火箭般升迁，在单位成了部门负责人。而母亲辞职后开始做生意，居然风生水起，很快就赚了不少钱。她有时需要打开门路，让父亲帮忙，父亲也会帮她，二人配合得相当默契。

"原来有些人是天生的商业伙伴，而不适合当夫妻。

"后来母亲的生意越做越大，父亲的官也越升越高，再后来，父亲索性也辞职下海，和母亲联手了。他们虽然不再是一家人，却成了公司的合伙人。母亲是小心谨慎的性子，她不但让我改姓了她的姓，还和原先认识的人都断绝了往来，包括邻居、同学以及一些亲朋好友。她不想别人眼红我们，也不想借给别人钱。她常说升米恩斗米仇，有些穷人不值得帮，帮他，他觉得理所应当，从无感激之情，还会四处吹嘘你当年落魄时是如何不堪。一旦不帮他了，他就会更加贬低你，指责你忘恩负义，甚至就连当年他帮你搭过一把手也被他当成天大的恩情，需要你百倍偿还。

"有些人，你帮他七分，他认为应该帮他十分，所以你还欠他三分。"

"父母再婚之后的家庭，都没有再生孩子，后妈和后爸都有自己的孩子。父母离婚后又联合开公司，就引发了各自家庭另一半的不满，就开始闹事情，闹到后来，父母又分别离婚了。"

"离婚时，父母的另一半要求分割财产。父母各持有他们联合公司的一半股份，同时各分出一半财产的话，公司的一半股份就转让出去了。父母自然不同意，就先是扯皮，然后打了官司。后来法院判决后妈分了父亲一半的个人财产以及三分之一的公司资产。后爸也是一样，拿走了母亲三分之一的公司股份。

"父母分别离婚后，他们也没有复婚，继续只合作事业不谈感情。因为只是商业伙伴而不是人生伴侣，在公司的重大决策上，二人只从商业的角度出发，反倒让公司的发展继续保持了向上的姿态。到我大学毕业时，他们已经成为不折不扣的富豪。"

简小群双手抱膝，坐在地上，听屏幕中的史笛娓娓道来，仿佛她并未离去，只是在和他面对面谈心。视频中的史笛，目光从容，表情淡然，仿佛是在讲述别人的故事，并非她的亲身经历，并且她淡泊的表情，似乎泼天的富贵对她而言毫无意义一般。

从小家境一般，到了中学时开始发家，等大学毕业时已然成为极少数的富二代，史笛的人生经历不能说是荒诞，至少也有了传奇的味道。而她，坦然接受了命运馈赠的礼物，不管是贫困还是富贵，对她来说似乎都没有那么重要，她只在意她内心的感受。

屏幕上的史笛，微微动了动身子，歉意一笑："一时话说得有些多了，信息量有些大，希望没有吓着你。你是了解我的，小群，我渴望成功，希望富贵，但我更在意的是内心的充实和安宁。也许别人会认为我是在凡尔赛，你应该知道我到底是一个什么样的人。再多的金钱买不来我对艺术的追求，对精神世界的向往。所以在父母都要把他们的股份留给我时，我是拒绝的。

"我不想接手他们的公司，也不想成为和他们一样的人。但作为他们唯一的亲生女儿，唯一有血缘关系的后代，他们只有把他们辛苦赚到的一切交给我，才会放心安心。我坚决不要，他们坚决要给，还说如果我不接手他们的股份，他们的股份就会被外人抢走。

"我知道他们所说的外人是他们各自组建家庭的孩子，我小时候是懦弱、胆小的性格，长大后变得坚强了许多，虽然独立了，却还是有孤僻的阴影。我不是争强好胜的人，也不喜欢和别人争抢什么，无论父母如何托付，我都没有答应，直到有一天……

"直到有一天，父亲被他的继子刺成重伤，送到医院后伤重不治身亡，我才意识到所有命运馈赠的礼物，果然都已经在暗中标好了价格。泼天的富贵如果得来太容易，必然有惊天的变故来平衡，让你充分体会到什么叫'天之道，损有余而补不足；人之道，损不足而补有余'，你要承受多少富贵，你就得背负多大的负担。"

54 / 世界很大，但并没有几个人是为你而准备

"父亲的继子想在公司担任要职，父亲不同意，二人争执之时，继子突然发难，拿起父亲桌子上的裁纸刀刺向了他……

"父亲死后，继子也因过失杀人而入狱。继母将一切过错都推到了父亲身上，天天来公司哭闹。母亲和她争吵，又让保安将她赶走，却挡不住她的无赖与纠缠。

"父亲留有遗嘱，他名下的所有财产都归我所有，我摇身一变成为公司的大股东。我不想接管公司，希望由母亲继续管理。母亲却心灰意冷，不想再经营下去，就想卖掉公司以落个清净。我只好出面和继母谈判，告诫她如果再来公司闹个没完，我将以受害者女儿的身份向法院提交追诉，不要求民事赔偿，要求重判。

"继母吓倒了，为了儿子能够减刑，只好向我妥协，保证以后不再来公司闹事，只要我能出具谅解书。我当然没有出具谅解书，她儿子杀人的意图明显，虽然是冲动之下的过失杀人，但也是杀人，必须付出应有的代价。

"继父听说了此事，带着女儿也来公司闹事，希望可以得到更大的好

处,比如把他女儿安排在公司担任副总,等等。母亲不同意,继父就想让女儿效仿父亲的继子跟母亲大闹一场。还好我正好在公司,就出面了。"

简小群都听呆了,原来在她面前时而文艺时而忧伤的史笛,也有如此厉害的时候,敢于直面人生的艰难,敢于挑战自己不擅长的一面。

转念一想,简小群又黯然神伤,他和史笛是最亲密的夫妻关系,却并不知道她经历了这么多。又一想,即便是他知道了史笛必须面对的一切,他又能帮她什么?怕是除了无所适从之外,就是手足无措,就是无可奈何了。

史笛不告诉他,也是对他的爱护。与其知道了除了担心和不安完全没有有益的帮助,还不如不知道,当一个傻子也挺好。

简小群也渴望成长起来,不希望永远停留在初级阶段。他也知道有时成长需要付出惨痛的代价,但如果一个人永远在原地打转,一辈子走不出性格设置的陷阱,岂不是画地为牢了?人生的意义在于突破,在于勇往直前。

屏幕上的史笛忽然笑了,笑得很开心很灿烂:"我一直以为我很胆小怕事,很怕与人打交道,但当我站在正义的一方,拥有正当的理由和充足的底气时,我就变得不一样了,坚强而有理,有理则有力。我和继父对峙,和他的女儿理论,先是讲事实摆道理,他们不听。我就讲法律和后果,让他们知道如果闹下去最坏的结果是什么,让他们意识到是他们承受不起的损失时,他们就主动退缩了。

"每个人在做一件事情之前,总是会想到最好的一面,不去想最坏的结果是不是可以承受。如果先考虑到最坏的结果,再去做事,心态就会轻松许多,成功的可能性也会大大增加。在解决了继父的麻烦后,母亲更加沮丧了,她要将她名下的所有股份都转到我的名下,决定将公司全部交给我经营,她要退休,安享晚年。

"我还是不想经营公司,但又不能现在就眼睁睁看着父母创立的偌大基业被卖掉,就只能先管理公司,边走边看……

"公司的事情,其实并不重要,重要的是我为什么会走向绝路,为什么宁愿去死也不愿意和你共度余生,你一定很想知道答案。"

简小群立刻屏住了呼吸,一颗心都快要跳出来了。

"生命是美好的旅程,谁都想好好走好这一生,哪怕充满了惊涛骇浪或是崎岖的山路,也总是有不同的风景。只可惜,不是谁都可以完整地体验人生之路的四季,有人寿终正寝,有人中年身亡,而我,却要英年早逝了。

"别怪我,小群,我不是不想和你白头到老,只是我抗不过命运的捉弄。我说过,我不是一个将就的人,对爱情、对事业、对人生的每一步安排,都很认真。说是用心也好,说是挑剔也罢,如果有丁点的不满意,我都无法说服自己接受。因此,我直到大学时才喜欢上林天涯,作为我有好感的第一个男人,我对他的喜欢只持续了一个月,一个月后,喜欢消退,变成了好感。对他的好感,持续至今。

"喜欢不等于爱,好感也不等于喜欢。我原以为林天涯是我理想中的男人,后来发现他不是,而且他早就有了杨涵凉,我就与他和杨涵凉成了好友,无关风月,只因聊得来。林天涯后,我又遇到了不少追求者,他们不是过于浮躁,就是过于复杂,他们的社会背景秘密太多,而我喜欢简单的人和简单的人际关系,直到遇到你之后,我才相信我期待中的那个人真的存在。

"世界很大,但并没有几个人是为你而准备,为你而存在的!年轻时我们总以为那么多异性可以任由我们来挑选,慢慢才知道,双向奔赴的完美爱情只是一厢情愿的美好想象,有太多人终其一生遇不到期待中的那个人,而我很幸运地遇到了你!

"不要以为你无能、不起眼,没有特点,在人群之中并不突出,恰恰因为你的简单和心思纯净,在我眼中你才是世界上少有的人。人们往往会因为复杂而失去纯真，失去难能可贵的快乐。你不一样，你眼里有光，你有纯净的思想。你没有和别人纷争的想法，对谁都很善良，也从来不会计较什么，你就像我画的荷花，孤单地矗立在池塘之中，不在意池塘里的淤泥和嘈杂的鱼儿，只管自己静静地绽放。"

简小群从来没有想过他在史笛眼中是如此美好，他脸上绽放出幸福的笑容，同时泪流满面。

"和你结婚后，我以为我从此以后可以不再孤独，终于有人陪伴我共度余生了，我也准备在时机成熟时，告诉你我的身世。但幸福总是短暂的，命运会拿回它慷慨的馈赠，并且还要你支付高额的利息！就在我们结婚两个月后，我查出了身体问题，是罕见症，全球的发病率极低。在得知我们无法共度一生之后，我一度绝望、消沉、抑郁，经常会出神，会神思恍惚，会抱怨老天的不公和命运的不平。后来我慢慢想通了，世间的一切，都是写好的剧本，不要抱怨，都是自己的选择，承受所有命运的安排，接受所有人生的荒诞，笑着走完或长或短的一生，才是应有的态度。

"今天只能录这么多了，等有时间我再录一个视频。以后你有任何不清楚的地方，记得去找林天涯……"

视频突然就断了，简小群愣住了，怎么就没了呢？他还以为可以解开所有的谜底，却只有一半，不，连一半都没有，史笛并没有交代清楚她公司的事情以及她到底患的是什么绝症……

简小群止不住眼泪，他抱着笔记本电脑伏在沙发上，悲痛欲绝。

天，不知何时亮了，简小群醒来后发现怀中的画唯笔记本电脑已经被他压坏了，屏幕破裂、键盘崩开，号称是全金属机身的电脑就如此品质？他也顾不上计较太多，尽管当初选择笔记本电脑时，他考虑过苹果和ThinkPad X1C，从稳定性和电池续航来说，画唯不如苹果；从键盘手感来说，画唯又不如ThinkPad X1C，但画唯的音质好，6喇叭的音箱深得他心，并且号称采用了最新的金属微绒工艺，达到了平衡的平庸，才让他下定决心买了画唯。

不料却落了一个破裂的下场,还好,他的U盘没有被破坏,否则他一辈子拉黑画唯品牌。

简小群赶紧拿好U盘,一路狂奔到了公司,将U盘里的视频复制到了公司的电脑上,还上传到云端一份,才算安心。

刚泡了一杯茶,才喝一口,手机响了。简小群一看来电,手一抖,茶杯摔到了地上。

是史笛的另外一个号码来电。

史笛的两个号码,一个登记在林天涯名下,另一个登记在杨涵凉名下。登记在林天涯名下的号码,上次简小群打过去被告知已经易主别人了。

现在打过来的号码是登记在杨涵凉名下的一个。

简小群是第一个来公司的,还好左右无人,他强行稳定了心神,接听了电话。

"您好!"

"小群,你现在过来见我,立刻,马上!不要告诉任何人,就你自己过来!一定照办,否则,史笛的秘密你就永远不会知道了。"

是杨涵凉的声音。

简小群心中稍定:"是你自己吗?林天涯呢?"

"我自己。他还在泰国没有回来,他有问题,大大的问题。我们必须联手才能对付得了他。"杨涵凉声音急促,"我现在就发你一个地址,你赶紧过来,一个人。如果还有别人,你就见不到我了。"

电话挂断了。

简小群正愣神间,手机一响,杨涵凉通过微信发来一个地址。

怎么办?简小群只犹豫片刻就有了决定,去!

刚下楼,迎面走来了蒋天。

55 / 道理可以接受，心情可以理解

有一段时间没见蒋天了，他的突然出现让简小群一时有些失神。

蒋天拦住了简小群："要去哪里？我有非常重要的事情要和你说。"

"等我回来再说。"简小群绕过蒋天。

蒋天转身拉住了简小群的胳膊："作为史笛的全权代理律师，也是你的律师，你必须告诉我你要去哪里，因为我找你是有重要的事情要宣布，事关史笛！"

简小群还是不想告诉蒋天杨涵凉的事情，挣脱了蒋天就跑："等我一下，我去去就来，顶多一个小时。"

蒋天一句话又让简小群停下了脚步："是杨涵凉说有重要的事情和你碰面，对吧？"

简小群被说破，只好点头："是的，她语气很急，我答应了她一个人去，不能说话不算话。"

"你现在有两个选择……"蒋天的语气是不容置疑的坚定，"第一，听我说完你再一个人去；第二，让我陪你一起去。"

简小群一时为难："蒋律师，你就别再折腾我了，我一个小时就回来了……"

"我要和你交接的事情，比你见杨涵凉更重要。"蒋天挡在了简小群

的面前,"不会耽误你太多时间,顶多五分钟。"

简小群点了点头:"好,你说。"

蒋天拉着简小群回到办公室,关上门,郑重其事地宣布:"受史笛女士委托,现在你已经触发了第三个条款,即日起,500万的投资会打入公司账号。"

简小群蒙了:"不是说查明史笛自杀的真相才会打来投资款吗?"

"查明自杀的真相只是触发条件之一,还有一个隐性条件是如果因为你而有外部投资进入,也算触发了条件。"蒋天拍了拍简小群的肩膀,"祝贺你,从此要真正开启创业之路了。"

"谢谢!"简小群看了看时间,才过去了3分钟,"我可以走了吗?"

"还不行。史笛委托我的业务中,除了向你转交股份、资产之外,还有一些你们之间的个人私事要善后,你是不是拿到了史笛留给你的U盘?"

"啊!"简小群这一惊可是非同小可,他差点跳起来,"这你都知道了?"

蒋天哈哈大笑:"作为史笛最信任的人,我知道她许多连你都不知道的事情。我还知道你拿到的U盘只有前半部分视频,后半部分才是最关键的,对不对?"

简小群对蒋天更加佩服了:"蒋律师,快告诉我史笛所有的事情。"

"对不起,时机不到,我不能透露。我有职业操守,必须遵守协议。"蒋天抓住了简小群的胳膊,"小群,你是相信我还是相信杨涵凉?"

以前的简小群,简单,认为人和人的关系一点也不复杂,从来不会算计别人,也不会防范别人。现在他不一样了,他成长了,史笛的事情让他意识到人心有复杂的一面,没有人可以全心全意地对你好,除非你完全符合他的需求。

蒋天是史笛的发小,知道史笛的许多事情不足为奇,史笛委托他作为全权代理律师,也足以说明史笛对他的信任。若是以前,简小群也会百分百地信任蒋天。现在则不同了，蒋天早就知道史笛留有U盘，却直到现在才告诉他，他隐瞒至今，就算有史笛的交代，也有点过分了。

简小群摇了摇头："都不信！我跟你们都不熟，没法相信你们。"

"你应该相信我，我是史笛的发小。"

"杨涵凉还是史笛的大学同学呢，又能怎样？你们都不告诉我史笛到底发生了什么，你们都在故意隐瞒真相。"

"也不是。"蒋天叹息一声，"史笛对人际关系的处理很有逻辑，也很巧妙，我虽然算是她的发小，但也只知道她人生某一个阶段的一些片断，对她其他的关系网，基本上一无所知。而且，她在委托我作为全权代理律师时，再三叮嘱，只让我向你透露她协议中的部分条款，其他事情，都不要说。你说我和她关系近还是跟你关系近？于公于私，我都会遵守和她的约定。"

道理可以接受，心情可以理解，但简小群还是很不满："还有事吗？我得赶紧走了。"

"我必须得跟你一起去。"见简小群要反对，蒋天忙解释说道，"第一，我有必要保护你的安全，你见杨涵凉，说不定有危险。第二，史笛和我的约定中，在完成她所交代的全部事情之后，我会自动转为你的法务顾问，顾问费她已经提前支付了。而且你还不能拒绝，她作为你的投资人，有权指定公司主要岗位的人员。"

"第三，在投资款到账之后，就会触发第四个条件，第四个条件中包含了让你如何和林天涯、杨涵凉打交道，所以我有必要现在就介入。"

简小群一听有史笛的安排，当即就答应了："不早说。早说史笛有安排，你跟我去我还会反对吗？不过有一点，到时你别出现。"

"妥了，没问题。"蒋天放心地连连点头，"我躲在一边，随时做好保护你的准备。"

路上，简小群接到了莫宜的电话，莫宜和罗艺到了公司没有见到他，

305

问他什么时候到，要商量公司的架构和发展。

现在莫宜和罗艺已经以公司的股东和高管自居了。

简小群想说实话，他不善于撒谎，刚要开口，被蒋天用眼神制止了。

蒋天抢过了简小群的电话："莫宜，我是蒋天，现在小群在开车，不方便接听电话。我和他去办理一些法律上的事情，大概两个小时会回公司。"

莫宜也未多想，挂断了电话。罗艺却觉得不对，现阶段似乎也没有什么法律上的事情需要简小群专门去办理一趟，蒋天以前也从未专程陪同简小群出去过。

对罗艺的疑问，莫宜觉得是她多虑了。

车行半个多小时，到了杨涵凉的指定地点。半路上已经换了蒋天开车，简小群下车后，蒋天开车继续前行，假装是网约车。

是一处咖啡馆，名字很怪——有个想法，装修很有朋克风，椅子也是实木的。

位置偏僻，人很少，几十桌的大厅只有一桌有客人。

一眼扫过去，不见杨涵凉，简小群就给她发了信息。

杨涵凉过了一会儿才回信息："你刚才坐的是网约车？司机不是你的朋友吧？"

警惕性真高，简小群回答："司机不是朋友，我是一个人来见你的。"他也没说谎，蒋天算不上朋友，他现在确实是一个人。

杨涵凉又回复："从咖啡馆穿过去，从后门出来，向前100米左转，有一个烧烤店，进来，最里面的位置。"

大早上的，烧烤店开门吗？带着疑问，简小群穿行过去，果然发现了烧烤店，居然真的开门了。他进去后，一眼就看到了坐在最里面的杨涵凉。

杨涵凉戴着帽子，低着头，坐在昏暗的角落里。简小群径直走过去，坐在了她对面。

杨涵凉抬头扫了简小群一眼，又警惕地左右看看："确定没人跟踪你？"

简小群摸了摸脸："你觉得我有被别人跟踪的价值吗？别太紧张了，你越紧张，越会有人注意你。"

"倒也是，我是被林天涯吓怕了。"杨涵凉慢慢放松了几分，"先告诉你一个秘密，暗中潜入你家的人就是我。"

简小群吓了一跳："真的是你？为什么？"

"别一惊一乍的。"杨涵凉压低了声音，"我是在找一件东西，一件对林天涯来说至关重要的东西。"

简小群蓦然想到了什么："是个U盘，对吧？"

"你既然点破了，说明你已经找到了U盘，这就更好办了。"杨涵凉点了点头，"准确地讲，是两个U盘，一个里面是视频的前半部分，另一个里面是视频的后半部分。你现在有哪一个？"

简小群本想说有前半部分，话到嘴边却又留了个心眼："你们为什么要找U盘？U盘是史笛留给我的东西，和你们没关系。"

杨涵凉双手捧着杯子，杯子里是热水："事情很复杂，说来话长……"

简小群的目光一闪，从窗户望过去，看到了远处有一个熟悉的身影穿着清洁工的衣服在打扫卫生，他暗暗笑了，蒋天够聪明，居然装扮成了清洁工。

"我有时间。"简小群决定听杨涵凉说下去。

杨涵凉的目光朝外面望去，在清洁工打扮的蒋天身上停留了片刻，简小群以为她发现了什么，不由得紧张地握紧了拳头。

杨涵凉收回目光，目光平静，简小群暗舒一口气，应该只是无意地一瞥。

"林天涯和史笛的爱情故事，你觉得是真的吗？"杨涵凉突然一问。

307

简小群一时愣住了："史笛说是真的，就是真的。说不真，就不真。重要吗？"

"重要，非常重要。"杨涵凉勉强笑了笑，"最开始，史笛喜欢上林天涯是真的，林天涯不喜欢她，拒绝了她，也是真的。后来，史笛对他念念不忘，是假的。因为史笛对他的喜欢只是一种冲动和好感，认清了林天涯的真实面目后，就打消了对他的想法。"

"但是，林天涯却喜欢上了史笛！"

简小群大有疑惑："不是林天涯和你是青梅竹马，早早就有婚约了吗？"

56 愤怒是最无用的情绪，只能伤了自己

"是的，正是因为和我有了婚约，他才不敢大胆地喜欢史笛，却暗暗向史笛表白，还说他会想办法甩掉我然后和她在一起……"杨涵凉突然目露凶光，咬牙切齿，"林天涯就是天底下最无耻最浑蛋的人，骗得我好苦！如果不是这次去泰国，不是宝春帮忙，我还不知道他暗中一直追求史笛，直到史笛自杀的前一天，他还缠着史笛，给她发暧昧的短信……"

事情怎么突然就反转了？简小群睁大了双眼："宝春帮忙了？他是不是因为帮了你才失踪的？"

"宝春的事情，等下会说到的……"杨涵凉眼中的怒火越来越旺盛。

简小群忙为她倒了水："你稳定一下情绪，别激动，慢慢说，别着急。"

杨涵凉喝了一口水，压了压火气："怪事，简小群，你怎么一点也不愤怒？"

简小群笑了："愤怒是最无用的情绪，只能伤了自己，对别人完全不起作用。我小时候经常生气，一生气就撞墙。慢慢地发现生气纯属是从心理到生理上对自己的双重伤害，而气你的人，毫发无伤。想通了道理，就再也不气了。"

"现在，可以继续说事情了吧？"

杨涵凉又猛喝了几口水："我没办法跟你一样不气,你容我缓缓。"

……在林天涯拒绝了史笛的示爱之后,杨涵凉以为林天涯真的一心扑在她身上才不喜欢史笛,却没想到,林天涯只是虚晃一枪。

后来林天涯暗中和史笛联系,向史笛吐露心声,尽管史笛并不回应他,他还是乐此不疲,认为史笛是在考验他的真心。

史笛始终和她、林天涯保持着联系,毕竟是同学,又是商业上的合作伙伴。

林天涯表现得一向很好,在她面前只要提及史笛,就会斩钉截铁地对她声称他永远不会爱上别人,包括史笛,不管史笛多优秀对他多痴迷。杨涵凉信以为真,史笛的存在不但没有影响他们的感情,反而锤炼了林天涯的真心。

杨涵凉被骗了很久,直到泰国之行之前,她从来没有怀疑过林天涯对她的专一,如果不是李宝春无意中发现了林天涯的秘密,她不知道还要被骗多久。

泰国之行,林天涯安排的行程很紧凑,每天都要去好几个景点,让她苦不堪言,累得不行。到第三天时,她受不了了,主动提出自己在酒店休息。林天涯关心了她一番,又安慰了几句,就和李宝春按照原计划出去了。

突然的泰国游,林天涯说是要见客户,但三天过去了,只见旅游不见他和客户碰面。虽然以前也习惯了旅游加谈生意的节奏,这次泰国之行到底要见谁以及要谈什么,林天涯并没有和她说清楚。

疲惫再加上感冒,杨涵凉状态很差,吃了药后就昏昏欲睡了。迷迷糊糊中,她听到林天涯回来了。

杨涵凉和林天涯住的是套间,她听到林天涯在外间和李宝春说话,声音不大,她却能听得清楚。

"涵凉一吃感冒药就睡得很死,不要担心她会听到,宝春,你现在已经是自己人了,我的事情你当成自己的事情来办,你说,我的计划是不是可行?"林天涯说话间,还特意来卧室看了一眼,轻轻呼唤了杨涵凉几声。

杨涵凉是有一吃感冒药就睡得很死的习惯,但今天她水喝多了,刚睡着就被憋醒了。她忍住不去,就想听林天涯有什么计划。

她还以为林天涯为她安排了什么惊喜,因为今天正好是他们相识的纪念日。

李宝春的声音在外面响起,有些飘忽,也可能是李宝春的声音在颤抖,反正听在杨涵凉耳中,有一种迷离的不真实感。

"林、林总,我想辞职,不想再干了。我能力有限,胆子又小,做事笨手笨脚,实在是不适合当您的助理,您就高抬贵手放过我,好不好?"

李宝春的声音近乎哀求。

"说什么呢你,宝春,我有强迫你吗?我在欺负你吗?你太让我失望了!我原本打算把你培养成公司的总经理,给你股份,许你泼天的富贵。你却这么没出息,不识抬举,你知不知道你说这些话会让我有多伤心?"林天涯先是动之以情,然后晓之以理,"你有没有想过,如果接受我的安排,你以后不但会有百万的年薪,还会有公司10%的股份,身家有十亿以上!"

李宝春依然退缩:"谢谢林总的抬举,我真的不行!您还是赶紧换个人选吧,别耽误您的大事。您饶了我吧,我就是个瓜怂、草包,我担不起您交给我的重任。"

林天涯的声音陡然一变,凌厉而咄咄逼人:"李宝春,别不识好歹,你以为你现在还能回得去?晚了!你已经上了我的船,知道了我太多的秘密,你还想下船,没门!

"上次从欧洲回来,在飞机你偷听到了我和杨涵凉的谈话,别以为我不知道!你瞒不过我!"

杨涵凉听到"扑通"一声,不知道是李宝春坐在了地上还是跪在了

311

地上。

"对不起,林总,我真的不是故意偷听的,一不小心就听到了。"

"哈哈……"林天涯放肆地大笑,"你可真蠢,一诈就说实话了。原来你还真偷听到了我们的对话,李宝春,你别想逃了,要么跟我一条路走到黑,要么你就在泰国消失,永远也别想回国。"

李宝春的声音颤抖得不像样子了:"林、林总,你带我来泰国,是不是就已经想好了如果我不听你的话,你就不让我再回国了?"

"算你聪明。"林天涯嘿嘿一阵冷笑,"在泰国失踪,你就会和一个肥皂泡一样在阳光下消失得无影无踪,就像从来不曾存在过一样。不会有人知道你消失的真相,也没人关心你为什么消失,到最后,你消失的事情就如一朵轻烟消散在空中,你的身体和名字。将永远从这个世界上被抹去。"

杨涵凉强忍内心的悲凉与惊恐,她从来不知道她认识多年的林天涯会如此穷凶极恶,她怎么从未见识过林天涯犹如恶鬼般的面孔?为什么一个人会有如此深藏不露的一面?

第一次,杨涵凉遍体生寒,不是感冒带来的生理反应,而是源自心底的冰凉。

后来林天涯和李宝春又说了些什么,杨涵凉没有听进去,她只觉得身上一会儿冷一会儿热,不知是真的病情加重,还是惊吓过度。不清楚辗转反侧了多久,她居然睡着了。

醒来后,睁开眼睛就看到林天涯坐在对面,正一脸温和的笑容为她削苹果。他修长的手指灵巧无比,上下翻飞间,长长的苹果皮就围成了一个圈,既薄又不断。

刀功相当不错。

林天涯切了一块苹果递了过来:"是不是还是很佩服我的刀功?从小家里人都说我的手是拿手术刀的手,可惜阴错阳差,最终我没有学医。不过我倒是自学成才，在没有老师的指导下一个人解剖了大白兔、小白鼠……"

"你肯定还记得有一年我回老家，用一把手术刀帮他们杀猪宰羊的往事？呵呵，想起来就觉得有趣，他们怎么都想不到一把小小的手术刀竟然可以这么灵活，不但杀得了温顺的绵羊，还能结果得了一头力大无比又暴躁的大猪。其实刀用好了，大小不重要，重要的是下手要稳准狠，要看准要害，确保一刀下去就毙命。"

"很多时候，大部分事情只要找到了关键点，就可以牵一发而动全身，就可以永远掌控主动权。"

杨涵凉不敢接林天涯的苹果，生怕他刀口一转，刀光一闪划破她的喉咙。林天涯说过，人的颈动脉很粗大，一旦划破，片刻之间就会血溅三尺，神仙难救。

林天涯执意要杨涵凉接过苹果："快拿住，要不我拿不住苹果，手一滑，划破你的手怎么办？别怕，我肯定不会划到你的要害。就算你听到了我和李宝春的对话，你也是我最爱的人，我怎么会对你下手呢？"

杨涵凉接过苹果，手一抖，苹果掉落在了地上。林天涯捡了起来，削掉一层，用刀子插上，送到了嘴里："掉在地上的东西，弄干净了也可以吃，别浪费。"

"涵凉，你想好怎么做了吗？"

杨涵凉强忍内心的惊恐："我、我什么都没听到，不知道你在说什么……"

"涵凉，你太不会撒谎了……其实我刚才是诈你了，就跟诈李宝春一样，你还是一诈就露馅了，真的，想要拿捏你实在太简单了。离开了我，你在这险恶的世间怕是连三天都活下去，你真的应该感谢我对你的保护和遮风挡雨。"

既然事已至此，杨涵凉索性把心一横："李宝春人呢？"

"他失踪了。"林天涯又切下一块苹果放到了嘴里，慢慢咀嚼，"他表面上答应我，跟我合作，听我的话，暗中却想摆脱我的控制，他太天真了，在泰国，我的势力有多庞大，他无法想象。过几天我就去报警，到时警察会查到是他自己离开的酒店，最后去了哪里，就永远没人知道了。"

"他就这样失踪了，永远消失了，连同他的身体和名字。"

杨涵凉吓得不轻："你、你杀了他？"

"怎么会？我从来不会杀人，也不会害人，我只是去激发一个人内心深处的欲望，不管是野性、狂野还是残暴！我像是点燃光明的引路人，最终他是散发光和热，还是爆炸或是燃烧，是他自己的事情。"

杨涵凉已经听不下去林天涯的大道理了，她只想知道林天涯到底要做什么。

57 每个人都是疯子,也都是病人,只不过是病情的轻重不同而已

"我要做的事情很简单,让简小群乖乖地将史笛留给他的一切,双手奉送给我。我要拿走他的一切,不,原本是属于我的一切,还要他甘心情愿,并且毕恭毕敬。"

"你疯了!"

"对,我是疯了病了。每个人都是疯子,也都是病人,只不过是病情的轻重不同而已,我是比大多数人更真实更坦诚,更愿意诚实地表露自己的真实想法。"

杨涵凉和林天涯认识多年,认定他不敢真的对她如何,就问:"你想怎么对我?说实话,林天涯,我是听到了你和李宝春的对话,还有你背后所做的一切,我都没有可以去举报你的真凭实据!我们夫妻一场,不至于闹到你死我活的地步,对吧?"

"只要你老老实实地待在我身边,不坏我的事情,不乱跑,我就不会对你怎么样。"林天涯似乎对杨涵凉很放心,又交代了几句就出去了。

去做什么,又见谁,杨涵凉不去问,也不想知道。

杨涵凉没敢报警,毕竟她也确实什么证据都没有,只有林天涯自己空口无凭说了一堆。

第三天,杨涵凉接到了一个神秘的电话。

"杨总,方便接电话吗?我知道现在林天涯不在你身边。你别惊慌,我暂时还没事。"李宝春的声音还很平静,"我想和你见个面聊一聊。"

杨涵凉想拒绝,但又实在按捺不住好奇心,就答应了。

李宝春猜到了她的担心:"没事,不用怕会被林天涯发现,他今天去了另外一个城市,晚上前不会回来。我亲眼见到他上了车,跟人走了。"

杨涵凉和李宝春见面的地方就在酒店的后花园。

酒店后面临海,到海边之间,有一个大大的花园,鲜花盛开,并长满了各种热带植物。

李宝春在一个亭子里等杨涵凉。

杨涵凉一见李宝春就问他去了哪里,是不是被林天涯坑了,或是躲起来了,李宝春比杨涵凉想象中镇静,他告诉杨涵凉林天涯想让他做他不想做的事情,他假装答应林天涯,然后就藏了起来。林天涯也没有派人找他,他见杨涵凉是提醒她尽快离开林天涯,以防林天涯做出失控的事情。

"林天涯到底想干什么?"杨涵凉见李宝春没事,也就放心了不少。

"不知道。我见你,就是想问问你,林天涯究竟在谋划什么?"李宝春一脸期待,"只有弄清了他的真正目的,我们才能做好防范,才能保护好自己。"

"我也不知道,他的许多事情我只知道一部分,他不让我参与太多,说是不想让我操心。"杨涵凉和林天涯虽是夫妻,表面上经常跟在林天涯身边出席各种场合,陪他见客户,实际上她只知道林天涯做的是医药代理生意,具体代理的是什么药,又往哪个渠道销售,她一概不知。

李宝春大失所望,摇头叹息:"还以为可以和你达成共识,我们组成联盟,没想到,你知道得不比我多……"

杨涵凉忽然想到一个关键点:"宝春,你怎么就肯定我一定会和你见面,而不是通知林天涯?"

李宝春自信地笑了:"我有个秘密,就是耳朵特别好使。我和林天涯在外面说话时,你在里面醒了,强忍着不出声,分明是怕被林天涯察觉到你没睡踏实,就不难猜到你在提防他。"

"而且我最近一直在观察你们,他好多事情都背着你,很多时候,你好像知道他在干什么,但具体在干什么,你又完全不清楚。林天涯许多事情瞒着你,说是为你好,是让你岁月静好,其实是他想要掌控一切。"

"林天涯有太多秘密了,除了工作上的事情之外,还有感情上的,他一直在向史笛求爱,你不知道吧?"李宝春接下来说出了一番让杨涵凉三观颠覆的话。

……有一次,林天涯喝醉了,说了许多醉话,包括和史笛的事情。他是先拒绝了史笛的喜欢,后来得知史笛是一个超级隐形富二代后,又改变了主意,开始暗中追求史笛。他的如意算盘是等他真正拿下了史笛,就找个理由和杨涵凉分开,毕竟比起他和杨涵凉简单的爱情,和史笛的爱情可以有面包的加成,自然就更加美味了。

而且林天涯也摸清了史笛的身家,个人财富是一个非常惊人的数字。史笛很低调,伪装得相当好,没有人知道她是相当有钱的富家女。

林天涯自以为史笛先喜欢上他,被他拒绝了,在患得患失的心理之下,他反过来追史笛,肯定手到擒来。而且史笛那么文艺,只要他制造一个浪漫打动了她,她必然会不顾一切地跟了他。但他错了,史笛从来不是一个将就的人,对他的喜欢过去了,就不会再回头。

林天涯认为史笛是在钓他,是对他以前拒绝的报复,没关系,他有的是耐心和时间。他决定放长线钓大鱼,反正史笛已经嫁人了,而他也结婚了,想要拆散两个家庭重新再组一个,需要一个漫长的过程,他需要从长计议,需要从容布局。

到底林天涯是如何布局,又布了一个什么局想要达到什么目的,他没说,李宝春也没问。李宝春其实并不关心林天涯的计划,如果不是一时贪心头脑发热上了林天涯的贼船不好下来,他早就远离林天涯了。林天涯爱害谁害谁,想坑谁坑谁,只要不波及他就好,哪怕林天涯想要算计的人是他的好友简小群。

李宝春向杨涵凉说完他所知道的林天涯的一些秘密,起身就走了。杨涵凉想问他去哪里,有没有危险,也没来得及。

"事情就是这么个事情……我算是看透了林天涯,没想到他是这么无耻的一个人,现在他一心想要谋夺史笛留下的遗产,说不定史笛的死也和他有关。我现在很害怕,不知道什么时候他就会对我下手。"杨涵凉说完,双手紧张地握在一起,"简小群,如果林天涯想要害我,你会保护我吗?我知道你现在已经很有人脉了,只要你答应保护我,我就做你在林天涯身边的眼线,会监视他的一举一动,会随时向你报告他的行踪……"

简小群努力消化杨涵凉带来的消息,过滤无用的杂质,留下有用的细节,分析其中的真假。

倒退到以前,他会无条件相信杨涵凉所说的一切,但现在他终于意识到了他不再是一个不起眼、无用的小人物了,而是一个拥有许多资源、财富的社会成功人士,围绕在他身边的人不再是单纯的感情上的朋友,因为他身上有太多别人觊觎的东西,包括但不限于财富和影响力。

富贵其实是两件事情,得其中之一,朋友就会多起来。两者皆而得之,放眼天下全是笑脸。简小群深刻体会到了人情冷暖与世态炎凉,好在他并不在意身份和地位的提高,他只想弄清史笛真正的死因——尽管史笛自称身患罕见的绝症,但他相信她的死,还是有外界的因素。

简小群的目光有意无意朝窗外扫了一眼,清洁工打扮的蒋天依然在假装扫地,他认真的样子很像专业人士。他现在已经离窗户很近了,只有十米远。不过他很小心,有意躲在了杨涵凉的视线盲区。

等了半天,不见简小群回答,杨涵凉脸色一沉:"简小群,你不愿意帮我?不敢帮我,还是不相信我?"

简小群微微摇头，叹息了一声："为什么是我而不是别人？能帮你的人太多了。"

杨涵凉目光低垂："别人都是局外人，都和史笛无关。林天涯想要抢夺史笛的遗产，是要从你手里抢，你还不明白吗？"

简小群当然明白，他点了点头："你们是什么时候回国的？"

"昨晚到的。一回来，林天涯就不知道去忙什么了，趁他不在家，没有注意到我，我就第一时间联系了你。"

"李宝春就和你见过一面，后来呢？"

"后来就再也没有见过，也没有消息了。林天涯还去当地警局报了案，调查来调查去，还是没有结果。"

简小群沉默了一会儿："你不介意我把你所说的一切告诉警察吧？"

杨涵凉脸色大变："不，千万不要！"

"你怕什么？"

"我怕林天涯狗急跳墙，会对我下手，也会对你不利。"

简小群摇了摇头："不会，相信我，他不会！他图的是财，一个无比贪财的人，也会特别惜命。因为只有有命在，钱才有意义。"

"不，你不知道林天涯的手段，他非常阴险狡诈，阴谋诡计层出不穷。他能让李宝春消失，也能让我和你消失。"杨涵凉十分紧张地抓住了简小群的手，"简小群，求求你帮帮我，我不想人间蒸发，不想被自杀，不想出车祸，不想爬山，不想潜水，不想酒精中毒，不想出各种意外……"

简小群的手机响了。

是蒋天来电。

简小群先朝窗外张望了一眼，不知何时蒋天已经不见了。他忙接听了电话："出什么事了？"

话筒中，传来了蒋天气喘吁吁的声音。

"快来救我，小群！我正在被人追杀！"

简小群大吃一惊，蓦然站了起来："你在哪里？"

"你一出来就能看到我了，快！"

简小群顾不上许多，起身就走："我先出去一趟，有急事。"

杨涵凉立刻跟了上去："我也要去，我不想一个人待着。"

58 信，你就输了

简小群快步如飞，推门出来，左边几十米开外，两个人扭打在一起。一个是清洁工打扮，另一个着装看上去是保安。

蒋天怎么会和保安打了起来？

简小群冲了过去，一把揪住了保安的衣领，一拳就砸在了他的脸上——自从上次和毕大邱打架获胜之外，他如同获得了打架的天赋，从小逢打必输的他现在已经不再害怕打架，相反，一旦动手他的内心就会涌现冲动与热血。

难道毕大邱无意中帮他打开了人生的另一个技能？

一拳下去，本来占据上风的保安顿时头破血流，鼻子都歪了，立刻失去了战斗力，蹲在了地上，大喊："简小群，你快住手，是我！"

简小群飞起的一脚没收住，还是踢在了他身上，他被踢得打了个滚，又站了起来。

"是我，简小群，林天涯！"

简小群冲过去还要补上一脚的姿势就进行了一半，停在了冲锋的关头。

"林、天涯，真的是你？"简小群慢慢收回右脚，很奇怪地想起了当初他和毕大邱打架的经历，当时他正是一记飞脚打得毕大邱没有了还手之力,只能连连求饶,刚才他要是一脚真的下去了,林天涯会不会也会当场求饶?

怪异的念头一闪而过,简小群上前扶起了林天涯,替他拍了拍身上的土:"林总,怎么干起保安了?"

林天涯的目光落在了简小群身后的杨涵凉身上,目光中闪过一丝阴狠与无奈,勉强一笑:"见笑了!还不是为了她?她太让人不省心了,一个人不说一声就从泰国偷跑回来了,还偷偷跑来找你。我一路跟踪她,居然还跟丢了。"

"还好我机智,摸到了这里,和保安商量着换了他的衣服,想凑近点听听她在跟你说什么,结果就被蒋天拦住了。"林天涯生气地看向了蒋天,"蒋天,你是不是傻呀?同时天涯沦落人,相逢何必大打出手?我们都沦落成清洁工和保安了,像做贼一样偷偷摸摸地监视他们,然后我们还自相残杀,傻不傻呀?"

"你才傻,我是为了阻止你害人。"蒋天大义凛然,挺身而出挡在了简小群和杨涵凉面前,"林天涯,你尽管冲我来。小群、涵凉,你们先走!"

林天涯急了:"简小群,千万不要跟杨涵凉走!千万不要相信她的话!她就是一个天才级别的骗子,非常有迷惑性、欺骗性,非常会表演,她说的话,从标点符号到语气助词,你都不要信!"

"信,你就输了。"

杨涵凉紧紧抓住了简小群的胳膊:"小群,他疯了!他病了!他急了!你一定要阻止他,如果我落在他手里,怕是活不成了。"

乱了,全乱了!简小群不知道该怎么办了,蒋天此时突然暴起,一下把林天涯扑倒在地,死死按住,大吼:"简小群,你们快跑!"

杨涵凉动作迅速,一拖简小群的胳膊,转身就跑:"小群,快跑!"

简小群被用力一拉,险些摔倒,他甩掉杨涵凉的胳膊,揪起和林天涯纠打在一起的蒋天:"不要打!我不走的,我要听林天涯说些什么。"

林天涯挣脱了蒋天的魔爪，躲到了简小群身后，他趁机压低声音说道："简小群，别听杨涵凉对我的污蔑，她在误导你！还有，别信蒋天，他现在和杨涵凉是一伙儿的。你先挡住他们，我先撤，回头我再和你联系，我们私下见面说个清楚。"

话一说完，林天涯瞬间就溜了，跑得比兔子还快。

蒋天想追，被简小群拦住了。

"别追了，随他去吧。他不重要，我们接着聊我们的事情。"简小群现在愈加迷惑了，到底谁好谁坏？就算都是在利用他，也总能分出三六九等吧？

简小群几人在林天涯走后，没有再去烧烤店，而是回到了猫之家咖啡馆。上午的阳光穿透宽大的落地窗，照得咖啡馆充满了温馨、和谐的氛围。几只猫懒洋洋地东倒西躺，再配合咖啡的香气，如果不是有简小群、杨涵凉和蒋天三人的出现破坏了氛围，就该是多美好的一副岁月静好的画面。

简小群和蒋天坐在一起，杨涵凉坐在对面，三人各要了一杯咖啡。

有一只猫来到了蒋天脚下，叫了几声，一跃上了他的腿，却被蒋天一巴掌打走了。

蒋天怒气冲冲："最烦小动物了，除了天天缠人之外，没有丁点实用价值。我从来不养猫猫狗狗，它们都是对工作和生活的消耗。"

"没有实用价值，它们可以提供情绪价值。人都有情绪需求……"杨涵凉喜欢猫，她抱起一只狸花猫放到了腿上，轻轻抚摸，"小动物比人可靠多了，至少它们不会背叛你，更不会坑你害你。"

"蒋律师，你没必要躲在一边偷听，其实你可以和小群一起和我见面的，我信你。"

蒋天不好意思地嘿嘿一笑："我是觉得自己虽然是史笛的全权代理律师，但在她委托的事情之外，我也是局外人，就没好意思露面。刚才你们都交流了些什么,我大概也知道了。我现在不明白的是,林天涯为什么非要继续控制你?现在放你离开不是更好吗?"

杨涵凉垂下眼睛,一脸落寞:"如果史笛还活着,他当然巴不得我赶紧离开他。史笛不在了,他只有继续控制住我,才会有胜利的喜悦。对控制欲极强的人来说,他要的就是控制,并不在意控制之后是不是有什么好处。"

"控制本身就能为他带来快感和成就感。"

简小群点了点头:"现在回到事情的起点,说回U盘的事情,涵凉,另一个U盘是不是在你手里?"

杨涵凉点了点头,又摇了摇头:"原本是在我手里,我看了后,是视频的后半部分,就想回到302室找到前半部分。去了几次都没有什么发现。后来林天涯不再相信我,就将U盘藏了起来,我找不到了。现在U盘其实已经在林天涯手里了。"

"史笛和我交代过U盘的事情……作为史笛的全权代理律师,我有权了解一下U盘里的内容。"蒋天有几分迫切,他想起了什么,又切换了话题,"小群,其实史笛在生前更相信涵凉而不是林天涯。同样,在我和安华之间,她也是更信我。"

"所以,如果安华和你说了什么,你不要信,最好找我求证。"蒋天目光坚定,"毕竟我是史笛的全权代理律师。"

"以后你有任何不清楚的地方,记得去找林天涯……"简小群脑海中回响起史笛在第一段视频中的最后一段话,她强调的是林天涯而不是杨涵凉或是他们二人,而且史笛将一部分股份赠予了安华而不是蒋天,两个非常明显的带有倾向意味的安排,肯定不是无心之举,而是有意为之。

简小群现在愈加成熟了,他不再靠情绪判断对错,而是学会了冷静和理智。

"U盘里都是史笛对我说的话,都是个人私事,和你们无关。"简小群才不会把U盘交给别人,他只关心另一个U盘的下落,"你们是怎么拿到另一个U盘的?"

"我潜入你家好几次,第二次找到了另一个U盘,就插在客厅的电视上。"杨涵凉低头,不好意思地笑了笑,"是林天涯说史笛告诉他她留了两个U盘给你,希望你可以早日发现。他就记在了心里,非逼我过去先找到U盘。"

"后半部分视频的U盘好找,视频前半部分的U盘我找遍了整个房间,都没有发现。我以为是藏在了门口的鞋架里,翻了几次才确信没有。"

简小群微有几分紧张:"另一个U盘里是什么内容?"

杨涵凉摇了摇头:"不知道,只有开头的一小段,史笛坐在沙发上说这是第二段视频,只有先看完第一段视频才能打开第二段,所以她设置了密码……然后视频就结束了,需要提供密码才能继续观看。林天涯试了很多次,密码都不对,因此他急于找到第一段视频。"

史笛果然聪明,最关键的第二段视频加密了,可问题是,简小群实在想不起来第一段视频中哪里提到了密码……如果他现在持有第二段视频,怕是也不知道密码是什么。

也是很尴尬的。

蒋天很是迷茫和不解:"史笛为什么不告诉我视频的事情呢?她难道对我也不够信任吗?"

简小群一愣:"你不是知道U盘的存在吗?"

蒋天尴尬一笑,掩饰自己的慌张:"不是史笛告诉我的,是涵凉说了我才知道。"

简小群暗中观察了一下蒋天和杨涵凉,忽然意识到他们二人之间不像刚才表现得那么疏远,应该有一些暗中的来往。

简小群笑了:"她委托你作为她的全权代理律师,我也不知道,但我并不埋怨她对我不信任。我相信她不管做什么事情都有她自己的出发点,只要她不是为了害人,不是为了坑我,我就无条件支持她。"

"你对史笛近乎盲目的爱与信任,没有辜负她为你所做的一切。"蒋天大为感慨，"说吧，小群，接下来你打算怎么做？"

"还没想好，你也知道我一向是个没主意的人……"简小群没说实话，他现在也成长了，也知道保护自己了，"要不，你帮我想想办法，出出主意？"

"涵凉，我也想听听你的建议。"

蒋天和杨涵凉迅速交流了一下眼神，蒋天轻轻咳嗽一声："作为史笛的全权代理律师，我想从专业的角度来为你提个建议，小群，就目前的形势来看，史笛的500万投资款的触发条件已经达成，我会监督并催促打款，对你来说，史笛为你布局的一切，基本上都浮出了水面。你要做的事情就是努力经营好公司，别让她失望。

"至于她自杀真相的调查，就交给警察和专业人士，你也不用过多操心了。一是浪费时间和精力，二是不专业容易产生误解。

"我和涵凉会帮你找林天涯要回第二段视频。"

59 / 人生中的老师有两个：
一个是岁月，另一个叫骗子

杨涵凉连连点头："我觉得蒋律师说得很好，你的主要精力就应该放在公司上面。以后公司的经营策略、方向，重大的投资决定，包括股份的变更，都要征求蒋律师的意见，以免被骗。"

简小群似乎是听进了二人的意见："行，我会把最近发生的一系列事情都告诉张警官和程警官，就由他们来处理就好了。公司的业务目前来说进展得还算顺利，随着莫宜和罗艺的加入，公司的管理力量得到了充实，以后的发展肯定不会差。"

蒋天点了点头："张警官他们不是去成都了吗？"

"明天回来。"简小群和张备、程东远保持了密切的联系，二人到了成都后，随时和他有互动。

蒋天微有不悦之色："小群，你同意莫宜和罗艺对公司的投资，事先为什么没有征求我的意见就签了协议？我是公司的法律顾问！"

简小群不好意思地笑了笑："顾问的意思不就是顾得上就问问，顾不上就不问吗？当时不是她们催得急，没顾上吗？既然是投资，协议上又没有陷阱，我和唐关、关堂点头了，回头再补流程不就行了？初创公司，没那么多讲究，对吧？"

蒋天张大了嘴巴,想说的话硬生生被呛了回去。

回去时,杨涵凉强烈要求和简小群、蒋天一辆车,简小群同意了。一路回到公司,杨涵凉又向莫宜和罗艺诉说了她的悲惨遭遇,又赢得了莫宜和罗艺的双重同情。

莫宜当即拍着胸膛做出了承诺:"涵凉别怕,从现在起,你就住在我家,我不信林天涯敢跟我闹事!"

罗艺也做出了保证:"如果不愿意去莫宜家,来我家住也行,我保护你。有我在,还有我哥在,林天涯绝对不敢多毛!"

杨涵凉感动得快要哭了,她一手抓住莫宜,另一只手抓住罗艺:"谢谢你们,真的太谢谢你们了!不过我还是想住在简小群家,有史笛的气息会让我有安全感。"

简小群吓了一跳:"不行,可不行。孤男寡女,不太方便。"

"方便,方便得很。"莫宜笑得很灿烂,"我陪涵凉一起住,不就方便了?"

简小群立刻明白了什么,忙说:"好,这样也好。"

杨涵凉欲言又止。

简小群却没有再给她反悔的机会:"要是罗艺不怕挤的话,也可以来我家和她们一起住……"

杨涵凉马上说道:"莫宜一个人陪我就好了,不用这么兴师动众,让罗艺忙她自己的事情就好,犯不着为我耽误正事。"

蒋天及时跳了出来:"要不涵凉还是住我家吧,我家房子大一些,有安华陪她,我也放心。"

杨涵凉当即用力点了点头:"好,好,我住蒋天家好了。谢谢你小群,你家的房子确实小了一些,住那么多人会影响你的生活。"

莫宜朝简小群连使眼色,简小群视而不见,顺水推舟:"也好,尊重涵凉的意见。"

等蒋天和杨涵凉借故离开后，莫宜立刻埋怨简小群："干吗不留下杨涵凉，非让她被蒋天带走，你就失去了一个可以和林天涯讨价还价的筹码。"

不等简小群解释，罗艺快速眨动眼睛，很自信地说道："我来说，我来说。我猜小群是不相信杨涵凉的话，而且对蒋天也有所怀疑了，所以才乐见杨涵凉跟蒋天走。"

简小群叹息一声，点了点头："我以前相信光，相信爱，相信每一个人都是简单且善良的好人。现在，我不再相信每一个人，总觉得他们在表面的说辞之下，隐藏着另外的目的。你们说，我是终于成为自己讨厌的人，还是成长了？"

"成长的代价，就只能这么残酷吗？"

莫宜深沉地点了点头："人生中的老师有两个，一个是岁月，另一个叫骗子，你很幸运，同时遇到了两个。"

"史笛许我以岁月，那么骗子是谁？"

"你身边的人，除了我和罗艺之外，说不定都是骗子。"莫宜夸自己时毫不吝啬赞美的语言，"你应该感谢上天赐予你这么真诚善良的两个朋友，弥补了你人生前30年的所有缺憾。所以说，只要你有足够的人品，别人亏欠你的，总会被老天在其他地方补偿回来。"

"是，是，我现在最信任的人就是你们两个。"简小群说的是心里话，"就连罗亦我也要打一些折扣，甚至包括蒋天、安华，至于林天涯、杨涵凉，我现在总觉得他们身上的事情太多，完全不相信他们的话了。"

莫宜关上办公室的门："唐关和关棠，你也可以相信，他们应该只是史笛布局中的一个下游环节，并且对史笛是真心感激，而且史笛是为他们提供了舞台。蒋天和林天涯就不同了，他们对史笛的了解比你还深，知道史笛的许多事情，他们想要从中作梗，想要吞并史笛留下的遗产，有的是各种手段，包括技术手段和法律手段，甚至是不正当、不光明的手段……"

"不夸张地说，你斗不过他们，也算计不过他们。你只有在我和罗艺的保护下，才能过关。"莫宜敲了敲桌子，"都坐下，现在开会，商量一下下一步。接下来的几天，会非常危险，万一林天涯铤而走险，非要弄出什么事端，小群，你说不定会有生命危险。因为我们不知道在史笛的遗嘱中，有没有触发后面条件的条款，比如说史笛留下了如果认定你无法胜任公司董事长职责的条件，自动解除你的职务并且收回赠予你的遗产，你就一夜回到解放前了。

"再比如如果你也遭遇了意外，不管是车祸还是自杀，总之是死翘翘了，她赠予你的遗产有她指定的下一位继承人顺序继承……如果真有这个条款的话，你出意外的可能性高达99%！

"是不是有这个条款，蒋天清楚，和他一起的人也清楚。"

简小群明白了什么："你的意思是蒋天手里应该还有史笛后续的布局委托，他不和我说，我就永远不会知道了？"

"也有可能找到第二段视频，你也就知道了史笛的全部布局是什么了。"

"我马上联系林天涯，杨涵凉说第二段视频在他手里。"简小群当即拨打了林天涯的电话，提示关机。又用微信联系他，没回复。

"他有新号码，我来联系他。"莫宜打出了一个电话，说了几句后，对简小群和罗艺说道，"跟我走，现在就去见林天涯。"

简小群三人开车近一个小时，来到了位于南四环外中海在建的一处楼盘。他以为会和见杨涵凉一样是个偏僻且怪异的地方，不想居然是工地现场。

林天涯从保安打扮换成了建筑工人的样子，他给简小群、莫宜和罗艺一人一顶安全帽，带着他们进入了施工现场，来到了正在施工的楼上。

三楼，几人站在房子的客厅中，还没有安装窗户，显得很空旷很廉价。林天涯的状态还不错，指了指周围的毛坯墙面："不管是多贵的豪宅，没有装修前都是一个屌样，都是钢筋水泥堆积出来的建筑，谁比谁高贵？说白了，一万一平方米的房子跟十万一平方米的房子在建筑成本上，没什么区别，贵在哪里了？你们心里肯定都有各自的衡量标准。

"开发商推出的所谓精装房，告诉你精装标准8000元一平方米，听他们扯淡呢，你直接打个三折听就算对得起他们的鬼话了。

"别看现在的毛坯房破破烂烂的，等装修好了，再摆上家具，观感就立马提升了七八个档次，会让你觉得十万一平方米也物有所值。做生意嘛，要的就是包装效果，至于在华美包装的背后是怎样的藏污纳垢，肤浅的人不会去想那么多，聪明的人尽量避免去想，睿智的人会安慰自己不用去想，因为想也没用。"

发了一通感慨，林天涯拿出一个U盘递给了简小群："物归原主！本来就是你的东西，杨涵凉偷来后，想要打开史笛的终极秘密，以为可以就此打开财富密码，结果发现连视频的密码都打不开。我就和她说，不是你的路你走不通，非要走，怎么这么不听话呢？

"现在我终于明白了一个道理，我认识杨涵凉很多年，在很小的时候就和她是好朋友，我以为我能改变她，结果发现想要改变一个人刻在骨子里的本性，太难了！去泰国时，我做出一个重大决定——放弃启蒙，尊重他人的命运！

"哪怕这个他人是我最亲爱的妻子！"

简小群听出了林天涯的版本和杨涵凉的版本截然不同之处，问道："我到底该信你还是信她？你们两个人的说法，完全是两个方向。"

林天涯不以为然地笑了笑，点燃一支烟，见莫宜和罗艺皱眉，二话不说弹掉了烟。

整支烟在空中盘旋，一头栽了下去。

"真没素质，不怕烫着人？"莫宜对林天涯的举止无比鄙夷。

"乱扔垃圾确实是没素质。"林天涯诚恳地承认，"但比起杨涵凉，我还是高尚多了。有些人总是喜欢用圣人的道德标准要求别人，用贱人的道德标准要求自己。"

"前奏不要太长了，直接进入主题吧。"罗艺站在没有任何防护设施的门窗口朝下张望了一眼，有些害怕地退了回去，"这里不太安全，万一你发起疯来，把我们三个人都推下去，最后是不是会被定性为意外坠落致死？"

林天涯哈哈大笑："你想多了，罗艺，我没有杀你们的动机，相反，我还希望你们能够帮我。而且，我也没有胆量杀人。"

"我不像杨涵凉，她可是演技高明的影后。"

林天涯又重重地叹息了一声："聪明的人嘴甜，狡猾的人会演，而我什么都不会，只能被骗……你们肯定以为我和杨涵凉在一起，以我为主，杨涵凉是在我的掌控之下。其实那都是外界的错觉，在我和她的世界里，她才是规矩的制定者。

"制定规矩的人最不守规矩，规矩不过是强者的工具、弱者的枷锁……是的，她是强者，我是弱者。"

罗艺呵呵一笑："我们不想听你们的家事，谁强谁弱都不重要，我们只想知道杨涵凉为什么要逃离你，还有你是不是害死了李宝春？"

简小群握住了手中的U盘："U盘我还没有验证真假，姑且当真。就凭你上来就给我U盘的诚意，我先信你一次。你现在可以说出你的真相了，我们三个人当裁判，最后按照少数服从多数的票数来为你评判。"

"不用，你信不信我不重要，我只管说出我认为的真相。我现在已经失去了一切，也没什么可以再失去的了。"林天涯的神情有几分落寞，再次点燃了一支烟，不顾莫宜和罗艺反对的目光，用力吸了一口。

60 / 放弃启蒙，尊重他人的命运

"我长话短说，和杨涵凉的事情就不说那么详细了，春秋笔法……"林天涯几口抽完一支烟，再次以高空抛物的方式弹到了外面，他陷入了沉思之中，仿佛是在回味往事，"记得是很多年前的一个夏天，当时是在高中的校园内，绿树成荫，阳光明媚，蝉鸣阵阵……"

不等莫宜不耐烦地打断林天涯，林天涯话锋一转，迅速就切入了故事的主线。

……林天涯和杨涵凉从小就认识，到了高中时也只限于认识多年的朋友关系，并没有确立恋爱关系。直到有一天杨涵凉告诉林天涯她爸爸去世了，是死于车祸。在她无助而柔弱的哭声中，林天涯意识到他喜欢上她。

而杨涵凉也因为习惯了他的存在，对他有了依赖，并将依赖转化为了爱。

二人就正式确立了恋爱关系，直到考上了同一所大学，然后就认识了史笛。

史笛的出现让杨涵凉有了危机感，才知道就算确立了恋爱关系林天涯也有可能被别人抢走。如果说以前是林天涯对她的爱多一些，现在却是她更爱林天涯，对她来说，林天涯已经成为她生命中的一部分，无法割

舍了。

为了不让包括但不限于史笛的别人抢走林天涯，杨涵凉就逼迫林天涯和她确立婚约。林天涯却不肯，几年的相处下来，他愈加对杨涵凉感到厌倦和害怕。厌倦是因为她的强势，害怕是因为她的不择手段！

是的，杨涵凉表面上柔弱，在外人看来对林天涯无比信赖和依赖，实际上，她性格强势且霸道，视林天涯为私人物品，不允许林天涯和任何女性单独往来，哪怕是公事也不行。

林天涯在她的严管之下，苦不堪言。在史笛向林天涯示爱后，林天涯当即表示了拒绝，并且告诉史笛他已经有心上人了。暗中他让史笛尽快远离他，否则杨涵凉可能会报复她。杨涵凉的手段层出不穷，史笛不是她的对手。

杨涵凉嫉妒心极强，就算史笛知难而退，她也会视史笛为心腹大患，会不断试探史笛是不是对林天涯贼心不死。林天涯是出于对史笛的爱护才告诉了她杨涵凉的真实一面，是不想史笛遭受无妄之灾。

史笛却并不相信林天涯的话，因为杨涵凉对外的人设太成功了，没有人会相信一个温柔、善良的女孩会如此恶劣与不堪。

包括史笛在内，所有认识林天涯和杨涵凉的人都觉得杨涵凉事事听从林天涯的安排，她就是林天涯的附庸，是林天涯的跟班，离开了林天涯，她一个人都无法生存。

史笛不听表示她已经熄灭了对林天涯的喜欢，但还是愿意和林天涯、杨涵凉成为很好的朋友，还可以合作事业。

熟悉林天涯的人都知道林天涯表面上做的是进出口贸易，实际从事的是进口药代理，生意做得不算很大，却有独家渠道，并且他还是许多新药的独家代理，在国内负责一些国外试验药的进入和推广。其实极少有人清楚的是，林天涯只是代言人，真正的幕后老板其实是杨涵凉！

所有的国内外渠道以及所有的资金，都是杨涵凉一人摆平的，林天涯只是跟在杨涵凉身后，看着她谈笑风生地周旋在各色人等中间，然后就拿到了资金、合同和渠道，接下来他只管负责日常的管理和运营就可以了。

也就是说，他只是总经理，是打工者，而杨涵凉才是真正的老板，是董事长，是公司的掌舵者！

史笛并没有听林天涯所劝，而是继续和杨涵凉来往。杨涵凉也假装视史笛为闺密，在和史笛交往了一段时间后，她提出希望史笛投资林天涯的公司。史笛没有反对，但也没有直接同意，只说她需要继续考察一段时间。

恰好史笛患上了抑郁症，杨涵凉就为史笛推荐了公司新代理的治疗抑郁症的试验药，并说经过国外的大量试验，药效很好，国内也有了一些试验者，包括史笛认识的毕大邱，服药后也得到了极好的缓解。

史笛被杨涵凉说服了，拿到了试验药。林天涯劝史笛不要服用，因为试验药挑选试验者时，会告知风险，并且给予一定的经济补偿。经济补偿，就是风险金。一般不缺钱病情不严重者，轻易不会当试验者以身试险。

史笛不缺钱，病情也不严重，没必要冒险。

史笛不听，非要服药。也确实在服药后很快就得到了缓解，她就更加信任杨涵凉而对林天涯有了偏见。

试验药在初期见效快是优点，但林天涯更清楚的是，如果加重用药量会产生依赖性，从而加重病情。史笛对杨涵凉过于信任，不按照说明书用药，反而相信杨涵凉的话加大了剂量，想要尽快根除病情，就让林天涯大为担忧。

史笛是何时患上的抑郁症，又是因何而抑郁的，林天涯不得而知，杨涵凉也不知道，因为史笛从来不说她的病情。林天涯虽然不是专业医生，但从事医疗行业多年，也能看出史笛的抑郁症并不严重，平常多注意一些，只服用已经成熟的常见药，就能控制住。

只可惜，史笛对杨涵凉的信任已经远超对他，他开始时以为史笛是记恨以前他对她的拒绝，就暗中找史笛谈话，告诉她他和杨涵凉的真实关系。并且还告诉史笛，其实他很喜欢她欣赏她，欣赏大于喜欢。如果有一天他和杨涵凉分开了，他会毫不犹豫地去追求她，不管遇到什么阻力。但现在，他的一切被杨涵凉牢牢掌控，杨涵凉曾经威胁过他，如果他敢离开他，她会让他死得悄无声息。

史笛却不相信林天涯的说辞，她明确告诉他，希望她和他以后不要再有私下的接触。她当初对他的喜欢，只是当时的情绪，现在早已消散不见。她遇到了真爱，她会和简小群白头到老。

林天涯强调他只是不想史笛上当受骗，并非是为了和她有感情上的发展，他希望史笛不要对他带有偏见，劝史笛擦亮双眼，看清杨涵凉的本来面目。杨涵凉没安好心，是在利用史笛，甚至是想害了史笛。

史笛依然不信林天涯的说法，还劝林天涯对杨涵凉好一些，不要辜负了杨涵凉对他的一腔真情。

还好史笛虽然不相信林天涯，也没有将他们的谈话告诉杨涵凉，但杨涵凉还是得知了林天涯还在私下约史笛见面的事情，勃然大怒，警告林天涯如果再有下次，他会像毕大邱一样死于非命。

毕大邱的病情比史笛严重，他成为新药的试验志愿者，是被杨涵凉拉下水的。

毕大邱比史笛的用药量大，在开始时控制住一段时间后，又反复发作了。只好再次加大了剂量，而从近期日渐缩短的反复期来看，新药显然对毕大邱的病情所起的效果有限。

林天涯劝毕大邱放弃新药，否则继续大剂量服用，不但会形成依赖性，还有可能带来巨大的副作用。毕大邱不听林天涯的劝告，说杨涵凉比林天涯更专业，现在他的症状只是一时的反弹，等过去现在的反复阶段，就会进入稳固期，就能从根本上治愈。

林天涯不忍心毕大邱被杨涵凉摆布，尽管他并不知道杨涵凉为什么要针对毕大邱，他对毕大邱实言相告，根据他和国外医药巨头打交道的经历，可以明确地告诉毕大邱，现在世界上不存在根除某一种疾病的所谓特效药。而且不管多贵多好的药，都只是针对病人中的一部分人或是大部分人有效，而不会是全部。

没有一种药可以治愈同一种病的所有病人，因为人体是极其复杂的器官，同样的病在不同的人体中，会有许多差异。还有一点，医药巨头在研发新药时，有些慢性病即便可以从技术上根治，也不会推出根治的药物，因为会影响后继的大量收益。

好药不一定是好商品，同样，一个长年需要用药的患者和一个一次性就能治愈的患者，显然前者更有商业价值。

不死的癌症就是不死的提款机。

但不管林天涯如何苦口婆心，毕大邱就是不信他的话，坚持认为杨涵凉是正确的。林天涯悲哀地发现了人类的共性，就是都爱听好话，对实话真话只要对自己不利不能满足幻想的，都会不约而同地采取掩耳盗铃的鸵鸟模式。

他再次坚定了他的想法：放弃启蒙，尊重他人的命运！

让李宝春当他的助理，并且开出了不菲的条件，是林天涯为自己安排的后路，想让李宝春在关键时刻助他一臂之力，以免被杨涵凉玩死还死得不明不白，并且被人以为是自杀。

林天涯很不理解杨涵凉为什么非要让毕大邱加大药量，如果说她让史笛加大药量是出于嫉妒，嫉妒使她面目全非非要害死史笛不可，那么毕大邱和她没有过节和仇恨，她为何也要对毕大邱痛下毒手？

欧洲之行，解开了林天涯心中的疑惑。在和药方代表对话后得知，新药在试验阶段，出现人命并非全是坏事，反倒会有助于新药的改进，从致命的剂量到致死的条件，都可以获得一手宝贵的数据。

61 / 总要有一些人的牺牲来成就另一些人，这就是人生

毕大邱就成了杨涵凉的首选目标，因为药厂承诺如果能取得死者的第一手数据，会奖励杨涵凉一大笔钱，数目之大，让林天涯听了都心惊肉跳。

林天涯总觉得杨涵凉在密谋布局一件大事，到底是什么，他不清楚，也不敢当面去问。直到毕大邱和史笛的相继自杀，才让他蓦然惊醒——说不定毕大邱和史笛之死，就是杨涵凉在背后一手推动的结果！

毕大邱的死，可以让杨涵凉获得一大笔奖励。史笛之死，让杨涵凉除掉了情敌，消除了心头大患。可以说，二人的自杀，让她赢得了事业和爱情上的双丰收。

林天涯又想起了杨涵凉经常挂在嘴边的一句话：不能为我带来愉悦和便利的金钱与权力，就是没用的金钱与权力！她交友，从来只看对方的身上是不是有她可以借助的地方。如果没有，她绝不来往，不会浪费一分钟的时间。

杨涵凉对无效社交的定义相当严苛，比如说简小群在她眼中就属于可以拉黑的一类人，连让他留在朋友圈都是一种浪费。在她看来，蒋天、安华勉强可以一交，莫宜和罗亦、罗艺等人，有可利用的价值，值得一交。

毕大邱只能被利用，不配当朋友。

而史笛，如果她不曾喜欢过林天涯，也在杨涵凉可交的朋友名单之中，可惜的是她对林天涯有过感情，杨涵凉就将史笛定义为了牺牲品。

世界上，总要有一些人牺牲来成就另一些人，这就是人生，也是竞争的意义所在。

只不过让林天涯大感惋惜的是，李宝春不堪大用，承担不起他托付的重任，明明刚刚答应了和他合作，一转身就被杨涵凉一句话拉拢了过去，还暗中出卖了他。

真是个瓜尻！

林天涯尽管怀疑毕大邱和史笛之死，都和杨涵凉有推脱不了的干系，但他没有证据。直到有一天，他发现了杨涵凉和胡金友的聊天记录！

杨涵凉和胡金友聊天频繁，每天都有大量的对话，甚至还有电话。他托人打出了通话记录，足足有十几米长的打印纸，密密麻麻的通话时长向他昭示了一个惨烈的真相——在他的眼皮底下，杨涵凉和胡金友完成了比亲密恋人还要密切的热线电话。

而且，杨涵凉还是用的史笛的号码！

作为男人，林天涯不得不怀疑杨涵凉和胡金友的关系了，正当他暗中调查胡金友和杨涵凉到底有什么秘密时，胡金友却因意外而自杀了！

好在林天涯费了不少力气查到了一个关键的指向，胡金友通过层层控股，在泰国有一家公司，公司没什么业务，却资金来往惊人。他就和毕小路达成了共识，要联手查清背后的真相。虽然毕小路始终怀疑和胡金友有暧昧的人是史笛，他不想说服毕小路去转而怀疑杨涵凉，只想和她求同存异，共同查出真相。

毕小路发现了所谓的胡金友投资史笛的协议，就一心认定和胡金友通话的人是史笛而不是杨涵凉，哪怕林天涯一再强调协议书是杨涵凉伪造的，他看出了史笛的签名有杨涵凉的笔迹，是杨涵凉是故意在误导毕小路……

毕小路不信林天涯的解释，在拿到通话记录打印单后就去找简小群了，想让简小群也成为她的同盟，相信她的推断……然后她就在简小群的楼下发生了意外！

毕小路的路断了，林天涯决定亲自去一趟泰国，利用他在泰国的关系查清胡金友在泰国的公司到底跟谁有经济往来，是史笛还是杨涵凉。

杨涵凉并不反对去泰国，还很喜欢边旅游边谈事的工作方式。到了泰国后，林天涯在半夜时开了空调，故意让杨涵凉导致了感冒，他好和李宝春单独出去行动。

但林天涯还是高估了自己，李宝春是跟他出去了，他也为李宝春安排了监视杨涵凉的任务，并且还带李宝春去调查了胡金友在泰国的公司，通过私人关系秘密查到了胡金友公司的账务往来。

李宝春却将他的行踪事无巨细地告诉了杨涵凉！

李宝春已经彻底被杨涵凉收服，一心为杨涵凉所用了！

尽管早有心理准备，当林天涯查到胡金友在泰国的公司和杨涵凉秘密注册的一家离岸公司有密集的资金来往后，他内心对杨涵凉最后的一丝幻想破灭了。不出意外，杨涵凉就是毕小路怀疑的第三者，就是她和胡金友联手转移了公司资产，偷走了原本属于毕小路的财富。

而他居然被蒙在鼓里，还以为杨涵凉一心只爱他一人！他真是又蠢又厌又笨的傻瓜。

林天涯不甘心，决定再和李宝春好好谈一次，希望李宝春可以回心转意帮他。他告诉李宝春，基本上他可以肯定害死史笛和毕大邱的人就是杨涵凉，李宝春和杨涵凉为伍，就是与虎谋皮，早晚会被杨涵凉害死。

李宝春表面上答应得很好，一转身就又将对话告诉了杨涵凉。

杨涵凉大怒，警告林天涯如果再敢在背后耍小动作，她就让他永远留在泰国，连魂归故里都是奢望。她绝对说到做到，希望林天涯不要心存幻想，以为她会对他网开一面。凡是阻挡了她前进道路的人，她都会毫不犹豫地一脚踢开。

从毕大邱到史笛，再到胡金友和毕小路，和她作对的人没有一个有好下场，她是天下第一无人可及的幸运星！

林天涯只得表面上屈从杨涵凉，暗中并不甘就此被杨涵凉摆布，他决定再次策反李宝春。

林天涯就在一个他自认为隐蔽的地方约了李宝春，二人面对面坐在一起，他推心置腹地告诉李宝春要远离杨涵凉，否则他就会和毕大邱、史笛一样死得不明不白。

这一次，李宝春没有一口拒绝林天涯，而是深深地叹息一声，摇了摇头告诉林天涯，他现在已经无路可退了，他后悔也晚了，只能一条路走到黑。

在林天涯和李宝春见面的当天晚上，李宝春就失踪了。去了哪里，林天涯不知道，问杨涵凉，杨涵凉也说不清楚。但林天涯相信李宝春的失踪绝对跟杨涵凉有摆脱不了的干系。

林天涯质问杨涵凉到底怎么了李宝春，杨涵凉冷笑以对。随后林天涯发现和他联系的泰国客户，都失联了——单方面失联，都不再接他的电话和回他的消息，他被杨涵凉孤立了！

林天涯有点慌了，和杨涵凉谈判，希望杨涵凉放过他，他绝对不会也不敢背叛杨涵凉，以后会事事听从杨涵凉的吩咐，再也不会有一丝反抗之心。他相信不管杨涵凉怎么做，怎么布局，也不管她做什么，都是为了家庭，为了他。

杨涵凉被林天涯的真挚打动，和他约法三章：第一，以后只要她决定的事情，林天涯必须无条件执行，不许有怀疑的想法和迟疑的心思。第二，林天涯不得再调查李宝春失踪的事情，只管报案，剩下的事情交给警察。第三，林天涯不许再调查胡金友的事情，调查到的所有资料都必须销毁，不得外传，更不能回国交给警察。

林天涯一一答应了，表现得相当迫切和认真，并对天发誓如果违背了诺言，不得好死，永世不得超生。

在泰国敢发不得超生的誓言，让杨涵凉瞬间相信了林天涯的真心，和他抱在一起，流下了幸福的泪水。

深夜，趁杨涵凉在疲惫之后沉沉睡去时，林天涯偷走了护照，买了最近的航班，登上了回国的飞机。

让他没有想到的是，他上了飞机才发现，杨涵凉居然和他同一个航班，而且似乎早就猜到他会出现一般，和他坐在了一起。

一路上，林天涯如坐针毡，几次想开口解释，又觉得任何借口都显得苍白无力。他又累又困，却强撑着不敢睡，唯恐一闭眼就再也不能醒来。

落地后，杨涵凉去取托运的行李，林天涯总算找到了机会，他扔下行李不要，迅速逃离了机场。

他以为杨涵凉会找他，结果杨涵凉一个信息都没有，然后他就发现杨涵凉约了简小群，他就立刻跟在了后面，还换上了保安的服装，以免被杨涵凉发现。

不想却被蒋天撞个正着，他想解释，蒋天不由分说就和他扭打在了一起。

"没了？"简小群听完林天涯所说的一切，总觉得意犹未尽，"毕大邱、史笛、胡金友和李宝春，都是杨涵凉害的吗？"

"我严重怀疑是她，但我没有真凭实证，不敢乱说。"林天涯保持了谨慎的态度，"从方方面面来看，她就是最大嫌疑人。首先，害死毕大邱多半是因为毕大邱发现了她和胡金友的事情。其次，逼死史笛，一是嫉妒史笛对我的喜欢，担心我早晚会跟史笛走；二是想谋取史笛的财产。最后，让李宝春消失，是因为李宝春帮她在泰国处理了许多'后遗症'，知道了她太多秘密。在泰国消失，避免了在国内被查案，很容易就掩盖过关。"

62 / 每个人都需要自己的秘密关系

罗艺睁大一双懵懂的大眼睛,连连点头:"是这么个道理,也符合逻辑。"

莫宜一只手托着下巴,陷入了沉思:"现在的问题是,谁也证明不了杨涵凉就是幕后凶手,除非李宝春突然出现,指证杨涵凉对他所做的一切违法之举,杨涵凉才有可能被绳之以法,并且接受审讯……"

简小群点了点头:"等张警官和程警官明天回来,事情就都交由他们处理。"他停顿了一下,"要不先看看第二段视频?可惜我没带电脑。"

"我有,我带了。"罗艺自告奋勇,迅速下楼,很快上来,手里拿了一台超轻薄的笔记本电脑,"我的包里、车上随时都放有电脑。现在移动互联网时代,必须有移动办公的准备。"

打开电脑,插上U盘,简小群打开视频,提示要输入密码,他想了想,输入了史笛的生日。

错误!

又输入了他的生日。

依然错误!

在莫宜、罗艺和林天涯三人鄙夷、怪异和难以置信的目光的注视下,简小群又尝试了史笛和他生日的组合密码,结果还是错误!

简小群的汗流了下来。

"不行就别勉强了，等回去后再好好想想。"莫宜很宽宏大量地拍了拍简小群的肩膀，"毕竟你和你的妻子不熟，不知道她设置了什么密码也正常。"

"再试一次。"简小群忽然想起了302室的密码，他在尝试了许多遍后，输入了他手机号码的后六位，得以开门，他就再一次输入了自己手机号码的后六位，结果……

失败！

简小群只好无奈一笑："我实在想不起来还有什么密码，认输了，不试了！"

"别呀，你要是认输了，就辜负了史笛对你的所有热情与期盼。"罗艺不肯放过简小群，她歪头想了一想，"你再想想你和史笛共同的有特殊意义的日期，比如说你们相识的日子，确定恋爱关系的日子，结婚纪念日，以及离婚日期……"

简小群正要再次尝试时，外面、楼下传来了一个熟悉且尖锐的声音。

"林天涯，我知道你在楼上，快下来！"

林天涯脸色陡然一变："来得够快的，杨涵凉太了解我了，知道我要躲也是躲在没有完工的大楼里。"

每个人都有固定的审美、固执的主观判断和很难改变的个性，相处久了，就可以从他的日常细节中分析出来他会躲在何处。比如林天涯的许多习惯都被杨涵凉了如指掌，他停车一般会停在一侧靠柱子的位置，吃饭喜欢靠窗的座位，步行喜欢绕小路。

忧愁的时候喜欢下雨天，开心的时候喜欢林间小路，思索事情的时候喜欢去公园，安静的时候喜欢去水边，做出重大决定之前喜欢去荒芜的地方，比如没有建成的大楼、荒废的公园等等。

之前林天涯带杨涵凉来过这个要建的楼盘，没想到杨涵凉居然记得清楚。杨涵凉总是强调自己是路痴，记不住路，现在再看，她嘴里没一句真话。

林天涯朝后面躲了躲，小声说道："我现在不想见她，你们先下去应付她，我从别的地方跑掉。"

莫宜朝下面张望了一眼："除了杨涵凉，还有蒋天。咦，怎么还有安华。啊，还有警察。"

杨涵凉手搭凉棚，朝上观望，大声喊道："林天涯，警察来了，你好好跟警察交代问题，不要有侥幸心理。不管你做了多大的错事，只要你有改过的想法，我一定会等你。"

"李宝春的尸体已经在泰国被发现了，他也是自杀！"

简小群和莫宜、罗艺面面相觑，震惊得无以复加。没想到李宝春真的命丧国外，而且还是自杀！

怎么可能？以简小群对李宝春的了解，他热爱生活，虽然是躺平式的不劳而获的热爱，但也对未来充满了期待，怎么可能自杀？他又没有抑郁症。

林天涯脸色惨白，他转身就跑："你们先替我挡一挡，我不能见警察！我先溜了！"

简小群忙问："李宝春的死和你有关系吗？"

林天涯没有回答，身影一闪就消失在了钢筋丛林中。

在建的大楼，单元和单元之间还没有封闭，邻居之间的墙，也是打通的，林天涯穿墙而过，绕到了另外的单元下楼。

以为可以躲过，不料才一出来，就被警察逮了个正着。

两名警察拦在了林天涯面前，其中文质彬彬的一人向前，出示了证件："林天涯是吧？麻烦你配合我们的调查。"

林天涯想跑，被另一人抓住了胳膊，他比文质彬彬的警察孔武有力多了，表情严峻："你可要想好了，如果跑掉的话，有可能会被当成畏罪潜逃。"

林天涯面如死灰："我没杀人，真不是我干的，你们要抓也应该抓杨涵凉。"

林天涯被带走了，临走时，他回头望了依然在楼上的简小群几人一眼："等张警官回来后，记得带他一起过来看我。"

简小群点了点头，心情莫名沉重了几分。

莫宜和罗艺也都是一脸的凝重，莫宜叹息一声："你们说我们到底该信谁？"

"我信他的判断。"罗艺指向了简小群。

简小群顿时感到压力巨大，不过他还是做出了忠于内心的判断："我感觉他们的话，都只能信一部分。"

"你什么时候变得这么中庸了？"莫宜白了简小群一眼，"赶紧想办法解开视频的密码，也许最终答案就在视频中。"

杨涵凉、蒋天和安华上来了，三人来到简小群三人面前。

杨涵凉很是惋惜地摇了摇头："我那么信任你，小群，你却转身出卖我，你宁肯信任林天涯也不愿意信任我，你真是太傻了。你都不知道林天涯和史笛背着你都做了些什么肮脏的勾当！"

蒋天也是语重心长："小群，你真不该相信林天涯，现在已经有证据指向他，他在毕大邱、史笛和李宝春的自杀中，有不可推卸的教唆他人自杀的责任。"

简小群一脸震惊："蒋律师，你是律师，在没有确凿证据的前提下，可不能乱说。"

蒋天点了点头："我是激动了些，林天涯是不是有罪，最终还是要公安机关的证据认定，我是先入为主对他有罪推定了。"

莫宜暗中观察蒋天，感觉蒋天和初见时相比变了许多。以前的蒋天沉稳、从容，一副置身事外、公事公办的公正形象，现在他的迫切似乎掺杂了太多的个人情绪。

安华在一旁神情落寞且安定，她是沉稳、从容、一副置身事外的态度。

杨涵凉注意到了电脑和U盘，当即上前："打开了吗？视频到底是什么内容？"

得到否定的回答后，她一脸失望："小群，你怎么会不知道密码？你可是史笛最爱的人，你们曾经是夫妻。"

"你和林天涯不也是夫妻吗？"简小群呵呵一笑，"胡金友和毕小路也是夫妻，谁说夫妻之间就一定没有秘密了？我深爱史笛，并不代表我在她面前如一碗清水，毫无保留。同样，她有许多事情，只要她不说，我也不会问个清楚。

"夫妻再亲密，每个人也是独立的个体，每个人都需要自己的秘密关系。"

杨涵凉不以为然地撇了撇嘴："别扯远了，就说你能不能解开视频密码吧？"

"和你没关系。"简小群收起U盘，正好手机有消息进来，他看了一眼，"张警官和程警官提前回来了，让我过去，莫宜、罗艺，你们跟我一起吧。"

杨涵凉、蒋天和安华也要跟上，被简小群拒绝了，他以张备和程东远只约了他为由坚决不让杨涵凉三人同行："你们有事再单约张警官和程警官，我现在要跟他们聊一些私事，你们不方便在场。"

蒋天察觉到了简小群的提防之意："小群，你现在连我也要防着了？"

"并没有，蒋律师。如果涉及了史笛的事情和公司的法律问题，我一定会向你请教。"简小群的回答滴水不漏。

望着简小群几人离开的背影，杨涵凉冷笑一声："看来，简小群真的是被林天涯蛊惑了。"

蒋天忧心忡忡："不行就收手吧，涵凉，我们现在已经没有多少胜算了。"

"不行。"杨涵凉怒气满面,"蒋天,你是不是被安华鼓动,要背叛我了?"

安华呵呵一阵冷笑:"背叛?杨涵凉,你太自负了,你又不是蒋天的什么人,他做什么或者不做什么都不需要考虑你的感受,何谈背叛?倒是你,背叛了史笛的信任!"

63 / 对复杂的人提防，对简单的人真心

张备和程东远提前从四川返回，他们还带回了路七。

张备坚定地认为突破口就在林天涯和路七身上，不管先突破谁，就是了不起的关键第一步。到了成都，他先找到了史笛的母亲史夏。

原以为要做艰难的工作史夏才会开口，不料几句话过后，史夏就主动说出了一些事情。

在史夏将股份转给史笛之后，就决定以后不再插手公司的任何事情，任由史笛处置，哪怕史笛是卖掉公司，她也不会过问，反正她已经留够了养老的钱。从此，公司是死是活，都和她无关了。她已经心灰意冷，只想安享晚年。

史笛能力极强，她接手公司后，很快就签了几个大项目，让公司的估值翻了两倍后，就卖掉公司套现离场了。

但后来史笛和简小群结婚、离婚，史笛没有告诉史夏，史夏也没有过问。她和史笛的母女关系，除了有不可分割的血缘之外一切都很疏远。

史笛是有主见有个性，事事都不和她说，也是史笛走不出童年的阴影，和她有隔阂。而史夏则只想过平静的生活，凡事都懒得再去操心。史笛父亲被刺死一事，让她看开了许多事情，不再关心除了自己身心健康之

外的世事，包括女儿的婚姻和未来。

尽管张备和程东远很感慨她们母女关系的奇葩，但也承认世界上荒诞的事情足够多了，可以理解和接受。

史笛为什么自杀，史夏也不清楚，她甚至不知道史笛有抑郁症，更不知道史笛还有没有别的绝症！

张备和程东远很失望，还以为史夏可以提供有用的关键线索，不料她的主动是因为她一无所知！就在张备和程东远失望而归之时，史夏说了一句话，顿时让二人眼前大亮！

"史笛前段时间回家时和我说，以后如果有人找我调查情况，了解问题，就让他们去找路七。"

张备和程东远原本也是打算要见路七的，但联系不上他，史夏这么一提，更说明路七是关键人物。

在史夏的帮助下，张备和程东远顺利地见到了路七。

路七一见面就坦率地承认上次罗亦来成都出车祸事件，是误会，不是有意。他当时只想吓吓罗亦，并不是想害罗亦，毕竟他也在车上。

路七再三强调，他只是遵循史笛的遗愿。史笛还交代他说，第一批来成都调查她身世的人，能吓走就吓走。第二批来成都调查她身世的人，能配合就配合。

路七表示他会全力配合张备、程东远，有问必答，而且保证都是真话。

当年史笛帮助过路七，在关键时候拉了他一把，相当于救了他一命，他对史笛的托付就格外上心，当成了自己的事情。说到史笛的自杀，他还红了眼圈，掬了一把难过的眼泪。

张备和程东远很震惊史笛曾施惠于这么多人，在她死后，被她帮过的人还在竭力维护她，生而为人能做到如此，也是难得了。

路七认为史笛的自杀，根源在于她接手了父母的公司之后，埋下了抑郁的祸根。本来史笛是一个积极向上的女孩，她虽然童年有过不幸，但后来顽强地成长起来，并且克服了当年的怯懦。

但公司的重担压下来后，她突然见识到了另一个世界的残酷、无情和尔虞我诈，心理受到了巨大的冲击。

史笛的成长始终在极端环境之中，先是在父母争吵的阴影之下挣扎求生。在父母离婚后，她逐渐摆脱了童年的不幸带来的影响，努力让自己充满了阳光与希望。正当她变得开朗并且对生活满怀幻想时，突然就接手了父母的公司，压力扑面而来，让她背负了如大山一般的重担。

史笛生性要强，她总是喜欢挑战不可能的事情，想要证明自己，想要为世界留下一些美好。其实她接手父母的公司之后，直接卖掉也没什么。她偏不，她想要告诉父母她能够接得住他们的托付，并且还能发扬光大。

史笛是通过自己的本事将公司的估值翻了两倍之后，才转手卖出的。她赢得了商业上的成功，却输了人性的碰撞。经商，让她的世界观崩塌了！

她原本以为人和人的关系就是一种简单关系，而商业社会的人际关系远超她想象的复杂，在利益相关时，每个人都表现出了人性中最贪婪、丑恶以及不择手段的一面……

史笛抑郁了！

抑郁之后，史笛遇到了简小群。简小群身上的简单如一道光，点亮了史笛曾经泯灭的向往，她不可救药地喜欢上了简小群。

本以为和简小群相爱并且结婚，可以治愈她对世界的失望。也确实，简小群一度为史笛带来了希冀，让她以为从此可以摆脱商业运作中遭遇的炸裂三观的事情的影响，但后来她发现自己还是太天真了，很快之前的商业伙伴就都找了过来，尽管史笛已经卖掉了公司不再经商，许多人对她的风采和能力依然念念不忘。

当然，更多人是打她年轻貌美并且身家不菲的主意。

史笛想要保护简小群，想要让他继续生活在一个简单而纯粹的世界里，她就为她的社会关系构筑了一道屏障，让不同阶段、不同层面和不同类型的朋友互不交叉，从而形成了对简小群的信息茧房式的保护。

最主要的是，史笛抑郁之后，又查出她患有一种罕见的绝症，她才有了自杀的念头……

简小群办公室中，座无虚席，罗亦因为后到而没有座位，只能站着，他并不介意。

罗亦对能够参加如此重要的会议而开心，并且重大突破也是由他发现了路七，他更加得意了几分。

简小群、莫宜、罗艺以主人的身份招呼众人，为张备和程东远倒茶。路七安静地坐在一边，不时暗中打量简小群几眼，心中暗自腹诽简小群何德何能，居然能得到史笛如此厚爱与托付。

唐关和关堂插不上手，也知道简小群要开重要的会议，就识趣地退了出去。他们清楚在史笛的布局中，他们的使命就是帮助简小群成立公司，并且一路辅助简小群将公司发展壮大。除此之外，其他事情不必过多参与。

罗亦很是殷勤地抢过了简小群手中的茶壶："你是主人，又是董事长，端茶倒水的小事怎么能亲自动手？我来，我来。"

罗艺白了罗亦一眼："能不能有点出息？"

罗亦才不在乎罗艺的嘲讽："我是想让他们快点进入主题，别把时间浪费在客套的小事上，对吧，张警官？"

张备点了点头："对，非常对。现在大家都把自己所了解到的情况汇总一下，我感觉真相马上就要呼之欲出了。"

程东远无限感慨地说道："越是深入了解事情背后的内情，越是感叹史笛的了不起。不管是她的奋发与励志，还是她的商业头脑以及对人际关系的深刻理解，都让人佩服。我尤其敬佩她人性的光芒，她是我的偶像与榜样。"

张备咧了咧嘴："史笛就是太聪明了，她布了这么多疑阵，让我们费尽了千辛万苦，才勉强摸到她自杀的真相边缘。如果她直接留一个答案多好，对了小群，你不是已经拿到史笛留下的U盘了吗？"

简小群无奈一笑："但我解不开第二段视频的密码。"

"先不管U盘了，现在我来汇总一下各方信息，再推论一个结果出来。"程东远轻轻咳嗽一声，环视众人一眼，"童年的不幸，少年的奋发与励志，成年后的命运巨变，让史笛的人生充满了传奇与荒诞的味道，也让她的个性与众不同，缔造了她对复杂的人提防且步步为营、对简单的人真心付出的性格。

"后来因接手父母的公司而成为富二代，并且成功地以翻了两倍的价格卖掉了公司，但她也因此得了抑郁症。还好她遇到了简小群，爱上了他并且和他结婚。简小群的出现，短暂地治愈了史笛，但好景不长，她又旧病复发，在林天涯和杨涵凉的鼓动之下，成为新药的试验者。并且，她还查到自己患有罕见的绝症。

"果然命运馈赠的礼物，早就在暗中标记了价格……如果史笛没有经历成年后的命运巨变，只是生活在一个普通家庭，她也不会得抑郁症。如果她不曾喜欢过林天涯，和林天涯、杨涵凉是好友，也就不会去尝试新药，就不会因新药的副作用再加上绝症而轻生。

"至于林天涯和杨涵凉有没有在主观意图上坑害史笛，需要进一步调查才能得出结论，需要证据的支撑。"程东远摇头叹息，表情既凝重又无奈，"我很敬佩史笛，羡慕她的人生虽然短暂，且拥有许多精彩。却又感慨上天不公，给了史笛太多的灾难，却没有给她享受人生的幸运。为什么，到底是为什么？"

众人久久无语。

过了许久，张备咳嗽一声打破了沉默："作为一名警察，本来不应该有这么感性的认知，我能理解东远的感慨，也尊重她的结论，但我对史笛自杀的真相，还是有不同的看法。"

"东远前面的推测，我认为都没有问题，后面的部分……我觉得就是有人在主观意图上想要害死史笛,至于是林天涯还是杨涵凉,我现在还不敢确定,但肯定是他们两个人中间的一个。抗抑郁症的新药,也许被杨涵凉或是林天涯夸大为可以治疗绝症,史笛才会上当,才会加大剂量去冒险。否则以她的聪明,怎么会不清楚剂量和副作用的关系呢?"

张备等了一会儿,见无人回应,就问:"你们倒是说话呀,说说你们的见解。"

64 / 世界上最幸福的真相

路七举起了右手,微有紧张地问道:"我可以说一句吗?为什么非得是林天涯和杨涵凉,就不能是蒋天呢?"

所有人都震惊了!

"蒋天是史笛从小一起长大的发小,是她最信任的小伙伴,也是她生前全权委托的律师,怎么可能是他?"罗亦第一个表示不理解,"我相信史笛不会看错人,我对她有着盲目的自信。"

路七虽然有点怯场,但还是努力表达了想法:"你、你们可能都不如我了解蒋天,史笛是他从小一起长大的发小,而我,是和蒋天一起长大的发小。"

罗亦顿时双眼放光:"快说,你为什么要怀疑蒋天?"

……路七和蒋天是发小,蒋天和史笛是发小,但他和史笛在小时候却并不认识,蒋天有意隔开了他们,不让他们通过他这个中间桥梁得以相识。当时只觉得蒋天是无心之举,长大后路七才发现蒋天是有意为之。

蒋天生长在一个父母恩爱的和睦家庭,家境贫寒,他从小省吃俭用,从来不和班上的同学一起参加任何需要花钱的班级活动。在和路七一起玩耍时,也是路七出钱。

尽管蒋天生而贫穷，却生性要强，形成了敏感、脆弱以及多疑的性格。即便每次都是路七花钱，路七也要想方设法地照顾蒋天的情绪，唯恐不小心触怒了他。

蒋天的学习成绩一向不错，后来他考上了北京的名牌大学，和史笛一样留在了北京。在史笛组织的一次成都聚会上，蒋天才带着路七认识了史笛。

聚会上，蒋天喝醉了，抱着路七的肩膀说个没完，先是说他之前没有介绍路七和史笛认识，就是故意的，他怕路七的光芒会吸引史笛的注意，让史笛喜欢上他。因为他从小到大喜欢了史笛很多年，而史笛始终没有对他动过心，只当他是发小，不肯再向前一步。

尤其是在史笛发迹之后，成了名副其实的有钱人，他就更加懊恼加不满，为什么他和史笛认识多年，人生的出场顺序他排在第一位，却不管怎么努力都没有办法走进她的内心！他只能眼睁睁地看着史笛先是喜欢上了林天涯，然后又嫁给了简小群。

简小群凭什么！蒋天恨得牙根直痒，史笛就像他珍藏多年的佳酿，最终却被简小群轻而易举地得手，而他不管多少次向史笛明里暗里地示爱、求爱，史笛的回应永远是当他是好朋友、好哥哥、好伙伴，对他没有别的心思和想法，希望他们可以是一辈子的好朋友……

去他的好朋友！蒋天就是喜欢史笛，就想娶史笛，他对史笛是真爱，想要少奋斗30年也是真实的想法。

蒋天实在无法接受史笛成为巨富之后，还要嫁给一个名不见经传的笨小子，他表面上坦然，内心接受不了本该属于他的一切被别人活生生抢走的失落与悲愤。

蒋天不止一次对路七说他一定要想出一个两全其美的办法让史笛回心转意，哪怕史笛离婚，他也不会嫌弃她。安华只是他为了掩饰自己内心欲望的挡箭牌，是为了让史笛放心他已经安心地接受了现实，不再对史笛有非分之想，史笛才会对他毫无提防之心地委托他做一些事情。

史笛在自杀前的一个月前,和路七见过一面,一是告诉她如果有人到成都调查她的过往,最后能够阻止他;二是她会全权委托蒋天帮她处理一些事情,如果蒋天没有按照她的要求去做事,她希望路七可以向简小群说明一些事情,到时,她也会提供一些资料给路七。

再如果蒋天一意孤行的话,史笛就让路七去找安华,她留了股份给安华,是不想安华有一天被蒋天抛弃时,一无所有。

张备大为惊喜:"这么说,你有指证蒋天的资料了?"

路七双手一摊:"史笛就是随口一说,后来她什么资料都没有给我提供……"

张备的惊喜迅速消退,摇头一笑:"就目前所掌控的线索来看,怀疑的目标有三个人,杨涵凉、林天涯和蒋天。史笛的关系网中,最关键的一个人就是林天涯。林天涯是史笛的初恋和支点,对应的时间节点是她的整个大学期间。

"大学期间,也是一个人成长的黄金时期,是对个人的三观产生最大影响的阶段。

"杨涵凉和林天涯一样,也是史笛大学时期的同学,她是林天涯的恋人和妻子,也曾经是史笛的竞争对手。

"最后一个怀疑对象是蒋天。蒋天从小和史笛一起长大,是她的发小,也是目前我们所知中唯一一个贯穿了她生命全部的人。蒋天对史笛来说,至关重要,也是史笛最信任的人之一。否则史笛也不会全权委托他担任她的律师。

"你们觉得,谁的可能性更大一些?"

罗亦第一个发言:"蒋天!百分百是这家伙,白白净净戴个眼镜的西装男人,最坏了,更何况他还是一个律师。是他没跑了,赶紧抓他。"

罗艺当即反驳罗亦:"别瞎说,别太情绪化了,我觉得是杨涵凉,她有动机又有能力。女人的嫉妒心一旦燃烧起来,是会焚毁一切的。"

357

莫宜双手抱肩："我同意罗艺的看法。"

所有人都看向了简小群。

简小群是和史笛关系最近的人，也是史笛一生之中唯一深爱之人，但偏偏他对史笛的了解并不多。在众人的目光之下，他却不再如以前一样尴尬并且手足无措，而是一脸镇静外加自信地说道："我觉得都不重要，史笛之所以在她死后还布了一个大局，就是不想让我们查到所谓的真相。对她来说，她安然离去，在最好的年华留下最美的形象，我们怀念她的时候，永远是她最风华正茂的笑容，就足够了！对我来说，知道她深爱着我，一心为我着想，就是世界上最幸福的真相。"

所有人都沉默了。

晚上，人群散去，办公室中只剩下了简小群、莫宜和罗艺。

莫宜在纸上写来写去，都是为了简小群破解密码而设想的数字，最终又一个个被划去。

罗艺则是背着手在房间中转来转去，大眼睛转个不停，还不时地东张西望一番，不知道是在思索正事，还是在胡思乱想。

"还没有头绪吗？"莫宜见简小群坐在一旁发呆，不由得气笑了，"我们都替你绞尽脑汁了，你倒好，没事人似的！喂，你是局外人吗？真是的，气死我了。"

"怎么密码都不对呢？"

简小群笑了笑："尽管事实本身从来不能告诉我们什么是正确的，但对事实的错误解读却有可能改变事实和我们所生活的环境。当你看到一个人大获成功，但他却长得又矮又丑，如果你由此就得出结论说，长得高和帅的人就不会成功……就是对事实的理解会改变事实本身的含义。"

"你什么意思？"莫宜睁大了清澈但迷茫的眼睛。

罗艺哈哈一笑："他在讽刺你，认为你看问题的角度太偏颇了。"

"你什么意思？"莫宜重复了刚才的话，上前揪住了简小群的衣领，

"你的意思是不管我怎么说都是错的了？"

"不是，真不是。"简小群挣脱了莫宜的魔爪，"我是说别急，明天的事情，后天就知道了，现在嘛，少安毋躁。"

是夜，简小群一个人坐在客厅，背靠沙发，电视上，播放着第二段视频，卡在了输入密码的地方。

"请输入密码"五个大字横亘在了史笛脸上，正好挡住了她的眼睛，似乎在向简小群无声地宣告只有输对了密码，才能真正了解她到底是一个什么样的人。

简小群更愿意将史笛定义为理想主义者、独行者、简单生活的践行者。如果说史笛的一生是她对人生理解的大型试验，显而易见的是，她的试验对她而言是成功了，对别人来说是失败了。

尽管史笛坚信内心丰盈者，独行亦如众。

不管是她最信任的蒋天，还是她曾经喜欢过的林天涯，以及她视为闺密的杨涵凉，怕是都辜负了她！简小群相信史笛应该还有后手，后手是藏在视频中还是另有安排，他就不得而知了。

简小群又尝试了十几个密码，无一正确，他接近绝望了。所有想到的、常用的、和史笛共同的秘密组成的数字，全部试过了。

想不出来了，放弃……简小群无力地靠在沙发上，望着窗外迷离的夜色，不知不觉中睡着了。

凌晨3点多时，简小群被手机铃声惊醒了。

是张备来电。

简小群瞬间清醒了，跳了起来，马上接听了电话："张警官……"

"林天涯出事了！"张备的声音很低沉，又有几分沮丧，"他自杀了。"

"啊！"简小群大惊失色，猛然站了起来，结果用力过猛，冲倒了茶几,"怎么会？他怎么死的？死在哪里了？"

张备重重地叹息一声："我在你家楼下，你下来吧，跟我去趟现场。"

简小群立刻动作麻利地穿好衣服，飞一般下了楼。

楼下，车内坐着张备和程东远。

二人神情严肃中透露着疲惫与落寞，尤其是程东远，没有化妆的脸上满是沮丧，她很是无奈地说道："本来是很简单的一件事情，没想到越接近真相越复杂，死了那么多人，而且都死得不明不白，我实在想不明白到底是哪里错了？"

"也许不是死得不明不白……"张备说道，"而是死得太明明白白了。人固有一死，或死于财色，或死于执念，或死于仇杀，或死于绝望，不管是哪一种死法，一个人要是一心求死，谁也拦不住。"

"别说形而上的哲学层面的问题，好吗？"程东远催促张备赶紧开车，"林天涯一死，又一条重要的线索断了，也许史笛之死的真相永远无法查清了。"

张备提高了车速，凌晨的北京，不堵车，半个小时后就到了事发现场。

65 / 接受现实，接受生活一出又一出的荒诞

一下车，简小群就觉得熟悉，片刻之间想通了什么，桥下、河边，正是史笛自杀的地方！

绝对不是巧合，是林天涯有意为之。

有许多警察在忙碌，拍照的，勘测的，等等，林天涯的尸体已经被打捞上来了，湿淋淋地躺在地上，盖了白布。

张备、程东远带着简小群走近，掀开白布，简小群就看到了林天涯紧闭的双眼和平静的表情，仿佛他不是溺水而死，而是在睡梦中去世的。

一名警察走了过来，拍了拍张备的肩膀："备哥，初步调查显示，死者林天涯是独自一人开车到河边，车停在了200米开外的地方，步行到了桥下，没有停留，直接跳河自杀了。"

"知道了，林子。"张备冲叫林子的警察点了点头，为林天涯盖上了白布，"林天涯本来被带进了局里配合调查，到了半夜，从泰国传来消息说经验证死者虽然穿着李宝春的衣服，但并不是李宝春本人。林天涯的嫌疑就被排除了，正好蒋天过来，就帮他办好了手续。

"出去后，据蒋天说，他陪同林天涯到了先久公寓就离开了。后来发生了什么事情，他一概不知。他是直接回家就睡觉了。"

李宝春没死算是一个好消息，简小群点了点头，问道："杨涵凉呢？"

"她昨晚也被带去配合调查了,然后回家。她有不在场的证据,安华一直陪在她身边。"

简小群看向了程东远:"程警官觉得林天涯是自杀吗?"

程东远不置可否:"我相信证据。不管背后的原因是什么,证据是一切真相的前提。"

张备问简小群:"你是觉得林天涯是被迫自杀,还是畏罪自杀?"

"我不知道。"简小群一如既往地一问三不知,"查明背后的真相,是警察的工作。接受现实,接受生活一出又一出的荒诞,是我的命运。"

"就算接下来杨涵凉也死于非命,我也坦然接受。对已经发生的现实,平静地面对是唯一的选择。"简小群的心情出奇的淡定,他活了30多年,从来没有如最近一段时间以来见多了死亡、背叛、荒诞和悬念,已经习惯了生活中的巨变,不管是突然的、狰狞的、诡异的,还是不可思议的。

"杨涵凉如果真的也出事的话,史笛的自杀就真的成了一桩悬案。"程东远话刚说完,手机突然响了。

此时是凌晨,凌晨的电话,必然是紧急的要事,程东远当即接听了电话,随后脸色大变!

"什么?杨涵凉自杀了?跳楼自杀?"

一周后。

林天涯和杨涵凉的自杀案结案了,自杀,无外力,无服毒,无逼迫。

同时,李宝春回国了。

简小群第一时间见到了李宝春,在他的办公室内,还有张备、程东远、莫宜、罗艺和罗亦。

没有邀请蒋天和安华,简小群已经对他们失去了信任。尽管在路七的转述中,史笛对安华的信任超过蒋天。

李宝春满脸沧桑与疲惫,他坐在简小群面前,面对众人,半天没有说话。

简小群倒是不急,莫宜急了:"李宝春,你倒是说话呀,哑巴了?"

李宝春长长地出了一口气:"你得允许一个死里逃生的人装一会儿深沉……不是谁都有这样可以装逼的经历的,太刺激,太荒诞,太过瘾了。"

简小群狠狠地瞪了一眼李宝春:"再不说,就请你外面凉快去。"

"说,马上说,群哥。"李宝春立刻收敛起桀骜不驯的姿态,态度变得端正了许多,"我知道一些真相,可能不太全面,但肯定可以有助于你们分清是非曲直,认清好坏。"

……在泰国期间,李宝春确实受到了林天涯和杨涵凉的邀请,希望他加入他们各自的阵营。最后迫于形势以及在审时度势的分析之下,他决定唯杨涵凉马首是瞻。

没办法,杨涵凉明显比林天涯掌握了更多的资源,并且她也更加心狠手辣。如果不服从林天涯,顶多被解雇。但如果和杨涵凉做对,他可能真的就死在泰国了。

李宝春既然同时被二人拉拢,就很清楚二人之间肯定出现了问题,他就趁机打听出来一些事情——知道更多的秘密要么会被杀人灭口,要么能够保命。

在分别和林天涯、杨涵凉深入接触之下,李宝春发现了他们共同的秘密——让他触目惊心并且心惊胆战!

林天涯和杨涵凉从一开始就打算吞并史笛留给简小群的一切!

他们都觉得简小群不配!

实际上在最初的时候,在吞并史笛的遗产一事上,杨涵凉和林天涯态度一致,二人联手加上联合了蒋天、安华,制订了一系列的计划,包括从史笛的继承权和遗嘱上寻找漏洞,来逐步剥夺简小群的继承权,然后一步步蚕食史笛留下来的庞大遗产。

史笛名下的财产到底有多少,杨涵凉和林天涯并不十分清楚,蒋天也只是有一个猜测的数据，因为史笛的布局很是缜密，每一步都精心安排，蒋天即使是作为全权代理律师也没有史笛全部财产的清单。

史笛的母亲史夏也没有。

在史笛去世后，蒋天曾回成都几趟，试图从史夏和路七之处得知史笛的完整布局，却一无所获。史夏虽然是史笛的母亲，但史笛已经和她做好了财产上的切割，并且立下的遗嘱中，没有史夏的继承权。

而路七对史笛的许多事情也是一问三不知。

蒋天无功而返，就决定按照杨涵凉的办法通过所谓的正当手段从简小群手中一点点蚕食史笛留给他的一切。蒋天和林天涯、杨涵凉都坚定地认为，在史笛的人生道路上，他们帮助史笛更多，理应分到史笛的遗产。他们是除了史夏之外史笛在世上关系最密切的人，而简小群什么都不是，他不应该承受史笛如此的厚爱。

更不用说简小群和史笛连孩子都没有，二人离婚后，已经不存在任何法律上的关系。

三人一致认为他们是在帮史笛，肯定是史笛一时被简小群迷惑，才会把辛苦打下的江山全部赠予简小群。而江山交到简小群手中，必然会败落，会被糟蹋，还不如由他们来掌控，还能将史笛的心血发扬光大。

无主之财，有德者居之。天下之财，唯德能守……简小群何许人也？无德无才，必然会败光史笛的遗产。

在强大的心理安慰和道德制高点的作用下，三人经常开会，甚至制订了详细的计划，但就在将要实施时，三人出现了分歧——林天涯忽然改变了主意，他在道德上无法说服自己去侵占简小群的财产，决定退出。

杨涵凉勃然大怒，她认为林天涯是念及史笛对他曾经有过喜欢的旧情才会优柔寡断，嫉妒之心燃烧起来，她要求林天涯必然按照计划行事，否则她会让林天涯跟史笛和毕大邱一样自杀身亡。

林天涯才知道史笛和毕大邱之死居然都和杨涵凉有关，想要问个清楚，杨涵凉却避而不答，只说让林天涯小心，只有听话才会安全。

林天涯转身将杨涵凉的话告诉了蒋天。

蒋天只想求财,不想犯法,更不想拿命去赌。他也怕了,也表示要退出。

杨涵凉不同意,没有身为律师的蒋天的配合,她没有办法合理合法地侵吞史笛的遗产。她同样恐吓蒋天,如果蒋天不跟她保持同步,她会揭露蒋天,不但让蒋天失去律师的资格,也会让蒋天失去一切,甚至包括生命。

蒋天被吓坏了,赶紧答应了杨涵凉。

……直到杨涵凉和林天涯来泰国之前,蒋天还在努力帮杨涵凉筹划如何合理布局地一步步吞并简小群的资产。

泰国之行,改变了杨涵凉和林天涯的命运轨迹。

泰国之行其实是杨涵凉发起的,包括之前的欧洲之行也是。实际上在杨涵凉和林天涯的关系中,林天涯一直是被动的一方。只不过在对外时杨涵凉太会表演,以至于许多人都认为林天涯才是决策者。

李宝春自认不够聪明,但也不是傻子,很快就发现了杨涵凉才是真正的主导者,为了利益最大化,也是为了自保,毕竟小命重要。

后来在杨涵凉和林天涯之间左右横跳几次之后,李宝春听到了他们最大的秘密,愈加惊心动魄。当然他也知道二人对他所说的一切都有主观色彩,也都有隐瞒和偏颇的陈述,但不重要,他综合二人的所说再加上自己的判断,得出了一个结论——史笛和毕大邱之死,杨涵凉在背后起到了推波助澜的作用,具体杨涵凉是如何实施的,他不得而知,但杨涵凉明显在主观上有杀害二人的动机。

杨涵凉想史笛死,一是嫉妒,二是谋财,完全符合谋财害命的出发点。至于为什么要害死毕大邱,李宝春就想不明白了。

李宝春表面上答应杨涵凉要一心追随她,暗中却做好了逃跑的打算,他可不想以身试险,再昂贵的报酬也敌不过生命的珍贵,他可不想有钱没命花。

66 / 拿道德完人要求别人，
本身就是不道德的事情

于是李宝春就上演了一出金蝉脱壳，先是告诉杨涵凉他要出去替林天涯办一件事情，他已经答应了林天涯，要的就是身在曹营心在汉，他要当一个优秀的双面间谍，要将林天涯的一举一动都汇报给杨涵凉。

杨涵凉信了李宝春。

李宝春周旋在二人之间，确实是先帮林天涯办了一件事情，然后转身将事情的来龙去脉告诉了杨涵凉，赢得了杨涵凉的信任。他又告诉林天涯，他表面上答应杨涵凉要为她做事，其实他内心还是跟他更近，他是他的人。

随后，李宝春替杨涵凉办了一件事情，又将事情的始末全部告诉了林天涯。顺理成章，他又赢得了林天涯的绝对信任。

李宝春开始了计划的第三步——他先后告诉杨涵凉和林天涯要去为对方办事，二人都不疑有他，他离开二人的视线后，辗转几次抹掉了痕迹，将自己藏身在了茫茫人海之中。

后来出现一具和他极度相似的尸体，只是一出荒诞的巧合，和他无关。他还没有那么大的本事，尤其是在泰国。

等他确认杨涵凉和林天涯相继回国之后，才敢在泰国现身。又等了一段时间,听到了二人同时死亡的消息,他才敢回国。

听完李宝春的叙述,所有人都久久无语。原以为会有什么重大突破,却发现除了李宝春的一面之词之外,全没有真凭实据。就算他说的全部为真,如果没有确凿的证据指向杨涵凉,也没法结案。

或者说,史笛和毕大邱自杀案,本身就是永远无法洞悉真相的悬案!

张备和程东远无比沮丧,身为警察的天性让他们想要查明真相,但每到关键节点时,线索总是会戛然而止,让他们有一种无能为力的感觉。

临走时,张备特意交代了一句:"下次和蒋天聊的话,记得通知我,我和东远在场,有助于发现新的线索。"

简小群点了点头。

简小群没有主动找蒋天,而是将精力都投入了公司之中。公司很快就步入了正轨,也进入了发展的良性运转。

半个月后,蒋天主动出现了。

蒋天不请自来,和安华一起,直接出现在了简小群的办公室。

简小群正和莫宜、罗艺一起商量公司正在推动的一个项目,一抬头发现蒋天和安华站在了门口,他愣了愣,上前迎了过去。

"蒋律师来了?欢迎。"

蒋天和安华都拎了礼物,一盒月饼和一个提篮水果。

简小群正要客气几句,莫宜冷笑一声:"别人送你们的礼物,吃不完用不上,就顺手拿过来了,是吧?你们可真行,送礼都不诚心。

"也不知道你这种没有真心诚心、见利忘义、没有职业操守又无情无义的人,是怎么当上律师的?不对,应该说你们律师都是这样的德行,对吧?"

罗艺嘻嘻一笑:"别这么说他们,莫姐,他们也算是迷途知返的半个好人。人非圣贤,孰能无过?拿道德完人要求别人,本身就是不道德的事情。"

蒋天不复以前严肃、认真和冷漠的形象，他微有拘谨地坐下："小群，以前的事情，确实是我一时糊涂，我和安华向你和史笛郑重道歉。"

简小群摆了摆手："我接受你们的道歉。但别提史笛，你们不配！"

蒋天擦了一把额头上的汗："一开始我承认我是鬼迷心窍，被杨涵凉忽悠了，她说你不配拥有史笛的爱和遗产，她和林天涯还有我和安华才有资格。史笛肯定是被你所骗，才会把她所拥有的一切都留给你，我们要纠正史笛的错误，要让她在九泉之下瞑目。我被她说服了……

"她想要的是拿走史笛留给你的一切，我提出了一个折中的方案，拿你80%，给你留下20%，可以保证你今后衣食无忧。开始时杨涵凉没同意，我据理力争，努力说服了她，总算达成了共识。

"但后来我才察觉不但毕大邱的死和她有干系，就连史笛的死也可能是因她而起。而她和胡金友也有着不清不楚的暧昧关系，我就知道了事情的严重性，想要退出，但被她威胁如果我敢不听她的话，就让我和安华也跟毕大邱、史笛一样，死得不明不白。

"我是真被吓住了，想去报警，但由于自己已经上了贼船，虽然还没有形成事实上的犯罪，却有了犯罪动机，又怕真的被她得手丢了小命，就选择了沉默和逃避。如果不是她和林天涯又反目成仇，我还真不知道会滑向多深的深渊。"

安华的表现比蒋天更自然一些，她双手交叉放在身前，身子微微前倾："是，我们是不该有吞并史笛遗产的念头，人一辈子都会被两个心所累，一个是贪心，另一个是不甘心。我们错了，诚恳地向你们认错，并且接受你们的任何惩罚！"

安华站了起来，朝简小群深深鞠了一躬。

"虽然一开始我就劝蒋天不要和杨涵凉同流合污，蒋天不听，但我的态度也不够坚决，辜负了史笛对我的信任和厚爱！"

简小群不动声色。

莫宜上前一步，挡在了简小群面前："小群心善，容易原谅你们。

我就不一样了,现在,我是他的全权代言人,他是不是原谅你们,我说了算。"

"是,现在没有证据可以指控你们,更不能把你们绳之以法。但我会让你们一辈子都受到良心的谴责。"

蒋天和安华对视一眼,二人一脸灰白,都低下了头。

简小群叹息一声:"过去的事情,就不提了,你们也没有对我造成实质性伤害。现在我想知道,史笛和毕大邱的自杀,到底和杨涵凉有没有关系,又有什么关系?"

莫宜瞪了简小群一眼,想要埋怨简小群的退让,被简小群忽视了。

蒋天摇了摇头:"只是听杨涵凉自己说过,在她明里暗里的提示中,就是她用了一些手段,包括过量服药以及暗中调换药物等方法让毕大邱和史笛的抑郁症加重,从而促使了他们的自杀。但都没有确凿的证据,何况现在她已经死了,更是死无对证。"

"她和林天涯为什么要自杀呢?"简小群想了很久想不明白其中的问题所在,如果说是杨涵凉和林天涯良心发现自杀谢罪,就太扯了。如果说是他们的坏事暴露了,无处藏身而自杀,也是瞎说。因为,到目前为止还没有确凿的证据能表明毕大邱和史笛的自杀有幕后推手。

警方已经结案,明确杨涵凉和林天涯是死于自杀,但自杀的原因是什么,不得而知。许多自杀案都查不到真正的原因,因为有些原因是社会问题,不是刑事问题,不在警察的职责范围之内。

蒋天用力地摇了摇头:"不知道,真不知道。他们从泰国回来后,分别找过我。杨涵凉说她想要弄死林天涯,林天涯一死,本该属于他的一份就由我们三个人平分。我没接她的话,犯罪的事情我可不敢干,我只做合理合法的部分。

"林天涯也找过我,想说服我和他一起找到杨涵凉害人的证据,他一个人对付不了杨涵凉。我也没有答应他,我不和杨涵凉一起犯法,也不会和林天涯一起去对付一个疯子、神经病。我是觉得杨涵凉差不多走火入魔了,她已经在濒临失控的边缘。

"后来二人就消停了,都没有再找我,再后来,就传来了二人自杀的消息。我猜测,多半是二人矛盾爆发冲突加剧,最终闹得不可开交,只有自杀才能一了百了。"

蒋天和安华离开时,在门口站住了,蒋天犹豫了一下:"如果史笛还有后续事宜,我还会履行她全权代理律师的职责,一定认真按照她的遗愿处理。对了,听说她还有一段视频在你手中,可以解开所有秘密?"

简小群也没隐瞒:"是的,但我解不开她的密码。"

一个月过去了,天气转凉,秋意加深,简小群穿上了风衣。

三个月过去了,天气转冷,冬天来临,简小群穿上了羽绒服。

半年过去了,天气转暖,冬去春来,冰雪融化,又一个全新的四季轮回开始了,简小群穿回了风衣。

仿佛一切又重新开始,又仿佛一切都不曾变换,原地踏步。时间是单行道,勇往直前从不回头,不管有多大的挫折、多深的坎坷,都会被时间冲刷殆尽,变成一道不起眼的小小伤痕。

公司的发展达到了预期,唐关和关堂既认真负责,又能力超群,完全没有辜负史笛的托付,也和简小群配合得相当不错。

主要也是得益于莫宜和罗艺的加入,她们不但带来了资金,还附带了资源,为公司的发展注入了全新的活力。

简小群也成熟了许多,尽管他依然相信爱情、相信光、相信善良,依然简单且纯粹,但他不再像以前一样单线条地看待问题,而是多了思索。

公司在史笛的500万资金注入后,大有一飞冲天之势,简小群不但邀请了路七加盟公司,还让李宝春也留了下来。现在的他,已经初步具备了创始人的气象,也有了董事长的格局。

在其后,就再也没有史笛下一步的安排了,蒋天也说没有再接到进一步的委托。也许,史笛留给简小群的一切到此为止已经是全部了。

简小群依然开着他的大众小车上班，穿着上也和以前一样，追求舒适与简洁，都是网购的款式，没有商标LOGO，每件衣服基本上都不超过200块。

快下班时，简小群接到了张备的电话。

"晚上有空不？一起喝点？"

简小群笑："哪里有到了饭点才约人的？没诚意，是临时找我凑数的吧？"

"没想到在你眼中的我是这样的人，伤心。"张备哈哈一笑，"我其实已经提前和莫宜、罗艺说好了，让她们转告你，但她们都故意瞒着你不说，你不得反思一下自己哪里做错了吗？"

67 / 不是所有问题都会有答案

简小群跟随莫宜、罗艺一起赶到了聚会地点，为了惩罚她们二人不提前预约他的时间，他让莫宜开车。

聚会地点是在简小群以前常去的翅吧，也是他当初抱着垃圾箱呕吐的地方。

"谁订的地方？"简小群扫了众人一眼，笑得很古怪，"故意的，是不是？想唤醒我曾经痛苦的回忆？你们的阴谋不会得逞，我已经放下了。"

张备大笑，笑过之后又重重地叹息一声："我们是都该放下了，可是我就是没办法放过自己！我就想不明白了，为什么每次在眼见就要真相大白的时候，关键证人就出事了呢？误杀的误杀，自杀的自杀，总之，没有人能活着说出真相。我一度怀疑我这么多年信仰的唯物主义出现了裂痕，我都快成神秘主义者了。"

程东远拍了拍张备的肩膀："史笛自杀的事情都快成你的执念了，你也不是毫无收获，至少你收获了我。"

简小群立刻捕捉到了关键信息："祝贺，恭喜！"

张备制止了简小群几人的欢呼："别，明明是东远捕获了我，我是受害者，也是猎物，你们应该祝贺她才对。以前我一直期待和她的恋爱，期望和她走进婚姻。现在上了贼船才发现苦海无边，回头是岸，可惜，已经没有机会回头了。"

程东远咬牙切齿："给你一个重新组织语言的机会。"

张备立刻求饶："风光旖旎当是伏笔，世间万物只为衬托你！东远，你是我永远的港湾。"

程东远还不解气，打了张备一拳："情出自愿，事过无悔！如果你真的后悔跟我在一起了，现在分手还来得及。"

"来不及了。"张备清了清嗓子，"我郑重宣布一件事情，我和东远结婚了。我们已经领证了，打算国庆节再正式举办婚礼。"

简小群带头鼓起掌来。

莫宜点了烤翅、烤串和啤酒，几人把酒言欢。

几杯酒过后，张备的话更多了起来："我捋了一下整个事件的经过，还是觉得疑点重重。史笛之死，姑且主要原因是她的人生巨变让她得了抑郁症外加查出了绝症，再有杨涵凉通过新药试验加大药剂或是更换药品等手法让她加重了病情，然后史笛留下了遗嘱，并委托蒋天为全权代理律师处理一应后事。

"为了保证蒋天能够没有偏差地完成她的遗愿，史笛又安排了唐关和关堂作为辅助，还让路七作为最后的屏障。她知道人性不可靠，在巨大的诱惑面前，没有多少人可以保持本心。相信以史笛的聪明，她应该还设置了更为安全的保障。但她还是低估了人性，结果就是出现了各种荒诞和离奇的事件，从胡金友的手误自杀，到毕小路被张冬营误杀，再到杨涵凉和林天涯的自杀，无数人前仆后继，或直接或间接，都是被她留下来的巨大财富迷失了本性，从而做出了反常的举动，结果却误了自己性命。"

罗艺忍不住打断了张备："张警官，说到这里我就不明白了，到目前为止，史笛留给小群的所有资产不过1000多万，远远算不上巨额财富，怎么就引发了这么多稀奇古怪的事情呢？死去的这些人，又都不是没有见过钱的穷人，他们自己的身家也都得有上亿元。"

"是呀，这也正是我想不明白的地方……"张备抚了抚额头，"小群，要不你帮我解答一下？"

简小群喝了一大口啤酒："别问我，我什么都不知道。尽管我是史笛爱的光芒上最聚焦的一人，是寄托了她全部遗愿的唯一一人，但我也只是她庞大布局之中的一颗棋子而已，虽然是整盘棋局中的帅，但棋手是她，我并不知道是什么布局又该怎么走。"

莫宜扑哧一声笑了："真是傻人有傻福。别人出生入死，你却坐享其成。为什么这么多人死来死去，偏偏你安然无恙，没有人对付你呢？"

简小群怡然自得地一乐："在他们没有从我手中合理合法地转移走财产之前，我不能死。我一死，史笛留下的财产就成了无主之财。

"还有一点，史笛一开始选择和我离婚，就让所有人的目光都转移到了别处，不再盯着我防着我。结果史笛的布局一步步呈现后，想要对我下手时，却已经晚了，我已经是她财产唯一的合法继承人了。"

"史笛到底有多少财产的事情，等等再说。"张备不耐烦地挥了挥手，"请你们尊重我的专业，别看我没穿警服，调整史笛的案子也是个人私事，是学术需要，但我毕竟是一名人民警察，对不对？"

"现在的问题是……"张备用拇指轻敲桌子，"史笛的案子到现在为止，还是悬而未决，好，我认定她是自杀，没有被逼迫，但有没有被杨涵凉用药物控制，还是不清楚！所以，我很沮丧，很挫败。我从业以来第一个案子居然是以无疾而终的方式收场，让我质疑我的能力，怀疑我的职业生涯能不能顺利！"

程东远反倒开始安慰张备："世界上不是所有问题都会有答案，看开点，至少你为史笛的案子尽心尽力了，也搭进了不少个人的时间和精力，而且你还收获了小群、莫宜和罗艺等一帮好朋友。"

"这倒是。"张备又眉开眼笑了，举起了酒杯，"忽然发现有个媳妇还是很有用处的，至少在你情绪低落时可以安慰你、鼓励你，我对未来的婚姻生活又充满了信心。来，干杯。"

聚会持续到晚上10点多，几个人都差不多有了几分醉意，在相互搀扶着走出来之后，简小群又是一阵呕吐之意袭来，他冲向了路边的垃圾箱，抱着其中一个红色的猛烈地呕吐起来。

一个白裙子的身影飘了过来，她相貌模糊，下面似乎没有脚，像是飘浮在空中。

简小群"嗷"的一声酒醒了大半，以为又遇到了和上次一样的灵异事件，一下跳了起来，才看清眼前的人居然是莫宜。

莫宜今天穿了白裙子和黑鞋子，正好站在一半的阴影里，鞋子和黑暗融为一体，显得像没有脚一般。

"是不是清醒了许多？"莫宜上前扶起简小群，"所有过去的种种，从今天起，就真正过去了。明天，你要全面迎来新生了。"

简小群愕然："什么意思？难道我人生中荒诞的部分还没有结束吗？我以为在史笛去世一周年时就已经完结了。"

"凡事有开始就必然有结束。对史笛来说，一周年已经过去了。对你来说，是时候迎接更广阔的未来了。"

"莫老板，你话里有话。"简小群推开莫宜，"我还行，别扶我，我还能再喝。"

莫宜没拦简小群："明天，办公室见。"

李宝春没有喝酒，开车带走了简小群。望着远去的车尾灯，莫宜和罗艺对视一眼，二人会心地笑了。

莫宜再次向张备和程东远表示了祝贺，然后又说："明天请你们二位来公司做客，我和罗艺有重大的事情要宣布。"

张备双眼迷离："你们也都有男友了？好呀，我和东远一定到场为你们祝贺。"

送走了张备和程东远，莫宜和罗艺上了车。罗艺没喝酒，她开车。

路上，依然拥堵，导航显示到家需要40分钟以上。

375

罗艺不慌不忙地开车，车内一时沉默。十几分钟后，罗艺才艰难地开口："如果简小群知道了我们的真实身份和目的，他会不会和我们翻脸？会不会恨我们？"

莫宜闭上了眼睛，一脸疲惫："我先睡一会儿，到了叫我。"

罗艺张了张嘴，想说什么，却没有说出来。

到家后，简小群洗漱完毕，和往常一样靠坐在客厅的沙发上，再次打开电脑，屏幕上是史笛，请输入密码的提示横亘在她的双眼之间。

简小群熟练地输入了几个数字，视频画面继续播放了。

"一晃一两年，匆匆又冬天。有人再见，有人再也不见，在这路遥马急的人间，总有人在你心间，住了很多很多年……小群，我是真心想和你共度余生，你的简单让我着迷，可以让我在路遥马急的人间，有一处安心休养生息的港湾。

"可惜的是，命运从来都是公平的，她不会给你圆满，总会用缺憾来夺走你渴望的幸福。这世上，有人缺钱，有人缺爱，有人缺子女，有人缺朋友，没有一个人没有缺憾。虽然我很赞同一句话——人生若无遗憾，该有多无趣。但我真不想让我的遗憾是没有办法和你白头！

"愚昧的人，总是需要另一个人为他负责，为他决定一切。我希望你能明确自己的未来，不要被社会、被金钱、被别人改变了自己。生而为人，不管富贵或贫穷，终究不过是短短数十年。当下的心安与快乐，才是最宝贵的财富。记住我的话，别为我改变，也别为任何人而改变。你之所以是你，就是因为你和别人不一样。

"人海之中，选择了你，是你的与人为善与朴实，是你的心无杂念与平静。在你身边，我有一种置身森林的宁静、在水边的安心，谢谢你，小群，你的陪伴是我来人间一趟的最好礼物。如果没有你，我的一生将毫无价值，并且毫无快乐可言。

"我为你留下了一大笔财产，足够你一生衣食无忧。但是，匹夫无罪，怀璧其罪，你一无所有时，身边都是简单而纯洁的朋友。当你家财万贯时，身边就会有无数人围绕，各怀心思，都想从你身上汲取利益与好处。你为人善良，别说害人了，连防人之心都没有。贸然给你留下一大笔财富，不是好事，反而会害你了。所以，我设置了几个环节，不会让你一下得到全部遗产，而是会分时间分批转到你的名下，还有会有一些触发条件。"

68 / 曾经的你和现在的你，是截然不同的两个个体

"和你离婚，是第一步，是让那些觊觎我财产的人忽视你的存在，因为离婚后，你和我就没有法律上的关系了，也就失去了第一顺序继承人的资格。如此，我才能放开手脚安排后面的一切。

"你不用管时间和节点，也不用在意条件，只管还和以前一样做好自己就行了，该来的，总会来。不该来的，怎么努力也不会来。

"我委托了几个人在我死后处理我的遗留问题，他们会陆续出现在你的面前，带着各自的使命和目的。当然，他们很有可能会改变初心，不会信守对我的承诺，而是会打遗产的主意。不要紧，我还布置了后手，不会让他们得逞。

"整个交接过程可能会持续一到两年，用一两年的时间看清一个人也许并不容易，但在几亿资产的诱惑下，一两年的时间也足够长了。我不是不相信你，非要用一两年的时间来考验你，而将时间拉得足够长，是要让一些想从你手中合理合法拿走资产的人，不会也不能轻易对你下手。

"该防范谁，说实话，我也不是十分确定。在我活着的时候，有些人对我负责，在我死后，他会不会改变，没有人可以预测。我只需要知道你始终不变就足够了。该相信谁，我倒是有一些信心，他们的名单我会放到

第三段视频中。

"你不要对外透露你解开了第二段视频密码的事实,如果只有你一个人看了第二段视频,所有对你有想法想打你主意的人,都会有忌惮之意,不敢对你轻举妄动……答案,就在第三段视频中。给你第三视频的人,就是我无比信任的人,也是你今后值得信任的人。

"想想也没什么可说的了,如果有来世,希望我们再次相遇,好好过完一生。不要非要追究我自杀的真相,我就是抑郁症加查出绝症,不想让自己在最后离开时是丑陋、恐怖的形象。自杀不管是外因还是内因,终究是自杀,既不光彩,又不符合天地之道。如果你能多帮我做些好事善事,多帮助别人,也算是对我的超度了。"

画面最后定格在史笛笑靥如花的表情上,她笑得很好看,但好看之中,有一丝忧愁与哀怨。

简小群关了电脑,在客厅中走来走去,久久不能入睡。近来他几乎每天晚上都要看一遍视频,不是为了从中发现什么真相,而是在重温史笛的音容笑貌。

简小群其实早就破解了第二段视频的密码,在他尝试了无数他和史笛有共同关联的数字无效之后,有一天突发奇想,试了六个7,结果对了。

史笛的幸运数字是7,她特别喜欢7,不止一次和简小群说过她想要一连串数字为7的手机号。手机号最终没有办成,她有一张信用卡的尾号是六个7……

史笛说,7是一个非常有意思的数字,是天地循环之数,每7天,人体和天地为一个小轮回,7个月为一个中轮回,7年为一个大轮回。每过7年,一个人的肉体从血液到肌肉到骨骼,就会全部焕然一新,等同于全身细胞都是新生的细胞,曾经的你从物理角度来说,和现在的你是截然不同的两个个体。

次日,简小群赶到公司时,莫宜和罗艺已经到了。

二人甚至已经泡好了茶和咖啡。

简小群的办公桌上，左手一杯茶，右手一杯咖啡。莫宜笑盈盈地向前："我知道你平常早起喝茶，午睡后喝咖啡。今天是个特殊的日子，就改变一下习惯，茶和咖啡一起喝了吧。"

简小群没有拒绝也不多问，先喝了一口茶，又喝了一口咖啡，抬头问道："说吧，有什么重大的事情要宣布。从你们隆重的架势来看，怕是事情不小。"

"是不小，你得先做好心理准备，先深呼吸。然后再施加强烈的心理暗示，不管发生了什么，第一，不生气。第二，不抱怨。第三，不发火。"莫宜循序渐进，慢慢疏导。

罗艺则是一脸恭敬，双手捧着一个礼盒递了过来："我和莫姐有一份重大的礼物要送给你，简董，请笑纳！"

"叫我小群。"简小群不适应罗艺对他突然冠以职务的称呼，他打开盒子，里面赫然是一个U盘，"这是什么？第三段视频吗？"

莫宜大惊失色："你打开第二段视频了？要不你为什么知道还有第三段视频？"

简小群点了点头："打开了，解码了，史笛提到了第三段视频。"

史笛在视频中不让简小群暴露他解开了第二段视频的秘密，他却不加隐瞒地说出了真相，也是他经过一番深思熟虑的结果，觉得让人知道更好。

"史笛在第二段视频中都说什么了？"莫宜既震惊于简小群打开了第二段视频还一直保密，又好奇于第二段视频中史笛到底透露了什么真相。

"史笛不让说。"简小群拿过U盘，插在了电脑上，"不过她强调了一点，交给我第三段视频的人，就是值得信任的人。"

"这么说，你和罗艺从开始接近我时，就有不可告人的目的了？"简小群一瞬间想通了什么。

"话不要说得这么难听，不是有可告人的目的，是带有使命与善意。"罗艺嘿嘿一笑，小心地送上咖啡，"你不要生气，也不要怪我和莫姐，我们也是对史笛负责。答应她的事情，就一定得做到，还得认真地做好。"

简小群指了指莫宜："你还有什么要解释的吗？"

莫宜嘴硬："我不需要向你解释，只管向你说明情况。我和罗艺是受史笛所托，从开始就出现在你身边，一是保护你，二是帮助你。在时机成熟时。我和罗艺会加入你的公司，和你一起成长。

"现在，我和罗艺可以自豪地说，我和她已经圆满地完成了任务，没有辜负史笛的信任，幸不辱命。从此，我和罗艺可以放心地成为你的合伙人了。"

"你就一点也不关心史笛都让我和罗艺监督你什么吗？"莫宜见简小群一副云淡风轻的样子，问道。

"只要我不改变，不管别人怎么改变，都影响不了我什么。"简小群淡然一笑，"一年多来，你和罗艺觉得我还需要监督吗？"

"需要！"莫宜和罗艺异口同声道。

莫宜又强调了一句："史笛说了，如果我和罗艺觉得有必要，可以监督你一辈子。在未来相当长一段时间内，我们都可以对你行使监督权。"

"我是公司的大股东兼副总，她是公司的大股东兼监事。"

"等等。"简小群突然意识到了什么，"你们投资公司的资金，是不是也是史笛的钱？"

"总算聪明了一次。"莫宜开心地笑了。

"啊，你们拿着我的钱入股我的公司，还要跟我分红，分我的权力？"简小群站了起来，一脸气愤，却又迅速变脸，"也不是不可以，只要是史笛安排的事情，我无条件接受。"

"你们是不是知道史笛自杀的真正原因？"

莫宜和罗艺一起摇了摇头，又一起点了点头。

莫宜说道："史笛是跟我们交代了许多，包括如何帮你成长，如何做大做强公司，但就是没有涉及她的病情，也没提过杨涵凉要害她。"

69 / 有心者有所累，无心者无所谓

简小群插上U盘，打开了视频。

视频中的史笛，依然是在家中，还是坐在原来的地方，显然三段视频是在同一个地方拍摄的。

史笛面色平静，语气低缓。

"这是第三段视频，前面还有两段。尤其是第二段视频，我有许多关键的事情都在里面交代了。莫宜、罗艺，如果简小群没有找到第二段视频，请你们帮他找到，并且叮嘱他保存好。第二段视频设有密码，是只能由他一人解开的密码。

"有一个说法是，在你死后，当世界上最后一个人遗忘你时，你才会真正彻底地消亡，并且是永久消失！从此，天地之间，宇宙之内，再也没有你的一丝痕迹，就像空空的太空，万物不起，万物不生。想想就很可怕，一个人曾经生活过的世界，她的所有欢笑和泪水、所有足迹和爱恨，都回归虚空，就如从来不曾存在过一般……

"不过再仔细一想也就想通了，人类只是地球的过客，地球不过是太阳系中的一个小小行星，而太阳系也不过是银河系中一个不起眼的小星系。在整个宇宙的尺度之上，银河系也像一粒沙子。一个人的生灭，放在宇宙的大背景下，真的太渺小、太微不足道了。

"但正是如此微不足道的我们,用感情用一生的热爱编织了一个五光十色的世界,上演了无数悲欢离合和爱恨情仇。一生或长或短,总要留下些什么。这样想,是不是就通透多了?毕竟在我没有出生之前,宇宙已经亘古存在;在我死后,宇宙依然永恒。宇宙可以没有我,但简小群不行。"

简小群的泪水瞬间奔涌而出。

"莫宜、罗艺,我希望在我死后,你们可以记住我,接受我的委托,帮小群好好过一生。和你们签订的协议,我会设置好定时发送,在需要时发到你们的邮箱,我已经签字,只要你们签字就可以生效。

"拜托了,请一定照顾好他!他是我在人间唯一的念想,是我一生的不甘!我相信我留给你们的一切,可以承载起你们和小群一起成长的厚爱。有时候,世俗的东西比如财富,虽然俗不可耐,但确实是承诺最可靠的支点。"

史笛站了起来,深深鞠躬:"我能信任的人就只有你们两个了,别人在我活着时答应得好好的,在我死后也许会洪水滔天。但你们不会,我相信你们的人品、你们的坚守以及你们的格局。

"照顾好小群,如果再偶尔怀念我,我就足以含笑九泉了⋯⋯"

等激荡的心情平复之后,莫宜和罗艺各拿出了一份协议。

"来,签字。"莫宜将两份协议都推到了简小群面前,打开签字页,递过笔,"赶紧的,别看了。"

简小群没犹豫,唰唰几笔在两份协议上都签上了自己的大名,看也未看就还给了莫宜。

"不怕我和罗艺把你卖了?"莫宜笑眯眯地问道。

"要卖早卖了,也不用等到现在。而且你们是史笛信任的人,我不信任你们,就是对史笛的不信任。"简小群说完这些才问,"签的到底是什么协议?"

罗艺重重地叹息一声："有时我真的嫉妒你，什么都不想，什么都不操心，却能得到许多人梦寐以求的东西……你刚才签的是转让协议，史笛委托莫姐和我考察你一年，一年后如果你合格地成长起来，就将她留下的全部遗产都转移到你的名下。"

"你知道你刚才签的字值多少钱吗？"

简小群摇摇头，一脸懵懂。

"史笛名下的5亿多资产，在此时此刻，全部转移到了你的名下。你现在是名副其实的亿万富豪！"罗艺和莫宜击掌庆祝，见简小群依然无动于衷，"快，新晋富豪发表一下感想。"

简小群站了起来，双眼涌现出雾气："我现在想去拜祭一下史笛。"

青山肃穆，绿水环绕，史笛的墓坐落在郊外的一处墓园中，位置偏僻，风景优美且安静。

简小群、莫宜、罗艺、李宝春，还有罗亦一行五人，来到了史笛的墓前。

为史笛送上了鲜花，几人静坐了一会儿，正要离开时，蒋天和安华来了。

蒋天和安华也为史笛献上了鲜花，默哀之后，蒋天来到简小群面前。

"有件事情我想不明白……"蒋天犹豫了片刻，"我总觉得杨涵凉死得蹊跷，毫无征兆地就自杀了，像是被人逼迫，会是谁呢？

"另外，史笛虽然委托我作为她的全权代理律师，但我相信她应该还委托了别人处理其他事情。我在想，会不会是史笛下了一盘大棋，用我当掩护来诱导杨涵凉上钩，最终引发了杨涵凉和林天涯反目成仇，二人双双自杀。而她明修栈道，暗度陈仓，用其他更安全的渠道将资产的大头转移到了你的名下……

"越想越觉得是一出精彩的大戏，史笛虽然去世了，但却用她的智慧和布局打败了杨涵凉，不但为自己报了仇，也为你荡平了前进的道路。"

简小群摇了摇头:"我觉得史笛什么都没有做,她只是在尽可能安全的前提下,保护了她的财产可以顺利地转交到她指定的人手中。至于杨涵凉和林天涯的贪心以及你的不甘心,都是自己强加的内心戏,史笛不会想到你们的背叛,也没有想方设法提防你们,更不用说设局挖坑让你们入内了。"

安华在一旁点头:"有心者有所累,无心者无所谓……史笛特意为我留了股份,我感念她的信任,几次劝蒋天悬崖勒马,虽然没有起到关键作用,也算减缓了蒋天犯错的速度。"

"如果不是安华,我可能已经彻底被杨涵凉拉下水了。"蒋天幽幽地叹息一声,语调苍凉而悲壮,"不管你信不信,反正我是信了。我们输了,输给了一个已经不在人世的人!惭愧!"

安华将一个平板电脑转交给了简小群:"杨涵凉生前让我转给你的,是毕大邱托李宝春送给林天涯的平板电脑。"

简小群接过电脑,打开,提示要输入密码,他输入了六个7,顺利进入。

里面有不少文件夹,有的被命名为《胡金友转账记录》,有的名称是《胡金友名下公司目录》《和毕大邱的通话记录》《毕大邱转账记录》等等。

简小群把平板电脑递给了莫宜,莫宜看了几眼,喜形于色:"所有的秘密,总算是了结了。"

蒋天看向了莫宜:"莫宜,你信史笛没有布局吗?"

莫宜和简小群对视一眼,二人都没有说话,一起望向了墓碑。

墓碑上的史笛,笑容平静且目光深邃。微微弯起的嘴角,有一丝从容与看透世事的微笑,似乎有些嘲讽的意味。

史笛的双眼平视远方,远方……是无尽的天空和连绵的群山。

世间之爱,要么至死不渝,要么有始无终,要么无疾而终,不管是哪一种，都是人类赖以生存的最美好的情感支撑。而两个人的灵魂契约，就是最简单的一对一的秘密关系。一时间，简小群想起了从前，想起了和史笛的初识、相知到相爱，想起了史笛的音容笑貌，想起了她对他看似平淡实则深厚的真爱，每一个细节都闪耀着爱的光芒。

……史笛在厨房忙碌的身影、史笛静坐时的沉思、史笛嫣然一笑的沉醉、史笛微蹙的双眉与眼神中的纯粹、史笛轻声呼唤简小群时的专注、史笛抱膝而坐时的泪流满面、史笛俯身在沉睡的简小群额头上深深的一吻——不知何时下起了雨，和简小群泪雨纷飞相映，是人间天上共同的泪。